金槐和歌集論

定家所伝本と実朝

今関敏子

青簡舎

金槐和歌集論—定家所伝本と実朝—

目次

凡例

一、定家所伝本『金槐和歌集』の引用は、底本に『金槐和歌集』復刻版（佐々木信綱解説・岩波書店・1930）を用いた、今関敏子『実朝の歌―金槐和歌集訳注』（青簡舎2013）に拠る。

一、貞享本『金槐和歌集』の引用は、新編国歌大観（角川書店）に拠り、私に表記する。

一、勅撰集・私撰集・私家集所収歌はじめ、和歌の引用は、新編国歌大観（角川書店）に拠り、私に表記する。

一、勅撰集・私撰集の作者名は、必ずしも記載通りではなく、天皇・皇族は正式な呼称、男子の場合は官位名ではなく実名・法名、女子の場合は通行の呼称を記す。

一、定家所伝本『金槐和歌集』引用の際、必要に応じて同語・同語句にを、類似表現、対比・対立方表現に傍線を付し、（ ）内に貞享本国歌大観番号を記す。

一、定家所伝本の部立は、底本では、春・夏・秋・冬・賀・恋・旅・雑と表記されるが、論ずるにあたって、〈春〉……〈雑〉のように、〈 〉を付す。

一、初出は次の通りである

第三章第二節　定家所伝本『金槐和歌集』の旅歌―伝統の踏襲と独自性―　川村学園女子大学紀要第25巻第1号2014・3

第三章第三節　実朝と後鳥羽院―定家所伝本『金槐和歌集』をめぐる試論―　川村学園女子大学紀要第23巻第1号2012・3

第三章第四節および第五節　実朝と信生法師―東国の和歌表現―　川村学園女子大学紀要第24巻第1号2013・3

を改稿した。以上の他はすべて書き下し。

序章　配列構成の特質

――時空認識と表現の連鎖――

一　はじめに

Ⅰ　定家所伝本と貞享本

現在、『金槐和歌集』の伝本は、定家所伝本と貞享本の二系統に大別される。

定家所伝本は、藤原定家が中心に書写したものであり、実朝自撰歌集と見做し得る。貞享本は、江戸期・貞享四年の版本で、奥書から柳営亜槐本とも呼ばれる。貞享本は、定家所伝本を改編したものと考えられ、歌数と配列構成に相違がみられる。一書の歌集としてみるならば、両者は統合性・文学性のまったく異なる作品と言える。

定家所伝本『金槐和歌集』の発見は、研究史上、比較的新しい。写本が佐佐木信綱によって刊行されたのは昭和五年、その解説から、刊行までの経緯と写本の体裁を要約して箇条書きにすると次のようになる。

・もと前田家にあった写本は明治三年六月に同家を出て松岡家に秘蔵され、年を経た。

・二重の箱の外箱の桐の桟蓋には、微妙院前田利常筆と伝えられる「金槐集定家筆」の表記がある。

・五十嵐道甫作と伝えられる内箱は、黒柿の面取、梅鉢唐草の蒔絵、表紙の文字そのままに、金文字で「金槐和歌集」と彫りつけ、内面は平目地にしのぶ散らしの葦手書きの蒔絵が施されている。

・本の体裁は、上下八寸一分、横四寸九分五厘、染紙青表紙、薄鳥の子四半形の胡蝶表紙に後筆で「金槐和歌集」とある。

・内題はなく、開いて右の面から書写され、「春」に始まる。

・一頁八行または九行、始めの三頁は定家自筆。定家の書風に酷似した者に書き継がせたものであるが、定家が補った筆跡がみとめられる。題の文字は定家が書き加えたものが多く百十余箇所に及ぶ。

佐佐木は解説の最後に

金槐集古鈔本の出現は、単に余一人の喜のみならずして、和歌史の上に於ける大いなる喜なるをもて、松岡氏の快諾を得て、この本全部を撮影し、ここに印行して、慶を江湖に頒たむとするものなり。（昭和四年九月識す）

と結んでいる。

定家所伝本は奥書に「建暦元年十二月十八日　かまくらの右大臣家集」とある。しかし、建暦は十二月六日に健保に改元されており、『吾妻鏡』によれば、十五日には鎌倉に改元の詔書が到達している。これについては諸説ありながら未だに謎は残る。ともあれ、定家所伝本の出現により、数え年二十二歳以前に、実朝は、すでに独自の歌風を確立していたことが判明したのである。

定家所伝本発見の意義は、このように実朝の伝記の見直しが可能になった事と、伝本系統が以前より明確になった事にあろう。

それまで『金槐和歌集』の諸本には大別して貞享本、群書類従本があったが、定家所伝本は群書類従本の原態であろうと左佐木は推測したのである。定家所伝本は、群書類従本にない歌を十首収めるが、群書類従本に同じく「今朝見れば山も霞みて…」に始まり、「山は裂け海は浅なむ…」に終わる。一方、貞享本の冒頭歌は、群書類従本・定家所伝本に同じであるが、末尾歌は「時により過ぐれば民の嘆きなり八代龍王雨やめ給へ」であり、配列構成も歌数もまったく異なる伝本である。従って、現存する伝本系統は、定家所伝本系統と貞享本系統の二系統である、と見做し得るのである。

Ⅱ　配列構成

まず、定家所伝本と貞享本の部立と歌数を比較すると次のようになる。

定家所伝本		貞享本	
春	116	春部	132
夏	38	夏部	47
秋	120	秋部	132
冬	78	冬部	96
賀	18	－	
恋	141	恋部	156
旅	24	－	
雑	128	雑部	156
全体	663首		719首

貞享本には、賀と旅の部立はなく、定家所伝本の〈賀〉と〈旅〉に所収される和歌は、ほとんどが貞享本・雑部に吸収される。さらに定家所伝本〈雑〉は、春・夏・秋・冬・雑・離別・旅・神祇・述懐に分類し得る。このように概観しただけでも両者の配列構成の相違は明らかであろう。

さらに、貞享本と定家所伝本は、題・詞書にも異同がある。定家所伝本では、同じ歌題が繰り返される傾向がある。たとえば、〈春〉の「梅の花を詠める」という詞書は、11番歌、六首おいて18番歌に繰り返される。〈秋〉の「秋歌」の題は、歌番号177、192～198、244、250～254、267、268（因みに「秋の歌」が202～210）に、〈冬〉の「冬歌」は、291、300～302、307、308、316～319、321～329、332～335、338～345（因みに「冬の歌」278～280）に、〈恋〉の「恋の歌」は、387、388、392～394、402～404、

411、428〜445、490〜511（因みに「恋歌」373〜378）①に分断して散見される。ただし、〈賀〉〈旅〉〈雑〉には、このような現象はみられない。

一方の貞享本は、歌題ごとに整理されており、同じ題が二度以上記されることはない。この点だけをみて比較すると、貞享本の秩序整然に対して、定家所伝本は雑然とした印象を与える。

定家所伝本の配列意図とその特色を、表現と時空認識から概観しておきたい。②

二　表現の連鎖

定家所伝本『金槐和歌集』の配列の特徴として、まず、同語・同語句の繰り返し、類語・対比語で歌と歌を連鎖させていくことが挙げられる。本章末尾〈表Ⅰ〉に、定家所伝本『金槐和歌集』全歌を掲げ、配列順に番号を付し、同語・同語句にを、類似表現、対立表現に傍線を施した。ここで、少し例を挙げておこう（なお、本書では、括弧内に貞享本の国歌大観番号を付し、配列の相違がわかるようにして論ずる）。

定家所伝本〈春〉は次のように始まる。

正月一日よめる

1今朝見れば山も霞みてひさかたの天の原より春は来にけり（1）

立春の心をよめる

2九重の雲居に春ぞ立ちぬらし大内山に霞たなびく（2）

故郷立春

3朝霞立てるを見ればみづのえの吉野の宮に春は来にけり（7）

この三首に共通して見出せる語は、「春」であり、共通する天象は「霞」である。そして、表現の連鎖を見せつつ、背景が移動していく。1番歌では、眼前の山の霞に春の到来を知り、2番歌では宮中へ、3番歌で古都へと場面が変化していく。

表現の連鎖は、右の冒頭部に既に顕著であるが、さらに例を挙げておこう。例えば〈冬〉部。

冬歌

321夕されば浦風寒し海人小舟とませの山にみ雪降るらし（363）
322巻向の檜原の嵐冴え冴えて弓月が岳に雪降りにけり（370）
323深山には白雪降れり信楽の真木の杣人道辿るらし（369）
324払へただ雪分衣緯を薄みつもれば寒し山おろしの風（372）
325真木の戸を朝明の雲の衣手に雪を吹き巻く山おろしの風（371）
326山里は冬こそことに侘しけれ雪踏み分けて訪ふ人もなし（373）
327我が庵は吉野の奥の冬籠り雪降りつみて訪ふ人もなし（374）
328奥山の岩根に生ふる菅の根のねもころごろに降れる白雪（361）
329おのづからさびしくもあるか山深み苔の庵の雪の夕暮（375）

寺辺夕雪

330うちつけにものぞ悲しき初瀬山尾上の鐘の（雪の夕暮）（382）
331故郷はうらさびしともなきものを吉野の奥の（雪の夕暮）（383）

「山」という背景と「雪」が共通する一連である。330、331番歌の第五句は欠字であるが、詞書と語の連鎖から「雪の夕暮」と推測し得る（第三章第三節第四節でさらなる根拠に触れる）。331番歌の「吉野」は、次に配される「332夕されば篠吹く嵐身にしみて吉野の岳にみ雪降るらし」に連繋する。

〈恋〉の例を見よう。

恋歌

373あしひきの山の岡辺に刈る萱の束の間もなし乱れてぞ思（ふ）（425）
374我が恋は初山藍の摺り衣人こそ知らね乱れてぞ思（ふ）（438）
375木隠れてものを思へば空蝉の羽に置く露の消えやかへらむ（415）
376鵲の羽に置く露の丸木橋ふみ見ぬ先に消えやわたらむ（416）
377月影のそれかあらぬか陽炎のほのかに見えて雲隠れにき（428）
378雲隠れ鳴きて行くなる初雁のはつかに見てぞ人は恋しき（540）

草に寄せて忍ぶる恋

379秋風になびく薄の穂には出でず心乱れてものを思（ふ）かな（500）

風に寄する恋

380化野の葛の裏吹く秋風の目にし見えねば知る人もなし（526）
381秋萩の花野の薄露を重みおのれしをれて穂にや出でなむ（533）

381の「穂にや出でなむ」は379の「穂には出でず」を受け、「382難波潟汀の葦のいつまでか穂に出でずしも秋をしのばむ」に連鎖して行く。

また、〈恋〉部の特徴として、場面、背景という空間は唐突に変るのではなく、天象や景物を媒体にしていることが挙げられる。たとえば、蝉（375）・鵲（376）を配して野から空へ移り、雲（377、378）・風（379、380）を配して空から野に移るのである。③

以上はわずかな例に過ぎないが、表現の連鎖は〈表Ⅰ〉に示したごとく、部立による相違はあっても作品全体に見出せる傾向である。語・語句の連繫に相俟って、場面の変化、視点の移動が細やかに配慮され、調和した世界構築が意図されていると考え得るのである。

三　空間認識

Ⅰ　京と鎌倉

歌人の風土的背景は、空間認識に作用し、表現の独自性をもたらすと考えられる。

実朝は終生東国で過ごした。京の歌人たちと実朝の大きな相違は、生活圏である。中心と周縁の差異はまず見逃せまい。内裏のある京は、東国の鎌倉からは遥かに遠隔の地である。現代のように交通手段・通信手段が便利で迅速ではない時代には、都と地方の文化・風俗・習俗・言語は大きく異なって当然である。距離ばかりではない。地形の相違も、人格形成や感性におおいに影響すると思われる。

京は、山に囲まれた盆地であり、貴族たちは海にほとんど縁がない。海の実景に接することは滅多にないことであったろう。近江の海（湖）・鳰の海（湖）と呼ばれた広大な湖、琵琶湖すら、日常的に目にする風景ではない。

一方の鎌倉は、海を前にした起伏の多い土地である。実朝より百年程後の例になるが、『とはずがたり』の作者・

後深草院二条は「階などやうに重々に、袋の中に物を入れたるやうに住まひたる」（新潮日本古典集成234頁）と書き留めており、都人の眼には奇異に映る地形と暮らしぶりでもあったことが知られる。二条は鎌倉の海には触れていないが、京に住む貴族たちとは異なり、実朝は海に親しむ環境に在った。

海も山も和歌にはしばしば詠まれる歌材である。無論、旅をして実景を詠むこともあるが、現実にその場所に行かなくとも、歌枕という、共通理解・共通概念があれば、見知らぬ土地を歌材に自由に詠むことが出来た。こうして中央歌壇の歌人たちは海も山も詠んだのである。

実朝もこのような伝統的な詠歌姿勢を踏襲している。歌枕を詠み込んだ実朝詠は枚挙に遑がない。一方で、〈雑旅〉に至ると、実朝の生活圏であった伊豆、箱根の海が出現し、眼前の海（638～641）の詠が配列される。

又の年二所へ参りたりし時、箱根のみ海を見て詠み侍（る）歌

638たまくしげ箱根のみ海けけれあれや二国かけて中にたゆたふ（698）

箱根の山をうち出でてみれば波の寄る小島あり。供の者、「この海の名は知るや」と尋ねしかば「伊豆の海となむ申（す）」と答へ侍（り）しを聞きて

639箱根路を我越え来れば伊豆の海や沖の小島に波の寄る見ゆ（593）

さらに、海を近景に見る歌

荒磯に波の寄るを見てよめる

641大海の磯もとどろに寄する波破れて砕けて裂けて散るかも（697）

は、代表作と呼ばれるうちの一つである。この一首には、詠み込まれた心情が様々に解釈される。[4] 少なくともこのような海は実朝でなければ詠めなかったであろう。

実朝の海の向こうへの憧れは強かった。死の二年前、宋に渡るべく漕ぎ出そうとしたが果たせなかった。建造された船は海に浮かばず、海浜に朽ちていった。

実朝の海は、中央歌壇の歌人たちの海と同じではない。

Ⅱ　海と山の配分

定家所伝本・四季と雑四季について、笹川伸一に次のような興味深い指摘がある。

四季の春は「山」から始まるのに対して雑四季では「海辺」、四季部の秋が「海辺」（吹上の浜）であるのに対して雑部四季では「山（里）」、四季部冬が「山」であるのに対して雑部四季では「海辺」（吹上の浜）になっている。⑤

冒頭部の海と山の配分をわかりやすく示すと次のようになる。

季節	四季	雑四季
春	山	海
秋	海	山
冬	山	海

さらに、海を背景にした詠歌数は次のようになる。四季と雑四季では「海」の歌数の配分も考慮されていると考えられる。どちらかが多ければどちらかが少ない。

季節	四季	雑四季
春	0	3
秋	10	1
冬	12	5

四季と雑四季ばかりではない。〈恋〉部は、「山」に始まり「海」に終わる。

〈恋〉冒頭

371春霞龍田の山の桜花おぼつかなきを知る人のなさ（495）

〈恋〉末尾

511武庫の浦の入江の洲鳥朝な朝なつねに見まくのほしき君かも（484）

さらに、〈雑〉部最終歌、すなわち定家所伝本最終歌は「山」と「海」を包括する。

663山は裂け海は浅せなむ世なりとも君にふた心我があらめやも（680）

実朝の生活が窺われる歌が所収され、実朝の独自性が躍如する〈雑〉部であるが、最終歌はまさしく、東国にいる廷臣として忠誠を誓う、実朝ならではの詠で締め括られる。そしてまた、この末尾歌は、先に挙げた〈春〉冒頭三首にも照応しよう。

以上のような空間認識は、時間認識に相俟って、定家所伝本『金槐和歌集』という家集に独自の統合性をもたらす重要な要素である。

四　時間認識

Ⅰ　四季と雑四季

定家所伝本の時間序列の特徴が顕著に見出せるのは四季部である。本章の末尾に〈表Ⅱ〉として付したが、景物の配列は、時期の推移に従って配列される。これは、勅撰集の配列に準ずる編纂姿勢と言えるが、定家所伝本『金槐和歌集』はさらに徹底していると言い得る。たとえば、『後撰集』春下には、山吹詠の後に桜詠が並ぶ箇所がある。

都人来ても折らなむ蛙鳴くあがたのゐどの山吹の花（104・橘のきんひらが女）

今よりは風にまかせむ桜花散る木の本に君とまりけり（105・よみ人しらず）

そして、『後撰集』は105番歌より107番歌までが桜詠、108番歌で再び山吹詠が配され、桜詠と山吹詠が前後する。季節の景物というものは並行し、重なりを見せるのが現実であろう。また、気候というものは、行きつ戻りつしながら推移する。桜の残る時期に重なって山吹が咲くことも当然あり得る。しかし、定家所伝本『金槐和歌集』四季部の配列はそれは許さない。桜歌群が完結した後に山吹歌群が置かれる。歌材となる景物は決して混在せず、前後しない。このような作品内の正確な時の経過に相俟って、語・語句の連鎖が独自の四季の世界を生み出しているのである。

さらに、定家所伝本は〈雑〉にも四季を有する。これは何故か、どのような必然性があるのかという問題も視野に入れる必要があろう。

四季の部立毎の和歌の配分は次のようになる。

〈春〉一一六首　〈夏〉三八首　〈秋〉一二〇首　〈冬〉七八首

歌数が、秋春冬夏の順になるのは、伝統を踏まえた時代の趣向に一致する。一方、雑四季の歌の配分は

〈雑春〉一四首　〈雑夏〉五首　〈雑秋〉一二首　〈雑冬〉一八首

で、歌数の多さは、冬春秋夏の順となる。夏歌が最も少ないのは、四季・雑四季に共通する。四季における秋→春→冬の歌数の順が、雑四季で冬→春→秋に逆転するのは偶然ではあるまい。〈四季〉と〈雑四季〉の相違は、配列上の意匠である。

Ⅱ　四季と雑四季の時間認識──直進と循環

四季部──部立間の連携

定家所伝本の時間認識の特徴は、正確な時間序列と四季の循環である。春夏秋冬の各部立の冒頭歌と末尾歌には、季節の部立が関連性をもって連結していく様相が象徴的に示されるのである。各季節の末尾歌と冒頭歌を並べてみよう。

《春到来》

1今朝見れば山も霞みてひさかたの天の原より春は来にけり（1）

《春から夏へ》

116惜しむとも今宵明けなば明日よりは花の袂を脱ぎや替へてむ（130）

117惜しみこし花の袂も脱ぎ替へつ人の心ぞ夏にはありける（133）

惜春の情は尽きないが、明日からは夏、衣替えをすることになるという、〈春〉の末尾歌116番歌を受け、〈夏〉の冒頭歌117番歌は、それでも更衣は人の心も変える、すっかり夏の気分になっていると詠む。両歌には「花の袂」「惜し

む」「脱ぐ」が詠み込まれ、春の終わりから夏のはじめへと滑らかに時間が流れている。

《夏から秋へ》

154夏はただ今宵ばかりと思（ひ）寝の夢路に涼し秋の初風（174）

155昨日こそ夏は暮れしか朝戸出の衣手寒し秋の初風（180）

154番歌では、夏の最後の夜の夢の中で既に秋風が吹いていたが、秋の冒頭155番歌では、現実に涼しい風が吹いているのである。

《秋から冬へ》

274初瀬山今日を限りと眺めつる入相の鐘に秋ぞ暮れぬる（311）

275秋は往ぬ風に木の葉は散りはてて山さびしかる冬は来にけり（312）

「秋ぞ暮れぬる」（274）から「秋は往ぬ」「冬は来にけり」（275）へよどみなく時間が流れる。

《冬から春へ》

352はかなくて今宵明けなば行く年の思ひ出もなき春にやあはなむ（404）

1今朝見れば山も霞みてひさかたの天の原より春は来にけり（1）

冬の終わりは春の始めに戻る。

以上、冒頭歌と末尾歌をみただけでも、四季部では、言語の連鎖と時間序列が相俟って、季節が滑らかに推移し巡るよう配列され、〈冬〉最終歌は〈春〉冒頭歌に連繫する。四季部の時間認識は、円環もしくは循環と言い得るのである。

雑四季

雑四季ではこのようにはいかない。時間序列は崩れないが、季節と季節は四季部のように関連性をもって連結はしない。雑四季の季節と季節に、表現の連鎖は稀薄であり、円滑に繋がらず、時間の連続性が顕著ではない。

各々の季節の冒頭歌・末尾歌を掲げる。

《春到来》

536塩釜の浦の松風霞むなり八十島かけて春や立つらむ（8）

松風の音が霞に籠って、それまでとは違って聞こえるという、聴覚で捉えた明るい春の訪れである。

《春から夏へ》

549うつせみの世は夢なれや桜花咲きては散りぬあはれいつまで（709）

550見てのみぞ驚かれぬるぬばたまの夢かと思（ひ）し春の残れる（132）

この世ははかない夢なのだろうかと詠む〈雑春〉末尾歌と「屏風に春の絵描きたる所を、夏見てよめる」の詞書のある〈雑夏〉冒頭歌は、「夢」の語が共通するが、意味連関は稀薄である。

《夏から秋へ》

554あだ人のあだにある身のあだごとを今日みな月の祓へ捨てつといふ（179）

555ことしげき世を逃れにし山里にいかに尋ねて秋の来つらむ（190）

水無月祓に終る夏から、世を逃れたはずなのに山里へもやって来る秋へ、と全く場面が変る。

《秋から冬へ》

566住の江の岸の松吹く秋風を頼めて波の寄るを待ちける（269）

567玉津島和歌の松原夢にだにまだ見ぬ月に千鳥鳴くなり（633）

音楽を奏でるように波と風が連携しているような調和を自然の光景に見出す566に冬の来る気配はない。567の幻想的な美しい冬景色にも冬の始めという風情は稀薄である。海という背景は共通するが、場面と風情の異なる二首である。

《冬の終り＝一年の終り》

584行く年の行方をとへば世の中の人こそひとつまうくべらなれ（407）

この〈雑冬〉最終歌は〈雑春〉冒頭歌「536塩釜の浦の松風霞むなり八十島かけて春や立つらむ」へは連結しない。四季部の最終歌は、冬の終りなので再び春へ巡る。しかし、〈雑四季〉「年の果ての歌」の題がある584番歌は、一年の終りの歌であり、繰り返されない直進である。その中で人は老いてゆくのである。

直進と循環

四季の部と雑四季の大きな相違に時間認識が挙げられよう。〈四季〉部の時間がおだやかに滑らかに推移し、再び巡るのに対し、〈雑四季〉の時間は直進して終わる。雑四季は配列構成の円滑さよりも個々の歌の個性と主張が色濃い。〈雑〉には懐旧と無常観が漂うのが特徴であるが、[6]〈雑四季〉も例外ではない。時間の直進認識が顕著なのは、作品全体の構成と関連があろう。[7]

〈四季〉〈雑四季〉及び貞享本の冒頭歌・末尾歌を表にすると、次のようになる。（定家所伝本〈四季〉部と貞享本四季部の同歌に□を、定家所伝本〈雑四季〉と貞享本四季部の同歌に▒を付す。）

	定家所伝本四季	定家所伝本雑四季	貞享本四季
春	1 今朝見れば山も霞みてひさかたの　天の原より春は来にけり 116 惜しむとも今宵明けなば明日よりは　花の袂を脱ぎや替へてむ	536 塩釜の浦の松風霞むなり　八十島かけて春や立つらむ 549 うつせみの世は夢なれや桜花　咲きては散りぬあはれいつまで	1 今朝みれば山も霞みてひさかたの　天の原より春は来にけり 132 見てのみぞ驚かれぬるぬばたまの　夢かと思ひし春の残れる
夏	117 惜しみこし花の袂も脱ぎ替へつ　人の心ぞ夏にはありける 154 夏はただ今宵ばかりと思（ひ）寝の　夢路に涼し秋の初風	550 見てのみぞ驚かれぬるぬばたまの　夢かと思（ひ）し春の残れる 554 あだ人のあだにある身のあだごとを　今日みな月の祓へ捨てつといふ	133 惜しみこし花の袂も脱ぎかへつ　人の心ぞ夏にはありける 179 あだ人のあだにある身のあだ事を　今日みな月の祓へ捨てつといふ
秋	155 昨日こそ夏は暮れしか朝戸出の　衣手寒し秋の初風 274 初瀬山今日を限りと眺めつる　入相の鐘に秋ぞ暮れぬる	555 ことしげき世を逃れにし山里に　いかに尋ねて秋の来つらむ 566 住の江の岸の松吹く秋風を　頼めて波の寄るを待ちける	180 昨日こそ夏は暮れしか朝戸出の　衣手寒し秋の初風 311 初瀬山今日を限りと眺めつる　入相の鐘に秋ぞ暮れぬる
冬	275 秋は往ぬ風に木の葉は散りはてて　山さびしかる冬は来にけり 352 はかなくて今宵明けなば行く年の　思ひ出もなき春にやあはなむ	567 玉津島和歌の松原夢にだに　まだ見ぬ月に千鳥鳴くなり 584 行く年の行方をとへば世の中の　人こそひとつまうくべらなれ	312 秋はいぬ風に木の葉は散り果てて　山さびしかる冬は来にけり 407 行年の行くへをとへば世の中の　人こそひとつまうくべらなれ

この表から、次の事がより明確になろう。

定家所伝本〈四季〉部は、自然の推移の時間序列で配列され、ひとつの季節の終わりが滑らかに次の季節に繋がり、冬の終わりは再び春へと循環する。一方、〈雑四季〉は、季節と季節の連関が稀薄であり、時間は直進して一年が果てるのである。〈四季〉には自然の推移を主体とした時間序列で和歌が配列されるが、〈雑四季〉には人が主体の時間が入る。〈雑四季〉部三首の共通項は、自然の推移が主体ではないということである。〈雑夏〉の始めの歌(550)は屏風歌を見ての感興、〈雑夏〉の終り(554)は人の行い、雑冬の終わり(584)は加齢、いずれも人が主体の詠である。

このような編集は、自撰でなければまず不可能ではないだろうか。定家所伝本の時間認識には、〝自然の循環〟と〝人事の直進〟が明確である。自然の推移は再び繰り返すが、人の時間は無常であり、直進して終末を迎える。定家所伝本において、〈四季〉の部とは別に、〈雑四季〉を設定することは必然であった。

以上は、定家所伝本を編纂し直したと考えられる貞享本に比較すると、なお明確になろう。貞享本には雑四季はない。貞享本・四季部は、季節ごとの冒頭歌と末尾歌を、定家所伝本〈四季〉と〈雑四季〉の両方から採取し、題・詞書ごとにまとめた体裁である。そこには、〝自然の循環〟と〝人事の直進〟という明確な時間把握はなく、両者は混在している。当然の結果として、定家所伝本を統合する世界観は崩れるのである。

五　貞享本に比して―梅花歌群の例―

Ⅰ　時間序列

定家所伝本の四季の配列には、時間の推移が細やかに配慮されている。〈春〉は霞の到来に始まり、鶯が鳴き、梅が咲いて散り、桜が咲いて散り、山吹が咲いて散り、藤が見事に咲き、その間に霞は広がり、そしていつの間にか跡形もなくなり、春が暮れる。貞享本ではこうはいかない。

梅の詠を例に取ろう。定家所伝本は、梅が咲き、散るまでを、時間の推移に沿って配列している。定家所伝本・春の梅の詠は、11〜18、27〜32、36〜40の三歌群に分断される。

時間序列と表現の連鎖に留意して梅の詠の配列をみよう。まず「第一歌群」。

梅の花をよめる

11梅が枝に氷れる霜やとけぬらむ乾しあへぬ露の花にこぼるる（22）

屏風に梅の木に雪降りかかれる

12梅の花色はそれともわかぬまで風に乱れて雪はふりつつ（37）

梅の花咲ける所をよめる

13我が宿の梅の初花咲きにけり先づ鶯はなどか来鳴かぬ（38）

花（の）間の鶯といふことを

14春来れば先づ咲く宿の梅の花香をなつかしみ鶯ぞ鳴く（15）

梅の花風に匂ふといふことを人びとに詠ませ侍しついでに

15梅が香を夢の枕にさそひきて覚むる待ちける春の山風（34）

16この寝ぬる朝明の風に香るなり軒端の梅の春の初花（35）

梅香薫衣

17梅が香は我が衣手に匂ひきぬ花より過ぐる春の初風（33）

梅の花を詠める

18春風は吹けど吹かねど梅の花咲けるあたりはしるくぞありける（23）

霜が解け始め、雪がまだ降りかかる早春に梅が咲き初める。鶯も鳴き、梅の香を風が運んでくる。18番歌に至ると、もう風の力を借りなくとも梅は自ら馥郁と薫るのである。早蕨・青柳・霞の詠を挟んで「第二歌群」へ移る。

雨そぼ降れる朝、勝長寿院の梅所々咲きたるを見て花に結びつけし歌

27古寺の朽木の梅も春雨にそぼちて花ぞほころびにける（21）

雨後（の）鶯といふことを

28春雨の露もまだ乾ぬ梅が枝に上毛しをれて鶯ぞ鳴く（16）

梅花厭雨

29我が宿の梅の花咲けり春雨はいたくな降りそ散らまくも惜し（36）

故郷梅花

30誰にかも昔も問はむ故郷の軒端の梅は春をこそ知れ（32）

31年経れば宿は荒れにけり梅の花花は昔の香に匂へども（30）

32故郷に誰しのべとか梅の花昔忘れぬ香に匂ふらむ（31）

咲き誇る梅を詠む歌群である。春雨は、朽木の梅も咲かせる恩恵がある（27）が、花を散らす厭わしいもの（29）でもある。そしてまた、人影のない故郷にも梅は昔に変わらぬ香をもって咲く。故郷に関連して、春の月が三首配された後、梅の「第三歌群」となる。

梅花を詠める

36我が宿の八重の紅梅咲きにけり知るも知らぬもなべて訪はなむ（25）

37鶯はいたくな侘びそ梅の花今年のみ散るならひならねば（29）
38さりともと思ひしほどに梅の花散り過ぐるまで君が来まさぬ（28）
39我が袖に香をだに残せ梅の花飽かで散りぬる忘れ形見に（27）
40梅の花咲けるさかりを目の前に過ぐせる宿は春ぞ少なき（24）

散り始めた梅を詠む歌群である。36番歌の「咲きにけり」は一見、時間序列の崩れともみえるのだが、「八重の紅梅」であることに留意したい。大方の梅が散り始める頃、遅咲きの八重紅梅が満開となる。あでやかな花にちなんで賑々しく鑑賞しようという趣旨の詠であろう。梅が散るのを鶯が惜しむように頻りに鳴き（37）、梅に纏わる物思いもあり（38）、名残は尽きない（39）が、時の経つのを忘れ充分に堪能した（40）梅花の季節が終る。この後、呼子鳥・菫・雉の詠を挟んで、桜歌群へ推移するのである。

このような、咲き始めから散るまでが時間序列に従って辿られるのは梅花群だけではない。桜花群も山吹歌群も、咲き始め、満開となり、散るまでの時間が逆行することなく配列される。

Ⅱ　時間序列と表現の連鎖

《貞享本の配列に比較して》

この時間序列の正確さが貞享本に当てはまらないのは、（　）内に付した国歌大観番号に照らせば明らかであるが、貞享本の梅花詠を、時間序列と表現の連鎖という観点からみておきたい。ここでは（　）内に定家所伝本通し番号を付す。

花間鶯

15春来れば先づ咲く宿の梅の花香をなつかしみ鶯ぞ鳴く（14）

雨後鶯

16春雨の露もまだ乾ぬ梅が枝に上毛しをれて鶯ぞ鳴く（28）

ここで分断。「雪中若菜」「屏風の絵に若菜摘むところ」「春日山に雪降れるところ」「残雪」の題詞の和歌四首を挟み、次へ続く。

雨そほ降れる朝、勝長寿院の梅、ところどころに咲きたるを見て花に結びつけ侍りし

21古寺の朽木の梅も春雨にそぼちて花ぞほころびにける（27）

梅の花を詠める

22梅が枝に氷れる霜やとけぬらむ乾しあへぬ露の花にこぼるる（11）

23春風は吹けど吹かねど梅の花咲けるあたりはしるくぞありける（18）

24梅の花咲けるさかりを目の前に過ぐせる宿は春ぞ少なき（40）

25我が宿の八重の紅梅咲きにけり知るも知らぬもなべて訪はなむ（36）

26咲きしよりかねてぞ惜しき梅花散りの別れは我が身と思へば（定家所伝本にはなし）

27我が袖に香をだに残せ梅の花飽かで散りぬる忘れ形見に（39）

28さりともと思ひしほどに梅の花散り過ぐるまで君が来まさぬ（38）

29鶯はいたくな侘びそ梅の花今年のみ散るならひならねば（37）

故郷梅花

30年経れば宿は荒れにけり梅の花花は昔の香に匂へども（31）

31故郷に誰しのべとか梅の花昔忘れぬ香に匂ふらむ（32）
32誰にかも昔も問はむ故郷の軒端の梅は春をこそ知れ（30）
梅香薫衣
33梅が香は我が衣手に匂ひきぬ花より過ぐる春の初風（17）
梅花風に匂ふということを人々に詠ませ侍りしついでに
34梅が香を夢の枕にさそひきて覚むる待ちける春の山風（15）
35この寝ぬる朝明の風に香るなり軒端の梅の春の初花（16）
梅花厭雨
36我が宿の梅の花咲けり春雨はいたくな降りそ散らまくも惜し（29）
屏風に梅木に雪降りかかれるを
37梅の花色はそれともわかぬまで風に乱れて雪はふりつつ（12）
梅の花咲ける所
38我が宿の梅の初花咲きにけりまつ鶯はなどか来鳴かぬ（13）

定家所伝本では第三歌群にあった「八重の紅梅」（25）の歌は、前半にある。注目すべきは、まだ咲き初めた梅（37 38）が梅花群の最終歌に位置することである。これは明らかに時間の逆行である。貞享本は、咲いてから散るまでの過程を辿る配列ではない。題詞でまとめた整頓である。その結果、時間は前後する。

貞享本配列の語・語句の連鎖をみよう。梅花群の歌に「梅」「梅の花」が重なるのは当然であり、また、15 16は歌題から、「梅」と「鶯」が重なるのに不思議はない。他に表現の重なり、類似がみられるのは、27〜29、30〜32、33

〜35であるが、これらは、定家所伝本でも隣接した配列の箇所であって、貞享本編者独自の意図ではない。時間序列と語句の連鎖が醸し出す定家所伝本独特の風合は、貞享本では消えてしまうのである。

Ⅲ　配列・表現の連鎖に関する一首の意味—定家所伝本13番歌—

写本で仮名書きされている箇所の表記をどのように解釈するかに、配列がヒントになることがある。それにより、語釈、一首の意味も異なってくる。例として、貞享本では、梅花群の最終歌に配される定家所伝本13番歌（第一歌群三首目）を挙げる。

我が宿の梅の初花咲きにけりまつ鶯はなどか来鳴かぬ

は、定家所伝本の底本[8]では、二行にわたり

わかやとのむめのはつ花さきにけり
まつうくひすはなとかきなかぬ

と表記される。

写本では平仮名表記の「まつ」は、活字本では「待つ」と表記されてきた[9]。果たしてそうであろうか。定家所伝本の配列・表現の連鎖から捉え直してみたい。

「待つ鶯」の語例を先行歌に探ると、源高明に次の歌がある。

春をだにいつしかとのみ思ひけむ待つ鶯の声もせなくに（西宮左大臣集48）

この場合は、確かに「待つ鶯」が妥当であろう。動詞の連体形「待つ」は「鶯」にかかる。ただし、「待つ鶯」の用例は勅撰集には見当たらない。

実朝詠に関しては大伴家持詠の影響を看過出来ぬように思われる。

あらたまの年行きかへり春立たば先づ我が宿に鶯は鳴け（万葉4514）

あらたまの年行きかへり春立たば先づ鶯は我が宿に鳴け（続後拾遺498）

勅撰集では傍線部の語順が入れ替わっているが、いずれにせよ、副詞「先づ」は動詞「鳴け」にかかっている。実朝詠も同様の語法で、「先づ」が「来鳴かぬ」にかかると考えられないだろうか。

さらに語の連鎖という定家所伝本配列の特質に注意したい。定家所伝本には、既に述べたごとく、同語を繰り返して配列する特徴がある。次に続く14番歌の「先づ咲く」に繋げて同じ表現を選択していると考えられないだろうか。

13我が宿の梅の初花咲きにけり先づ鶯はなどか来鳴かぬ（38）

14春来れば先づ咲く宿の梅の花香をなつかしみ鶯ぞ鳴く（15）

この二首の共通空間は我が家の庭である。13番歌は「我が家の梅の初花が咲いた、真先に鳴くはずの鶯はなぜ来て鳴かないのだろう」⑩の意に解し得る。そして、時間が経過したか、対照的な状況を並べたか、いずれかであろうが、14番歌では鶯が鳴いているのである。

一方、貞享本では、14番歌が先に配列され、13番歌は梅花歌群最終歌に位置する。このような配列では、「先づ」なのか、「待つ」なのかは、判断し難い。

定家所伝本の配列・語の連鎖から、13番歌の「まつうくひす」は、「先づ鶯」であると考えられる。

六　おわりに

定家所伝本の空間・時間序列・表現の連鎖・一首一首の和歌の意味は有機的に繋がり、統一性ある世界を構築しているのである。

語・語句の連鎖が時に途切れることはあっても、時空への配慮は崩れない。これが、定家所伝本『金槐和歌集』の配列構成を特徴づける。四季の他に雑四季を設けることは、構成上の必然であった。そこには、実朝自撰でなければまず不可能な、構築された統合性が内在しているのである。

貞享本編者は、定家所伝本を徹底的に編集し直したのである。題詞の重複を改め、和歌を整理整頓した。無論、一首一首の和歌を独立したものとして鑑賞するのに不都合はない。しかし、その結果、定家所伝本という歌集にみられる配列と表現の連鎖、時空認識が生み出した独特の秩序、情趣は失われてしまった。これは定家所伝本の後代の享受のひとつのありようを物語ってもいよう。

三十一文字の中に小宇宙が封じ込められた表現形態である、という意味では、和歌は一首で充分完結性をもっている。さらに、編纂意図をもった配列構成によって、一首で充分自立し得る和歌に、また新たに命が吹き込まれ、歌集の統合性をもたらす。定家所伝本はまさしく、一首一首の和歌が配列によって融合し、連鎖し、対峙し、響き合って『金槐和歌集』という私家集の世界を存在せしめているのである。

注

① 数字は通し番号。なお、本書中の引用は、定家所伝本『金槐和歌集』復刻版（佐佐木信綱解説・岩波書店1930）を底本とした『実朝の歌　金槐和歌集訳注』（今関敏子著　青簡舎2013）を用いる。

② 配列構成と時空認識については、既に『『金槐和歌集』の時空　定家所伝本の配列構成』（和泉書院2000）で論じたが、年月も経た。本書では、新たな視点を入れてまとめておきたい。

③ ②の拙著で表に示した。

④ 小林秀雄「ある日悶々として波に見入っていた時の心の嵐の形」「実朝」文学界1943
山本健吉「いつかはやってくる身の破滅をあざやかに見つめているような調べ」『日本の古典金槐和歌集』河出書房新社1972
片野達郎「不穏な境遇に置かれた青年の、孤絶憂悶の極限よりの突如の解放の歌」『鑑賞日本古典文学』角川書店1977

⑤ 樋口芳麻呂「波とともに砕け散ることに快感を覚えるような虚無・孤独の影」新潮日本古典集成『金槐和歌集』頭注
「定家本金槐和歌集の編纂意識の一面―雑部四季構成を中心として―」文芸と批評第6巻第2号1985・8

⑥ ②の拙著　第一章第三節で論じた。

⑦ 本書中の貞享本の引用は、『新編国歌大観』に拠り、私に表記する。

⑧ 定家所伝本『金槐和歌集』復刻版（佐佐木信綱解説・岩波書店1930）

⑨ ・鎌田五郎『金槐和歌集全評釈』風間書房1977
・樋口芳麻呂校注『金槐和歌集』新潮日本古典集成　新潮社1981
・小島吉雄校注「金槐和歌集」（日本古典文学大系29『山家集　金槐和歌集』岩波書店1961）の底本は貞享本であるが、やはり「待つ」と表記されている。

⑩ ①の拙著の表記と現代語訳を示す。

〈表Ⅰ〉表現の連鎖一覧

隣り合わせの同表現に［網掛け］を、一首または二首擱いた同表現に［枠囲み］を付す。

類似表現・対立表現に傍線（実線・破線・波線）を、一首または二首擱いた類似表現・対立表現に二重傍線を付す。

（　）内に貞享本国歌大観番号を付す。

詞書	和歌
春	
正月一日詠める	1今朝見れば山も霞みてひさかたの天の原より春は来にけり（1）
立春の心を詠める	2九重の雲居に春ぞ立ちぬらし大内山に霞たなびく（2）
故郷立春	3朝霞立てるを見ればみづのえの吉野の宮に春は来にけり（7）
春のはじめに雪の降るを詠める	4かきくらし猶降る雪の寒ければ春とも知らぬ谷の鶯（5） 5春立たば若菜摘まむと占め置きし野辺とも見えず雪の降れれば（6）
春のはじめの歌	6うちなびき春さり来れば楸生ふる片山かげに鶯ぞ鳴く（4） 7山里に家居はすべし鶯の鳴く初声の聞かまほしさに（3）
屏風の絵に春日の山に雪降れる所を詠める	8松の葉の白きを見れば春日山木の芽もはるの雪ぞ降りける（19）
若菜摘むところ	9春日野の飛火の野守今日とてや昔がたみに若菜摘むらむ（18）
雪中若菜といふことを	10若菜摘む衣手ぬれて片岡のあしたの原に淡雪ぞ降る（17）
梅の花を詠める	11梅が枝に氷れる霜やとけぬらむ乾しあへぬ露の花にこぼるる（22）
屏風に梅の木に雪降りかかれる	12梅の花色はそれともわかぬまで風に乱れて雪はふりつつ（37）
梅の花咲ける所を詠める	13我が宿の梅の初花咲きにけり先づ鶯はなどか来鳴かぬ（38）

花（の）間の鶯といふことを	14春来れば先づ咲く宿の梅の花香をなつかしみ鶯ぞ鳴く（15）
梅の花風に匂ふといふことを人びとに詠ませ侍しついでに	15梅が香を夢の枕にさそひきて覚むる待ちける春の山風（34） 16この寝ぬる朝明の風に香るなり軒端の梅の春の初花（35）
梅香薫衣	17梅が香は我が衣手に匂ひきぬ花より過ぐる春の初風（33）
梅の花を詠める	18春風は吹けど吹かねど梅の花咲けるあたりはしるくぞありける（23）
春の歌	19早蕨の萌え出づる春になりぬれば野辺の霞もたなびきにけり（44）
霞を詠める	20み冬つぎ春し来ぬれば青柳の葛城山に霞たなびく（11） 21おほかたに春の来ぬれば春霞四方の山辺に立ち満ちにけり（10） 22おしなべて春は来にけり筑波嶺の木の下ごとに霞たなびく（12）
柳を詠める	23春来ればなほ色まさる山城の常磐の森の青柳の糸（39）
雨の中（の）柳といふことを	24浅緑染めてかけたる青柳の糸に玉抜く春雨ぞ降る（42） 25水たまる池の堤のさし柳この春雨に萌え出でにけり（43）
柳	26青柳の糸もて抜ける白露の玉こき散らす春の山風（40）
雨そぼ降れる朝、勝長寿院の梅所々咲きたるを見て花に結びつけし歌	27古寺の朽木の梅も春雨にそぼちて花ぞほころびにける（21）
雨後（の）鶯といふことを	28春雨の露もまだ乾ぬ梅が枝に上毛しをれて鶯ぞ鳴く（16）
梅花厭雨	29我が宿の梅の花咲けり春雨はいたくな降りそ散らまくも惜し（36）

故郷梅花	30誰にかも昔も問はむ故郷の軒端の梅は春をこそ知れ（32） 31年経れば宿は荒れにけり梅の花花は昔の香に匂へども（30） 32故郷に誰しのべとか梅の花昔忘れぬ香に匂ふらむ（31）
故郷の春の月といふことを詠める	33故郷は見しごともあらず荒れにけり影ぞ昔の春の夜の月（99） 34誰住みて誰眺むらむ故郷の吉野の宮の春の夜の月（100）
春月	35眺むれば衣手霞むひさかたの月の都の春の夜の空（98）
梅花を詠める	36我が宿の八重の紅梅咲きにけり知るも知らぬもなべて訪はなむ（25） 37鶯はいたくな侘びそ梅の花今年のみ散るならひならねば（29） 38さりともと思ひしほどに梅の花散り過ぐるまで君が来まさぬ（28） 39我が袖に香をだに残せ梅の花飽かで散りぬる忘れ形見に（27） 40梅の花咲けるさかりを目の前に過ぐせる宿は春ぞ少なき（24）
呼子鳥	41あをによし奈良の山なる呼子鳥いたくな鳴きそ君も来なくに（105）
菫	42浅茅原ゆくゑも知らぬ野辺に出て故郷人は菫摘みけり（108）
雉	43高円の尾上の雉朝な朝な妻に恋ひつつ鳴く音悲しも（106） 44己が妻恋ひ侘びにけり春の野にあさる雉の朝な朝な鳴く（107）
名所桜	45音に聞く吉野の桜咲きにけり山の麓にかかる白雲（51）
遠き山の桜	46葛城や高間の桜眺むれば夕ゐる雲に春雨ぞ降る（52）
雨中桜	47雨降るとたちかくるれば山桜花の雫にそぼちぬるかな（53） 48今日も又花に暮しつ春雨の露の宿りを我に貸さなむ（54）

山路夕花	49 道遠みけふ越え暮れぬ山桜花の宿りを我に貸さなむ (55)
春山月	50 風騒ぐ彼方の外山に空晴れて桜に曇る春の夜の月 (97)
屏風絵に旅人あまた花の下に臥せる所	51 木の下の花の下臥夜頃経て我が衣手に月ぞ馴れぬる (62) 52 木の下に宿りはすべし桜花散らまく惜しみ旅ならなくに (60) 53 木の下に宿りをすれば片敷きの我が衣手に花は散りつつ (61) 54 今しはと思(ひ)しほどに桜花散る木の下に日数経ぬべし (59)
山家見花ところ	55 時の間と思(ひ)て来しを山里に花見る見ると長居しぬべし (56)
花散れる所に雁の飛ぶを	56 雁金の帰る翼に香るなり花を恨むる春の山風 (104)
如月の廿日あまりのほどにやありけむ、北向きの縁に立ち出て夕暮の空を眺めて一人居るに、雁の鳴くを聞きて詠める	57 眺めつつ思ふも悲し帰る雁行くらむ方の夕暮の空 (103)
弓遊びをせしに、吉野山のかたを作りて山人の花見たる所を詠める	58 み吉野の山の山守花をよみながながし日を飽かずもあるかな (48) 59 み吉野の山に入りけむ山人となりみてしがな花に飽くやと (49)
屏風に吉野山描きたる所	60 み吉野の山にこもりし山人や花をば宿のものと見るらむ (50)
故郷花	61 里は荒れぬ志賀の花園そのかみの昔の春や恋ひしかるらむ (64) 62 訪ねても誰にか問はむ故郷の花も昔の主ならねば (63)
花を詠める	63 桜花散らまく惜しみうちひさす宮路の人ぞ団居せりける (45) 64 桜花散らば惜しけむ玉鉾の道行きぶりに折りてかざさむ (46) 65 道すがら散り交ふ花を雪とみて休らふほどにこの日暮しつ (95) 66 咲けばかつうつろふ山の桜花花のあたりに風な吹きそも (93)

人のもとに詠みて遣はし侍し	67春は来れど人もすさめぬ山桜風のたよりに我のみぞ訪ふ（73）
「山家見花」といふことを、人びとあまたつかうまつりしついでに	68桜花咲き散る見れば山里に我ぞ多くの春は経にける（57）
屏風に山中に桜咲きたる所	69山桜散らば散らなむ惜しげなみよしや人見ず花の名立てに（74）
花を尋ぬといふことを	70花を見むとしも思はで来し我ぞ深き山路に日数経にける（58）
屏風の絵に	71山風の桜吹きまく音すなり吉野の滝の岩もとどろに（76） 72滝の上の三船の山の山桜風に浮きてぞ花も散りける（75）
散る花	73春来れば糸鹿の山の山桜風に乱れて花ぞ散りける（92）
花風を厭ふ	74咲きにけり長等の山の桜花風に知られで春も過ぎなむ（69）
花を詠める	75み吉野の山下蔭の桜花咲きて立てりと風に知らすな（47）
名所（の）散る花	76桜花うつろふ時はみ吉野の山下風に雪ぞ降りける（82）
花雪に似たりといふことを	77風吹けば花は雪とぞ散りまがふ吉野の山は春やなからむ（83） 78山深み尋ねて来つる木の下に雪と見るまで花ぞ散りける（85） 79春の来て雪は消えにし木の下に白くも花の散りつもるかな（84）
雨中夕花	80山桜今はの頃の花の枝に夕べの雨の露ぞこぼるる（87） 81山桜あだに散りにし花の枝に夕べの雨の露の残れる（86）
落花を詠める	82春深み嵐の山の桜花咲くと見しまに散りにけるかな（91）

三月の末つ方、勝長寿院にまうでたりしに、ある僧山蔭に隠れをるを見て「花は」と問ひしかば、「散りぬ」となむ答へ侍しをきて詠める	83行きて見むと思（ひ）しほどに散りにけりあやなの花や風立たぬまに（71） 84桜花咲くと見しまに散りにけり夢か現か春の山風（72）
水辺落花といふ事を	85桜花散り交ひ霞む春の夜の朧月夜の賀茂の上風（80） 86行く水に風吹き入るる桜花流れて消えぬ泡かとも見ゆ（79） 87山桜木々の梢に見しものを岩間の水の泡となりぬる（78）
湖辺落花	88山風の霞吹きまき散る花の乱れて見ゆる志賀の浦波（77）
故郷惜花心を	89さざなみや志賀の都の花ざかり風より先に訪はましものを（90） 90散りぬれば訪ふ人もなし故郷は花ぞ昔の主なりける（89） 91今年さへ訪はれで暮れぬ桜花春もむなしき名にこそありけれ（88）
花恨風	92心憂き風にもあるかな桜花咲くほどもなく散りぬべらなる（70）
春風を詠める	93桜花咲きてむなしく散りにけり吉野の山はただ春の風（81）
桜を詠める	94桜花咲ける山路や遠からむ過ぎがてにのみ春の暮れぬる（96） 95春深み花散りかかる山の井の古き清水に蛙鳴くなり（94）
河辺款冬	96山吹の花の雫に袖濡れて昔覚ゆる玉川の里（113） 97山吹の花のさかりになりぬれば井手のわたりにゆかぬ日ぞなき（114）
款冬を見て詠める	98わが宿の八重の山吹露を重みうち払ふ袖のそぼちぬるかな（120）
雨の降れる日山吹を詠める	99春雨の露の宿りを吹く風にこぼれて匂ふ山吹の花（121）

山吹を折りて詠める	100 いま幾日春しなければ春雨に濡るとも折らむ山吹の花（119）
山吹に風の吹くを見て	101 我が心いかにせよとか山吹のうつろふ花に嵐立つらむ（122） 102 立ち返り見れども飽かず山吹の花散る岸の春の川波（118）
山吹の花を折りて人のもとに遣はすとて詠める	103 自づからあはれとも見よ春深み散りゐる岸の山吹の花（123） 104 散り残る岸の山吹春深みこの一枝をあはれといはなむ（124）
山吹の散るを見て	105 玉藻刈る井手の川風吹きにけり水泡に浮ぶ山吹の花（116） 106 玉藻刈る井手のしがらみ春かけて咲くや川瀬の山吹の花（115）
的弓の風流に大井川を作りて松に藤かかる所	107 立ち返り見てを渡らむ大井川川辺の松にかかる藤波（109）
屏風絵に多古の浦に旅人の藤の花を折りたる所	108 多古の浦の岸の藤波立ち返り折らでは行かじ袖は濡るとも（110）
池の辺の藤の花	109 故郷の池の藤波誰植ゑて昔忘れぬ形見なるらむ（112） 110 いと早も暮れぬる春か我が宿の池の藤波うつろはぬまに（111）
正月ふたつありし年、三月に時鳥鳴くを聞きて詠める	111 聞かざりき三月の山の時鳥春加はれる年はありしかど（131）
春の暮を詠める	112 春深み嵐もいたく吹く宿は散り残るべき花もなきかな（125） 113 ながめこし花もむなしく散りはててはかなく春の暮れにけるかな（126） 114 いづかたに行き隠るらむ春霞立ち出でて山の端にも見えなで（127） 115 行く春の形見と思ふを天つ空有明の月はかげも絶えにき（128）
三月尽	116 惜しむとも今宵明けなば明日よりは花の袂を脱ぎや替へてむ（130）

夏 更衣を詠める	117 惜しみこし花の袂も脱ぎ替へつ人の心ぞ夏にはありける（133）
夏のはじめの歌	118 夏衣龍田の山の時鳥いつしか鳴かむ声を聞かばや（134） 119 春過ぎて幾日もあらねど我が宿の池の藤波うつろひにけり（135）
時鳥を待つといふことを詠める	120 夏衣たちし時よりあしひきの山時鳥待たぬ日ぞなき（142） 121 時鳥聞くとはなしに武隈のまつにぞ夏の日数経ぬべき（140） 122 初声を聞くとはなしに今日もまた山時鳥待たずしもあらず（141） 123 時鳥かならず待つとなけれども夜な夜な目をも覚ましつるかな（139）
山家時鳥	124 山近く家居しせれば時鳥鳴く初声は我のみぞ聞く（143）
時鳥歌	125 あしひきの山時鳥木隠れて目にこそ見えね音のさやけさ（149） 126 葛城や高間の山の時鳥雲居のよそに鳴きわたるなり（155） 127 あしひきの山時鳥深山出て夜深き月の影に鳴くなり（150） 128 有明の月は入りぬる木の間より山時鳥鳴きて出づなり（151） 129 みな人の名をしも呼ぶか時鳥鳴くなる声の里を響むか（158）
夕時鳥	130 夕闇のたづたづしきに時鳥声うら悲し道や惑へる（144）
夏歌	131 五月待つ小田の益荒男暇なみ堰き入るる水に蛙鳴くなり（138） 132 五月雨に水まさるらし菖蒲草末葉隠れて刈る人のなき（163）

五月雨降れるに菖蒲草をみて詠める	133 袖濡れて今日葺く宿の菖蒲草いづれの沼に誰か引きけむ（162） 134 五月雨は心あらなむ雲間より出でくる月を待てば苦しも（164） 135 五月雨に夜の更けゆけば時鳥ひとり山辺を鳴きて過ぐなり（152） 136 五月雨の露もまだひぬ奥山の真木の葉隠れ鳴く時鳥（153） 137 五月雨の雲のかかれる巻目の檜原が峰に鳴く時鳥（154） 138 五月山小高き峰の時鳥たそがれ時の空に鳴くなり（157）
故郷盧橘	139 いにしへを偲ぶとなしに故郷の夕の雨に匂ふ橘（160）
盧橘薫衣	140 うたたねの夜の衣に香るなり物思ふ宿の軒の橘（161）
時鳥を詠める	141 時鳥聞けども飽かず橘の花散る里の五月雨のころ（159）
社頭時鳥	142 五月雨を幣に手向けて三熊野の山時鳥鳴き響むなり（638）
雨いたく降れる夜、ひとり時鳥を聞きて詠める	143 時鳥鳴く声あやな五月闇聞く人なしみ雨は降りつつ（148）
深夜郭公	144 五月闇おぼつかなきに時鳥深き峰より鳴きて出づなり（145） 145 五月闇神南備山の時鳥妻恋ひすらし鳴く音悲しも（146）
蓮露似玉	146 小夜更けて蓮の浮葉の露の上に玉と見るまで宿る月影（167）
河風似秋	147 岩潜る水にや秋の龍田川川風涼し夏の夕暮（168）
「蛍火乱飛秋已近」といふ事を	148 杜若生ふる沢辺に飛ぶ蛍数こそまされ秋や近けむ（169） 149 夏山に鳴くなる蝉の木隠れて秋近しとや声も惜しまぬ（170）

水無月の廿日あまりの頃、夕風簾を動かすを詠める	150 秋近くなるしるしにや玉垂れの小簾の間通し風の涼しき（173）
「夜風冷衣」といふことを	151 夏深み思（ひ）もかけぬうたたねの夜の衣に秋風ぞ吹く（172）
夏の暮に詠める	152 昨日まで花の散るをぞ惜しみこし夢か現か夏も暮れにけり（175） 153 禊する川瀬に暮れぬ夏の日の入相の鐘のその声により（176） 154 夏はただ今宵ばかりと思（ひ）寝の夢路に涼し秋の初風（174）
秋 七月一日の朝に詠める	155 昨日こそ夏は暮れしか朝戸出の衣手寒し秋の初風（180）
海辺（に）秋来たるといふ心を	156 霧立ちて秋こそ空に来にけらし吹上の浜の浦の潮風（183） 157 うちはへて秋は来にけり紀の国や由良の御崎の海人の浮子縄（184）
寒蝉鳴	158 吹く風の涼しくもあるかおのづから山の蝉鳴きて秋は来にけり（189）
秋のはじめの歌	159 住む人もなき宿なれど荻の葉の露を尋ねて秋は来にけり（186） 160 野となりて跡は絶えにし深草の露の宿りに秋は来にけり（185）
白露	161 秋は早来にけるものをおほかたの野にも山にも露ぞ置くなる（187）
秋風	162 夕されば衣手涼し高円の尾上の宮の秋の初風（182） 163 眺むれば衣手寒し夕月夜佐保の川原の秋の初風（181）
秋のはじめに詠める	164 天の川水泡逆巻き行く水の早くも秋の立ちにけるかな（192） 165 ひさかたの天の川原をうち眺めいつかと待ちし秋も来にけり（193） 166 彦星の行合を待つひさかたの天の川原に秋風ぞ吹く（194） 167 夕されば秋風涼し七夕の天の羽衣裁ちや替ふらむ（195）

七夕	168 天の川霧立ち渡る彦星の妻迎へ舟はやも漕がなむ（196） 169 恋ひ恋ひてまれに逢ふ夜の天の川川瀬の鶴は鳴かずもあらなむ（197） 170 七夕の別れを惜しみ天の川安の渡に鶴も鳴かなむ（198） 171 いまはしも別れもすらし七夕は天の川原に鶴ぞ鳴くなる（199）
秋のはじめ月明かかりし夜	172 天の原雲なき宵にひさかたの月冴えわたる鵲の橋（200） 173 秋風に夜の更けゆけばひさかたの天の川原に月傾きぬ（201）
七月十四日夜、勝長寿院の廊に侍りて、月のさし入りたりしを詠める	174 眺めやる軒のしのぶの露の間にいたくな更けそ秋の夜の月（202）
曙に庭の荻をみて	175 朝ぼらけ荻の上吹く秋風に下葉押し靡み露ぞこぼるる（211）
「秋の野に置く白露は玉なるや」といふことを人々に仰せてつかうまつらせし時詠める	176 ささがにの玉抜く糸の緒を弱み風に乱れて露ぞこぼるる（256）
秋歌	177 花に置く露を静けみ白菅の真野の萩原しをれあひにけり（206）
路頭萩	178 道の辺の小野の夕霧立ち返り見てこそ行かめ秋萩の花（209）
草花を詠める	179 野辺に出てそぼちにけりな唐衣きつつわけゆく花の雫に（203） 180 藤袴きて脱ぎかけし主や誰問へど答へず野辺の秋風（215）
鳥狩しに砥上が原といふ所にいで侍りし時、荒れたる庵の前に蘭咲けるを見て詠める	181 秋風になに匂ふらむ藤袴主は旧りにし宿と知らずや（216）
故郷萩	182 故郷のもとあらの小萩いたづらに見る人なしみ咲きか散りなむ（208）

庭の萩を詠める	183 秋風はいたくなふきそ我が宿のもとあらの小萩散らまくも惜し（207）
夕秋風といふことを	184 秋ならでただおほかたの風の音も夕はことに悲しきものを（265）
夕の心を詠める	185 おほかたにもの思（ふ）としもなかりけりただ我がための秋の夕暮（264） 186 たそがれにもの思（ひ）をれば我が宿の荻の葉そよぎ秋風ぞ吹く（212） 187 我のみや侘しとは思ふ花薄穂の出づる宿の秋の夕暮（213）
庭の萩わづかに残れるを、月さし出でて後見るに、散りにたるにや、花の見えざりしかば	188 萩の花暮れ暮れまでもありつるが月出でて見るになきがはかなさ（210）
秋を詠める	189 秋萩の下葉もいまだうつろはぬに今朝吹く風は袂寒しも（204）
朝顔	190 風を待つ草の葉に置く露よりもあだなるものは朝顔の花（220）
野辺の刈萱を詠める	191 夕されば野路の刈萱うちなびき乱れてのみぞ露も置きける（214）
秋歌	192 朝な朝な露に折れ伏す秋萩の花踏みしだき鹿ぞ鳴くなる（243） 193 萩が花うつろひゆけば高砂の尾上の鹿の鳴かぬ日ぞなき（242） 194 小牡鹿の己が住む野の女郎花花に飽かずと音をや鳴くらむ（241） 195 よそに見て折らでは過ぎじ女郎花名をむつまじみ露に濡るとも（217） 196 秋風はあやなな吹きそ白露のあだなる野辺の葛の葉の上に（219） 197 白露のあだにも置くか葛の葉にたまれば消えぬ風立たぬまに（218） 198 蟋蟀鳴く夕暮の秋風に我さへあやなものぞ悲しき（254）

「山家晩望」といふことを	199 暮れかかる夕の空を眺むれば木高き山に秋風ぞ吹く（258） 200 秋を経てしのびもかねにものぞ思（ふ） 小野の山辺の夕暮の空（259） 201 声高み林に叫ぶ猿よりも我ぞもの思ふ秋の夕は（257）
秋の歌	202 玉垂れの小簾の隙洩る秋風の妹恋ひしらに身にぞしみける（266） 203 秋風はやや肌寒くなりにけりひとりや寝なむ長きこの夜を（267） 204 雁鳴きて秋風寒くなりにけりひとりや寝なむ夜の衣薄し（231） 205 小笹原夜半に露吹く秋風をやや寒しとや虫の侘ぶらむ（247） 206 秋深み露寒き夜の蟋蟀ただいたづらに音をのみぞ鳴く（250） 207 庭草に露の数添ふ村雨に夜深き虫の声ぞ悲しき（248） 208 浅茅原露しげき庭の蟋蟀△秋深き夜の月に鳴くなり（251） 209 秋の夜の月の都の蟋蟀鳴くは昔の影や恋ひしき（252） 210 天の原ふりさけ見れば月清み秋の夜いたく更けにけるかな（271）
月を詠める	211 我ながら覚えず置くか袖の露月にもの思（ふ） 夜頃経ぬれば（272）
八月十五夜	212 ひさかたの月の光し清ければ秋の半ばを空に知るかな（286）
海辺月	213 たまさかに見るものにもが伊勢の海の清き渚の秋の夜の月（279） 214 伊勢の海や波にたけたる秋の夜の有明の月に松風ぞ吹く（280） 215 須磨の海人の袖吹き返す秋風にうらみて更くる秋の夜の月（281） 216 塩釜の浦吹く風に秋たけて籬の島に月傾きぬ（282）

月前雁	217 天の原ふりさけ見ればますかがみ清き月夜に雁鳴きわたる（229） 218 むばたまの夜は更けぬらし雁金の聞こゆる空に月傾きぬ（230） 219 鳴きわたる雁の羽風に雲消えて夜深き空に澄める月影（227） 220 九重の雲居をわけてひさかたの月の都に雁ぞ鳴くなる（226） 221 天の戸をあけ方の空に鳴く雁の翼の露に宿る月影（228）
海の辺を過ぐとて詠める	222 海の原八重の潮路に飛ぶ雁の翼の波に秋風ぞ吹く（225） 223 眺めやる心も絶えぬ海の原八重の潮路の秋の夕暮（263）
雁を	224 秋風に山飛び越ゆる初雁の翼に分くる峰の白雲（232） 225 あしひきの山飛び越ゆる秋の雁幾重の霧をしのぎ来ぬらむ（233） 226 雁金は友惑はせり信楽や真木の杣山霧立たるらし（234）
夕雁	227 夕されば稲葉のなびく秋風に空飛ぶ雁の声も悲しや（223）
田家夕雁	228 雁の居る門田の稲葉うちそよぎたそがれ時に秋風ぞ吹く（224）
野辺露	229 ひさかたの天飛ぶ雁の涙かもおほあらき野の笹が上の露（222）
田家露	230 秋田守る庵に片敷く我が袖に消えあへぬ露の幾重置きけむ（261）
田家夕	231 かくて猶堪へてしあらばいかがせむ山田守る庵の秋の夕暮（262）
田家秋といふ事を	232 唐衣稲葉の露に袖濡れて物思へともなれる我が身か（260） 233 山田守る庵にし居れば朝な朝な絶えず聞きつる小牡鹿の声（246）
夕鹿	234 鳴く鹿の声より袖に置くか露物思（ふ）頃の秋の夕暮（245）

鹿を詠める	235 妻恋ふる鹿ぞ鳴くなる小倉山山の夕霧立ちにけむかも（235） 236 夕されば霧立ち来らし小倉山山の常陰に鹿ぞ鳴くなる（236） 237 雲の居る梢はるかに霧こめて高師の山に鹿ぞ鳴くなる（237） 238 小夜更くるままに外山の木の間より誘ふか月をひとり鳴く鹿（239） 239 月をのみあはれと思（ふ）を小夜更けて深山隠れに鹿ぞ鳴くなる（238）
閑居望月	240 苔の庵にひとり眺めて年も経ぬ友なき山の秋の夜の月（274）
名所秋月	241 月見れば衣手寒し更級や姥捨山の峰の秋風（284） 242 山寒み衣手薄し更級や姥捨の月に秋更けしかば（285） 243 さざなみや比良の山風小夜更けて月影寒し志賀の唐崎（283）
秋歌	244 月清み秋の夜いたく更けにけり佐保の川原に千鳥しば鳴く（270）
月前擣衣	245 秋たけて夜深き月の影見れば荒れたる宿に衣打つなる（287） 246 小夜更けて半ばたけゆく月影に飽かでや人の衣打つらむ（288） 247 夜を長み寝覚めて聞けば長月の有明の月に衣打つなり（289）
擣衣を詠める	248 ひとり寝る寝覚めに聞くぞあはれなる伏見の里に衣打つ声（291） 249 み吉野の山下風の寒き夜を誰故郷に衣打つらむ（290）
秋歌	250 昔思（ふ）秋の寝覚の床の上をほのかに通ふ峰の松風（268） 251 見る人もなくて散りにき時雨のみふりにし里の秋萩の花（205） 252 秋萩の昔の露に袖濡れて古き籬に鹿ぞ鳴くなる（244） 253 朝まだき小野の露霜寒ければ秋をつらしと鹿の鳴くなる（240） 254 秋萩の下葉の紅葉うつろひぬ長月の夜の風の寒さに（308）

雨の降れる夜、庭の菊を見て詠める	255 露を重み籬の菊のほしもあへず晴るれば曇る宵の村雨（293）
月夜、菊の花を折るとて詠める	256 濡れて折る袖の月影更けにけり籬の菊の花の上の露（292）
ある僧に衣を賜ふとて	257 野辺見れば露霜寒き蟋蟀夜の衣の薄くやあるらむ（255）
長月の夜、蟋蟀の鳴くを聞きて詠める	258 蟋蟀夜半の衣の薄き上にいたくは霜の置かずもあらなむ（254）
「九月霜降秋早寒」といふ心を	259 虫の音もほのかになりぬ花薄秋の末葉に霜や置くらむ（306）
秋の末に詠める	260 雁鳴きて吹く風寒み高円の野辺の浅茅は色づきにけり（301） 261 雁鳴きて寒き朝明の露霜に矢野の神山色づきにけり（302）
名所紅葉	262 初雁の羽風の寒くなるままに佐保の山辺は色づきにけり（298） 263 雁鳴きて寒き嵐の吹くなへに龍田の山は色づきにけり（299）
雁の鳴くを聞きて詠める	264 今朝来鳴く雁金寒み唐衣龍田の山は紅葉しぬらむ（300） 265 神無月待たで時雨や降りにけむ深山に深き紅葉しにけり（297）
「佐保山の柞の紅葉時雨に濡る」といふことを、人びとに詠ませしついでに詠める	266 佐保山の柞の紅葉千々の色にうつろふ秋は時雨降りけり（295）
秋歌	267 木の葉散る秋の山辺は憂かりけり堪へでや鹿のひとり鳴くらむ（310） 268 紅葉葉は道もなきまで散りしきぬ我が宿を訪ふ人しなければ（309）
水上落葉	269 流れゆく木の葉のよどむ江にしあれば暮れてののちも秋の久しき（325） 270 暮れてゆく秋の湊に浮かぶ木の葉海人の釣する舟かとも見ゆ（296）
秋の末に詠める	271 はかなくて暮れぬと思（ふ）をおのづから有明の月に秋ぞ残れる（303）

秋を惜しむといふことを	272 長月の有明の月の尽きずのみ来る秋ごとに惜しき今日かな（304） 273 年毎の秋の別れはあまたあれど今日の暮るるぞ侘しかりける（305）
九月尽の心を、人びとに仰せてつかうまつらせしついでに詠める	274 初瀬山今日を限りと眺めつる入相の鐘に秋ぞ暮れぬる（311）
冬 十月一日詠める	275 秋は往ぬ風に木の葉は散りはてて山さびしかる冬は来にけり（312）
松風時雨に似たり	276 降らぬ夜も降る夜もまがふ時雨かな木の葉の後の峰の松風（324） 277 神無月木の葉降りにし山里は時雨にまがふ松の風かな（323）
冬の歌	278 木の葉散り秋も暮れにし片岡のさびしき森に冬は来にけり（313） 279 初時雨降りにし日より神名備の森の梢ぞ色まさりゆく（318） 280 神無月時雨降るらし奥山は外山の紅葉いまさかりなり（321）
冬のはじめの歌	281 神無月時雨降ればか奈良山の楢の葉柏かてにうつろふ（320） 282 下紅葉かつはうつろふ柞原神無月して時雨降れりてへ（322） 283 三室山紅葉散るらし神無月龍田の川に錦織りかく（319） 284 吉野川紅葉葉流る滝の上の三船の山に嵐吹くらし（317） 285 散りつもる木の葉朽ちにし谷水も氷に閉づる冬は来にけり（315） 286 夕月夜沢辺にたてる葦鶴の鳴く音悲しき冬は来にけり（314）
野霜といふことを	287 花薄枯れたる野辺に置く霜のむすぼほれつつ冬は来にけり（329）
霜を詠める	288 東路の路の冬草枯れにけり夜な夜な霜や置きまさるらむ（328） 289 大沢の池の水草枯れにけり長き夜すがら霜や置くらむ（327）

月影霜に似たりといふことを詠める	290 月影の白きを見れば鵲の渡せる橋に霜ぞ置きにける（343）
冬歌	291 夕月夜佐保の川風身にしみて袖より過ぐる千鳥鳴くなり（351）
河辺冬月	292 千鳥鳴く佐保の川原の月清み衣手寒し夜や更けにけむ（341）
月前松風	293 天の原空を寒けみむばたまの夜渡る月に松風ぞ吹く（344）
海の辺の千鳥といふことを、人々あまたつかうまつりしついでに	294 夜を寒み浦の松風吹きむせび虫明の波に千鳥鳴くなり（354） 295 夕月夜満つ潮合の潟をなみ涙しほれて鳴く千鳥かな（353） 296 月清み小夜更けゆけば伊勢島や一志の浦に千鳥鳴くなり（355）
名所千鳥	297 衣手に浦の松風冴えわびて吹上の月に千鳥鳴くなり（357）
寒夜千鳥	298 風寒み夜の更けゆけば妹が島形見の浦に千鳥鳴くなり（356）
深き夜の霜	299 むばたまの妹が黒髪うちなびき冬深き夜に霜ぞ置きにける（330）
冬歌	300 片敷きの袖こそ霜に結びけれ待つ夜更けぬる宇治の橋姫（332） 301 片敷きの袖も氷りぬ冬の夜の雨降りすさむ暁の空（333） 302 夜を寒み川瀬に浮かぶ水の泡の消えあへぬほどに氷りしにけり（331）
氷を詠める	303 音羽山山おろし吹きて逢坂の関の小川は氷りわたれり（335）
月前嵐	304 更けにけり外山の嵐冴え冴えて十市の里に澄める月影（346）
湖上冬月といふ事を	305 比良の山山風寒み唐崎や鳰の湖に月ぞ氷れる（340）
池上冬月	306 原の池の葦間の氷繁けれど絶え絶え月の影は澄みけり（339）

冬歌	307 葦の葉は沢辺もさやに置く霜の寒き夜な夜な氷りしにけり（334） 308 難波潟葦の葉白く置く霜の冴えたる夜半に鶴ぞ鳴くなる（326）
夜更けて月を見て詠める	309 小夜更けて雲間の月の影見れば袖に知られぬ霜ぞ置きける（342）
社頭霜	310 小夜更けて稲荷の宮の杉の葉に白くも霜の置きにけるかな（629）
屏風に三輪の山に雪の降れる所	311 冬籠りそれとも見えず三輪の山杉の葉白く雪の降れれば（380）
社頭雪	312 み熊野の梛の葉しだり降る雪は神のかけたる垂にぞあるらし（637）
鶴岡別当僧都（の）許に雪の降れりし朝詠みて遣はす歌	313 鶴の岡仰ぎて見れば峰の松梢はるかに雪ぞつもれる（623） 314 八幡山木高き松に居る鶴の羽白妙にみ雪降るらし（624）
海辺鶴	315 難波潟潮干に立てる葦鶴の羽白妙に雪は降りつつ（359）
冬歌	316 降りつもる雪踏む磯の浜千鳥波にしをれて夜半に鳴くなり（352） 317 鶚居る磯辺に立てる室の木の枝もとををに雪ぞつもれる（360） 318 夕されば潮風寒し波間より見ゆる小島に雪は降りつつ（364） 319 立ち昇る煙は猶ぞつれもなき雪の朝の塩釜の浦（381）
雪を詠める	320 ながむればさびしくもあるか煙立つ室の八島の雪の下燃え（367）

冬歌	321 夕されば浦風寒し海人小舟とませの山にみ雪降るらし（363） 322 巻向の檜原の嵐冴え冴えて弓月が岳に雪降りにけり（370） 323 深山には白雪降れり信楽の真木の杣人道辿るらし（369） 324 払へただ雪分衣緯を薄みつもれば寒し山おろしの風（372） 325 真木の戸を朝明の雲の衣手に雪を吹き巻く山おろしの風（371） 326 山里は冬こそことに侘しけれ雪踏み分けて訪ふ人もなし（373） 327 我が庵は吉野の奥の冬籠り雪降りつみて訪ふ人もなし（374） 328 奥山の岩根に生ふる菅の根のねもころごろに降れる白雪（361） 329 おのづからさびしくもあるか山深み苔の庵の雪の夕暮（375）
寺辺夕雪	330 うちつけにものぞ悲しき初瀬山尾上の鐘の（雪の夕暮）（382） 331 故郷はうらさびしともなきものを吉野の奥の（雪の夕暮）（383）
冬歌	332 夕されば篠吹く嵐身にしみて吉野の岳にみ雪降るらし（362） 333 山高み明け離れゆく横雲の絶え間に見ゆる峰の白雪（365） 334 見わたせば雲居はるかに雪白し富士の高嶺のあけぼのの空（366） 335 笹の葉は深山もそよに霰降り寒き霜夜をひとりかも寝む（349）
山辺霰	336 雲深き深山の嵐冴え冴えて生駒の岳に霰降るらし（347）
雪を詠める	337 鶴も今日や白斑に変るらむとかへる山に雪の降れれば（377）

冬歌	338 雪降りて今日とも知らぬ奥山に炭焼く翁あはれはかなみ（390） 339 炭竃の煙もさびし大原や旧りにし里の雪の夕暮（391） 340 我が門の板井の清水冬深み影こそ見えね氷りすらしも（338） 341 冬深み氷やいたく閉ぢつらし影こそ見えね山の井の水（336） 342 冬深み氷に閉づる山川の汲む人なしみ年や暮れなむ（337） 343 武士の八十宇治川を行く水の流れて早き年の暮かな（400） 344 白雪のふるの山なる杉叢の過ぐるほどなき年の暮かな（401） 345 葛城や山を木高み雪白しあはれとぞ思（ふ）年の暮れぬる（402）
仏名心を詠める	346 身につもる罪やいかなる罪ならむ今日降る雪とともに消ななむ（392）
歳暮	347 老いらくの頭の雪を留め置きてはかなの年や暮れて行くらむ（403） 348 とりもあへずはかなく暮れて行く年をしばし留めむ関守もがな（399） 349 乳房吸ふまだいとけなき嬰児とともに泣きぬる年の暮かな（406） 350 塵をだに据ゑじとや思ふ行く年の跡なき庭を払ふ松風（398） 351 うばたまのこの夜な明けそしばしばもまだ旧年のうちぞと思はむ（405） 352 はかなくて今宵明けなば行く年の思ひ出もなき春にやあはなむ（404）
賀	353 千々の春万の秋にながらへて花と月とを君ぞ見るべき（671） 354 男山神にぞ幣を手向けつる八百万代も君がまにまに（621）

松に寄するといふことを詠める	355 八幡山木高き松の種しあらば千歳の後も絶えじとぞ思（ふ）（622） 356 位山木高くならむ松にのみ八百万代と春風ぞ吹く（662） 357 行く末もかぎりは知らず住吉の松に幾代の年か経ぬらむ（659） 358 住吉の生ふてふ松の枝茂み葉ごとに千代の数ぞこもれる（660） 359 君が代は猶しも尽きじ住吉の松は百度生ひ代るとも（658）
祝の心を	360 鶴の居る長柄の浜の浜風に万代かけて波ぞ寄すなる（656） 361 姫島の小松が末に居る鶴の千歳経れども年老いずけり（655）
大嘗会の年の歌	362 黒木もて君が造れる宿なれば万代経とも旧りずもありなむ（677）
梅の花を瓶に挿せるを見て詠める	363 玉垂の小瓶にさせる梅の花万代経べき挿頭なりけり（669）
花の咲けるを見て	364 宿にある桜の花は咲きにけり千歳の春も常かくし見む（670）
苔に寄する祝といふことを	365 岩にむす苔の緑の深き色を幾千代までと誰か染めけむ（668）
二所詣し侍（り）し時	366 ちはやぶる伊豆のお山の玉椿八百万代も色は変らじ（644）
月に寄する祝	367 万代に見るとも飽かじ長月の有明の月のあらむかぎりは（673）
河辺月	368 ちはやぶる御手洗川の底清みのどかに月の影はすみけり（625）
祝の歌	369 君が代も我が代も尽きじ石川や瀬見の小川の絶えじと思へば（675） 370 朝にありて我が代は尽きじ天の戸や出づる月日の照らむかぎりは（674）
恋	
初恋の心を詠める	371 春霞龍田の山の桜花おぼつかなきを知る人のなさ（495）
寄鹿恋	372 秋の野の朝霧隠れ鳴く鹿のほのかにのみや聞きわたりなむ（541）

恋歌	373 あしひきの山の岡辺に刈る萱の束の間もなし乱れてぞ思（ふ）(425) 374 我が恋は初山藍の摺り衣人こそ知らね乱れてぞ思（ふ）(438) 375 木隠れてものを思へば空蝉の羽に置く露の消えやかへらむ (415) 376 鵲の羽に置く露の丸木橋ふみみぬ先に消えやわたらむ (416) 377 月影のそれかあらぬか陽炎のほのかに見えて雲隠れにき (428) 378 雲隠れ鳴きて行くなる初雁のはつかに見てぞ人は恋しき (540)
草に寄せて忍ぶる恋	379 秋風になびく薄の穂には出でず心乱れてものを思（ふ）かな (500)
風に寄する恋	380 化野の葛の裏吹く秋風の目にし見えねば知る人もなし (526) 381 秋萩の花野の薄露を重みおのれしをれて穂にや出でなむ (533)
ある人のもとに遣はし侍（り）し	382 難波潟汀の葦のいつまでか穂に出でずしも秋をしのばむ (563) 383 雁の居る羽風に騒ぐ秋の田の思ひ乱れて穂にぞ出でぬる (562)
恋の心を詠める	384 小夜更けて雁の翼に置く露の消えてもものは思ふかぎりを (417)
忍ぶる恋	385 時雨降る大荒木野の小笹原濡れは漬づとも色に出でめや (502)
神無月の頃人のもとに	386 時雨のみふるの神杉ふりぬれどいかにせよとか色のつれなき (558)
恋の歌	387 夜を寒み鴨の羽交に置く霜のたとひ消ぬとも色に出でめやも (430) 388 葦鴨の騒ぐ入江の浮草の浮きてやものを思（ひ）わぶらむ (443)
海の辺の恋	389 浮浪の雄島の海人の濡れ衣濡るとな言ひそ朽ちは果つとも (549) 390 伊勢島や一志の海人の捨て衣あふことなみに朽ちや果てなむ (471) 391 淡路島通ふ千鳥のしばしばも羽搔く間なく恋ひやわたらむ (457)

恋の歌	392 豊国の企救の長浜夢にだにまだ見ぬ人に恋ひやわたらむ（454） 393 須磨の浦に海人の灯せる漁火のほのかに人を見るよしもがな（460） 394 葦の屋の灘の塩焼我なれや夜はすがらに燻ゆりわぶらむ（470）
沼に寄せて忍ぶる恋	395 隠沼の下這ふ葦のみ籠りに我ぞもの思（ふ）行方知らねば（498）
水辺の恋	396 真薦生ふる淀の沢水水草ゐて影し見えねば訪ふ人もなし（548） 397 三島江や玉江の真薦みがくれて目にし見えねば刈る人もなし（547）
雨に寄する恋	398 時鳥鳴くや五月の五月雨の晴れずもの思（ふ）頃にもあるかな（528） 399 時鳥待つ夜ながらの五月雨にしげきあやめのねにぞ泣きぬる（530） 400 時鳥来鳴く五月の卯の花の憂き言の葉のしげき頃かな（529）
夏の恋といふことを	401 五月山木の下闇の暗ければおのれ惑ひて鳴く時鳥（509）
恋の歌	402 奥山のたつきも知らぬ君により我が心から惑ふべらなる（440） 403 奥山の苔踏みならす小牡鹿も深き心のほどは知らなむ（419） 404 天の原風に浮きたる浮雲の行方定めぬ恋もするかな（432）
雲に寄する恋	405 白雲の消えは消えなで何しかも龍田の山の波の立つらむ（525）
衣に寄する恋	406 忘らるる身はうらぶれぬ唐衣さてもたちにし名こそ惜しけれ（544）
恋の心を詠める	407 君に恋ひうらぶれ居れば秋風に靡く浅茅の露ぞ消ぬべき（421） 408 もの思はぬ野辺の草木の葉にだにも秋の夕は露ぞ置きける（424） 409 秋の野の花の千種にものぞ思（ふ）露よりしげき色は見えねど（423）
露に寄する恋	410 我が袖の涙にもあらぬ露にだに萩の下葉は色に出でにけり（532）

恋の歌	411 山城の石田の杜の言はずとも秋の梢はしるくやあるらむ（465）
山家後の朝	412 消えなまし今朝訪ねずは山城の人来ぬ宿の道芝の露（507）
草に寄せて忍ぶる恋	413 撫子の花に置きゐる朝露のたまさかにだに心隔つな（535）
撫子に寄する恋	414 我が恋は夏野の薄しげけれど穂にしあらねば問ふ人もなし（499）
逢ひて逢はぬ恋	415 いまさらに何をか忍ぶ花薄穂に出でし秋も誰ならなくに（508）
薄に寄する恋	416 待つ人は来ぬものゆゑに花薄穂に出でて妬き恋もするかな（534）
頼めたる人のもとに	417 小笹原置く露寒み秋さればまつ虫の音になかぬ夜ぞなき（560） 418 待つ宵の更け行くだにもあるものを月さへあやな傾きにけり（559） 419 待てとしも頼めぬ山も月は出でぬ言ひしばかりの夕暮の空（521）
月に寄する恋	420 数ならぬ身は浮雲のよそながらあはれとぞ思（ふ）秋の夜の月（523） 421 月影もさやには見えずかきくらす心の闇の晴れしやらねば（524）
月の前の恋	422 我が袖におぼえず月ぞ宿りける問ふ人あらばいかが答へむ（522）
秋頃言ひなれにし人の、ものへ罷れりしに、便りにつけて文など遣はすとて	423 上の空に見し面影を思ひ出て月になれにし秋ぞ恋しき（609） 424 逢ふことを雲居のよそに行く雁の遠ざかればや声も聞こえぬ（418）
遠き国へ罷れりし人、八月ばかりに帰り参るべきよしを申して、九月まで見えざりしかば、かの人のもとに遣はし侍し歌	425 来むとしも頼めぬ上の空にだに秋風吹けば雁は来にけり（605） 426 いま来むと頼めし人は見えなくに秋風寒み雁は来にけり（606）
雁に寄する恋	427 忍びあまり恋しき時は天の原空飛ぶ雁の音になきぬべし（539）

恋の歌

428 あまごろも田蓑の島に鳴く鶴の声聞きしより忘れかねつも（459）
429 難波潟浦より遠に鳴く鶴のよそに聞きつつ恋ひやわたらむ（458）
430 人知れず思へば苦し武隈のまつとは待たじ待てばすべなし（474）
431 我が恋は深山の松に這ふ蔦の繁きを人の問はずぞありける（411）
432 山繁み木の下隠れ行く水の音聞きしより我や忘るる（412）
433 神山の山下水の湧き返り言はでもの思（ふ）我ぞ悲しき（463）
434 苔深き石間を伝ふ山水の音こそ立てね年は経にけり（450）
435 東路の道の奥なる白河のせきあへぬ袖を漏る涙かな（472）
436 信夫山下行く水の年を経て湧きこそ返れ逢ふよしをなみ（477）
437 漏らしわびぬ信夫の奥の山深み木隠れて行く谷川の水（451）
438 心をし信夫の里に置きたらば阿武隈川は見まく近けむ（478）
439 年経とも音には立てじ音羽川下行く水の下の思ひを（467）
440 石上布留の高橋旧りぬとも本つ人には恋ひやわたらむ（456）
441 広瀬川袖漬くばかり浅けれど我は深めて思（ひ）そめてき（462）
442 逢坂の関屋もいづら山科の音羽の滝の音に聞きつつ（461）
443 石走る山下滾つ山川の心砕けて恋ひやわたらむ（449）
444 山川の瀬々の岩波湧き返りおのれひとりや身を砕くらむ（448）
445 浮き沈み果ては泡とぞなりぬべき瀬々の岩波身を砕きつつ（447）

恋

446 白山に降りて積れる雪なれば下こそ消ゆれ上はつれなし（469）
447 雲の居る吉野の岳に降る雪の積り積りて春に逢ひにけり（479）
448 春深み峰の嵐に散る花のさだめなき世に恋ひつつぞ経る（408）

月に寄せて忍ぶる恋	449 春やあらぬ月は見し夜の空ながら馴れし昔の影ぞ恋しき（496） 450 思（ひ）きやありし昔の月影を今は雲居のよそに見むとは（497）
待つ恋の心を詠める	451 狭筵にひとりむなしく年も経ぬ夜の衣の裾あはずして（514） 452 狭筵に幾世の秋を忍び来ぬ今はた同じ宇治の橋姫（515） 453 来ぬ人をかならず待つとなけれども暁方になりやしぬらむ（516）
暁の恋	454 狭筵に露のはかなくおきて去なば暁ごとに消えやわたらむ（506）
暁の恋といふ事を	455 暁の露やいかなる露ならむおきてし行けば侘しかりけり（505） 456 暁の鴫の羽搔き繁けれどなど逢ふことの間遠なるらむ（504）
人を待つ心を詠める	457 陸奥の真野の萱原かりにだに来ぬ人をのみ待つが苦しさ（517） 458 待てとしも頼めぬ人の葛の葉もあだなる風をうらみやはせぬ（518）
恋の心を詠める	459 秋深み裾野の真葛かれがれに恨むる風の音のみぞする（307） 460 秋の野に置く白露の朝な朝なはかなくてのみ消えやかへらむ（422） 461 風を待つ今はた同じ宮城野のもとあらの小萩の花の上の露（489）
菊に寄する恋	462 消え返りあるかなきかにものぞ思（ふ）うつろふ秋の花の上の霜（537） 463 花により人の心は初霜の置きあへず色の変るなりけり（536）
久しき恋の心を	464 我が恋は逢はで布留野の小笹原幾夜までとか霜の置くらむ（503）

故郷（の）恋	465 草深みさしも荒れたる宿なるを露を形見に訪ね来しかな（551） 466 里は荒れて宿は朽ちにし跡なれや浅茅が露にまつ虫の鳴く（555） 467 荒れにけり頼めし宿は草の原露の軒端にまつ虫の鳴く（554） 468 忍草忍び忍びに置く露を人こそ訪はね宿は旧りにき（552） 469 宿は荒れて古き深山の松にのみ訪ふべきものと風の吹くらむ（553）
「年を経て待つ恋」といふことを、人びとに仰せてつかうまつらせしついでに	470 故郷の浅茅が露にむすぼほれひとり鳴く虫の人を恨むる（513）
物語に寄する恋	471 別れにし昔は露か浅茅原跡なき野辺に秋風ぞ吹く（546）
冬の恋	472 浅茅原跡なき野辺に置く霜のむすぼほれつつ消えやわたらむ（511） 473 浅茅原あだなる霜のむすぼほれ日影を待つに消えやわたらむ（512） 474 庭の面に茂りにけらし八重葎訪はで幾よの秋か経ぬらむ（510）
故郷（の）恋	475 故郷の杉の板屋の隙を粗み行き逢はでのみ年の経ぬらむ（550）
簾に寄する恋	476 津の国のこやの丸屋の葦簾間遠になりぬ行き逢はずして（545）
恋の歌	477 住吉のまつとせしまに年も経ぬ千木の片削行き逢はずして（493） 478 住の江のまつこと久になりにけり来むと頼めて年の経ぬれば（492） 479 思ひ絶え侘びにしものをいまさらに野中の水の我を頼むる（487） 480 牡鹿臥す夏野の草の露よりも知らじな繁き思（ひ）ありとは（410） 481 聞かでただあらましものを夕月夜人頼めなる荻の上風（426）
七夕に寄する恋	482 七夕にあらぬ我が身のなぞもかく年に稀なる人を待つらむ（538）

恋の歌	483 我が恋は天の原飛ぶ葦鶴の雲居にのみや鳴きわたりなむ（435） 484 ひさかたの天の川原に棲む鶴も心にもあらぬ音をや鳴くらむ（434） 485 ひさかたの天飛ぶ雲の風をいたみ我はしか思（ふ）妹にし逢はねば（433） 486 我が恋は籠の渡りの綱手縄たゆたふ心やむ時もなし（486）
黄金に寄する恋	487 黄金掘る陸奥山に立つ民の命も知らぬ恋もするかも（542） 488 逢ふことのなき名をたつの市に売るかねてもの思（ふ）我が身なりけり（543）
雪中待つ人といふことを	489 今日もまたひとり眺めて暮れにけり頼めぬ宿の庭の白雪（384）
恋の歌	490 奥山の岩垣沼に木の葉落ちて沈める心人知るらめや（464） 491 奥山の末のたつきもいさ知らず妹に逢はずて年の経ゆけば（441） 492 富士の嶺の煙も空に立つものをなどか思ひの下に燃ゆらむ（468） 493 思ひのみ深き深山の時鳥人こそ知らね音をのみぞなく（409） 494 名にし負はばその神山の葵草かけて昔を思（ひ）出でなむ（628） 495 夏深き森の空蝉己れのみむなしき恋に身を砕くらむ（413） 496 大荒木の浮田の森に引く注連のうちはへてのみ恋ひやわたらむ（455） 497 それをだに思ふこととてちはやぶる神の社に祈がぬ日はなし（452） 498 ちはやぶる賀茂の川波幾十度立ち返るらむかぎり知らずも（483） 499 涙こそ行方も知らね三輪の崎佐野の渡りの雨の夕暮（473） 500 しらまゆみ磯辺の山の松の葉の常磐にものを思（ふ）頃かな（442） 501 白波の磯がちなる能登瀬川のちもあひ見むみをし絶えずは（481） 502 わたつうみに流れ出でたる飾磨川しかも絶えずや恋ひわたりなむ（482） 503 君により我とはなしに須磨の浦に藻塩垂れつつ年の経ぬらむ（491）

	504 沖つ波打出の浜の浜楸萎れてのみや年の経ぬらむ（490） 505 かくてのみ荒磯の海のありつつも逢ふよもあらばなにかうらみむ（480） 506 み熊野の浦の浜木綿言はずとも思ふ心の数を知らなむ（466） 507 我が恋は百島めぐる浜千鳥行方も知らぬかたに鳴くなり（429） 508 沖つ島鵜の棲む石による波の間なくもの思（ふ）我ぞ悲しき（444） 509 田子の浦の荒磯の玉藻波の上に浮きてたゆたふ恋もするかな（485） 510 かもめ居る荒磯の洲崎潮満ちて隠ろひゆけばまさる我が恋（445） 511 武庫の浦の入江の洲鳥朝な朝なつねに見まくのほしき君かも（484）
旅	512 玉鉾の道は遠くもあらなくに旅とし思へば侘しかりけり（564） 513 草枕旅にしあれば刈菰の思（ひ）乱れていこそ寝られね（566） 514 旅衣袂片敷き今宵もや草の枕に我がひとり寝む（567）
羇中夕露	515 露しげみならはぬ野辺の狩衣頃しも悲し秋の夕暮（573） 516 野辺分けぬ袖だに露は置くものをただこの頃の秋の夕暮（574） 517 旅衣うら悲しかる夕暮の裾野の露に秋風ぞ吹く（575）
羇中鹿	518 旅衣裾野の露にうらぶれてひもゆふ風に鹿ぞ鳴くなる（576） 519 秋もはや末の原野に鳴く鹿の声聞く時ぞ旅は悲しき（577） 520 ひとり臥す草の枕の夜の露は友なき鹿の涙なりけり（578）
旅宿月	521 ひとり臥す草の枕の露の上に知らぬ野原の月を見るかな（579） 522 岩根の苔の枕に露置きて幾夜深山の月に寝ぬらむ（580）

旅宿霜	523 袖枕霜置く床の苔の上に明かすばかりの小夜の中山（582） 524 しながどり猪名野の原の笹枕枕の霜や宿る月影（583）
旅歌	525 旅寝する伊勢の浜荻露ながら結ぶ枕に宿る月影（568）
旅宿時雨	526 旅の空なれぬ埴生の夜の戸に侘しきまでに漏る時雨かな（581）
屏風の絵に、山家に松描ける所に旅人数多あるを詠める	527 まれに来て聞くだに悲し山賤の苔の庵の庭の松風（589） 528 まれに来てまれに宿借る人もあらじあはれと思へ庭の松風（590）
雪降れる山の中に旅人（臥）したる所	529 片敷きの衣手いたく冴え侘びぬ雪深き夜の峰の松風（587） 530 暁の夢の枕に雪積もり我が寝覚め訪ふ峰の松風（588）
羇中雪	531 旅衣夜半の片敷き冴え冴えて野中の庵に雪降りにけり（584） 532 逢坂の関の山道越えわびぬ昨日も今日も雪し積もれば（585） 533 雪降りて跡ははかなく絶えぬとも越の山道やまず通はむ（586）
二所へ詣でたりし下向に、春雨いたく降れりしかば詠める	534 春雨はいたくな降りそ旅人の道行衣濡れもこそすれ（595） 535 春雨にうちそぼちつつあしひきの山路行くらむ山人や誰（594）
雑 「海辺立春」といふ事を詠める	536 塩釜の浦の松風霞むなり八十島かけて春や立つらむ（8）
子日	537 いかにして野中の松のふりぬらむ昔の人は引かずやありけむ（9）
残雪	538 春来ては花とか見らむおのづから朽木の杣に降れる白雪（20）
鶯	539 深草の谷の鶯春ごとにあはれ昔と音をのみぞなく（13） 540 草深き霞の谷にはぐくもる鶯のみや昔恋ふらし（14）

海辺春月	541 住吉の松の木隠れゆく月のおぼろに霞む春の夜の空（101）
屏風に賀茂へ詣でたる所	542 立ち寄れば衣手涼し御手洗や影見る岸の春の川波（626）
海辺春望	543 難波潟漕ぎ出づる舟の目も遥に霞に消えて帰る雁金（102）
関路花	544 名にし負はばいざ訪ねみむ逢坂の関路に匂ふ花はありやと（66） 545 訪ね見るかひはまことに逢坂の山路に匂ふ花にぞありける（65） 546 逢坂の嵐の風に散る花をしばし留むる関守ぞなき（67） 547 逢坂の関の関屋の板庇まばらなればや花の洩るらむ（68）
桜	548 いにしへの朽木の桜春ごとにあはれ昔と思（ふ）かひなし（710） 549 うつせみの世は夢なれや桜花咲きては散りぬあはれいつまで（709）
屏風に春の絵描きたる所を、夏見てよめる	550 見てのみぞ驚かれぬるぬばたまの夢かと思（ひ）し春の残れる（132）
撫子	551 ゆかしくは行きても見ませゆきしまの巌に生ふる撫子の花（166） 552 我が宿の籬の果てに這ふ瓜の成りも成らずもふたり寝まほし（414）
祓歌	553 我が国のやまとしまねの神たちを今日の禊に手向けつるかな（178） 554 あだ人のあだにある身のあだごとを今日みな月の祓へ捨てつといふ（179）
山家思秋	555 ことしげき世を逃れにし山里にいかに尋ねて秋の来つらむ（190） 556 ひとり行く袖より置くか奥山の苔のとぼその道の夕露（191）
故郷虫	557 頼め来し人だに訪はぬ故郷に誰まつ虫の夜半に鳴くらむ（250）
故郷の心を	558 鶉鳴く旧りにし里の浅茅生に幾よの秋の露か置きけむ（221）
契空しくなれる心を詠める	559 契りけむこれや昔の宿ならむ浅茅が原に鶉鳴くなり（556）

荒れたる宿の月といふ心を	560浅茅原主なき宿の庭の面にあはれ幾よの月かすみけむ（275）
月を詠める	561思（ひ）出て昔をしのぶ袖の上にありしにもあらぬ月ぞ宿れる（273）
故郷月	562行き廻りまたも来て見む故郷の宿もる月は我を忘るな（276） 563大原や朧の清水里遠み人こそ汲まね月はすみけり（277）
水辺月	564わくらばに行きても見しか醒が井の古き清水に宿る月影（278）
まな板といふものの上に、雁をあらぬさまにして置きたるを見て詠める	565あはれなり雲居のよそに行く雁もかかる姿になりぬと思へば（705）
「声うち添ふる沖つ白波」といふことを、人びとあまたつかうまつりしついでに	566住の江の岸の松吹く秋風を頼めて波の寄るを待ちける（269）
月前千鳥	567玉津島和歌の松原夢にだにまだ見ぬ月に千鳥鳴くなり（633）
冬初に詠める	568春といひ夏と過ぐして秋風の吹上の浜に冬は来にけり（316）
浜へ出でたりしに、海人の藻塩火を見て	569いつもかくさびしきものか葦の屋に焚きすさびたる海人の藻塩火（700） 570水鳥の鴨の浮き寝のうきながら玉藻の床に幾夜経ぬらむ（358）
松間雪	571高砂の尾上の松に降る雪のふりて幾世の年か積れる（379） 572ゆきつもる和歌の松原ふりにけり幾世経ぬらむ玉津島守（632）
海辺冬月	573月のすむ磯の松風冴え冴えて白くぞ見ゆる雪の白浜（345）
屏風に那智の深山描きたる所	574冬籠り那智の嵐の寒ければ苔の衣の薄くやあるらむ（640）
深山に炭焼くを見て詠める	575炭を焼く人の心もあはれなりさてもこの世を過ぐる習ひは（389）

足に患ふことありて、入り籠れりし人のもとに、雪降りし日詠みて遣はす歌	576 降る雪をいかにあはれと眺むらむ心は思ふとも足立たずして（385）
老人寒を厭ふといふ事を	577 年経れば寒き霜夜ぞ冴えけらし頭は山の雪ならなくに（393）
雪	578 我のみぞ悲しとは思（ふ）波の寄る山の額に雪の降れれば（376） 579 年積もる越の白山知らずとも頭の雪をあはれとは見よ（636）
老人憐歳暮	580 老いぬれば年の暮れ行くたびごとに我が身ひとつと思ほゆるかな（395） 581 白髪といひ老いぬる故にや事しあれば年の早くも思ほゆるかな（394） 582 うち忘れはかなくてのみ過ぐしきぬあはれと思へ身に積もる年（396） 583 あしひきの山より奥に宿もがな年の来まじき隠れ家にせむ（397）
年の果ての歌	584 行く年の行方をとへば世の中の人こそひとつまうくべらなれ（407）
雑	585 春秋は変り行けどもわたつ海の中なる島の松ぞ久しき（691）
三崎といふ所へ罷れりし道に、磯辺の松、年旧りにけるを見て詠める	586 磯の松幾久さにかなりぬらむいたく木高き風の音かな（695）
物詣し侍し時、磯の辺に松一本ありしを見て詠める	587 あづさゆみ磯辺に立てるひとつ松あなつれづれげ友なしにして（696）
屏風歌	588 年経れば老いぞ倒れて朽ちぬべき身は住の江の松ならなくに（693） 589 住の江の岸の姫松旧りにけりいづれの世にか種は蒔きけむ（630） 590 豊国の企救の杣松老いにけり知らず幾世の年か経にけむ（692）
屏風絵に野の中に松三本生ひたる所を、衣被れる女一人通りたる	591 おのづから我を尋ぬる人もあらば野中の松よみきと語るな（694）

徒人の橋渡りたる所	592 徒人の渡れば揺るぐ葛飾の真間の継橋朽ちやしぬらむ（703）
故郷の心を	593 いにしへをしのぶとなしにいそのかみ旧りにし里に我は来にけり（704） 594 いそのかみ古き都は神さびて祟るにしあれや人も通はぬ（646）
相州の土屋といふ所に、齢九十に余れる朽法師あり。おのづから来たる。昔語りなどせしついでに、身の立ち居に堪へずなむなりぬることを泣く泣く申（し）て出でぬ時に、といふことを、人々に仰せてつかうまつらせしついでに詠み侍（る）歌	595 我幾そ見し世のことを思（ひ）出でつ明くるほどなき夜の寝覚めに（682） 596 思（ひ）出でて夜はすがらに音をぞ泣くありし昔のよよのふるごと（683） 597 なかなかに老いは耄れても忘れなでなどか昔をいとしのぶらむ（684） 598 道遠し腰は二重に屈まれり杖にすがりてぞここまでも来る（685） 599 さりともと思ふものから日を経てはしだいしだい弱る悲しさ（686）
雑歌	600 いづくにて世をば尽さむ菅原や伏見の里も荒れぬといふものを（690） 601 嘆き侘び世をそむくべき方知らず吉野の奥も住み憂しといへり（689） 602 世に経れば憂き言の葉の数ごとに絶えず涙の露ぞ置きける（687）
葦	603 難波潟憂き節しげき葦の葉に置きたる露のあはれ世の中（688）
舟	604 世（の）中は常にもがもな渚漕ぐ海人の小舟の綱手かなしも（572）
千鳥	605 朝ぼらけ跡なき波に鳴く千鳥あなことごとしあはれいつまで（708）
鶴	606 沢辺より雲居に通ふ葦鶴も憂きことあれや音のみ鳴くらむ（707）
慈悲の心を	607 もの言はぬ四方の獣すらだにもあはれなるかなや親の子を思（ふ）（718）

道の辺に幼き童の母を尋ねていたく泣くを、そのあたりの人に尋ねしかば、父母なむ身まかりにし、と答へ侍（り）しを聞きて詠める	608 いとほしや見るに涙もとどまらず親もなき子の母を尋ぬる（717）
無常を	609 かくてのみありてはかなき世（の）中を憂しとやいはむあはれとやいはむ（711）
	610 現とも夢とも知らぬ世にしあればありとてありと頼むべき身か（712）
侘び人の世にたちめぐるを見て詠める	611 とにかくにあればありける世にしあればなしとてもなき世をも経るかも（713）
日頃病すとも聞かざりし人、暁、はかなくなりにけると聞きて詠める	612 聞きてしも驚くべきにあらねどもはかなき夢の世にこそありけれ（716）
世（の）中常ならずといふことを、人のもとに詠みて遣はし侍し	613 世の中にかしこきこともはかなきも思（ひ）し解けば夢にぞありける（715）
大乗作中道観歌	614 世（の）中は鏡に映る影にあれやあるにもあらずなきにもあらず（653）
思罪業歌	615 炎のみ虚空に満てる阿鼻地獄行方もなしといふもはかなし（652）
懺悔歌	616 塔を組み堂を作るも人の嘆き懺悔にまさる功徳やはある（651）
得功徳歌	617 大日（の）種子より出でて三摩耶形三摩耶形また尊形となる（650）
心の心を詠める	618 神といひ仏といふも世の中の人の心のほかのものかは（654）

建暦元年七月、洪水漫天、土民愁歎せむことを思（ひ）て、一人奉向本尊聊致祈念云	619 時により過ぐれば民の嘆きなり八大龍王雨やめたまへ（719）
「人心不常」といふ事を詠める	620 とにかくにあなさだめなの世（の）中や喜ぶ者あれば侘ぶる者あり（714）
黒	621 うばたまや闇の暗きに天雲の八重雲隠れ雁ぞ鳴くなる（706）
白	622 かもめゐる沖の白洲に降る雪の晴れ行く空の月のさやけさ（378）
ある人都の方へ上り侍しに、便りにつけて詠みて遣はす歌	623 夜を寒みひとり寝覚の床冴えて我が衣手に霜ぞ置きける（597） 624 かかる折もありけるものを手枕の隙洩る風をなに厭ひけむ（598） 625 岩根踏み幾重の嶺を越えぬとも思ひも出でば心へだつな（602） 626‖ 都より吹き来む風の君ならば忘るなとだに言はましものを（600） 627 うちたえて思ふばかりは言はねども便りにつけて尋ぬばかりぞ（601） 628‖ 都辺に夢にも行かむ便りあらば宇津の山風吹きも伝へよ（599）
五月の頃陸奥へ罷れりし人のもとに、扇などあまた遣はし侍（り）し中に、時鳥描きたる扇に書きつけ侍（り）し歌	629 たち別れ因幡の山の時鳥待つと告げこせ帰る来るがに（603）
近う召し使ふ女房、遠き国に罷らむといとま申侍（り）しかば	630 山遠み雲居に雁の越えて去なば我のみひとり音にやなきなむ（604）
遠き国へ罷れりし人のもとより、「見せばや袖の」など申（し）おこせたりし返り事に	631 我ゆゑに濡るるにはあらじ唐衣山路の苔の露にぞありけむ（612）

しのびて言ひわたる人ありき。「遥かなる方へ行かむ」と言ひ侍りしかば	632 結び初めて慣れし髻の濃紫思はず今も浅かりきとは（611）
山の端に日の入るを見て詠める	633 くれなゐの千入のまふり山の端に日の入る時の空にぞありける（701）
二所詣下向に、浜辺の宿の前に前川といふ川あり。雨降りて水増さりにしかば日暮れて渡り侍（り）し時詠める	634 浜辺なる前の川瀬を行く水の早くも今日の暮れにけるかな（702）
相模河といふ川あり。月さし出でて後、舟に乗りて渡るとて詠める	635 夕月夜さすや川瀬の水馴れ棹馴れても疎き波の音かな（591）
二所詣下向後朝に、侍ども見えざりしかば	636 旅を行きし後の宿守おのおのに私あれや今朝はいまだ来ぬ（596）
民の竈より煙の立つを見て詠める	637 陸奥国ここにや何処塩釜の浦とはなしに煙立見ゆ（699）
又の年二所へ参りたりし時、箱根のみ海を見て詠み侍（る）歌	638 たまくしげ箱根のみ海けけれあれや二国かけて中にたゆたふ（698）
箱根の山をうち出でて見れば、波の寄る小島あり。供の者、「この海の名は知るや」と尋ねしかば、「伊豆の海となむ申（す）」と答へ侍（り）しを聞きて	639 箱根路を我越え来れば伊豆の海や沖の小島に波の寄る見ゆ（593）
朝ぼらけ、八重の潮路霞み渡りて、空もひとつに見え侍（り）しかば詠める	640 空や海海や空ともえぞ分かぬ霞も波も立ち満ちにつつ（592）
荒磯に波の寄るを見て詠める	641 大海の磯もとどろに寄する波破れて砕けて裂けて散るかも（697）

走湯山に参詣の時（の）歌	642 わたつうみの中に向ひて出づる湯の伊豆の御山とむべも言ひけり（641） 643 伊豆の国山の南に出づる湯の早きは神の験なりけり（643） 644 走る湯の神とはむべぞ言ひけらし早き験のあればなりけり（642）
神祇歌	645 みづがきの久しき世より木綿襷かけし心は神ぞ知るらむ（649） 646 里巫女がみ湯立笹のそよそよに靡き起き伏しよしや世の中（648） 647 上野の勢多の赤城の唐社大和にいかで跡を垂れけむ（647）
法眼定忍に会ひて侍（り）し時、大峯の物語などせしを聞きてのちに詠める	648 幾返り行き来の嶺のそみかくだ篠懸衣着つつ馴れけむ（615） 649 篠懸の苔織衣の古衣彼面此面に着つつ馴れけむ（614） 650 奥山の苔の衣に置く露は涙の雨の雫なりけり（613）
那智（の）瀧のありさま語りしを	651 み熊野の那智のお山にひく標のうちはへてのみ落つる滝かな（639）
三輪の社を	652 今造る三輪の祝が杉社過ぎにしことは問はずともよし（635）
賀茂祭（の）歌	653 葵草鬘にかけてちはやぶる賀茂の祭を練るや誰が子ぞ（627）
社頭松風	654 旧りにける朱の玉垣神さびて破れたる御簾に松風ぞ吹く（645）
社頭月	655 月のすむ北野の宮の小松原幾世を経てか神さびにけむ（631）
神祇	656 月冴ゆる御裳濯川の底清みいづれの世にかすみ始めけむ（619） 657 いにしへの神世の影ぞ残りける天のいはせの明け方の月（618） 658 八百万四方の神たち集まれり高天の原にきき高くして（620）
伊勢御遷宮の年の歌	659 神風や朝日の宮の宮遷し影のどかなる世にこそありけれ（616）
述懐歌	660 君が代になほ長らへて月清み秋のみ空の影を待たなむ（672）

太上天皇御書下預時歌

661 大君の勅をかしこみちちわくに心は分くとも人に言はめやも（679）
662 東の国に我が居れば朝日射す藐姑射の山の影となりにき（681）
663 山は裂け海は浅せなむ世なりとも君にふた心我があらめやも（680）

〈表2〉 四季の天象・景物の推移

18	17	16	15	14	13	12	11	10	9	8	7	6	5	4	3	2	1	春
・	・	・	・	・	・	・	・	・	・	・	・	・	・	・	☆	☆	☆	霞
					雪	☆	・	☆	・	☆	・	・	☆	☆	雪			
・	・	・	・	＊	＊	・	・	・	・	・	＊	＊	・	＊	鶯			
						若	菜	○	○	・	・	・	○	若	菜			
												○	楸					
										○	松							
○	○	○	○	○	○	○	○	梅										
☆	☆	☆	☆	・	・	☆	風											

（番号は定家所伝本『金槐和歌集』の通し番号。記号は、天象☆ 動物＊ 植物○ 人事◎）

42	41	40	39	38	37	36	35	34	33	32	31	30	29	28	27	26	25	24	23	22	21	20	19
·	·	·	·	·	·	·	·	·	·	·	·	·	·	·	·	·	·	·	·	☆	☆	☆	☆
				鶯	*	·	·	·	·	·	·	·	·	*	·	·	·	·	·	·	·	·	·
	梅	○	○	○	○	○	·	·	·	○	○	○	○	○	○	·	·	·	·	·	·	·	·
·	·	·	·	·	·	·	·	·	·	·	·	·	·	·	·	☆	·	·	·	·	·	·	·
																						蕨	○
																○	○	○	○	柳			
·	·	·	·	·	·	·	·	·	·	·	·	·	☆	☆	☆	·	☆	☆	雨				
·	·	·	·	·	·	·	☆	☆	☆	月													
	*	呼	子	鳥																			
○	菫																						
雉																							

66	65	64	63	62	61	60	59	58	57	56	55	54	53	52	51	50	49	48	47	46	45	44	43
·	·	·	·	·	·	·	·	·	·	·	·	·	·	·	·	·	·	·	·	·	·	·	·
☆	·	·	·	·	·	·	·	·	·	☆	·	·	·	·	·	☆	·	·	·	·	·	·	·
·	·	·	·	·	·	·	·	·	·	·	·	·	·	·	·	·	·	☆	☆	☆	·	·	·
·	·	·	·	·	·	·	·	·	·	·	·	·	·	·	☆	☆	·	·	·	·	·	·	·
																						＊	＊
○	○	○	○	○	○	○	○	○	·	○	○	○	○	○	○	○	○	○	○	○	○	桜	
									＊	＊	雁												

90	89	88	87	86	85	84	83	82	81	80	79	78	77	76	75	74	73	72	71	70	69	68	67
·	·	·	·	·	·	·	·	·	·	·	·	·	·	·	·	·	·	·	·	·	·	·	·
·	☆	☆	·	☆	☆	☆	☆	·	·	·	·	·	☆	☆	☆	☆	☆	☆	☆	·	·	·	☆
·	·	·	·	·	·	·	·	·	☆	☆	·	·	·	·	·	·	·	·	·	·	·	·	·
·	·	·	·	·	☆	·	·	·	·	·	·	·	·	·	·	·	·	·	·	·	·	·	·
○	○	○	○	○	○	○	○	○	○	○	○	○	○	○	○	○	○	○	○	○	○	○	○

114	113	112	111	110	109	108	107	106	105	104	103	102	101	100	99	98	97	96	95	94	93	92	91
☆	・	・	・	・	・	・	・	・	・	・	・	・	・	・	・	・	・	・	・	・	・	・	・
	風	☆	・	・	・	・	・	・	☆	・	・	・	☆	・	☆	・	・	・	・	・	☆	☆	・
													雨	☆	☆	・	・	・	・	・	・	・	・
・	・	・	・	・	・	・	・	・	・	・	・	・	・	・	・	・	・	・	・	・	・	・	・
																		桜	○	○	○	○	○
																			＊	蛙			
								○	○	○	○	○	○	○	○	○	○	○	山	吹			
				○	○	○	○	藤															
			＊	時	鳥																		
	○	○	花																				

130 129 128 127 126 125 124 123 122 121 120 119 118 117 **夏** 116 115

◎ 花 の 袂 霞

＊ ＊ ＊ ＊ ＊ ＊ ＊ ＊ ＊ ＊ ＊ ・ ＊ 時 鳥

○ 藤

・ ・ ☆ ☆ 月

蛙

蒲

月 ☆

花 の 袂 ◎

154	153	152	151	150	149	148	147	146	145	144	143	142	141	140	139	138	137	136	135	134	133	132	131
							時	鳥	*	*	*	*	*	·	·	*	*	*	*	·	·	·	·
							月	☆	·	·	·	·	·	·	·	·	·	·	·	☆	·	·	·
																							*
																					○	○	菖
										雨	☆	☆	☆	·	☆	·	☆	☆	☆	☆	雨		
													○	○	○	橘							
								☆	露														
								○	蓮														
☆	·	·	☆	☆	·	·	☆	風															
						*	蛍																
					*	蝉																	
		○	花																				
	◎	鐘																					

172	171	170	169	168	167	166	165	164	163	162	161	160	159	158	157	156	155	秋
・	・	・	・	・	☆	☆	・	・	☆	☆	・	・	・	☆	・	☆	☆	風
・	・	・	・	☆	・	・	・	・	・	・	・	・	・	・	・	☆		霧
														＊				蟬
・	・	・	・	・	・	・	・	・	・	・	☆	☆	☆					露
・	・	・	・	・	・	・	・	・	・	・	・	・	○					荻
・	☆	☆	☆	☆	・	☆	☆	☆										天の川
☆	・	・	・	・	・	・	・	・	☆									月
				☆	・	☆												彦星
	☆	☆	・	・	☆													七夕
	＊	＊	＊															鶴
＊																		鵲

196	195	194	193	192	191	190	189	188	187	186	185	184	183	182	181	180	179	178	177	176	175	174	173
☆	・	・	・	・	・	☆	☆	・	・	☆	・	☆	☆	・	☆	☆	・	・	・	☆	☆	・	☆
・	・	・	・	・	・	・	・	・	・	・	・	・	・	・	・	・	・	☆	・	・	・	・	・
☆	☆	・	・	☆	☆	☆	・	・	・	・	・	・	・	・	・	・	☆	・	☆	☆	☆	☆	・
									荻	○	・	・	・	・	・	・	・	・	・	・	○	・	・
																				天	の	川	☆
・	・	・	・	・	・	・	・	☆	・	・	・	・	・	・	・	・	・	・	・	・	・	☆	☆
・	・	・	○	○	・	・	○	○	・	・	・	・	○	○	・	・	・	○	○	萩			
															○	○	藤	袴					
・	・	・	・	・	・	・	・	・	○	薄													
						○	朝	顔															
					○	刈	萱																
・	・	*	*	*	鹿																		
	○	○	女	郎	花																		
○	葛																						

220	219	218	217	216	215	214	213	212	211	210	209	208	207	206	205	204	203	202	201	200	199	198	197
·	☆	·	·	☆	☆	☆	·	·	·	·	·	·	·	·	☆	☆	☆	☆	·	·	☆	☆	☆
·	·	·	·	·	·	·	·	·	·	·	·	·	·	·	·	·	·	·	·	·	·	·	·
·	·	·	·	·	·	·	·	·	☆	·	·	☆	☆	☆	☆	·	·	·	·	·	·	·	☆
☆	☆	☆	☆	☆	☆	☆	☆	☆	☆	☆	☆	☆	·	·	·	·	·	·	·	·	·	·	·
·	·	·	·	·	·	·	·	·	·	·	·	·	·	·	·	·	·	·	·	·	·	·	·
·	·	·	·	·	·	·	·	·	·	·	·	·	·	·	·	·	·	·	·	·	·	·	·
·	·	·	·	·	·	·	·	·	·	·	·	·	·	·	·	·	·	·	·	·	·	·	·
																							○
·	·	·	·	·	·	·	·	·	·	·	*	*	·	*	·	·	·	·	蟀	蟋	·	*	
																			*	猿			
*	*	*	*	·	·	·	·	·	·	·	·	·	·	·	·	*	雁						
·	·	·	·	·	·	·	·	·	·	·	·	·	*	·	*	虫							
·	·	·	·	·	·	·	·	·	·	·	·	·	☆	雨									

244	243	242	241	240	239	238	237	236	235	234	233	232	231	230	229	228	227	226	225	224	223	222	221
·	☆	·	☆	·	·	·	·	·	·	·	·	·	·	·	·	☆	☆	·	·	☆	·	☆	·
						霧	☆	☆	☆	·	·	·	·	·	·	·	·	☆	☆	·	·	·	·
·	·	·	·	·	·	·	·	·	·	☆	·	☆	·	☆	☆	·	·	·	·	·	·	·	☆
☆	☆	☆	☆	☆	☆	☆	·	·	·	·	·	·	·	·	·	·	·	·	·	·	·	·	☆
·	·	·	·	·	·	·	·	·	·	·	·	·	·	·	·	·	·	·	·	·	·	·	·
·	·	·	·	·	·	·	·	·	·	·	·	·	·	·	·	·	·	·	·	·	·	·	·
·	·	·	·	·	*	*	*	*	*	*	*	·	·	·	·	·	·	·	·	·	·	·	·
·	·	·	·	·	·	·	·	·	·	·	·	·	·	·	·	·	·	·	·	·	·	·	·
·	·	·	·	·	·	·	·	·	·	·	·	·	·	·	*	*	*	*	*	*	·	*	*
·	·	·	·	·	·	·	·	·	·	·	·	·	·	·	·	·	·	·	·	·	·	·	·
·	·	·	·	·	·	·	·	·	·	·	·	·	·	·	·	·	·	·	·	·	·	·	·
*	千	鳥								稲	葉	○	·	·	·	○	○	稲	葉				

268	267	266	265	264	263	262	261	260	259	258	257	256	255	254	253	252	251	250	249	248	247	246	245
				風	☆	☆	·	☆	·	·	·	·	·	☆	·	·	·	☆	☆	·	·	·	·
						露	☆	·	·	·	☆	☆	☆	·	☆	☆	·	·	·	·	·	·	·
·	·	·	·	·	·	·	·	·	·	·	·	☆	·	·	·	·		·	·	·	☆	☆	☆
																	·						
																					·		
													萩	○	·	○	○	·	·	·	·	·	·
								薄	○	·	·	·	·	·	·	·	·	·	·	·	·	·	·
鹿	*	·	·	·	·	·	·	·	·	·	·	·	·	·	*	*	·	·	·	·	·	·	·
								蟋	蟀	*	*	·	·	·	·	·	·	·	·	·	·	·	·
			雁	*	*	*	*	*	·	·	·	·	·	·	·	·	·	·	·	·	·	·	·
								虫	*	·	·	·	·	·	·	·	·	·	·	·	·	·	·
	雨	☆	☆	·	·	·	·	·	·	·	·	·	☆	·	·	·	☆	·	·	·	·	·	·
																		砧	◎	◎	◎	◎	◎
												○	○	菊									
									☆	☆	☆	霜											
		○	○	○	○	○	○	○	紅	葉													
○	○	落	葉																				

285	284	283	282	281	280	279	278	277	276	275	冬	274	273	272	271	270	269
・	☆	・	・	・	・	・	・	☆	☆	☆	風						
○	○	○	○	○	・	・	○	○	○	○	落葉						
・	・	・	☆	☆	☆	☆	・	☆	☆	雨							
					○	○	紅葉										
☆	氷																
月																	
鶴													月	☆	☆	・	・
															○	○
												◎	鐘				

309	308	307	306	305	304	303	302	301	300	299	298	297	296	295	294	293	292	291	290	289	288	287	286
·	·	·	·	☆	☆	☆	·	·	·	·	☆	☆	·	☆	☆	☆	·	☆	·	·	·	·	·
							雨	☆	·	·	·	·	·	·	·	·	·	·	·	·	·	·	·
·	·	☆	☆	·	·	☆	☆	☆	·	·	·	·	·	·	·	·	·	·	·	·	·	·	·
☆	·	·	☆	☆	☆	·	·	·	·	·	·	☆	☆	☆	·	☆	☆	☆	☆	·	·	·	☆
·	*	·	·	·	·	·	·	·	·	·	·	·	·	·	·	·	·	·	·	·	·	·	*
																						○	薄
☆	☆	☆	·	·	·	·	·	·	☆	☆	·	·	·	·	·	·	·	·	☆	☆	☆	☆	霜
		·																		○	○	枯	草
																			*	鵲			
·	·		·	·	·	·	·	·	·	·	*	*	*	*	*	·	*	*	千	鳥			
	○	○	○	葦																			
杉																							

333	332	331	330	329	328	327	326	325	324	323	322	321	320	319	318	317	316	315	314	313	312	311	310
·	☆	·	·	·	·	·	·	☆	☆	·	☆	☆	·	·	☆	·	·	·	·	·	·	·	·
·	·	·	·	·	·	·	·	·	·	·	·	·	·	·	·	·	·	·	·	·	·	·	·
																							月
																	鶴	*	*	·	·	·	·
·	·	·	·	·	·	·	·	·	·	·	·	·	·	·	·	·	·	·	·	·	·	·	☆
															千	鳥	*	·	·	·	·	·	·
·	·	·	·	·	·	·	·	·	·	·	·	·	·	·	·	·	·	·	·	·	·	○	○
☆	☆	★	★	☆	☆	☆	☆	☆	☆	☆	☆	☆	☆	☆	☆	☆	☆	☆	☆	☆	☆	☆	雪
																					○	梛	
																			○	○	松		
																*	鶚						
	○	篠																					

352	351	350	349	348	347	346	345	344	343	342	341	340	339	338	337	336	335	334
	風	☆	·	·	·	·	·	·	·	·	·	·	·	·	·	☆	·	·
									氷	☆	☆	☆	·	·	·	·	·	·
																霜	☆	·
							杉	○	·	·	·	·	·	·	·	·	·	·
				雪	☆	☆	☆	☆	·	·	·	·	☆	☆	☆	·	·	☆
																☆	☆	霰
																	○	笹
															*	鴿		

★印は「雪の夕暮」と推定される欠字部分

第一章　四季の天象

第一節　風

一　はじめに

〈賀〉部に次の歌がある。

356位山木高くならむ松にのみ八百万代と春風ぞ吹く（662）

「松に寄するといふことをよめる」の詞書で「355八幡山木高き松の種しあらば千歳の後も絶えじとぞ思（ふ）（622）」に続けて配される祝の歌である。後鳥羽院詠「八幡山跡垂れ初めし標のうちに猶万代と松風ぞ吹く（新続古今・神祇歌2092／後鳥羽院御集1564）」の「猶万代」が「八百万代」、「松風」が「春風」に通じ、下の句の響きが恰も唱和するような趣である。常緑で長寿の松に吹く風は、栄を祈り祝する風である。祝歌にはもう一首「風」がみえる。

祝の心を

360鶴の居る長柄の浜の浜風に万代かけて波ぞ寄すなる（656）

「長柄の浜」の用例は、勅撰集では「春の日の長柄の浜に舟とめていづれか橋と問へど答へぬ（新古今・雑歌中1595・恵慶法師）」のみ。「長柄の橋」「長柄の山」の用例が圧倒的に多い。「浜風」「波ぞ寄すなる」の表現は、実朝が長柄を海と考えていた可能性を示していよう。「万代かけて」には、「万代に変わらぬさまに[1]」という解釈もある。しかし、たとえば、春歌106「玉藻刈る井手のしがらみ春かけて咲くや川瀬の山吹の花」の「春かけて」（春を留めて）とは用法が異なるのではあるまいか。この場合「〜と言って」、すなわち、「万代と祝して」であろう。「乙女らも君がためとや亀岡に万代かけて若菜摘むらむ（長秋詠藻296・藤原俊成）」の用法と同じく、風も波も長久を祝しているという趣向と解される。

一方、風は歓迎すべきものであると同時に、花や紅葉を散らし、草を枯らす厭わしいものでもある。また、人の心情に影響する。そして、風は、季節に関わらず、一年を通じて吹く。自然が移り行き、人の世が変っても風は止まらない。〈春〉部の次の歌は印象的である。

93桜花咲きてむなしく散りにけり吉野の山はただ春の風（81）

藤原良経詠の二首「吉野山花の故郷跡絶えてむなしき枝に春風ぞ吹く（新古今・春歌下147）」「人住まぬ不破の関屋の板庇荒れにし後はただ秋の風（新古今・雑歌中1601）」に同語句・類似語句（　部）がみられる。定家所伝本『金槐和歌集』〈春〉では、桜が散り去った後に風だけが吹いている光景をもって桜歌群が終るのである。

『金槐和歌集』の特徴のひとつに、四季の部に風の詠の多いことが挙げられる。この特徴は、勅撰集に比較することでさらに明らかになる。

八代集と定家所伝本『金槐和歌集』の春夏秋冬の部立それぞれに詠み込まれる風（嵐・木枯らし・山おろし・嵐・松風・羽風を含む）の数と部立全体の歌数の割合をパーセンテージで示し、最も高いパーセンテージに□を付すと次のようになる。

〈表1〉

	春 風詠／春歌	春 %	夏 風詠／夏歌	夏 %	秋 風詠／秋歌	秋 %	冬 風詠／冬歌	冬 %
古今集	18／134	13.4	1／34	2.9	20／145	13.8	0／29	0
後撰集	15／146	10.3	1／70	1.4	37／226	16.4	2／64	3.1
拾遺集	9／78	11.5	1／58	1.7	15／78	19.2	4／48	8.3
後拾遺集	12／164	7.3	3／70	4.3	18／142	12.7	2／48	4.2
金葉集二度本	23／93	24.7	6／62	9.7	18／101	17.8	5／48	10.4
詞花集	5／50	10	2／31	6.5	9／58	15.5	3／21	14.3
千載集	19／135	14	6／90	6.7	40／161	24.8	8／89	9
新古今集	30／174	17.2	10／110	9.1	106／266	39.8	26／156	16.7
金槐和歌集	30／116	26	4／38	10.5	41／120	34.1	20／78	25.6

季節ごとにみると、『金葉集』を除けば、秋が最も多く、春がそれに次ぐ。夏と冬は風の詠が少ない季節である。冬の風詠は『古今集』には皆無であるが、時代が下るにつれ、増加の傾向を見せる。

比較すると、『金槐和歌集』における風の詠の割合が群を抜いて多いことが一目瞭然であろう。〈春〉〈夏〉〈冬〉において八代集を凌ぎ、〈秋〉も『新古今集』に次いで多いのである。

本節では、その配列構成と詠歌の特徴を、季節ごとに検討していくことにする。

二　春の風

Ⅰ　八代集の春風詠

春の部立の風詠の割合を、〈表1〉にみると、『後拾遺集』でひとたび減少し、『二度本金葉集』24・7％で最多となるが、ほとんどが10％台にとどまる。定家所伝本『金槐和歌集』の26％は注目されるべき割合である。

定家所伝本『金槐和歌集』と八代集の春風詠には、共通する特徴が二点ある。まず、春風そのものの温度を体感する詠のないこと、次に、風の景物に対する作用が圧倒的に多いことである。春風は、専ら、花の香を運び、花を散らす。とりわけ、桜と風の取り合わせが顕著である。

一方、両者には相違もある。数は少ないが、八代集では、『金槐和歌集』にはない雲や霞を払う風、鶯と取り合わせる風がみられる。

また、「氷を解く」風が、八代集に五首見出せる。八代集の春の部立のうち、冒頭歌が風の詠であるのは『詞花集』のみであるが、それはまさに「氷を解く」（太線部）風である。

氷りゐし志賀の唐崎うちとけてさざ波寄する春風ぞ吹く（詞花・春1・大江匡房）

春風詠には、通常、寒さ、温かさなどの気温・体感表現がないが、暖かさは自然現象に作用する。風が氷を解かす詠は、冒頭歌ならずとも八代集に散見する。『古今集』12番歌を除けば、いずれも春の風を詠む初出歌である。

袖ひちて掬びし水の氷れるを春立つ今日の風やとくらむ（古今・春歌上2・紀貫之）

谷風にとくる氷の隙ごとにうち出づる波や春の初花（古今・春歌上12・源当純）

水の面にあや吹き乱る春風や池の氷を今日やとくらむ（後撰・春上11・紀友則）

春の来る夜の間の風のいかなれば今朝吹くにしも氷とくらむ（金葉二・春部5・前斎宮内侍）

しかし、「氷を解く」風は、『金槐和歌集』には皆無である。

Ⅱ　〈春〉部・〈雑春〉の風

定家所伝本『金槐和歌集』〈春〉部及び〈雑春〉の風詠をすべて掲げる。「風」の語を□で囲み、背景（波線）、天象（点線）、景物（二重傍線）、風が及ぼす作用（太線）、背景となる時刻を表に示す。

〈表2〉

	背景	天象	景物	作用	時刻
〈春〉					
屏風に梅の木に雪降りかかれる 12梅の花色はそれともわかぬまで風に乱れて雪はふりつつ（37）		雪	梅		
梅の花風に匂ふといふことを人びとに詠ませ侍しついでに 15梅が香を夢の枕にさそひきて覚むる待ちける春の山風（34）	山		梅	香を運ぶ	朝
16この寝ぬる朝明の風に香るなり軒端の梅の春の初花（35）	軒端		梅	香を運ぶ	朝
梅香薫衣 17梅が香は我が衣手に匂ひきぬ花より過ぐる春の初風（33）			梅	香を運ぶ	
梅の花を詠める 18春風は吹けど吹かねど梅の花咲けるあたりはしるくぞありける（23）			梅	香を運ぶ	
柳					

26青柳の糸もて抜ける白露の玉こき散らす春の山風（40） 春山月	山	露	柳	露を散らす	
50風騒ぐ彼方の外山に空晴れて桜に曇る春の夜の月（97） 花散れる所に雁の飛ぶを	山	月	桜	花を散らす	夜
56雁金の帰る翼に香るなり花を恨むる春の山風（104） （花をよめる）	山		雁・桜	花を散らす	
66咲けばかつうつろふ山の桜花花のあたりに風な吹きそも（93） 人のもとに詠みて遣はし侍し	山		桜	花を散らす	
67春は来れど人もすさめぬ山桜風のたよりに我のみぞ訪ふ（73） 屏風の絵に	山		桜	知らせる	
71山風の桜吹きまく音すなり吉野の滝の岩もとどろに（76）	山・滝（吉野）		桜	花を散らす	
72滝の上の三船の山の山桜風に浮きてぞ花も散りける（75） 散る花	山・滝（三船）		桜	花を散らす	
73春来れば糸鹿の山の山桜風に乱れて花ぞ散りける（92） 花風を厭ふ	山（糸鹿）		桜	花を散らす	
74咲きにけり長等の山の桜花風に知られで春も過ぎなむ（69） 花を詠める	山（長等）		桜	花を散らす	
75み吉野の山下蔭の桜花咲きて立てりと風に知らすな（47） 名所（の）散る花	山（吉野）		桜	花を散らす	
76桜花うつろふ時はみ吉野の山下風に雪ぞ降りける（82） 花雪に似たりといふことを	山（吉野）	（雪）	桜	花を散らす	

77風吹けば花は雪とぞ散りまがふ吉野の山は春やなからむ（83） 落花を詠める	山（吉野）	（雪）	桜	花を散らす	
82春深み嵐の山の桜花咲くと見しまに散りにけるかな（91） 三月の末つ方、勝長壽院にまうでたりしに、ある僧山蔭に隠れをるを見て「花は」と問ひしかば、「散りぬ」となむ答へ侍しをききて詠める	山（嵐山）		桜	花を散らす	
83ゆきて見むと思（ひ）しほどに散りにけりあやなの花や風立たぬまに（71）			桜	花を散らす	
84桜花咲くと見しまに散りにけり夢か現か春の山風（72） 水辺落花といふ事を	山		桜	花を散らす	
85桜花散り交ひ霞む春の夜の朧月夜の賀茂の上風（80）	川（賀茂）	月・霞	桜	花を散らす	夜
86ゆく水に風吹き入るる桜花流れて消えぬ泡かとも見ゆ（79） 湖辺落花	川		桜	花を散らす	
88山風の霞吹きまき散る花の乱れて見ゆる志賀の浦波（77） 故郷惜花心を	山・湖（志賀）	霞	桜	花を散らす	
89さざなみや志賀の都の花ざかり風より先に訪はましものを（90） 花恨風	湖（志賀）		桜	花を散らす	
92心憂き風にもあるかな桜花咲くほどもなく散りぬべらなる（70） 春風を詠める			桜	花を散らす	
93桜花咲きてむなしく散りにけり吉野の山はただ春の風（81） 雨の降れる日山吹を詠める	山（吉野）		桜	花を散らす	
99春雨の露の宿りを吹く風にこぼれて匂ふ山吹の花（121）		春雨・露	山吹	香を運ぶ	

山吹に風の吹くを見て 101 我が心いかにせよとか山吹のうつろふ花に嵐立つらむ（122）			山吹	花を散らす
山吹の散るを見て 105 玉藻刈る井手の川風吹きにけり水泡に浮ぶ山吹の花（116）	川（井手）		山吹	花を散らす
春の暮を詠める 112 春深み嵐もいたく吹く宿は散り残るべき花もなきかな（125）	宿		花	花を散らす
〈雑春〉				
海辺立春といふ事をよめる 536 塩釜の浦の松風霞むなり八十島かけて春や立つらむ（8）	海（塩釜）	霞	松	
（関路花） 546 逢坂の嵐の風に散る花をしばし留むる関守ぞなき（67）	山（逢坂）		桜	花を散らす

〈春〉で風と取り合わされる景物としての植物は、柳（26）の他は圧倒的に花が多い。〈春〉の風の詠三〇首中、組み合わされる花は、梅五首・桜二〇首・山吹三首である。

〈雑春〉の春風詠は二首。冒頭の松風詠（536）については後述するが、松風は〈春〉部にはない。〈雑春〉のもう一首（546）は桜を散らす風である。

既に触れたように、八代集には僅かではあるが、氷を解かす春風という観点があり、間接的に暖かさの表現と捉え得るのだが、〈春〉〈雑春〉の風詠には、気温、体感温度の表出はない。

また、詠まれる時刻が明白なのは朝二首（15、16）、夜二首（50、80）のみ。夜の詠はいずれも月と落花を詠む明るい光景である。梅にしても「梅の花匂ふ春べはくらぶ山闇に越ゆれどしるくぞありける（古今・春歌上39・紀貫之）」

に代表されるような夜の梅詠はない。春風の吹く時刻は、ほとんどが昼間である。また時刻を特定しない光景の詠である。

Ⅲ　花と風

《花の推移と風》

風の作用が花とともに詠まれるのが〈春〉〈雑春〉の特徴である。〈春〉の風詠は、風に舞う雪が梅に紛う12番歌に始まり、梅の香を運び（15～17）、風が吹かなくとも梅が自ら馥郁と匂い立つ（18）までの過程で風と梅の詠は終る。

八代集に詠まれる梅に吹く風は、花の香を運ぶ好ましいものであり、また、花を散らす気のもめる対象である。[2] しかし、定家所伝本『金槐和歌集』に梅の散るのを惜しむ詠（三首）[3]はあるが、いずれも風には直接関わりがない。春雨に梅の落花を恐れる歌「29我が宿の梅の花咲けり春雨はいたくな降りそ散らまくも惜し」の他、天象が梅の落花に影響する歌はない。定家所伝本『金槐和歌集』における「梅に吹く風」は専ら香を運ぶのである。

梅の時季が終ると、45番歌から桜詠が始まる。50番歌から風が吹き始め、散り始めから盛んに花が散るようになる過程が時間序列に沿って配列されている。93番歌に至って、桜の季節が終ると、風は山吹の香を運び（99）、散らす（101、105）。花を散らし尽くして（112）春は暮れる。

春風は専ら花に吹き、香を運び、花を散らすのである。

《花を恨む風と雁の羽風》

春風に取り合せられる景物としての動物は雁一首のみである。

　花散れる所に雁の飛ぶを

56雁金の帰る翼に香るなり花を恨むる春の山風（104）

この歌についての先学の解釈を挙げる。

○風が花を恨んで花を散らすというのである。（小島吉雄④）

○帰雁の翼に花の香がする、花の散ったのを残念がる春の山風がかおらせたのであろう。（鎌田五郎⑤）

○北へ帰る雁の翼に花の香りが漂っている。散る花を惜しむ春の山風が載せてやった香りだろう。（樋口芳麻呂⑥）

鎌田は「霜迷ふ空にしをれし雁金の帰る翼に春雨ぞ降る（新古今63・藤原定家）」「花の色は霞をこめて見せずとも香をだに盗め春の山風（古今91・遍照）」「散りにけりあはれ恨みの誰なれば花の跡訪ふ春の山風（新古今155・寂蓮）」を参考歌として挙げ、〈定家の帰雁に、宗貞（遍照）の「春の山風」のぬすんだ落花をかおらせたさまであろう。右の「花を恨むる春の山風」の解釈は、本歌とおぼしい寂蓮作の作意に添うたものである。〉と解説している。すなわち、「自分のせいで花が散ったのに、それを惜しむ春の山風」という寂蓮歌の発想に着目する。

しかし、いずれの見解も以下の点で釈然としない。まず、56番歌の配列の位置は、まだ花が盛んに散る時期ではない。風がなぜ花の散ったのを惜しみ、残念がるのか。それが雁の翼に花の香がすることと、いかなる関係があるのか。

先行歌を挙げるなら、雁の羽風に散る花を詠む次の歌に発想が近い。

雁金の帰る翼や誘ふらむ過ぎゆく峰の花も残らぬ（新古今・春歌下120・源重之）

鳴き帰る雁の羽風に散る花をやがて手向けの幣かとぞ見る（新後拾遺・春歌上70・具平親王）

56番歌の花は、雁の羽風で散ったのである。雁の翼には花の名残がとどまる。いずれ自らが散らすはずなのに、早くも羽風で散った花を春風が恨んでいる、という趣向であろう。

動きのない絵画から想像を凝らして状況を詠む屏風歌には、自ずと作者の内面と置かれている環境が反映する。56

番歌は、雁の羽風の強さを知っていればこその詠であり、京の歌人たちとは異なる実朝の生活圏を髣髴させまいか。歌材としての雁については第二章第四節で論じるが、桜詠の中に雁の羽風が配列されるのは構成上の意匠である。ともあれ、定家所伝本『金槐和歌集』の春風は、花の香を運び、花を散らすものと捉えられる。

三　夏の風

Ⅰ　八代集にみる夏の風

八代集の詠歌傾向をみておく。「風」を□で囲み、気温の表現に実線、天象に破線、景物に二重傍線を付す。

○三代集

夏の風詠は一首ずつ。

夏と秋と行き交う空の通ひ路はかたへ涼しき風や吹くらむ（古今・夏歌168・凡河内躬恒）

短夜の更け行くままに高砂の峰の松風吹くかとぞ聞く（後撰・夏167・藤原兼輔）

花散ると厭ひしものを夏衣たつやおそきと風を待つかな（拾遺・夏82・盛明親王）

『古今集』は想像の風、『後撰集』は琴の音の譬え、『拾遺集』は待つ風であって、いずれも今吹いている夏の風そのものではない。

○後拾遺集　七〇首中三首

夏の風の詠がやや増加し、初めて風そのものが詠まれるようになる。

五月雨の空なつかしく匂ふかな花橘に風や吹くらむ（214・相模）

夏の日になるまで消えぬ冬氷春立つ風やよきて吹きけむ（221・源順実）

夏の夜の有明けの月を見るほどに秋をも待たで風ぞ涼しき（230・藤原師通）

221は、夏に残っている氷に春風が吹かなかったのかと詠む想像の風であり、橘の香を運ぶ風を詠む214、夏の終りに吹く涼しい風を詠む230は、現実に吹く夏の風である。

○二度本金葉集　六二首中六首

夏の風が画期的に増える。

橘の香を運ぶ風の詠が二首。

五月闇花橘の在り処をば風のつてにぞそらに知りける（148・藤原俊忠）

宿ごとに花橘ぞ匂ふなる一木が末を風は吹けども（149・藤原公実）

秋の気配を風に感得する詠が四首。

夏衣裾野の草を吹く風に思ひもかけず鹿や鳴くらむ（144・藤原顕季）

風吹けば蓮の浮き葉にたまこえて涼しくなりぬ蜩の声（145・源俊頼）

水無月の照る日の影は射しながら風のみ秋の気色なるかな（153・藤原基俊）

禊する汀の風の涼しきは一夜をこめて秋や来ぬらむ（155・藤原顕隆）

155は夏部最終歌である。

○詞花集　三一首中二首

橘の香を運ぶ風と川辺の涼風一首ずつ。

五月闇花橘に吹く風は誰が里までか匂ひ行くらむ（69・良暹法師）

風吹けば川辺涼しく寄る波の立ち返るべき心地こそせね（75・藤原家経）

○千載集　九〇首中六首

橘の香を運ぶ風三首。

風に散る花橘に袖染めて我が思ふ妹が手枕にせむ（夏歌172・藤原基俊）

浮雲のいざよふ宵の村雨に追ひ風しるく匂ふ橘（夏歌173・藤原家基）

我が宿の花橘に吹く風を誰が里よりと誰が眺むらむ（夏歌174・平親宗）

風に秋の近さを感得する三首。

常夏の花も忘れて秋風をまつの影にて今日は暮れぬる（夏歌207・具平親王）

秋風は波とともにや越えぬらむまだき涼しき末の松山（夏歌220・藤原親盛）

禊する川瀬に小夜や更けぬらむ返る袂に秋風ぞ吹く（夏歌225・よみ人しらず）

○新古今集　一一〇首中一〇首

八代集中、最も夏の風詠が多く、取り合わされる景物の種類も増える。

橘と風・三首。

雨そそぐ花橘に風過ぎて山時鳥雲に鳴くなり（201・藤原俊成）

行く末を誰しのべとて夕風に契りおかむや宿の橘（239・源通具）

夕暮はいづれの雲の名残とて花橘に風の吹くらむ（247・藤原定家）

竹と風・二首。

窓近き竹の葉すさぶ風の音にいとど短きうたたねの夢（256・式子内親王）

窓近きいささむら竹風吹けば秋におどろく夏の夜の夢（257・藤原公継）

榜と風・一首。

榜咲く外面の木陰露落ちて五月雨晴るる風渡るなり（234・藤原忠良）

葦と風・一首。

蛍飛ぶ野沢に茂る葦のねの夜な夜な下に通ふ秋風（273・藤原良経）

楸と風・一首。

楸生ふる片山陰にしのびつつ吹きくるものを秋の夕風（274・俊恵法師）

荻と風・一首。

雲迷ふ夕に秋を籠めながら風も穂に出でぬ荻の上かな（278・慈円）

風そのものを詠む歌一首。

片枝さす麻生のうらなし初秋になりもならずも風ぞ身にしむ（281・宮内卿）

以上から導き出される八代集夏の風詠の特徴をまとめておく。

i 三代集ではほとんど注目されなかった夏の風が、『後拾遺集』から増え、橘の香を運ぶ風と、夏の終わりに秋を予知させる風の詠が中心に所収される。『新古今集』に至ると組み合わされる景物も多様化する。

ii 春の風には歌枕が多く織り込まれるが、夏の風には少ない。八代集に詠み込まれる歌枕は「高砂」（後撰集167）「末の松山」（千載集220）の二例にすぎない。

iii 歌枕の少なさに関連するが、遠景は少なく、海の詠はない。

iv 風を待つ期待感が詠まれる。先に挙げた『拾遺集』82番歌「花散ると厭ひしものを夏衣たつやおそきと風を待つかな」及び「夏衣着れば心も変りけり春は厭ひし風ぞ待たるる（実国家歌合26・藤原頼輔）」「草繁き野中の清水絶え絶えに靡く末葉の風ぞ待たるる（最勝四天王院和歌204・俊成卿女）」は、夏のさなかにあって涼を呼ぶ風が待たれる詠である。

ｖ　ivに関連するが、春風には皆無であった気温の表現が見出せる。ただし、暑さの表現ではなく、秋の近い夏の終りに配されるので、「涼し」である。『新古今集』には「涼し」の例はなく、「身にしむ」（281）の初出が注目される。

Ⅱ　定家所伝本『金槐和歌集』〈夏〉の風の特徴

定家所伝本〈夏〉部の風詠は四首、〈雑夏〉には皆無。本節〈表1〉に示した通り、〈夏〉の風詠は、数は少ないが、割合は八代集に比較して最も多い。すべての歌を掲げる（本節〈表2〉に準ずるが、春風にはなかった気温の表現（実線）、感情表現（太線）を加える）。

〈表3〉

	背景	気温	時刻
〈夏〉			
河風似秋 147 岩潜る水にや秋の龍田川川風涼し夏の夕暮（168）	川（龍田川）	涼し	夕暮
水無月の廿日あまりのころ夕風簾を動かすをよめる 150 秋近くなるしるしにや玉垂れの小簾の間通し風の涼しき（173）	小簾（家）	涼し	夕刻
夜風冷衣といふことを 151 夏深み思（ひ）もかけぬうたたねの夜の衣に秋風ぞ吹く（172） （夏の暮によめる）	うたた寝（家）		夜

154 夏はただ今宵ばかりと思（ひ）寝の夢路に涼し秋の初風（174）
夢路（家）　涼し　夜

一首一首をみる。

《147番歌》まずは、「龍田川」に「立つ」をかけ、秋立つ日の近さが表象される。水に秋が来るという発想の先行歌には「紅葉葉の流れざりせば龍田川水の秋をば誰か知らまし（古今・秋歌下302・坂上是則）」があるが、実朝歌は夏の終わりの川風に早くも秋を感知している詠である。

《150番歌》「玉垂れの小簾の間通しひとり居て見るしるしなき夕月夜かも（万葉・巻七1077・作者未詳）」に表現を借りていようが、実朝詠で小簾の間を通すのは月ではなく風である。

《151番歌》「思（ひ）もかけぬ」は、「秋風ぞ吹く」にかかる。うとうとしていて、風の涼しさに気づく、という時の推移を詠む。

「うたたね」と夏の風の取り合せは、勅撰集では先に挙げた『新古今集』256番歌に初出。実朝詠は『拾遺集』の秋の部立に載る「夏衣まだ単衣なるうたたねに心して吹け秋の初風（拾遺・秋137・安法法師）」にも通じる歌意であるが、後鳥羽院詠「水無月や竹うちそそぐうたたねの覚むる枕に秋風ぞ吹く（後鳥羽院御集335）」に一首の構造が似る。

《154番歌》〈夏〉末尾歌は夢路に吹く風の詠である。先に掲げた『新古今集』257番歌に通じよう。夏と秋の節目に風が吹くという発想は先に挙げた『古今集』168番歌の例がある。明日はもう秋、夢路にはもう秋風が吹いているのである。

以上の実朝詠四首には、八代集にみられる夏のさなかで涼風を待つ期待感の詠はない。橘の香を運ぶ風の詠もない。すなわち、夏の風そのものは詠まれないのである。

定家所伝本『金槐和歌集』では、秋近い涼風が、〈夏〉の終りに集中して配列される。そのため、時間背景は、〈春〉とは対照的に、夕刻と夜に限られる。時刻に関連して、春風にはない「うたた寝」（151番歌）「夢路」（154番歌）という睡眠と風の組み合わせがみられる。景物との取り合わせもなく、恋の情趣が濃厚なわけでもない。147の龍田川を除けば歌枕はなく、背景は身辺にとどまる。従って、同時代の『新古今集』に顕著な重層性はない。

四　秋の風

Ⅰ　八代集の秋風

秋は最も多く風が詠まれる季節である。勅撰集の歌数の割合は、『新古今集』で急激に増え、『金槐和歌集』を上回る。

八代集の秋の部立は風に始まると言ってよい。「風」の語の織り込まれる冒頭歌を示す（風を□で囲み、背景に波線を、景物に二重傍線を、気温を示す表現に実線を、感情を示す表現に太線を付す）。

○古今集

秋来ぬと目にはさやかに見えねども風の音にぞおどろかれぬる（169・藤原敏行）

○後撰集

俄かにも風の涼しくなりぬるか秋立つ日とはむべもいひけり（217・よみ人しらず）

○拾遺集

夏衣まだひとへなるうたたねに心して吹け秋の初風（137・安法法師）

○二度本金葉集

ことはに吹く夕暮の風なれど秋立つ日こそ涼しかりけれ（156・藤原公実）

○詞花集

山城の鳥羽田の面を見渡せばほのかに今朝ぞ秋風は吹く（82・曾禰好忠）

○千載集

秋来ぬと聞きつるからに我が宿の荻の葉風の吹きかはるらむ（226・侍従乳母）

以上は、夏の名残のうちに秋風が吹き、季節の到来を知る意の冒頭歌である。また、次に掲げる『後拾遺集』『新古今集』冒頭歌は、風の語はないものの、風を感じさせる詠である。

○後拾遺集

冒頭歌「うちつけに袂涼しく覚ゆるは衣に秋は来たるなりけり（235・よみ人しらず）」は、直接的な風の詠ではないが、涼しさが体感されている。そして、次に配列される歌には風が詠み込まれる。

浅茅原たままく葛のうら風のうら悲しかる秋は来にけり（236・恵慶法師）

○新古今集

冒頭歌「神南備の三室の山の葛蔓うら吹きかへす秋は来にけり（285・大伴家持）」に、「風」の語はないが、詠歌内容は葛の葉風である。そして、次に配列される歌は「風」の詠である。

いつしかと荻の葉むけのかたよりに空や秋とぞ風も聞ゆる（286・崇徳院）

以上にみてきたように、八代集の秋は、風に幕が開けられるのである。そして、風は野辺・花野に吹き、露を払い、虫や雁、鹿と取り合わされ、紅葉を誘い、散らし、さらに、寂寥感、愁思の情を添えるという時間の推移で展開する。

秋の風には、その涼しさ・寒さの表出が顕著である。この姿勢は夏の終りに秋の気配を感ずる流れであり、春風の暖かさ、夏風の暑さが表現されないことと対照的である。定家所伝本『金槐和歌集』もまずは、この傾向を踏襲する。

Ⅱ　定家所伝本『金槐和歌集』〈秋〉部の風

〈秋〉部の風四一首、〈雑秋〉の風一首をすべて掲げる。（風を□で囲み、背景に波線、天象に破線、景物に二重傍線、温度に実線、感情表現に太線を付す）

〈表4〉

	背景	天象	景物	温度	時刻
〈秋〉					
155　七月一日の朝に詠める 昨日こそ夏は暮れしか朝戸出の衣手寒し秋の初風（180）	朝戸			寒し	朝
156　海辺（に）秋来たるといふ心 霧立ちて秋こそ空に来にけらし吹上の浜の浦の潮風（183）	海（吹上）	霧			
158　寒蝉鳴 吹く風の涼しくもあるかおのづから山の蝉鳴きて秋は来にけり（189）	山		蝉	涼し	
162　秋風 夕されば衣手涼し高円の尾上の宮の秋の初風（182）	山（高円）			涼し	夕
163　眺むれば衣手寒し夕月夜佐保の川原の秋の初風（181） （秋のはじめによめる）	川（佐保）	月		寒し	夕
166　彦星の行合を待つひさかたの天の川原に秋風ぞ吹く（194）	天空	彦星・天の川			夕

167 夕されば秋風涼し七夕の天の羽衣裁ちや替ふらむ（195）	天空	七夕		涼し	夕
（秋のはじめ月明かかりし夜） 173 秋風に夜の更けゆけばひさかたの天の川原に月傾きぬ（201）	天空	月・天の川			夜
曙に庭の荻をみて 175 朝ぼらけ荻の上吹く秋風に下葉押し靡み露ぞこぼるる（211）	庭	露	荻		朝
秋の野に置く白露は玉なるや、といふことを人々に仰せて つかうまつらせし時よめる 176 ささがにの玉抜く糸の緒を弱み風に乱れて露ぞこぼるる（256）	野	露	蜘蛛		
（草花を詠める） 180 藤袴来て脱ぎかけし主や誰問へど答へず野辺の秋風（215）	野		藤袴		
鳥狩しに砥上が原といふ所にいで侍りし時荒れたる 庵の前に蘭咲けるを見てよめる 181 秋風になに匂ふらむ藤袴主は旧りにし宿と知らずや（216）	野（砥上が原）		藤袴		
庭の萩を詠める 183 秋風はいたくなふきそ我が宿のもとあらの小萩散らまくも惜し（207）	庭		萩		
夕秋風といふことを 184 秋ならでただおほかたの風の音も夕はことに悲しきものを（265）					夕
（夕の心を詠める） 186 たそがれにもの思（ひ）をれば我が宿の荻の葉そよぎ秋風ぞ吹く（212）	家		荻		夕
秋を詠める 189 秋萩の下葉もいまだうつろはぬに今朝吹く風は袂寒しも（204）			萩	寒し	朝

朝顔

190 風を待つ草の葉に置く露よりもあだなるものは朝顔の花 (220)

(秋歌)

196 秋風はあやなな吹きそ白露のあだなる野辺の葛の葉の上に (219)

197 白露のあだにも置くか葛の葉にたまれば消えぬ風立たぬまに (218)

198 蟋蟀鳴く夕暮の秋風に我さへあやなものぞ悲しき (254)

山家晩望といふことを

199 暮れかかる夕の空を眺むれば木高き山に秋風ぞ吹く (258)

秋の歌

202 玉垂れの小簾の隙洩る秋風の妹恋ひしらに身にぞしみける (266)

203 秋風はやや肌寒くなりにけりひとりや寝なむ長きこの夜を (267)

204 雁鳴きて秋風寒くなりにけりひとりや寝なむ夜の衣薄し (231)

205 小笹原夜半に露吹く秋風をやや寒しとや虫の侘ぶらむ (247)

(海辺月)

214 伊勢の海や波にたけたる秋の夜の有明の月に松風ぞ吹く (280)

215 須磨の海人の袖吹き返す秋風にうらみて更くる秋の夜の月 (281)

216 塩釜の浦吹く風に秋たけて籬の島に月傾きぬ (282)

(月前雁)

219 鳴きわたる雁の羽風に雲消えて夜深き空に澄める月影 (227)

(海の辺を過ぐとて詠める)

222 海の原八重の潮路に飛ぶ雁の翼の波に秋風ぞ吹く (225)

雁を

224 秋風に山飛び越ゆる初雁の翼に分くる峰の白雲 (232)

夕雁

190	野	露	朝顔		朝
196	野	露	葛		
197	野	露	葛		
198	野		蟋蟀		夕
199	空・山				夕
202	(家)			身にしむ	
203	(家)			寒し	夕
204	(家)		雁	寒し	夜
205	小笹原	露	虫	寒し	
214	海(伊勢)	月	松		夜
215	海(須磨)	月			夜
216	海(塩釜)	月			夜
219	天空	雲・月	雁		夜
222	海		雁		
224	山	雲	雁		

227 夕されば稲葉のなびく秋風に空飛ぶ雁の声も悲しや (223)

田家夕雁

228 雁の居る門田の稲葉うちそよぎたそがれ時に秋風ぞ吹く (224)

名所秋月

241 月見れば衣手寒し更級や姥捨山の峰の秋風 (284)

243 さざなみや比良の山風小夜更けて月影寒し志賀の唐崎 (283)

(擣衣をよめる)

249 み吉野の山下風の寒き夜を誰故郷に衣打つらむ (290)

秋歌

250 昔思(ふ)秋の寝覚の床の上をほのかに通ふ峰の松風 (268)

254 秋萩の下葉の紅葉うつろひぬ長月の夜の風の寒さに (308)

秋の末に詠める

260 雁鳴きて吹く風寒み高円の野辺の浅茅は色づきにけり (301)

名所紅葉

262 初雁の羽風の寒くなるままに佐保の山辺は色づきにけり (298)

263 雁鳴きて寒き嵐の吹くなへに龍田の山は色づきにけり (299)

〈雑秋〉

「声うち添ふる沖つ白波」といふことを、人々あまたつかうまつりしついでに

566 住の江の岸の松吹く秋風を頼めて波の寄るを待ちける (269)

227	空・田		稲葉・雁		夕
228	田		稲葉・雁		夕
241	山(姥捨)	月		寒し	夜
243	山(比良) 湖(唐崎)	月		寒し	夜
249	山(吉野)			寒し	夜
250	家		松		夜
254			萩	寒さ	夜
260	山(高円)		雁・浅茅	寒し	
262	山(佐保)		雁・紅葉	寒し	
263	山(龍田)		雁・紅葉	寒し	
566	海(住の江)		松		夜

〈秋〉の風詠には、まずは以下のような特徴が挙げられよう。

ⅰ秋風が自然の景物の変化に沿って詠じられる点は、八代集の伝統を踏襲していると言い得る。

ⅱ自然の景物に風の吹く光景が春風であったが、秋の風の特徴として166、167、173にみるように、何もないところ、天空に吹く風の登場が特徴としてまず挙げられよう。天空の景物として取り合せられる動物は雁（204、219、222、224、227、228、260、262、263）である。

ⅲ秋風は露を払い（175、176、190、196、197、205）、藤袴の香を運ぶ（181）。ただし、春風が梅の香を運ぶような心ときめきはない。凋落の秋にふさわしく、荒れた家の藤袴に風が吹く風情である。風は落花を早め（183）、紅葉を促す（254、260、262、263）。

ⅳ夏に比べればもちろんのこと、春に比しても秋の風の表現は重層的である。天空、海山、野辺を背景に、天象・自然の景物の取り合わせに加えて気温・体感温度が、詠み込まれる。

Ⅲ　体感温度と愁思

〈夏〉の終りの風詠同様、涼しさ・寒さは、まずは居住空間で体感される。

〈秋〉冒頭歌「155昨日こそ夏は暮れしか朝戸出の衣手寒し秋の初風」及び「189秋萩の下葉もいまだうつろはぬに今朝吹く風は袂寒しも」の「衣手寒し」「袂寒し」は、朝に体感される外気の温度の表現である。

次の三首は、先に挙げた二首よりさらに身体的・具体的である。

秋の歌

202玉垂れの小簾の隙洩る秋風の妹恋ひしらに身にぞしみける（266）

203秋風はやや肌寒くなりにけりひとりや寝なむ長きこの夜を（267）
204雁鳴きて秋風寒くなりにけりひとりや寝なむ夜の衣薄し（231）

「身にしむ」（202）に人恋しさが重なり、「肌寒し」（203）「衣薄し」（204）は独り寝の寂しさを募らせる。

〈恋〉部の孤愁を表象する風（379、380、383、407、425、459、461、469）はいずれも秋風であるが、恋の歌ならずともとりわけ秋風は寂寥感（破線部）を呼び覚ます。

184秋ならでただおほかたの風の音も夕はことに悲しきものを（265）
198蟋蟀鳴く夕暮の秋風に我さへあやなものぞ悲しき（254）
227夕されば稲葉のなびく秋風に空飛ぶ雁の声も悲しや（223）
186たそがれにもの思（ひ）をれば我が宿の荻の葉そよぎ秋風ぞ吹く（212・玉葉486）
250昔思（ふ）秋の寝覚の床の上をほのかに通ふ峰の松風（268）

風の音に添う蟋蟀や雁の声は、なお悲しさを添えるのである。

居住空間を背景に表現される愁思であるが、〈旅〉部でも秋風が旅愁を誘う。次の二首は表現を連鎖させて並ぶ。

517旅衣うら悲しかる夕暮の裾野の露に秋風ぞ吹く（575）
518旅衣裾野の露にうらぶれてひもゆふ風に鹿ぞ鳴くなる（576）

秋全般の詠歌傾向として、伝統的に愁思の表出が特徴的である。春は落花、花の時季の短さを無常に重ねる傾向があるが、生物が躍動し、陽ざしが明るいせいもあり、秋ほど孤愁は深くはない。

気候の特性に重ねて、背景となる時刻も愁思に関連しよう。花の季節・春の歌は昼間を舞台にすることが圧倒的に多い。対して、秋の歌は、夕刻から夜を背景とすることが多いのである。八代集ではこの傾向が『新古今集』に最も顕著である。定家所伝本『金槐和歌集』もこのような時代の趣向と無縁ではない。

Ⅳ　山の秋風

冷気の表現は、興味深いことに、居住空間ばかりではなく山を背景にした詠にも多い。〈秋〉の山を背景にした風の詠一〇首のうち七首に気温を示す詠がみられる。

まず、山風の冷気を詠む三首。

158吹く風の涼しくもあるかおのづから山の蝉鳴きて秋は来にけり（189）
243さざなみや比良の山風小夜更けて月影寒し志賀の唐崎（283）
249み吉野の山下風の寒き夜を誰故郷に衣打つらむ（290）

紅葉を促す寒い風三首。

秋の末に詠める
260雁鳴きて吹く風寒み高円の野辺の浅茅は色づきにけり（301）
名所紅葉
262初雁の羽風の寒くなるままに佐保の山辺は色づきにけり（298）
263雁鳴きて寒き嵐の吹くなへに龍田の山は色づきにけり（299）

そして、冷気の体感が詠まれる二首。

162夕されば衣手涼し高円の尾上の宮の秋の初風（182）
241月見れば衣手寒し更級や姥捨山の峰の秋風（284）

158番歌を除けば、山を背景にして冷気が詠まれる歌に歌枕が詠み込まれているのが注目される。そして、山の風には、涼しさ・寒さが表出されてもそれが愁思、物思いには直結しないという特徴がある。

Ⅳ　海の秋風

さらに、〈秋〉〈雑秋〉には〈春〉〈夏〉にはない海の風詠が配列されていることを見逃せない。定家所伝本『金槐和歌集』の〈秋〉における海風には山風とは異なる特性が見出せる。

《八代集の海風詠》

海風詠そのものが、八代集の秋の部立には少ない。次の五首にとどまる。

吹く風にまかする舟や秋の夜の月の上より今日は漕ぐらむ（後撰・秋437・よみ人しらず）

有明の月もあかしの浦風に波ばかりこそよると見えしか（金葉二・秋部216・平忠盛）

玉寄する浦曲の風に空晴れて光を交す秋の夜の月（千載・秋歌上282・崇徳院）

塩釜の浦吹く風に霧晴れて八十島かけてすめる月影（千載・秋歌上285・藤原清輔）

清見潟関に止まらで行く舟は嵐の誘ふ木の葉なりけり（千載・秋歌下362・藤原実房）

対して、定家所伝本『金槐和歌集』〈秋〉部には、海を背景にした風の詠が五首、〈雑秋〉に一首、計六首みられる。一私家集における、数の多さがまずは注目されよう。

《金槐和歌集〈秋〉部の海風》

冒頭歌に続く二首目は、風の詠み込まれる海辺の秋の到来である。

海辺（に）秋来たるといふ心を

156霧立ちて秋こそ空に来にけらし吹上の浜の浦の潮風（183）

後鳥羽院詠「ほのぼのと春こそ空に来にけらし天の香具山霞たなびく（新古今・春歌上2・後鳥羽院）」の、季節を春から秋へ、天象を霞から霧へ、場面を山から海へ変えたような一首である。詠み込まれている歌枕「吹上の浜」は、

打ち寄する波の声にてしるきかな吹上の浜の秋の初風（新古今・雑歌中1609・祝部成仲）

のように、波や風とともに詠まれることが多い。また、『公任集』447番歌の詞書に

吹上の浜に至りぬ。風の砂（いさご）を吹き上ぐれば、霞のたなびくやうなり。げに名にたがはぬ所なりけり。

とある。風で砂が吹き上げられ、霞や霧のように見える、というのが、「吹上の浜」の由来のようである。実朝が、歌枕・吹上の浜をこのように理解していたとすれば、さらに興味深い一首である。強い潮風が砂を巻き上げ、霧のように見える吹上の浜には、いち早く秋が到来する、という趣になる。

語を連鎖させた一連の海の詠をみよう。

海辺月

213たまさかに見るものにもが伊勢の海の清き渚の秋の夜の月（279）

214伊勢の海や波にたけたる秋の夜の有明の月に松風ぞ吹く（280）

215須磨の海人の袖吹き返す秋風にうらみて更くる秋の夜の月（281）

216塩釜の浦吹く風に秋たけて籬の島に月傾きぬ（282）

風のない213の「伊勢の海」「秋の夜の月」に連鎖させて、214～216の海辺の光景に風が詠み込まれる。いずれも歌枕の海（「伊勢」「須磨」「塩釜」）と月が取り合わされ、時の推移（「波にたけたる」「有明の月」「うらみて更くる秋の夜の月」「秋たけて」「月傾きぬ」）が示される。月の形も位置の変化も時の推移を示す。月は鑑賞する対象として美しいばかり

ではなく、暦や時計の役割も果たすのである。そこに風が加わると時の推移に情趣が添えられる。214番歌の、月に風が吹くという表現には、「小夜更けて半ばたけゆくひさかたの月吹き返せ秋の山風（古今・物名452・景式王）」があり、時間を戻すように風よ、月を吹き返せの意である。この趣向を踏まえてはいるが、214番歌の松風は、直接に時を示さない。実朝は波が時間を先導して夜が更けていく、と詠む。下の句は「しをれこし袂乾す間も長月の有明の月に秋風ぞ吹く（後鳥羽院御集1575）」に触発されていよう。「有明の月」に風が吹くという表現は後鳥羽院詠以外に見出し難い。実朝詠は、「秋風」を「松風」に置き換え、恋歌を叙景歌に変えた趣である。

〈秋〉部の「173秋風に夜の更けゆけばひさかたの天の川原に月傾きぬ」同様、215、216番歌は風が時間を先導する趣である。このような発想は意外に少ない。215は「須磨の海人の袖に吹きこす潮風のなるとはすれどてにもたまらず（新古今・恋歌1117・藤原定家）」に、216は「塩釜の浦吹く風に霧晴れて八十島かけて澄める月影（千載・秋歌上285・藤原清輔）」に表現が重なるが、実朝詠の発想は「浅茅生の月吹く風に秋たけて故郷人は衣打つなり（後鳥羽院御集1533）」に近く、時間の推移に焦点がある。

《金槐和歌集〈雑秋〉の海風》

〈雑秋〉には次の一首。

「声うち添ふる沖つ白波」といふことを、人々あまたつかうまつりしついでに

566住の江の岸の松吹く秋風を頼めて波の寄るを待ちける（269）

家臣たちと集う「場」で詠まれた歌は、〈秋〉部にはない。詞書にある「声うち添ふる…」は「住の江の松を秋風吹くからに声うち添ふる沖つ白波（古今・賀360・凡河内躬恒）」をさす。この歌に因む興趣を詠み合ったのである。この歌については「住の江の岸による波よるさへや夢の通ひ路人目よくらむ（古今・恋歌二559・藤原敏行）」に同様、「夜」

に「寄る」をかけ、恋人の訪れを待つ意味を重ねる解釈[7]があるが、いかがであろうか。恋の要素を詠み込むのは配列上からも不自然ではないだろうか。波と風の間合いに耳を凝らした面白さが身上であろう。そこには詠者の鋭い聴覚が窺える。〈秋〉部の海を背景にした風詠が時の過ぎ行く光景であったのに対し、〈雑秋〉では人が時間と戯れている趣である。

《海風詠の特徴》

定家所伝本〈秋〉〈雑秋〉部の海風詠には次の特徴が見出せる。

i 山風がもっぱら冷気・寒気を表現するのに対し、海風詠には体感温度が詠まれず、愁思もない。

ii 実朝に近しい鎌倉や伊豆ではなく、歌枕が詠み込まれる。

iii 時の推移に関わる表現である。

このような意図的な選択構成には、海が実朝にとって特別な意味を持つことが窺える。

五　冬の風

Ⅰ　八代集の冬の風

八代集の冬の部立に風が詠み込まれる歌はそう多くはない。本節〈表1〉に示したように、『古今集』の冬の部立に風の詠はなく、『千載集』『新古今集』で急激に増えるのである。冬の部全歌数の割合をみると定家所伝本『金槐和歌集』〈冬〉は群を抜いて多い。

Ⅱ　金槐和歌集〈冬〉部および〈雑冬〉の風詠の構成

〈表5〉（□及び傍線は〈表4〉に同じ）

	背景	天象	景物	温度	時刻
〈冬〉					
十月一日詠める 275 秋は往ぬ風に木の葉は散りはてて山さびしかる冬は来にけり（312）	山		木の葉		
松風時雨に似たり 276 降らぬ夜も降る夜もまがふ時雨かな木の葉の後の峰の松風（324）	山	時雨	松		夜
277 神無月木の葉降りにし山里は時雨にまがふ松の風かな（323）	山	時雨	松		
（冬のはじめの歌） 284 吉野川紅葉葉流る滝の上の三船の山に風吹くらし（317） 山（三船山）	川（吉野川）		紅葉葉		
冬歌 291 夕月夜佐保の川風身にしみて袖より過ぐる千鳥鳴くなり（351）	川（佐保）	月	千鳥	身にしむ	夕
月前松風 293 天の原空を寒けみむばたまの夜渡る月に松風ぞ吹く（344）	天空	月	松	寒けし	夜
海の辺の千鳥といふことを人々あまたつかうまつりしついでに 294 夜を寒み浦の松風吹きむせび虫明の波に千鳥鳴くなり（354）	海（虫明）		松・千鳥	寒し	夜
名所千鳥 297 衣手に浦の松風冴えわびて吹上の月に千鳥鳴くなり（357）	海（吹上）	月	松・千鳥	冴えわぶ	夜
寒夜千鳥 298 風寒み夜の更けゆけば妹が島形見の浦に千鳥鳴くなり（356）	海（形見浦）		千鳥	寒し	夜

氷を詠める 303 音羽山山おろし吹きて逢坂の関の小川は氷りわたれり（335）	山（音羽山 逢坂）	氷			
月前嵐 304 更けにけり外山の嵐冴え冴えて十市の里に澄める月影（346）	里（十市）	月		冴え冴えて	夜
湖上冬月といふ事を 305 比良の山山風寒み唐崎や鳰の湖に月ぞ氷れる（340）	山（比良） 湖（唐崎鳰）	月 氷		寒し	夜
（冬歌） 318 夕されば潮風寒し波間より見ゆる小島に雪は降りつつ（364）	海	雪		寒し	夕
冬歌 321 夕されば浦風寒し海人小舟とませの山にみ雪降るらし（363）	山（泊瀬）	雪		寒し	夕
322 巻向の檜原の嵐冴え冴えて弓月が岳に雪降りにけり（370）	山（巻向弓月が岳）	雪		冴え冴えて	
324 払へただ雪分衣緯を薄みつもれば寒し山おろしの風（372）	山	雪		寒し	
325 真木の戸を朝明の雲の衣手に雪を吹き巻く山おろしの風（371）	山	雲・雪			朝
冬歌 332 夕されば篠吹く嵐身にしみて吉野の岳にみ雪降るらし（362）	山（吉野）	雪	篠	身にしむ	夕
山辺霰 336 雲深き深山の嵐冴え冴えて生駒の岳に霰降るらし（347）	山（生駒）	雲霰		冴え冴えて	
（歳暮） 350 塵をだに据ゑじとや思ふ行く年の跡なき庭を払ふ松風（398）	庭		松		

〈雑冬〉

冬初によめる

568春といひ夏と過ぐして秋風の吹上の浜に冬は来にけり（316）

海辺冬月

573月のすむ磯の松風冴え冴えて白くぞ見ゆる雪の白浜（345）

屏風に那智の深山描きたる所

574冬籠り那智の嵐の寒ければ苔の衣の薄くやあるらむ（640）

568	海（吹上）				
573	海（白浜）	雪	松	冴え冴えて	夜
574	山（那智）			寒し	

〈冬〉冒頭275番歌は、風に木の葉の散り果てた寂しい山の詠である。〈冬〉最後の風詠350番歌は最終歌の二首前に配列される。続く「351うばたまのこの夜な明けそしばしばもまだ旧年のうちぞと思はむ」「352はかなくて今宵明けなば行く年の思ひ出もなき春にやあはなむ」を以て〈冬〉は終り、再び、春へと巡るのである。275で冬が訪れ、350を以て風に吹き払われる「行く年」が示される。すなわち、〈冬〉は風に始まり、風に終るという流れで配列されているとも言い得る。

気温・体感温度は〈夏〉の終り（涼し）から〈秋〉（涼し・寒し・身にしむ）に、続けて表出されるのだが、〈冬〉〈雑冬〉では寒気の表現が、さらに増加する。「身にしむ」二例（291、332）、「寒けし」一例（293）、「寒し」七例（294、298、305、318、321、324、574）、「冴え冴えて」四例（304、322、336、573）、「冴えわぶ」一例（297）が見出せる。冬は、自然の動きが停滞する。花はなく、木の葉は散り果て、やがて枯れ木となる季節では、風が及ぼす作用は、春や秋のように目に見えて活発ではない。寒気に注目されるのは当然であろう。時刻は夜が夕刻を上回る。

Ⅲ　落葉と風

〈冬〉は、風と落葉に始まる。冒頭部は表現の連鎖を見せながら三首並ぶ。

　　　十月一日詠める

275 秋は往ぬ風に木の葉は散りはてて山さびしかる冬は来にけり（312）

　　　松風時雨に似たり

276 降らぬ夜も降る夜もまがふ時雨かな木の葉の後の峰の松風（324）

277 神無月木の葉降りにし山里は時雨にまがふ松の風かな（323）

落葉を詠むもう一首は、散った木の葉が吉野川に流れてきた様子から三船山の嵐を想像する歌である。

284 吉野川紅葉葉流る滝の上の三船の山に嵐吹くらし（317）

以上、いずれも既に木の葉が散り果てた光景を詠む。

以上四首の他に、風と落葉の詠と解釈されてきた歌があることに言及しておきたい。

　　　冬のはじめの歌

281 神無月時雨降ればか奈良山の楢の葉柏かてにうつろふ（323）

この歌の第五句目「かてに」を、貞享本は「風に」と表記、川田順・斎藤茂吉以降「風に」の誤写と見做されてきた。新潮日本古典集成『金槐和歌集』も「風に」と訂正している。確かに「紅葉葉の色にまかせて常葉木も風にうつろふ秋の山かな（新古今・秋歌下536・藤原公継）」のように、「風にうつろふ」――風に花や紅葉が散るという表現類型は定着している。

一方、「かてに」となると実に例が少ないが、たとえば「淡雪のたまればかてに砕けつつ我がもの思ひのしげき頃かな（古今・恋歌一550・よみ人しらず）」に見出せる「かてに」は、「勝てに」であり「～ことが出来ずに」「耐え切れずに」の意である。鎌田五郎の「かてに」が正しいとする見解[8]に従う。

281番歌は、「神無月になって時雨が降るせいだろうか、奈良山の楢の木の葉が堪え切れずに散っている」の意で、葉が移ろうのは、時雨のせいであるところに面白さがあろう。「風に」では時雨の効果が薄くなろう。従って定家所伝本『金槐和歌集』〈冬〉における風に散った落葉詠は四首にとどまる。

Ⅳ　海の風

八代集の冬の部立に、海を背景にした風の詠は『千載集』までは皆無、『新古今集』に次の三首をみるのみである。

浦風に吹上の浜の浜千鳥波立ち来らし夜半に鳴くなり（646・祐子内親王家紀伊）

風吹けばよそになるみのかた思ひ思はぬ波に鳴く千鳥かな（649・藤原秀能）

風さゆる雄島が磯の群千鳥立ち居は波の心なりけり（651・藤原季経）

いずれも風（□）、歌枕（波線部）、千鳥（二重傍線部）が詠み込まれている。649番歌は歌枕が懸詞になっている。

定家所伝本『金槐和歌集』に眼を転じると、〈冬〉では風詠二〇首中四首、〈雑冬〉では風詠三首中二首が海を背景にした歌である。まずは数の多さが注目される。

〈冬〉部の次の三首は、歌枕に千鳥が詠みこまれる。先に挙げた『新古今集』に通じる特徴であり、偶然とは考え難い。いずれも第五句「千鳥鳴くなり」が同表現であり、時刻は夜である。[9]

海の辺の千鳥といふことを人々あまたつかうまつりしついでに

294夜を寒み浦の松風吹きむせび虫明の波に千鳥鳴くなり（354）

名所千鳥

297衣手に浦の松風冴えわびて吹上の月に千鳥鳴くなり（357）

寒夜千鳥

298風寒み夜の更けゆけば妹が島形見の浦に千鳥鳴くなり（356）

『新古今集』にない特徴は、寒気（実線）の表出である。既に述べたように、定家所伝本〈秋〉の海風詠は、歌枕を背景にした叙景歌であり、冷気・寒気が表出されないという特色があるが、〈冬〉〈雑冬〉には直接的に寒気が表出される。〈冬〉の残りの一首をみよう。

（冬歌）

318夕されば潮風寒し波間より見ゆる小島に雪は降りつつ（364）

歌枕も千鳥のような景物もなく、技巧もないという点でも異質な一首である。そもそも海と雪の取り合わせが珍しい。〈雑冬〉の「573月のすむ磯の松風冴え冴えて白くぞ見ゆる雪の白浜（345）」にも海と雪の取り合わせがあるが、歌枕・白浜が詠み込まれ、月と雪の白さに白浜という地名を懸ける冬の光景である。一方、風が吹き、波が立ち、雪が降る318番歌は動きのある詠で、他の歌とは趣を異にする。これは東国の海であり、波の彼方の島に降る雪を眼前にした実朝ならではの実景歌であろうと思われる。

〈雑冬〉の冬の風詠三首のうち、次の一首には直接冷気・寒気の表現がない。

冬初によめる

568春といひ夏と過ぐして秋風の吹上の浜に冬は来にけり（316）

〈雑冬〉573 574番歌（〈表5〉参照）とは趣の異なる季節の巡る時間を象徴する風の詠である。

六　おわりに

　定家所伝本『金槐和歌集』における四季の風は、次のように流れる。春風は、花の推移とともに吹き、夏の終わりに吹く風は涼を呼び、秋風の冷気は人の心に物思いをもたらし、生物の活動が停滞する冬の風はもっぱら寒気を運ぶ。秋と冬は、海に吹く風への注目と詠歌方法に独自性が見出せる。

　この流れに添うかのように、風の吹く時刻は昼から夕刻、夜が多くなっていく。秋は背景や景物が重層的なだけではなく、時刻にも多様性がある。歌数をみると、秋は夕刻と夜が同数であるが、冬に至ると夜が夕刻を上回る（表6）。

〈表6〉

季節／時刻	朝	夕	夜
春	2		2
夏		2	2
秋	4	11	11
冬	1	4	7

　定家所伝本『金槐和歌集』の風の詠は、まず、数の多さに特徴があり、配列に工夫が施され、独自の情趣を漂わせていると言えよう。

　霧や雲という天象とは異なり、風は目に見えない。風は自在である。止んでは吹き、方向を変え、強く吹き、弱く吹く。温度が体感され、人の心に作用する。何もない場所、誰もいないところにも風は吹く。

　自然が移り変って巡り、その中で人は生滅を繰り返すが、永久に吹くことを止めない風は、冒頭でみたごとく、祝意を表する歌材にもなり得る。風は実朝の心象に強く訴えかける天象だったのではあるまいか。

注

① 鎌田五郎『金槐和歌集全評釈』風間書房 1977

② 八代集における梅と風の取り合わせを挙げる。

《香を運ぶ風》

花の香を風の便りにたぐへてぞ鶯誘ふしるべにはやる（古今・春歌上13・紀友則）

梅の花香を吹きかくる春風に心を染めば人やとがめむ（後撰・春上31・よみ人しらず）

梅が香をたよりの風や吹きつらむ春珍しく君が来ませる（後拾遺・春上50・平兼盛）

梅の花香ばかり匂ふ春の夜の闇は風こそうれしかりけれ（後拾遺・春上59・藤原顕綱）

風吹けば遠の垣根の梅の花香は我が宿のものにぞありける（後拾遺・春上63・清基法師）

梅が枝に風や吹くらむ春の夜は折らぬ袖さへ匂ひぬるかな（金葉二・春部18・藤原長房）

薫る香の絶えせぬ春は梅の花吹き来る風やのどけかるらむ（千載・春歌上18・藤原雅実）

小夜更けて風や吹くらむ花の香の匂ふ心地のそらにするかな（千載・春歌上23・藤原道信）

春の夜は吹き舞ふ風の移り香を木ごとに梅と思ひけるかな（千載・春歌上25・崇徳院）

《梅花を散らす風・風に散る恐れ》

吹く風に散らずもあらなむ梅の花我が狩衣一夜宿さむ（後撰・春上25・よみ人しらず）

朝まだき起きてぞ見つる梅の花夜の間の風のうしろめたさに（拾遺・春29・元良親王）

吹く風を何厭ひけむ梅の花散り来る時ぞ香ぞまさりける（拾遺・春30・凡河内躬恒）
匂をば風にそふとも梅の花色さへあやなあだに散らすな（拾遺・春31・大中臣能宣）
今日ここに見に来ざりせば梅の花ひとりや春の風に散らまし（金葉二・春部19・源経信）
吹き来れば香をなつかしみ梅の花散らさぬほどの春風もがな（詞花・春9・源時綱）
梅散らす風もこえてや吹きつらむ薫れる雪の袖に乱るる（新古今・春歌上50・康資王母）
散りぬれば匂ひばかりを梅の花ありとや袖に春風の吹く（新古今・春歌上53・藤原有家）

③ 37鶯はいたくな侘びそ梅の花今年のみ散るならひならねば（29）
38さりともと思ひしほどに梅の花散り過ぐるまで君が来まさぬ（28）
39我が袖に香をだに残せ梅の花飽かで散りぬる忘れ形見に（27）

④「金槐和歌集」『山家集・金槐和歌集』日本古典文学大系29岩波書店1961

⑤①に同じ。

⑥『金槐和歌集』新潮日本古典集成　新潮社1981

⑦①④および、井上宗雄「金槐和歌集　雑部」『中世和歌集』新編日本古典文学全集49小学館2000

⑧①に同じ。

⑨因みに、千鳥は〈冬〉部では、歌枕とともに詠まれる。291番歌は川が背景の風と千鳥の詠であるが歌枕「佐保」が織り込まれる。

第二節　松風

一　はじめに

松風は、花や紅葉を散らし、涼しさ・寒さをもたらす風とはやや異なる情趣の風である。何かに作用する風ではなく、聴く風である。琴の音に通うと歌に詠まれ、また、茶道では、釜にお湯の沸く音を松風と言う。勅撰集を見渡すと、松風は『新古今集』以降に増える歌材である。

まず、定家所伝本『金槐和歌集』における松風の歌をすべて掲げ、松風を□で囲み、背景（波線）・天象（点線）・取り合わされる景物（二重傍線）を明示する。

	背景	天象	景物
〈秋〉			
（海辺月） 214 伊勢の海や波にたけたる秋の夜の有明の月に松風ぞ吹く（280）	海（伊勢）	月	
秋歌 250 昔思（ふ）秋の寝覚の床の上をほのかに通ふ峰の松風（268）	床・峰		
〈冬〉			
松風時雨に似たり			

276 降らぬ夜も降る夜もまがふ時雨かな木の葉の後の峰の松風（324）
277 神無月木の葉降りにし山里は時雨にまがふ松の風かな（323）

月前松風

293 天の原空を寒けみむばたまの夜渡る月に松風ぞ吹く（344）

海の辺の千鳥といふことを人々あまたつかうまつりしついでに

名所千鳥

294 夜を寒み浦の松風吹きむせび虫明の波に千鳥鳴くなり（354）
297 衣手に浦の松風冴えわびて吹上の月に千鳥鳴くなり（357）

（歳暮）

350 塵をだに据ゑじとや思ふ行く年の跡なき庭を払ふ松風（398）

〈旅〉

屏風の絵に山家に松描ける所に旅人数多あるを詠める

527 まれに来て聞くだに悲し山賤の苔の庵の庭の松風（589）
528 まれに来てまれに宿借る人もあらじあはれと思へ庭の松風（590）

雪降れる山の中に旅人（臥）したる所

529 片敷きの衣手いたく冴え侘びぬ雪深き夜の峰の松風（587）
530 暁の夢の枕に雪積もり我が寝覚め訪ふ峰の松風（588）

〈雑春〉

海辺立春といふ事を詠める

536 塩釜の浦の松風霞むなり八十島かけて春や立つらむ（8）

〈雑秋〉

「声うち添ふる沖つ白波」といふことを、人びとあまたつかうまつりしついでに

566 住の江の岸の松吹く秋風を頼めて波の寄るを待ちける（269）

276	峰	時雨	木の葉
277	山里	時雨	木の葉
293	空	月	
294	海（虫明）	波	千鳥
297	海（吹上）	月	千鳥
350	庭		
527	庭		
528	庭		
529	峰	雪	
530	峰	雪	
536	海（塩釜）	霞	
566	海（住の江）	波	

〈雑冬〉 海辺冬月 573 月のすむ磯の松風冴え冴えて白くぞ見ゆる雪の白浜（345）	海	月・雪	
〈雑釈教〉 社頭松風 654 旧りにける朱の玉垣神さびて破れたる御簾に松風ぞ吹く（645）	玉垣・御簾		

以上一六首の季節の配分は次の通りである。

〈秋〉　二首214、250
〈冬〉　六首276、293、294、297、350（松の風277）
〈旅〉　四首527、528、529、530
〈雑春〉　一首536
〈雑秋〉　一首（松吹く風566）
〈雑冬〉　一首573
〈雑釈教〉　一首654

〈恋〉部には松風の用例がない。松風は秋から冬にかけての風物であり、〈雑春〉の例は珍しい。背景は、海六首、峰四首、庭三首、山里・床・空・社頭各一首ずつ。天象は、月・雪各三首、時雨二首、波・霞各一首。取り合せられる景物は、木の葉・千鳥各二首である。

さらに、定家所伝本『金槐和歌集』の配列と詠法の特徴をみていく。

二　浦の松風

海の松風は、いずれも冬の詠である。既に第一節で述べたように、冬の海風の詠は勅撰集には少なく、歌枕と千鳥が詠みこまれる、という特徴がある。この特徴は定家所伝本『金槐和歌集』にも通じるのだが、海と松風の詠は、一私家集にしては多いのである。あらためて注目してみたい。

〈冬〉部に次の二首が見える。

海の辺の千鳥といふことを人々あまたつかうまつりしついでに

294夜を寒み浦の松風吹きむせび虫明の波に千鳥鳴くなり（354）

名所千鳥

297衣手に浦の松風冴えわびて吹上の月に千鳥鳴くなり（357）

294番歌は、「虫明の松吹く風や寒からむ冬の夜深く千鳥鳴くなり（拾遺愚草員外732・藤原定家）」に触発されていよう。また、297番歌は「衣手に余呉の浦風冴え冴えて己高山に雪降りにけり（金葉二・冬部278・源頼綱）」「月ぞ住む誰かはここに紀の国や吹き上げの千鳥ひとり鳴くなり（新古今・冬歌647・藤原良経）」に通じ、影響は考え得る。看過し難いのは、以上の二首にみえる「浦の松風」という表現である。勅撰集を見渡すと、「浦の松風」の語例は八代集には次の一首のみ。

みづのえの吉野の宮は神さびて齢たけたる浦の松風（新古今・雑歌中1604・藤原秀能）

後代の『続拾遺集』に一首。

天の原日も夕潮の唐衣はるばるきぬる浦の松風（羇旅歌701・藤原道家）

「浦の松風」は二十一代集通じて二首にしか語例を見ない珍しい表現である。『金槐和歌集』に二首に見出されるのは注目されよう。

〈雑冬〉の一首の表現をみよう。

海辺冬月

573月のすむ磯の松風冴え冴えて白くぞ見ゆる雪の白浜（345）

この歌も右に挙げた『二度本金葉集』の278番歌「衣手に余呉の浦風冴え冴えて……」に表現が重なるのだが、「磯の松風」に独自性がみられる。「磯の松風」の用例は二十一代集では『玉葉集』に載る次の一首のみである。

岩がねに寄せては返る波の間もなほ音残す磯の松風（雑歌二2119・藤原親範）

海の松風には実朝ならではの視点がある。

三　峰の松風

峰の松風の背景は山である。定家所伝本『金槐和歌集』には、「峰の松風」を含む歌が四首みられる。「峰の松風」は、二十一代集には、『後撰集』一首、『拾遺集』一首、『千載集』五首、『新古今集』四首、『続後撰集』一首、『続古今集』二首、『続拾遺集』一首、『玉葉集』四首、『風雅集』二首、『新千載集』四首、『新拾遺集』三首、『新後拾遺集』三首、『新続古今集』一首に語例を見出せる。実朝の時代前後から用例が増える歌語である。

Ⅰ　琴の音と「峰の松風」

松風は琴の音に通じ、譬えられる。『後撰集』『拾遺集』の用例はそれがすべてである。「短夜の更け行くままに高砂の峰の松風吹くかとぞ聴く（後撰・夏167・藤原兼輔）」には「深養父琴弾くを聞きて」という詞書がある。聞いているのは風ではなく、琴の音である。また、「琴の音に峰の松風通ふらしいずれの緒より調べ初めけむ（拾遺・雑上451・斎宮女御）」は琴の音と松風が唱和する趣である。

『後拾遺集』『金葉集』『詞花集』には「峰の松風」の用例はないが、『千載集』に至ると、琴の音に譬えた「峰の松風」を聞いている詠二首が見出せる。

　千代とのみ同じことのみ調ぶなりながたの山の峰の松風（賀歌634・善滋為政）

　琴の音を雪に調ぶと聞こゆなり月さゆる夜の峰の松風（雑歌上1002・道性法親王）

『新古今集』の琴の音と「峰の松風」は、さらに趣が変る。

　紫の雲路に誘ふ琴の音に憂き世を払ふ峰の松風（釈教歌1937・寂蓮法師）

この歌の場合、聞いているのが琴の音なのか松風なのか、両方なのか、あるいはどちらでもないのかは問題ではないように思われる。臨終の紫雲に誘うかのような美しい琴の音と松風の融和である。

定家所伝本『金槐和歌集』では、まず〈秋〉部で愁思の枕辺に吹く「峰の松風」が詠まれる。

　　秋歌

250昔思（ふ）秋の寝覚の床の上をほのかに通ふ峰の松風（268）

表出されないが、あるいはこの歌も琴の音を暗示しているのかも知れない。

Ⅱ　時雨に紛う「峰の松風」

〈冬〉部冒頭歌の次に配される歌である。

松風時雨に似たり

276降らぬ夜も降る夜もまがふ時雨かな木の葉の後の峰の松風（324）

次の「277神無月木の葉降りにし山里は時雨にまがふ松の風かな」に並んで、木の葉の散り果てた後に時雨と区別のつかぬ松風の音を詠む。「今はまた散らでもまがふ時雨かなひとりふりゆく庭の松風（新古今・冬歌587・源具親）」に発想が似るのだが、八代集に、「峰の松風」と時雨を組み合わせる詠はない。

Ⅲ　旅寝と「峰の松風」

「眺むれば千々に物思ふ月にまた我が身ひとつの峰の松風（新古今・秋歌上397・鴨長明）」のように、「峰の松風」は寂寥感を募らせる。

『金槐和歌集』〈旅〉部に並ぶ二首の「峰の松風」は屏風歌に孤愁を読み取る詠である。

雪降れる山の中に旅人（臥）したる所

529片敷きの衣手いたく冴え侘びぬ雪深き夜の峰の松風（587）

530暁の夢の枕に雪積もり我が寝覚め訪ふ峰の松風（588）

『千載集』の用例「浮き寝する猪名の湊に聞こゆなり鹿の音おろす峰の松風（秋歌下313・藤原隆信）」「都だに寂しさまさる木枯らしに峰の松風思ひこそやれ（冬歌419・定頼女）」「深く入りて神路の奥を訪ぬればまた上もなき峰の松風（神祇歌1278・円位法師）」は、いずれも旅の歌であるが、詠歌内容は実朝詠には重ならない。

529番歌はⅠで挙げた『千載集』1002番歌「琴の音を雪に調ぶと聞こゆなり月さゆる夜の峰の松風」に下の句の構造が似る。530番歌は後代の「おのづから都に通ふ夢をさへまた驚かす峰の松風（続拾遺・雑歌上1137・藤原喜平）」にやや重なる。

また、『新古今集』には次の三首がある。

ながむればちぢにもの思ふ月にまた我が身ひとつの峰の松風（秋歌上397・鴨長明）

山川の岩行く水も氷りしてひとりくだくる峰の松風（雑歌上1577・よみ人しらず）

春日山谷の埋れ木朽ちぬとも君に告げこせ峰の松風（雑歌下1794・藤原家隆）

397が愁思、1577が叙景歌、1794は恋の物思いである。

〈旅〉部の実朝詠は独自である。雪の降る夜に旅寝をして松風に吹かれる、という詠歌内容と類似の先行歌は見当たらない。

四　庭の松風

〈冬〉部末尾部に「歳暮」の詞書で次の歌がある。

350塵をだに据ゑじとや思ふ行く年の跡なき庭を払ふ松風（398）

容赦なく暮れていく年を惜しむ心に追い打ちをかけるように吹く松風を詠む。庭を吹く松風の詠は、〈旅〉部に「まれに来て」と「庭の松風」を繰り返す対の二首がある。

屏風の絵に山家に松描ける所に旅人数多あるを詠める

527まれに来て聞くだに悲し山賎の苔の庵の庭の松風（589）
528まれに来てまれに宿借る人もあらじあはれと思へ庭の松風（590）

「庭の松風」の語例は八代集には『新古今集』にみる次の五例のみである。
ⅰ今はまた散らでもまがふ時雨かなひとりふりゆく庭の松風（冬歌587・源具親）」
ⅱ思ひかねうち寝る宵もありなまし吹きだにすさべ庭の松風（恋歌四1304・藤原良経）
ⅲ心あらば吹かずもありなむ宵宵に人待つ宿の庭の松風（恋歌四1311・慈円）
ⅳ月見ばと言ひしばかりの人は来で槙の戸たたく庭の松風（雑歌上1519・藤原良経）
ⅴ我ながら思ふかものをとばかりに袖にしぐるる庭の松風（雑歌中1638・藤原有家）

ⅰは先に述べた「峰の松風」を詠みこんだ実朝歌276番歌「降らぬ夜も降る夜もまがふ時雨かな木の葉の後の峰の松風」に内容が通う。ⅱ～ⅴは恋の場面に聞く「松風」であり、実朝歌には表出されない。「庭の松風」という表現が、実朝同時代に集中するのも興味深い現象である。

五　春の到来―〈雑春〉冒頭歌の松風

〈雑春〉冒頭歌は、「海」の「霞」と「松風」である。

海辺立春といふ事を詠める
536塩釜の浦の松風霞むなり八十島かけて春や立つらむ（8）

貞享本では春部八番目の配列。序章で触れたごとく定家所伝本では〈春〉部が山で始まるのに対して、〈雑春〉は海に始まるという編纂意図が窺える。海辺の春到来である。

「塩釜の浦の波風月冴えて松こそ雪の絶え間なりけれ（拾遺愚草43・藤原定家）」から時が推移した趣の詠。霞に包まれた塩釜の景色を詠む歌に「見渡せば霞のうちも霞みけり煙たなびく塩釜の浦（新古今・雑歌中1611・藤原家隆）」がある。空間の広がりは「塩釜の浦吹く風に霧晴れて八十島かけて澄める月影（千載・秋歌上285・藤原清輔）」「海の原遠の霞の春の色に八十島かけて帰る雁金（後鳥羽院御集1102）」に学んでいようか。

第一節で述べたが、八代集の春の部立のうち、冒頭歌が風の詠であるのは『詞花集』の「氷りゐし志賀の唐崎うちとけてさざ波寄する春風ぞ吹く（春1・大江匡房）」の一首のみ。氷を解く「春風」である。この発想は『金槐和歌集』にはないが、〈雑春〉冒頭歌の「春の松風」という歌材そのものが珍しいと言える。風が霞むという発想で詠まれ、上の句の構造が似る同時代歌人の歌に「住吉の松の嵐も霞むなり遠里小野の春の曙（新勅撰・春歌上14・覚延法師）」がある。実朝詠は、歌枕・塩釜に思いを馳せ、松風の音を繊細に捉えて春を感知する。松風の音の微妙な変化から広い空間を想像する。聴覚で捉えた春である。このような冒頭歌は、まことに個性的と言えよう。

六　おわりに

所収される最後の松風詠は〈雑・神祇〉の次の一首である。

社頭（の）松風

654 旧りにける朱の玉垣神さびて破れたる御簾に松風ぞ吹く（645）

「住吉の松の下枝に神さびて緑に見ゆる朱の玉垣（後拾遺・神祇1175・蓮仲法師）」「ちはやぶる朱の玉垣神さびて榊葉ごとになびく夕風（後鳥羽院御集1502）」に同語句（　部）が見え、風を詠みこむ後鳥羽院歌に触発されていようが、実朝詠は、時を風化した荒涼たる風景に松風の音だけが響く。第一節で論じた風のように、松風もまた、人の営みが過去のものとなり、その形跡すら消えた後も、吹くのである。

第三節　霞と霧

一　はじめに

霞は、春特有の天象であり、秋の霧と対照される。定家所伝本『金槐和歌集』〈恋〉部はまさしく、春の霞・秋の霧に始まる。

初恋の心をよめる

371春霞龍田の山の桜花おぼつかなきを知る人のなさ（495）

寄鹿恋

372秋の野の朝霧隠れ鳴く鹿のほのかにのみや聞きわたりなむ（541）

恋の始まりを表出する二首である。〈恋〉部に霞と霧が詠み込まれる歌は、この箇所のみ。〈恋〉は、さまざまなプロセスが、語・語句を連関・連結・対立させながら構成されている部立である。[1]右の冒頭二首は、季節を「春」と「秋」に設定し、その景物の「霞」と「霧」を背景に、「桜」と「鹿」を配置させる。「おぼつかなき」「ほのかに」は対応する。

371番歌は、龍田山に霞む桜に譬えて恋心を詠む。類似表現の見出せる先行歌「散り散らずおぼつかなきは春霞たなびく山の桜なりけり（新古今・春歌下115・祝部成仲）」「色ならば移るばかりに染めてまし思ふ心を知る人のなさ（拾遺・

恋一623・紀貫之）」に学ぶと思われる。

372番歌は、朝霧に隠れて鳴く鹿の声の遠さに相手の存在の遠さを譬える。「妹を思ひいの寝らえぬに秋の野にさ牡鹿鳴きつ妻思ひかねて（万葉・巻十五3700・作者未詳）」に通う詠である。

「朝霧隠れ」「ほのかにのみや」「聞きわたりなむ」はあまり使われぬ表現であるが、「珍しや朝霧隠れ聞こゆなり外面の小田を初雁の声（正治初度百首1748・沙弥生蓮）」「切目山往き帰り路の朝霞ほのかにだにや妹に逢はざらむ（万葉・巻十二3051・作者未詳）」「天雲の八重雲隠れ鳴る神の音にのみやも聞きわたりなむ（万葉・巻十一2666・作者未詳）」に触発されていよう。

因みに、（　）内の国歌大観番号に照らせば明らかなように、この二首は、貞享本では並べて配列されてはいない。371番歌は、貞享本では、恋歌一五六首中八七首目に載る。貞享本・恋部の冒頭歌は定家所伝本の通し番号448番歌に相当する「春深み峰の嵐に散る花のさだめなき世に恋ひつつぞ経る（408）」であり、定家所伝本では〈恋〉一四一首中七七首目、ほぼ中央に配列されている。定家所伝本独自の配列の意図が、貞享本の配列では消失してしまう例をここにもみることが出来る。

霞のヴェールに包まれて咲く桜と、霧の彼方に鳴く鹿の声の表象は、これから展開していく〈恋〉の始まりとして、きわめて効果的である。

本節では、作品全体を見渡して、霞と霧がいかに配列され、詠まれているかを考察する。

二　霞

I　八代集の霞詠

八代集の春の部立の霞詠の数を、定家所伝本『金槐和歌集』に比較しておく。

歌集	春の部立の全歌数	霞詠の歌数	春全歌に対する割合（%）
古今集	134	10	7.5
後撰集	146	11	7.5
拾遺集	78	10	12.8
後拾遺集	164	13	7.9
二度本金葉集	93	7	7.5
詞花集	81	4	4.9
千載集	135	11	8.1
新古今集	174	18	10.3
金槐和歌集	116	8	6.9

大差はないものの、八代集の平均８・３％に比して、『金槐和歌集』６・９％は少なめである。

八代集の詠歌内容を概観すると、霞が単独で詠まれる詠は少ない。雪・風・雲などの天象や、若菜・青柳・梅・桜・鶯・帰雁・春駒などの景物に取り合わされる。

Ⅱ　定家所伝本『金槐和歌集』の霞

定家所伝本『金槐和歌集』の霞詠を部立ごとにみると、〈春〉八首、〈雑春〉三首、〈雑雑〉一首、〈恋〉一首。〈春〉〈雑春〉の霞詠をすべて掲げ、「霞」「霞む」を□で囲み、背景（波線）、取り合せられる天象（点線）、景物（二重傍線）を示す。

	背景	天象	景物
〈春〉			
正月一日よめる 1 今朝見れば山も霞みてひさかたの天の原より春は来にけり（1）	山		
立春の心をよめる 2 九重の雲居に春ぞ立ちぬらし大内山に霞たなびく（2）	大内山		
故郷立春 3 朝霞立てるを見ればみづのえの吉野の宮に春は来にけり（7）	吉野行宮		
春の歌 19 早蕨の萌え出づる春になりぬれば野辺の霞もたなびきにけり（44）	野		早蕨
霞を詠める 20 み冬つぎ春し来ぬれば青柳の葛城山に霞たなびく（11）	山（葛城）		
21 おほかたに春の来ぬれば春霞四方の山辺に立ち満ちにけり（10）	山		
（春の暮を詠める） 22 おしなべて春は来にけり筑波嶺の木の下ごとに霞たなびく（12）	山（筑波）		木
114 いづかたに行き隠るらむ春霞立ち出でて山の端にも見えなで（127）	（山）		
〈雑春〉			

海辺立春といふ事をよめる 536 塩釜の浦の松風霞むなり八十島かけて春や立つらむ（8）	海（塩釜）	松風	
（鶯） 540 草深き霞の谷にはぐくもる鶯のみや昔恋ふらし（14）	谷		鶯
海辺春月 541 住吉の松の木隠れゆく月のおぼろに霞む春の夜の空（101）	海（住吉）	月	
海辺春望 543 難波潟漕ぎ出づる舟の目も遥に霞に消えて帰る雁金（102）	海（難波潟）		雁

八代集に比べると、『金槐和歌集』の霞詠に、取り合わされる天象や景物の多様性はない。とりわけ「桜」と「霞」の取り合わせが冒頭に挙げた〈恋〉部371番歌のみであるのは看過できない。〈春〉の背景は、ほとんどが「山」であり、霞の変化を時間の推移に伴って追う配列である。〈雑春〉の背景は、540番歌の他は「海」であり、移り行く時間上の光景を詠出する歌が配列される。

Ⅲ 〈春〉冒頭部の霞詠

定家所伝本『金槐和歌集』〈春〉部は霞に新しい季節の到来を知る詠に幕を開ける。

因みに、二十一代集を見渡すと、『千載集』以降、春冒頭歌に霞を織り込む趣向が定着し、『玉葉集』『新千載集』『新拾遺集』を除く全ての集の春の巻頭が「霞」詠で始まる、と安田徳子は指摘している。[2]

八代集の春の部立の冒頭歌をみておきたい。

『古今集』『後拾遺集』冒頭には、去年から今年へ移る時の経過の現実と認識の齟齬を詠む歌が配されている。

○古今集　年の内に春は来にけりひととせをこぞとやいはむ今年とや言はむ（春歌上1・在原元方）
○後拾遺集　いかに寝ておくるあしたに言ふことぞ昨日を今日と今日を今年と（春上1・小大君）
『後撰集』は雪の降るうちに春を迎える驚きの歌に始まり、『二度本金葉集』には、解ける氷に春を表出する歌が配される。
○後撰集　降る雪の蓑代衣うちきつつ春来にけりとおどろかれぬる（春上1・藤原敏行）
○金葉集二　うちなびき春は来にけり山川の岩間の氷今日や解くらむ（春部1・藤原顕季）
霞が詠みこまれる冒頭歌は、次の四集にみられる。
○拾遺集　春立つといふばかりにやみ吉野の山も霞みて今朝は見ゆらむ（春1・壬生忠岑）
○金葉集三　吉野山峰の白雪いつ消えて今朝は霞の立ちかはるらむ（春1・源重之）
○千載集　春の来るあしたの原を見渡せば霞も今日ぞ立ち始めける（春歌上1・源俊頼）
○新古今集　み吉野は山も霞みて白雪のふりにし里に春は来にけり（春歌上1・藤原良経）
そしてまた、冒頭歌そのものが霞詠ならずとも、『後拾遺集』『詞花集』では2番歌が霞詠である。
○後拾遺集　出でて見よ今は霞も立ちぬらむ春はこれよりすぐとこそ聞け（春上2・光朝法師母）
○詞花集　昨日かも霰降りしは信楽の外山の霞春めきにけり（春2・藤原惟成）
八代集で既に、霞は春を告げるにふさわしい景物として冒頭部に定着する方向性が示されていよう。
定家所伝本『金槐和歌集』冒頭部をみよう。

　正月一日よめる

1今朝見れば山も霞みてひさかたの　天の原より春は来にけり（1）

立春の心をよめる

2九重の雲居に春ぞ立ちぬらし　大内山に霞たなびく（2）

故郷立春

3朝霞立てるを見ればみづのえの　吉野の宮に春は来にけり（7）

とりわけ、この冒頭部は、「霞」と「山」の語の連鎖という点で、『拾遺集』冒頭に共通性を見出せる。

平貞文が家歌合に詠み侍りける　　壬生忠岑

1春立つといふばかりにやみ吉野の山も霞みて今朝は見ゆらむ

承平四年中宮の賀し侍りける時の屛風の歌　　紀文幹

2春霞立てるを見ればあらたまの年は山よりこゆるなりけり

霞を詠み侍りける　　山部赤人

3昨日こそ年は暮れしか春霞春日の山にはや立ちにけり

冷泉院東宮におはしましける時、歌奉れと仰せられければ　　源重之

4吉野山峰の白雪いつ消えて今朝は霞の立ちかはるらむ

『拾遺集』詞書が、場所や時などの詠歌状況を具体的に記すのに対し、定家所伝本『金槐和歌集』の詞書はきわめて簡潔であるという相違はあるが、これには、複数の歌人の作品を集めた撰集と自作を集めた私家集の編集事情が反映していよう。因みに、序章で述べたごとく、定家所伝本〈雑〉の部は、四季・雑・離別・旅・神祇・述懐に分類し得るのだが、これは、『拾遺集』が、雑春、雑秋、雑賀、雑恋、の部立を有することと無関係ではないであろう。

さらに、実朝同時代の勅撰集『新古今和歌集』冒頭部も霞詠に始まることを看過出来ない。

春立つ心を詠み侍りける　　　摂政太政大臣

1み吉野は山も霞みて白雪の降りにし里に春は来にけり

春のはじめの歌　　　太上天皇

2ほのぼのと春こそ空に来にけらし天の香具山霞たなびく

1は藤原良経詠、2は後鳥羽院詠。両者とも実朝が多くを学んだ歌人であり、この二首は表現の連鎖する配列である。

定家所伝本『金槐和歌集』〈春〉冒頭歌群の霞詠の選択は、勅撰集に学ぶところが多く、時代の趣向に見合うものであると言える。しかし、単なる模倣には終わらない。序章二で述べたように、山から宮中へ、宮中から古都へと場面を変化させる空間認識、語・語句を連鎖させる配列に実朝の独自性を見せている。

Ⅳ　霞の推移

序章に付した〈表Ⅱ〉にみる通り、冒頭の霞詠に続く4、5番歌には早春の雪が、6、7番歌には鶯が詠まれ、時の経過に従い、歌材が推移していく。

そして、19～22番歌に再び、表現を連鎖させて霞詠が配される。

春の歌

19早蕨の萌え出づる春になりぬれば野辺の霞もたなびきにけり（44）

霞を詠める

20み冬つぎ春し来ぬれば青柳の葛城山に霞たなびく（11）

21おほかたに春の来ぬれば春霞四方の山辺に立ち満ちにけり（10）
22おしなべて春は来にけり筑波嶺の木の下ごとに霞たなびく（12）

冒頭部から時が移り、霞は山だけではなく野辺にも葛城山にもたなびき、四方の山辺に立ち満ち、一本一本の木の元を縫い、あたり一面すっかり春の空間になっている。

この四首の霞詠の後は、柳・梅・呼子鳥・菫・雉・桜・雁・蛙・山吹・藤・時鳥と景物が推移していくが、霞詠は〈春〉部の終わりにもう一度配される。

（春の暮を詠める）
114いづかたに行き隠るらむ春霞立ち出でて山の端にも見えなで（127）

もはや眼前に霞はない。気がつけば季節は深まり、春の徴はもう跡形もないのである。

定家所伝本『金槐和歌集』〈春〉部の天象のうち、冒頭部から末尾部まで配されるのは霞だけである。他の天象をみると、序章の〈表Ⅱ〉に示したように、雪は4、5、8、12番歌の春の初めにみられるのみ。風と雨は花の時季が終るとともに退場する。月は第二梅花群の後から配されて、〈春〉部の終わりまで七首をみる。〈春〉部配列の主眼は景物と取り合わせた霞の様々な表情・霞のもたらす風景の情趣ではなく、霞そのものの動きと変化にある。霞詠は巧みに分散され、発生から消滅まで、その推移が表象されているのである。

Ⅴ　春の印象──〈雑春〉の霞

〈春〉の霞が時の推移を示し、動きを感じさせるのに対し、〈雑春〉では、特定の時と場所に立ち込める霞を幻想的に表象する。

《海の霞》

〈雑春〉もまた、霞詠に始まる。しかし、〈春〉部とは異なる趣向である。

536塩釜の浦の松風霞むなり八十島かけて春や立つらむ（8）

〈春〉部が山の霞に始まるのに対し、〈雑春〉は海の霞、歌枕・塩釜の春霞である。序章で述べたように、四季と雑四季では冒頭部の背景を山と海の互い違いにして配列されている。全体を見渡しても、〈春〉部は一一六首中に海の詠が皆無であるのに対し、〈雑春〉は、一四首中三首が海の歌なのである。景物や背景は意図をもって〈春〉部と〈雑春〉に細やかに配分されていると考え得る。

空間の相違ばかりではない。〈春〉部の冒頭歌「今朝見れば山も霞みて…」が視覚で捉えられた風景であるのに対し、〈雑春〉の冒頭歌「浦の松風霞むなり…」は、霞を聴覚で感得している、という意味でも対照的である。松風の音がいかにものどやかに霞に籠められたように聞こえるという趣向である。

〈雑春〉にはさらに二首、海と霞を取り合せた歌が載る。

海辺春月

541住吉の松の木隠れゆく月のおぼろに霞む春の夜の空（101）

海辺春望

543難波潟漕ぎ出づる舟の目も遥に霞に消えて帰る雁金（102）

541番歌は、歌枕・住吉を詠み込んで、海辺の松間に霞む朧月を詠む。冒頭歌とはまた趣の違う視覚的・絵画的な春の風景と言えよう。

543番歌は、さらに趣向を異にし、広大な空と歌枕・難波潟の霞に消えていく帰雁を詠む。以上に述べた三首（536、

541、543）は、歌枕が織り込まれた海辺の霞の光景である。

《霞の谷》

〈雑春〉冒頭歌に続いて「子日」「残雪」の題詠が配され、次に「鶯」の題詠が二首並ぶ。二首目に霞が詠み込まれる。

（鶯）

539深草の谷の鶯春ごとにあはれ昔とねをのみぞ鳴く（13）

540草深き霞の谷にはぐくもる鶯のみや昔恋ふらし（14）

540番歌の「霞の谷」は、深草の帝と呼ばれた仁明天皇の御陵のあたりをさす。文屋康秀の歌「草深き霞の谷に影隠し照る日の暮れし今日にやはあらぬ（古今・哀傷846）」に拠り、霞の谷と呼ばれるようになった。崩御を昇霞ということにも関連しよう。これを「実朝は歌枕として詠んだ可能性がある」とする見解③もある。あるいはそうかも知れない。ただし、すでにみた541番歌に続けて霞詠を並べた配列意図を考えれば、実朝の脳裏には霞の立ち込める谷のイメージがあっても不思議はない。霞に籠められた鶯の声を想像させる詠である。

Ⅵ　春の実景―〈雑雑〉の霞

〈雑雑〉の霞詠は次の叙景歌一首のみ。〈雑春〉の幻想的な光景とは異なり、実景詠と思われる。

朝ぼらけ、八重の潮路霞み渡りて、空もひとつに見え侍（り）しかば詠める

640空や海海や空ともえぞ分かぬ霞も波も立ち満ちにつつ（592）

霞に籠められ、空と海の境も曖昧に広がる眼前の春の海。この意味で、歌枕を織り込む〈雑春〉の霞詠とは異質で

ある。

640番歌は、次の二首に挟まれて配列されている。

639箱根路を我越え来れば伊豆の海や沖の小島に波の寄る見ゆ（593）

641大海の磯もとどろに寄する波破れて砕けて裂けて散るかも（696）

貞享本では、（ ）に示すように、この三首は並ばない。

定家所伝本〈雑雑〉には、実朝の面目躍如たる歌、独自性をもつ歌が最も多く収められるが、639〜641は、まさに、実朝の生活圏・東国を髣髴とさせる三首である。639番歌は、伊豆の海を遠景に詠む。これに対して近景の641番歌は、実朝の代表作とされる一首である。住環境の相違という点で、まず京の歌人には詠み得ない歌であろう。大きな波音とともに砕け散る海水の様子を目の当たりに見ている歌人なればこそ、天賦の詩才が発動して個性溢れる歌を詠じたのである。詠む人の心の内を想像したくなるこの個性的な歌は、現代の人々に様々な解釈を許容する。④

定家所伝本〈雑雑〉640番歌は、遠景（639）の海と近景（641）の海を繋ぐ役割を担うかのように位置する霞詠である。

三 霧

Ⅰ 八代集の霧詠

八代集の秋の部立に霧の詠を概観し、定家所伝本『金槐和歌集』に比較しておく。

歌　集	秋の部立全歌数	霧詠の歌数	秋全歌に対する割合（%）
古今集	145	6	4.1
後撰集	226	10	4.4
拾遺集	78	6	7.7
後拾遺集	142	4	2.8
二度本金葉集	101	2	2
詞花集	58	1	1.7
千載集	161	4	2.5
新古今集	266	7	2.6
金槐和歌集	120	9	7.5

八代集は、霞に比して霧の詠は少ない。『拾遺集』の7・7％が最も多い割合である。春は朧な情趣が好まれるが、秋は澄み冴えた光景が優先する傾向があるためではないかと思われる。『金槐和歌集』は八代集の平均3・5％に比べれば多い割合になる。

霧と取り合わされる景物を八代集にみると、最も多いのは、紅葉の八首、うち四首が『拾遺集』にみられる。その他は、雁と鹿が各三首、天の川二首、七夕一首、駒一首である。

Ⅱ　定家所伝本『金槐和歌集』の霧詠

霧が詠み込まれる歌は、定家所伝本『金槐和歌集』中、九首。うち八首が〈秋〉部、一首が既にみた〈恋〉部。〈雑秋〉に霧の詠はない。

〈秋〉部の霧の詠をすべて掲げる。

	背景	天象	景物
〈秋〉			
海辺（に）秋来たるといふ心を			
156 霧立ちて秋こそ空に来にけらし吹上の浜の浦の潮風（183）	海（吹上）	潮風	
七夕			
168 天の川霧立ち渡る彦星の妻迎へ舟はやも漕がなむ（196）	天空	彦星	
路頭萩			
178 道の辺の小野の夕霧立ち返り見てこそゆかめ秋萩の花（209）	野		萩
（雁を）			
225 あしひきの山飛び越ゆる秋の雁幾重の霧をしのぎ来ぬらむ（233）	山		雁
226 雁金は友惑はせり信楽や真木の杣山霧立たるらし（234）	山（信楽）		雁
鹿をよめる			
235 妻恋ふる鹿ぞ鳴くなる小倉山山の夕霧立ちにけむかも（235）	山（小倉）		鹿
236 夕されば霧立ち来らし小倉山山の常陰に鹿ぞ鳴くなる（236）	山（小倉）		鹿
237 雲の居る梢はるかに霧こめて高師の山に鹿ぞ鳴くなる（237）	山（高師）	雲	鹿

〈秋〉部で、海が背景の詠は一首のみ。取り合わされる景物は、萩一首、雁二首、鹿三首（本節冒頭に掲げた〈恋〉372も鹿を詠む）である。

第一章第一節で述べたが、〈秋〉部は冒頭歌に続いて、霧と風が配される。

海辺（に）秋来たるといふ心を

156 霧立ちて秋こそ空に来にけらし吹上の浜の浦の潮風（183）

歌枕「吹上の浜」については既に第一節で述べたように、この場合、砂を巻き上げるさまが霧のように見えるので、いち早く立つ吹上の浜の霧、の意かも知れない。ともあれ、春も秋も空に知られる（1今朝見れば山も霞みてひさかたの天の原より春は来にけり）のだが、春の山の霞に対して、秋は海辺の霧と空である。

Ⅲ　天の川の霧

七夕

168 天の川霧立ち渡る彦星の妻迎へ舟はやも漕がなむ（196）

彦星と織女星の逢瀬と別れまでを詠む六首のうちの三首目。直前には、「167夕されば秋風涼し七夕の天の羽衣裁ちや替ふらむ（195）」が配される。秋の逢瀬に向けて布を裁って天の羽衣を新しく仕立てる織女の立場を配し、いよいよ、迎えの舟を漕ぐ彦星の詠を次に置いている。

霧の立つ天の川に舟を漕ぐ彦星を詠む先行歌は『万葉集』に見出せる。

天の川霧立ち渡り彦星の舵の音聞こゆ夜の更けゆけば（巻十2048・作者未詳）

彦星の妻迎え舟漕ぎつらし天の川原に霧の立てるは（巻八1531・山上憶良）

2048番歌は第三句までが実朝詠に類似する。1531番歌は、霧が立つことから彦星が舟を漕いでいるのがわかると詠むが、実朝歌はこの歌の同語句・類似語句を入れ替え、意味をずらす。霧が立つと視界が閉ざされ、舟を漕げなくなる、急がないと、という彦星の立場を案じる趣向である。

天の川の霧を詠んだ例は八代集秋の部立に二例見出せる。

秋来れば川霧わたる天の川川上見つつ恋ふる日の多き（後撰・秋上244・よみ人しらず）
たなばたは今や別るる天の川川霧立ちて千鳥鳴くなり（新古今・秋歌上327・紀貫之）
実朝はむしろ万葉に学んでいよう。

Ⅳ　萩と霧

路頭萩

178道の辺の小野の夕霧立ち返り見てこそゆかめ秋萩の花（209・）

『新勅撰集』236番歌に「家に秋の歌詠ませ侍りけるに」の詞書で所収。歌の構造、語句の選択は「春深み井出の川波立ち返り見てこそゆかめ山吹の花（拾遺・春68・源順）」に似る。山吹とはまた異なる霧の中の萩に着眼した詠。

Ⅴ　雁と霧

〈秋〉部の飛ぶ雁を詠む三首のうち、二首に霧が組み合わされる。

（雁を）

225あしひきの山飛び越ゆる秋の雁幾重の霧をしのぎ来ぬらむ（233）

226雁金は友惑はせり信楽や真木の杣山霧立たるらし（234）

225番歌は、渡り鳥の行路の困難さに思いを致す。雲を詠んだ「白雲の幾重の峰を越えぬらむ馴れぬ嵐を袖にまかせて（新古今・羇旅歌955・藤原雅経）」に発想が通う。

226番歌は、霧に仲間とはぐれた千鳥を詠む先行歌「夕されば佐保の川原の川霧に友惑はせる千鳥鳴くなり（拾遺・

冬238・紀友則）」に学んでいようが、雁という着眼は珍しい。

Ⅵ　鹿と霧

実朝の霧の詠で最も特徴的なのは、鹿との取り合わせである。既に触れたように、〈恋〉冒頭には霞と霧が並び恋の始まりを表象する。二首目は霧と鹿の取り合わせである。『続古今集』978番歌として所収される。

寄鹿恋

372秋の野の朝霧隠れ鳴く鹿のほのかにのみや聞きわたりなむ（541）

既に述べたように、「朝霧隠れ」は、「ほのかにのみや」「聞きわたりなむ」同様、あまり使われぬ表現であるが、雁の声を詠む「珍しや朝霧隠れ聞こゆなり外面の小田を初雁の声（正治初度百首1748・沙弥生蓮）」の例がある。この場合、朝霧に姿の見えぬ雁の声を聞いているのは詠者自身であるが、実朝歌の「秋の野の朝霧隠れ鳴く鹿」は恋の初めの状態の比喩である。朝霧に隠れて鳴く妻恋の鹿に恋心を表象する。

語・語句を連鎖させながら、〈秋〉部には、霧と鹿の詠が三首配される。

鹿をよめる

235妻恋ふる鹿ぞ鳴くなる小倉山山の夕霧立ちにけむかも（235）
236夕されば霧立ち来らし小倉山山の常陰に鹿ぞ鳴くなる（236）
237雲の居る梢はるかに霧こめて高師の山に鹿ぞ鳴くなる（237）

類似表現・共通性のある先行歌は次の通りである。

235番歌は「妻恋」の鹿と霧。類歌は少ない。語句が共通する先行歌に「妻恋ふる鹿ぞ鳴くなる女郎花己が住む野の花と知らずや（古今・秋上233・凡河内躬恒）」があるが、女郎花との取り合わせ。霧を詠む先行歌に「小倉山立処も見えぬ夕霧に妻惑はせる鹿ぞ鳴くなる（後拾遺・秋上292・江侍従）」がある。

236番歌に同語・類語をみる先行歌は、「あしひきの山の常陰に鳴く鹿の声聞かずやも山田守らす児（万葉・巻十2160・作者未詳）」があるが、霧は詠まれない。

237番歌に類似表現をみる先行歌人の作に「雲かかる高師の山の明け暮れに妻惑はせる牡鹿鳴くなり（夫木・秋部三4714・源仲正）」があるが、霧は詠まれない。

霧の中で鳴く鹿の詠は、右に掲げた『後拾遺集』292の例のほかは

声たてて鳴きぞしぬべき秋霧に友惑はせる鹿にはあらねど（後撰・秋歌下372・紀友則）

さらぬだに夕さびしき山里の霧の籬に牡鹿鳴くなり（千載・秋歌下311・待賢門院堀河）

が見出せる。

しかし、霧の中に鳴く鹿の先行歌は多くはない。むしろ、実朝同時代以降の勅撰集に霧と鹿の取り合せは増える。たとえば次の歌がある。

隔たらぬ牡鹿の声は間近くて霧の色より暮るる山本（風雅・秋歌上517・徽安門院一条）

また、霧に隔てられた高所の鹿を詠む歌に

鹿の音ぞ空に聞こゆる夕霧の隔つる方や尾上なるらむ（新拾遺・秋歌下460・二条師良）

がある。

とりわけ、「妻籠」の鹿と霧の取り合わせが後代にみられるのは、注目されよう。

秋霧の朝立つ山に妻籠めてまだ夜深しと鹿の鳴くらむ（続古今・秋歌下434・藤原為家）

さ牡鹿の己が住む野に妻籠めて霧の迷ひに音をや鳴くらむ（新千載・秋歌下467・祝部成国）

初瀬山妻隠るとや霧深き弓月が下に鹿の鳴くらむ（新千載・秋歌下468・藤原内経）

定家所伝本236番歌は『新千載集』466に、237番歌が『新勅撰集』303に採られている。霧の中に鳴く鹿を詠む実朝の手法は、時代的に新しいと言えるだろう。

四　おわりに

春と秋それぞれの景物の代表である霞と霧をみてきた。

霞詠は〈春〉〈雑春〉に配されるが、霧詠は〈秋〉のみにあり、〈雑秋〉にはない。〈春〉の霞詠は、霞の行方を追うかのような時間の流れを示している。一方〈雑春〉は、立春から帰雁までの春の推移に沿って配列されながら、空間の景色の興趣を詠む。とりわけ実朝歌は海の霞に特徴があろう。〈雑春〉は歌枕を配した聴覚・視覚で捉えた幻想的な風景が、〈雑雑〉は東国の実景らしい雄大な叙景歌が収められる。〈秋〉部の霧は、〈春〉部の霞とは異なり、霧そのものが、時の推移を示してはいないが、彦星の漕ぐ舟・萩・雁・鹿という秋の景物を取り合わせ、時間序列に従って配列されている。鳴く鹿に情趣を添えるのを最後に、霧は〈秋〉部から退場する。

霞詠は〈春〉〈雑春〉〈恋〉という部立により時間と空間に配列の工夫がみられるのが特徴的である。

霧詠は、〈秋〉部八首のうち三首、〈恋〉部一首、全体の九首のうち四首、すなわち半分近くが霧と鹿の取り合せであることを看過できない。「霧と妻籠みの鹿」が定着していくのは後代である。実朝はその魁の観がある。

注

① 今関敏子『金槐和歌集の時空―定家所伝本の配列構成』第一章第二節　和泉書院 2000

② 安田徳子『中世和歌研究』第一章第二節　和泉書院 1998
　安田は、中世和歌に霞の詠まれる過程を、漢詩、『万葉集』から辿り分析している。

③ 井上宗雄「金槐和歌集雑部」『中世和歌集』新編日本古典文学全集49小学館 2000

④ 序章注③に掲げた。

第二章　歌材としての植物・動物

第一節　桜

一　はじめに―〈賀〉部と〈恋〉部の桜詠

定家所伝本『金槐和歌集』〈賀〉部は次の歌に始まる。

353千々の春万の秋にながらへて花と月とを君ぞ見るべき（671）

春の花、秋の月は、一年のうちで最も美しい、王朝人の好んだ季節を象徴する景物である。それを幾久しく我君が御覧になるようにという、長久を願う賀歌である。〈賀〉にはもう一首、桜に寄せる歌がある。

花の咲けるを見て

364宿にある桜の花は咲きにけり千歳の春も常かくし見む（670）

この歌の直前には、同じ発想の梅の詠が配される。

梅の花を瓶に挿せるを見てよめる

363玉垂の小瓶にさせる梅の花万代経べき挿頭なりけり（669）

363 364は、「千歳」「万代」という類語が連鎖する。祝歌・賀歌に織り込まれる花には、長久への祈りが籠められる。

また、第一章第三節で既に触れたが、〈恋〉部冒頭歌も霞とともに桜が詠み込まれている。

初恋の心をよめる

371春霞龍田の山の桜花おぼつかなきを知る人のなさ（495）

霞に籠められて咲き初めた桜が表象するのは、ひそやかに人を思う初々しい心情である。〈恋〉部のもう一例

（恋）

448春深み峰の嵐に散る花のさだめなき世に恋ひつつぞ経る（408）

は、いつ風で散るともわからぬ花の運命を、行方の分からぬ恋をする身になぞらえる。

〈賀〉と〈恋〉の桜詠は、比喩として、それぞれ永遠とはかなさを表象する。桜詠は、以上の〈賀〉二首、〈恋〉二首の他に定家所伝本『金槐和歌集』には、〈春〉五〇首、〈雑春〉六首が所収される。桜は、勅撰集春の歌に最も多く詠まれる歌材であり、定家所伝本『金槐和歌集』も例外ではない。本節では、桜詠がいかに配列され、いかに詠まれているかをみていきたい。

二　桜歌群の配列構成―〈春〉と〈雑春〉

Ⅰ　桜歌群の配列構成と概観

まずは、〈春〉〈雑春〉の桜詠をすべて掲げる。（桜を示す語に□、背景に波線、天象に点線、景物に二重傍線を付す。また、屏風歌・作り物を見ての歌を太字で示す。なお、比喩の景物に括弧をつける。）

〈春〉			
名所桜	背景	天象	景物

45音に聞く吉野の桜咲きにけり山の麓にかかる白雲（51）	山（吉野）	雲	
遠き山の桜			
46葛城や高間の桜眺むれば夕ゐる雲に春雨ぞ降る（52）	山（高間）	雲・雨	
雨中桜			
47雨降るとたちかくるれば山桜花の雫にそぼちぬるかな（53）	山	雨	
48今日も又花に暮しつ春雨の露の宿りを我に貸さなむ（54）		雨	
山路夕花			
49道遠みけふ越え暮れぬ山桜花の宿りを我に貸さなむ（55）	山		
春山月			
50風騒ぐ彼方の外山に空晴れて桜に曇る春の夜の月（97）	山	風・月	
屏風絵に旅人あまた花の下に臥せる所			
51木の下の花の下臥夜頃経て我が衣手に月ぞ馴れぬる（62）	木下	月	
52木の下に宿りはすべし桜花散らまく惜しみ旅ならなくに（60）	木下		
53木の下に宿りをすれば片敷きの我が衣手に花は散りつつ（61）	木下		
54今しはと思（ひ）しほどに桜花散る木の下に日数経ぬべし（59）	木下		
山家見花とところ			
55時の間と思（ひ）てこしを山里に花見る見ると長居しぬべし（56）	山里		
花散れる所に雁の飛ぶを			
56雁金の帰る翼に香るなり花を恨むる春の山風（104）	山	風	雁
《分断》			
弓遊びをせしに吉野山のかたを作りて山人の花見たる所をよめる			
58み吉野の山の山守花をよみながながし日を飽かずもあるかな（48）	山（吉野）		
59み吉野の山に入りけむ山人となりみてしがな花に飽くやと（49）	山（吉野）		

屏風に吉野山描きたる所		
60 み吉野の山にこもりし山人や花をば宿のものと見るらむ（50）	山（吉野）	
故郷花		
61 里は荒れぬ志賀の花園そのかみの昔の春や恋ひしかるらむ（64）	故郷（志賀）	
62 訪ねても誰にか問はむ故郷の花も昔の主ならねば（63）	故郷	
花をよめる		
63 桜花散らまく惜しみうちひさす宮路の人ぞ団居せりける（45）	宮路	
64 桜花散らば惜しけむ玉鉾の道行きぶりに折りてかざさむ（46）	道	
65 道すがら散り交ふ花を雪とみて休らふほどにこの日暮しつ（95）	道	
66 咲けばかつうつろふ山の桜花花のあたりに風な吹きそも（93）	山	風
人のもとに詠みて遣はし侍し		
67 春は来れど人もすさめぬ山桜風のたよりに我のみぞ訪ふ（73）	山	風
「山家見花」といふことを、人びとあまたつかうまつりしついでに		
68 桜花咲き散る見れば山里に我ぞ多くの春は経にける（57）	山里	
屏風に山中に桜咲きたる所		
69 山桜散らば散らなむ惜しげなみよしや人見ず花の名立てに（74）	山	
花を尋ぬといふことを		
70 花を見むとしも思はで来し我ぞ深き山路に日数経にける（58）	山	
屏風の絵に		
71 山風の桜吹きまく音すなり吉野の滝の岩もとどろに（76）	山・滝（吉野）	風
72 滝の上の三船の山の山桜風に浮きてぞ花も散りける（75）	山・滝（三船）	風

散る花

花風を厭ふ		
73春来れば糸鹿の山の山桜風に乱れて花ぞ散りける（92）	山（糸鹿）	風
花を詠める		
74咲きにけり長等の山の桜花風に知られで春も過ぎなむ（69）	山（長等）	風
名所（の）散る花		
75み吉野の山下蔭の桜花咲きて立てりと風に知らすな（47）	山（吉野）	風
花雪に似たりといふことを		
76桜花うつろふ時はみ吉野の山下風に雪ぞ降りける（82）	山（吉野）	風
77風吹けば花は雪とぞ散りまがふ吉野の山は春やなからむ（83）	山（吉野）	風（雪）
78山深み尋ねて来つる木の下に雪と見るまで花ぞ散りける（85）	山・木下	（雪）
79春の来て雪は消えにし木の下に白くも花の散りつもるかな（84）	木下	（雪）
雨中夕花		
80山桜今はの頃の花の枝に夕べの雨の露ぞこぼるる（87）	山	雨
落花を詠める		
81山桜あだに散りにし花の枝に夕べの雨の露の残れる（86）	山	雨
82春深み嵐の山の桜花咲くと見しまに散りにけるかな（91）	山	風
三月の末つ方、勝長壽院にまうでたりしに、ある僧山蔭に隠れをるを見て「花は」と問ひしかば、「散りぬ」となむ答へ侍しをききて詠める		
83ゆきて見むと思（ひ）しほどに散りにけりあやなの花や風立たぬまに（71）		風
水辺落花といふ事を		
84桜花咲くと見しまに散りにけり夢か現か春の山風（72）	山	風
85桜花散り交ひ霞む春の夜の朧月夜の賀茂の上風（80）	川（賀茂）	風・月

86ゆく水に風吹き入る桜花流れて消えぬ泡かとも見ゆ（79）	川	風	
87山桜木々の梢に見しものを岩間の水の泡となりぬる（78）	川		
湖辺落花			
88山風の霞吹きまき散る花の乱れて見ゆる志賀の浦波（77）	湖（志賀）山	風	
故郷惜花心を			
89さざなみや志賀の都の花ざかり風より先に訪はましものを（90）	故郷（志賀）	風	
90散りぬれば訪ふ人もなし故郷は花ぞ昔の主なりける（89）	故郷		
91今年さへ訪はれで暮れぬ桜花春もむなしき名にこそありけれ（88）			
花恨風			
92心憂き風にもあるかな桜花咲くほどもなく散りぬべらなる（70）		風	
春風を詠める			
93桜花咲きてむなしく散りにけり吉野の山はただ春の風（81）	山（吉野）	風	
桜を詠める			
94桜花咲ける山路や遠からむ過ぎがてにのみ春の暮れぬる（96）	山		
95春深み花散りかかる山の井の古き清水に蛙鳴くなり（94）	山の井		蛙
〈雑春〉			
関路花			
544名にし負はばいざ訪ねみん逢坂の関路に匂ふ花はありやと（66）	山（逢坂関）		
545訪ね見るかひはまことに逢坂の山路に匂ふ花にぞありける（65）	山（逢坂関）		
546逢坂の嵐の風に散る花をしばし留むる関守ぞなき（67）	山（逢坂関）	風	
547逢坂の関の関屋の板廂まばらなればや花の洩るらん（68）	山（逢坂関）		
桜			
548いにしへの朽木の桜春ごとにあはれ昔と思（ふ）かひなし（710）			

549うつせみの世は夢なれや桜花咲きては散りぬあはれいつまで（709）

〈春〉と〈雑春〉には和歌の選択意図、配列意図の相違がみられる。

序章に付した〈表Ⅱ〉にみるように、〈春〉部の冒頭歌から末尾歌に至るまで、植物は、若菜・梅・柳・梅・菫・桜・山吹・藤が、時間の推移に沿って配される。〈春〉部の桜歌群は、咲き始めから散るまでが、語・語句の連鎖を見せながら、時間序列に従って配列され二つの歌群にまとめられている。

〈春〉の背景は山が圧倒的に多い。また、歌枕（吉野45、58〜60、71、75〜77、93・葛城46・三船72・糸鹿73・長等74・賀茂85・志賀88 89）が頻出する。屏風歌（51〜56、60、69、71 72）、作り物を対象にした詠歌（58〜60）、さらに実朝の生活圏を歌材にした詠（83 84）も入れながら、広範囲で多様な背景が設定される。天象は、雪、雨、風、月、比喩の雪と多様。取り合わされる景物は、きわめて少ない（雁と蛙が一首ずつ）。近景詠より遠景詠が多い。

〈雑春〉は「関路花」「桜」と題して、趣向の異なる二つの歌群を配する。取り合せて詠まれる天象は風一例のみ。歌枕「逢坂」を背景にした四首（544〜547）は近景詠である。「桜」という詞書のある続く二首（548 549）は背景が特定されず、桜というものをめぐる感慨を詠む。

〈春〉〈雑春〉の桜詠に共通する特徴として、他の景物との取り合わせがきわめて少ないことが挙げられる。たとえば「柳」と取り合わせた「見渡せば柳桜をこきまぜて都ぞ春の錦なりける（古今・春歌上56・素性法師）」のような植物は皆無。動物は〈春〉に雁と蛙が一例ずつあるのみである。

また、先行歌「色も香も同じ昔にさくらめど年ふる人ぞあらたまりける（古今・春歌上57・紀友則）」のように、花と人が対比されることもなく、「世の中に絶えて桜のなかりせば春の心はのどけからまし（古今・春歌上53・在原業平）」

「ことならば咲かずやはあらぬ桜花見る我さへにしづ心なし（古今・春歌下82・紀貫之）」のように、花に気を採む姿勢も稀薄であり、恋心を匂わせる詠もない。

三 〈春〉部の桜詠

I 配列構成の特質―冒頭部と末尾部の照応

桜歌群は45番歌〜56番歌で一首を挟んで分断され、58番歌から再び始まり95番歌まで続く。分断前を第一歌群、分断後を第二歌群と呼ぶことにする。

〈春〉部の桜花歌群の冒頭部と末尾部はみごとに照応していると言い得る。同語に[網掛け]を、対応する語に傍線を付して比較する。

《山路》

第一歌群五首目と第二歌群最終歌から二番目の歌に注目したい。

山路夕花

49道遠みけふ越え暮れぬ山桜花の宿りを我に貸さなむ（55）

桜を詠める

94桜花咲ける山路や遠からむ過ぎがてにのみ春の暮れぬる（96）

この二首の表現の連鎖は意図的ではあるまいか。まず、49番歌の詞書と94番歌中の「山路」が響き合う。「山路」の語例は70番歌「花を見むとしも思はで来し我ぞ深き山路に日数経にける」にも見出せる。

49番歌「道遠み」と表現される長い道のりを歩んだのは、花を追い求める主体であるが、94番歌「遠からむ」ではそのような花の盛りを過ぎ、まだ遠くには花の咲いている場所があるのだろうかと思いを馳せる。49番歌の「暮れぬ」は花に暮らした一日の暮、94番歌の「暮れぬる」はそのような時は終わってしまった春の暮。時の経過を示す二首である。

桜歌群の背景は圧倒的に山が多く、その構成は「山路」に始まり、「山路」に終る観がある。

《吉野》

さらには、桜歌群は、歌枕・吉野に始まり吉野に終るとも言い得る。

第一歌群は次の歌で始まる。

45音に聞く吉野の桜咲きにけり山の麓にかかる白雲（51）

第二歌群の後ろから三首目は次の歌である。

93桜花咲きてむなしく散りにけり吉野の山はただ春の風（81）

「吉野」が共通するだけではなく、歌の構造も類似し、表現も連鎖・対応している二首である。「咲きにけり」と「散りにけり」、「白雲」と「春の風」は呼応する。雲がかかるように遠景に咲き初めた花は時を経て散り、見るべきもののない吉野山にはただ春風だけが吹いているのである。

また第二歌群最初の二首は作り物を見ての詠、三首目は屏風歌だが、いずれも「吉野」が詠み込まれる。

58み吉野の山の山守花をよみながながし日を飽かずもあるかな（48）
59み吉野の山に入りけむ山人となりみてしがな花に飽くやと（49）
60み吉野の山にこもりし山人や花をば宿のものと見るらむ（50）

以上のように、第一歌群の冒頭部及び第二歌群の冒頭部に桜歌群末尾部は呼応するのである。〈春〉部の桜歌群には周到な構成意図が窺えよう。

Ⅱ　空間認識

梅は近景詠が多いのに対して、桜は遠景詠が多いという特徴がある。その要因の一つに桜詠に頻出する歌枕が考え得る。定家所伝本『金槐和歌集』〈春〉の桜詠の歌枕は、吉野九首、志賀三首、高間・三船・糸賀・長等各一首。因みに〈雑春〉に逢坂関四首。

八代集の春の部立を見渡しても、梅花詠に歌枕を詠み込むのは、『古今集』の次の一例のみである。

梅の花匂ふ春辺はくらぶ山闇に越ゆれど著くぞありける（春歌上39・紀貫之）

一方、桜詠には歌枕が詠み込まれることが実に多い。その様相は時代によって変容するが、八代集の変遷を表に示すと次のようになる。

八代集春の部立の桜詠に取り合される歌枕

	古今集	後撰集	拾遺集	後拾遺集	金葉集二	詞花集	千載集	新古今集	計
吉野山		1	2	1	3	1	4	8	20
志賀				1			5		6
白川				1	2	1	1		5
龍田山	1							3	4
高砂		1		1			1		3
初瀬山					1		1	1	3

石上		1						1	2
吉野川							1	1	2
奈良の都	1					1			2
鏡山					1		1		2
高間							1	1	2
三輪山	1								1
都	1								1
奈良思		1							1
大内山						1			1
三室							1		1
長等							1		1
勿来関							1		1
難波							1		1
吉野宮								1	1
交野								1	1
比良								1	1
逢坂関								1	1
計	4	4	2	4	7	4	19	19	63

吉野山が群を抜いて多く、二〇首に及ぶ。志賀六首、白川五首、龍田山四首、高砂・初瀬山三首、石上・吉野川・高砂・奈良の都・鏡山・高間が二首ずつ、一首のみの用例は一二例みられる。

歌枕が詠み込まれる桜詠が急増するのは『千載集』『新古今集』である。『金槐和歌集』の梅花詠に歌枕がなく、桜詠に駆使されるのは、時代の趣向に一致するものである。

Ⅲ　時間序列と表現

《咲き始め》

名所桜

45音に聞く吉野の桜咲きにけり山の麓にかかる白雲（51）

第一・二句は「音に聞く吉野の桜見に行かむ告げよ山守花の盛りは（続千載・春歌上71・柿本人麻呂）」に同じ。下の句は桜を白雲に譬える。この詠法は類型化している。先行例を挙げる。（実朝歌と同語・同語句の箇所に　を付す。）

桜花咲にけらしなあしひきの山のかひより見ゆる白雲（古今・春歌上59・紀貫之）

山桜白雲にのみ紛へばや春の心のそらになるらむ（後拾遺・春上112・源縁法師）

白雲と遠の高嶺に見えつるは心惑はす桜なりけり（金葉二・春部36・藤原公実）

おしなべて花の盛りになりにけり山の端ごとにかかる白雲（千載・春歌上69・円位法師）

葛城や高間の桜咲きにけり龍田の奥にかかる白雲（新古今・春歌上87・寂蓮法師）

葛城や高間の桜咲きしより春は晴れせぬ峰の白雲（月詣・第二124、玄玉・草樹歌上578・俊恵法師）

一首の構造は、『千載集』69、『新古今集』87に類似、とりわけ寂蓮歌の影響があろう。

続けて次の歌が並ぶ。

遠き山の桜

46葛城や高間の桜眺むれば夕ゐる雲に春雨ぞ降る（52）

第二句までは右に挙げた寂蓮歌・俊恵歌および「葛城や高間の山の桜花雲居のよそに見てや過ぎなむ（千載・春歌上56、近代秀歌12・藤原顕輔）」歌に重なる。

「夕ゐる雲」は、「時鳥鳴く初声をしのぶ山夕ゐる雲の底に鳴くなり（千載・夏歌157・守覚法親王）」に詠まれるように、夕刻にとどまっている雲の意である。ただし、46番歌では、前歌の「白雲」同様、遠景の桜の比喩である。「夕ゐる雲」という表現は次の後鳥羽院詠に触発されたかと思われる。

花か雪かとへどしら玉いは根踏み夕ゐる雲に帰る山人（後鳥羽院御集10）

面影ぞ夕ゐる雲もまどひけむたぐひ及ばぬ山桜かな（後鳥羽院御集652）

しかし、院の詠は桜を直接譬えてはいるわけではなく、語は重なっても用法は異なる。また、八代集にも「夕ゐる雲」を桜に譬える例はない。実朝独自の詠と言えよう。

咲き始めた桜を「白雲」と「夕ゐる雲」に譬えて桜歌群は始まるのである。

《花盛り》

46番歌中の語「春雨」に連鎖して47 48は、「雨中桜」の詠である。雨の中、花を観賞する。桜を訪ねて歩く趣向の49「山路夕花」、月と花を取り合せる50「春山月」を経て、51〜56番歌までの屏風歌で第一歌群は終る。51〜55は、屏風絵の人物に我が身をなぞらえ、花の下にいる旅人の気分で詠む。第一歌群最終歌をみよう。

　花散れる所に雁の飛ぶを

56雁金の帰る翼に香るなり花を恨むる春の山風（104）

帰雁と花を詠む屏風歌である。第一章第一節で述べたように、この一首は、雁の羽風で散った桜を、春風が恨んでいるという趣向である。配列位置はまだ花が盛んに散る時期ではない。春風は、花が早くも雁の羽風に靡いたことが妬ましい。たとえば雁の羽風と花を詠み込んだ「鳴き帰る雁の羽風に散る花をやがて手向けの幣かとぞみる（新後拾遺・春歌上70・具平親王）」とは、まったく趣の異なる、言わば、春風と雁と花の、恋の三角関係を思わせる面白さと言えよう。

56番歌に連鎖して帰雁に対する愁思の歌

57眺めつつ思ふも悲し帰る雁行くらむ方の夕暮の空（103）

を挟み、第二歌群が始まる。

既にみたように、58〜60は、作り物と屏風を見て歌枕「吉野」を詠み込む。63番歌から、そろそろ落花が意識され、いずれ散る花を今まさに楽しんでおこうという歌が続く。

《散る花》

71、72の屏風歌から75番歌まで、風に散る花が歌枕を織り込んで配列される。花は雪のように舞い（76 77）、木の本には雪のように積もる（78 79）。

表現の連鎖を見せる次の二首をみよう。

雨中夕花

80山桜今はの頃の花の枝に夕べの雨の露ぞこぼるる（87）

81山桜あだに散りにし花の枝に夕べの雨の露の残れる（86）

「今はの頃の」の用例には「龍田姫今はの頃の秋風に時雨を急ぐ人の袖かな（新古今・秋歌下544・藤原良経）」があるが、花に関する例は見当たらない。「あだに散りにし」の用例には、「枝よりもあだに散りにし花なれば落ちても水の泡とこそなれ（古今・春歌下81・菅野高世）」があるが、実朝詠は花そのものが主体ではない。花も終わりの山桜の、枝の余情を、雨の雫に詠む二首である。落花の後の枝、雨滴に寄せる実朝の視線が注目される。

梅詠27番歌に同じく、桜詠83 84は、実朝の生活圏内の「勝長寿院」が背景である。〈春〉部に東国の具体的名称が詞書にみられるのは以上の三首のみである。

85から88までは、川と湖に散る花が詠まれる。続いて、花盛りには訪ねることの出来なかった故郷（旧都）の情景が配される。

故郷惜花心を

89さざなみや志賀の都の花ざかり風より先に訪はましものを（90）

90散りぬれば訪ふ人もなし故郷は花ぞ昔の主なりける（89）

91今年さへ訪はれで暮れぬ桜花春もむなしき名にこそありけれ（88）

風に散るより先に訪ねたかったのに（89）、散った後では訪ねる人もない（90）のである。91番歌は、後鳥羽院詠「今年さへ志賀の弥生の花盛り訪はれで暮れぬ春の故郷（後鳥羽院御集1579）」に触発されていようかと思われる。「訪はれで」の「れ」は助動詞「る」の未然形。「る」を受身・可能のどちらにとるかにより一首の意味は違ってくる。後鳥羽院詠は可能、自身が訪ねることが出来なかったの意。実朝詠は、受身であろう。前二首が、訪ねる人の立場で詠まれたのに対し、「今年まで誰にも訪ねられずに暮れてしまった」という花の立場で詠まれた興趣と解し得る。

花を散らす風は実に厭わしい。

花恨風

92心憂き風にもあるかな桜花咲くほどもなく散りぬべらなる（70）

春風を詠める

93桜花咲きてむなしく散りにけり吉野の山はただ春の風（81）

92番歌の「べらなり」は延喜から天暦の頃に流行した歌語である。例歌に「山風の吹きのまにまに紅葉葉はこのもかのもに散りぬべらなり（後撰・秋歌下406・よみ人しらず）」があるが、実朝歌は連体止めで余情を残す。

93番歌は藤原良経歌「吉野山花の故郷跡絶えてむなしき枝に春風ぞ吹く（新古今・春歌下147）」「人住まぬ須磨の関屋の板庇荒れにし後はただ秋の風（新古今・雑歌中1601）」に学んでいよう。実朝詠の「心憂き風（92）」から「ただ春の風（93）」に移る心情は、「花散れば訪ふ人まれになり果てて厭ひし風の音のみぞする（新古今・春歌下125・藤原範兼）」に通じよう。あれほど、花を散らすのを厭わしく思った風であったが、今や花は散り果て、風だけが吹いているのである。

《余情》

未練を残すような二首を以て桜歌群は終る。

桜を詠める

94桜花咲ける山路や遠からむ過ぎがてにのみ春の暮れぬる（96）

95春深み花散りかかる山の井の古き清水に蛙鳴くなり（94）

94番歌には「榊採る夏の山路や遠からむ木綿かけてのみ祭る神かな（詞花・夏54・源兼昌）」「我が宿に咲ける藤波立ち返り過ぎがてにのみ人の見るらむ（古今・春歌下120・凡河内躬恒）」のような先行歌に類似語句を見出せるが、桜には無縁である。まだ知らぬところに桜の花が散らずにあるのではないかという発想が実朝歌の面白さである。

95番歌は、春の暮と蛙を詠む。同表現を含む先行歌に「春深み狭山の池のねぬなはの苦しげもなく蛙鳴くなり（永久百首121・藤原仲実）」があるが、実朝詠の山の井にはまだ散り残った花びらが舞うのである。

〈春〉部の中心を飾る桜歌群は、咲き始めから散り終った余情までが、直進する時間認識で配列されて完結する。

四　〈雑春〉の桜詠―時間認識の直進と循環

Ⅰ　花見のプロセス―直進の時間

〈雑春〉は、一四首中、六首が桜詠であり、〈雑春〉末尾に位置する。

まず、語・語句の連鎖がみられる四首である。

関路花

544名にし負はばいざ訪ねみむ逢坂の関路に匂ふ花はありやと（66）
545訪ね見るかひはまことに逢坂の山路に匂ふ花にぞありける（65）
546逢坂の嵐の風に散る花をしばし留むる関守ぞなき（67）
547逢坂の関の関屋の板廂まばらなればや花の洩るらむ（68）

高名な逢坂の関の桜、訪ねてみると山路を経た甲斐（「峡」を懸ける）のある、まことに見事な花盛りである。やがて花は散る。一連の時間の推移を四首に詠み込む。同語を繰り返し、関守・関屋という関所に因んだ語を効果的に入れたまとまりある歌群である。

〈春〉部の桜詠に遠景が多いのに対し、〈雑春〉の以上の四首は、間近に訪ねて花を見る側から、変化のプロセスを詠む。

Ⅱ 〈雑春〉最終二首

〈雑春〉最終の二首をみよう。

桜

548いにしへの朽木の桜春ごとにあはれ昔と思（ふ）かひなし（709）

549うつせみの世は夢なれや桜花咲きては散りぬあはれいつまで（708）

時間認識という点で、これまでみてきた桜詠とは異質の詠である。

いずれも「あはれ」という詠嘆が表現される。549番歌の「夢」は、雑夏の冒頭歌「550見てのみぞ驚かれぬるぬばたまの夢かと思（ひ）し春の残れる」に連鎖していよう。

先に挙げた544〜547の四首は、開花から散るまでの直進時間の表象であるが、548549は、視点を変えた桜詠であり、無常を観ずる二首である。それぞれを検討する。

《あはれ昔》

548番歌は、先行歌「春ごとに忘られにける埋れ木は花の都を思ひこそやれ（後拾遺・雑三972・源重之）」「思へども思はずとのみ言ふなればいなや思はじ思ふかひなし（古今・雑体1039・よみ人しらず）」「道辺の朽木の柳春来ればあはれ昔としのばれぞする（新古今・雑歌上1449・菅原道真）」などに語法を学んでいようかと思われるが、詠歌内容は重ならない。

548番歌については、桜自身の慨嘆なのか、人が桜を見ての感慨なのか、二説あり、後者が優勢である。しかし、第二節で論ずる鶯詠「539深草の谷の鶯春ごとにあはれ昔とねをのみぞ鳴く」の主体が鶯であることに鑑みれば、桜自身が盛んなりし昔を懐旧する歌と解される。

すなわち、老木、朽木となった桜が花の季節が来るたびに「ああ昔は自分自身も花を咲かせたものを」と懐かしんでもその甲斐はない、の意になろう。変化を伴って直進し、逆行することはない時間の表象である。

《咲きては散りぬ》

549番歌は、先行歌「うつせみの世にも似たるか桜花咲くと見しまにかつ散りにけり（古今・春歌下73・よみ人しらず）」に語・語句が重なる（傍線部）が、実朝詠は「咲きては散りぬ」「あはれいつまで」が特徴的である。しかもどちらもきわめて用例の少ない表現である。

「咲きては散りぬ」は、二十一代集に二例見出せる。いずれも平安末期の歌人詠である。

はかなさをほかにも言はじ桜花咲きては散りぬあはれ世の中（新古今・春歌下141、林下集44・藤原実定）

春の花咲きては散りぬ秋の月満ちては欠けぬあな憂世の中（玉葉・雑歌四2399、殷富門院大輔集194・殷富門院大輔）

歌の構造、表現内容が類似する二首である。後者は『殷富門院大輔集』では第四句目が「満ちては割れぬ」と表記されるが、歌意は大きく変らない。月が満ち、欠け、また満ちるという繰り返しはひと月ごとに巡るように、花が咲き散るプロセスは一年毎に繰り返される。

「咲きては散りぬ」の「ては」は繰り返しを表す。桜が咲き、そして散るまでは直進する時間上で起こるが、それは繰り返される。そのはかなさ、憂愁を詠む。

Ⅲ　あはれいつまで―直進と循環

549番歌「あはれいつまで」は、「ああ、人間もいつまで生きながらえることができるのだろうか①」、「ああ、私もいつまで世にあるのか②」、「ああ、私もいつまでこの世に生きられるのか③」と解されてきたのだが、果たしてそれでよいのか。あらためて考えてみたい。

《先行例と後代の例》

「あはれいつまで」の先行例は、八代集には見出せない。私家集に

あるはなくなきは数添ふ世の中にあはれいつまで生きむとすらむ（為頼集26）

聞こえしも聞こえず見しも見えぬ世にあはれいつまであらむとすらむ（和泉式部集701）

限るらむ命いつとも知らずかしあはれいつまで君をしのばむ（和泉式部続集113）

がある。「あはれいつまで」は「生く」「在り」「しのぶ」（限りある命が前提にある）にかかっている（点線部）。すなわち、この世に生きること、この世に在ること、命に対して「あはれいつまで」と観じているのである。

実朝に近い時代には

住吉の海に傾く夕月日憂き身の影もあはれいつまで（拾玉集1532・慈円）

朝夕の煙をよその眺めにてあはれいつまで明かし暮さむ（拾玉集5263・慈円）

紅葉葉を風にまかする山里にあはれいつまであはむとすらむ（壬二集1522・藤原家隆）

の例があり、やはり、我が身の命のはかなさを詠出する。

後代の歌人の詠には「憂き仲の情待ちみる玉章よさすが通ふもあはれいつまで（玉葉・恋歌四1671・藤原隆博）」のような恋歌もある。しかし、おおかたの「あはれいつまで」は、命のはかなさの表現として実朝の時代以降に定着した観がある。勅撰集には次の例が見出せる。

聞き馴る八十あまりの鐘の声宵暁もあはれいつまで（続古今・雑歌下1808・藤原信実）

賤が屋に囲ふや柴の仮の世は住み憂しとてもあはれいつまで（続千載・雑歌下1994・後伏見院）

人の世は流れて早き山川の岩間にめぐるあはれいつまで（続後拾遺・哀傷歌1228・宗尊親王）

今はただしたふばかりの年の暮あはれいつまで春を待ちけむ（風雅・雑歌上1620・藤原為相）

昨日といひ今日と先立つ夕煙消え残る身のあはれいつまで（新拾遺・哀傷歌881・玄円）

憂きことは色も変らぬ同じ世にあはれいつまで生の松原（新続古今・雑歌中1944・道順）

『新続古今集』の例は、言うまでもなく歌枕「生の松原」に「生く」をかけている。実朝以前・同時代・以降の歌は、いずれも何を「あはれいつまで」と観ずるのか（点線部）が明確である。そこには、人が存在すること・命という共通項がある。

《実朝詠―549番歌》

実朝詠においても、何に対しての「あはれいつまで」なのかは明確である。それは、直接に人の命をさすものではない。

因みに定家所伝本『金槐和歌集』〈雑〉部には、もう一例の「あはれいつまで」がある。

605朝ぼらけ跡なき波に鳴く千鳥あなことごとしあはれいつまで

この場合、「あはれいつまで」は、「あなことごとし」（点線部）、すなわち、千鳥のさえずりのことごとしさに対する「無為なことを。いつまでそうしているつもりだ」という感慨である。問題の549番歌「うつせみの世は夢なれや桜花咲きては散りぬあはれいつまで」は、「咲きては散りぬ」（点線部）に対して、すなわち、咲いては散ってしまう繰り返しに対して「あはれいつまで」と観じているのである。

従って、549番歌「うつせみの…」における「あはれいつまで」を、これまでの解釈のように、人の命、詠歌者自身の命に対する感慨とするのは飛躍、短絡に過ぎよう。

直前に位置する548番歌は花の咲かない朽木に、直進して戻らぬ時間を詠じている。次の549番歌では、「咲きては散りぬ」という自然の循環・繰り返しに目を向け、「あはれいつまで」は、それも永遠ではないと慨嘆している配列と捉え得る。咲いては散る繰り返しも時が経ち、老木・朽木になれば終末を迎えるのである。そして、その現象もやはり繰り返される。実朝ならではの、直進と循環を包含する時間認識と無常観の窺われる配列であろう。

時間は直進して戻らない。一方で循（円）環する。しかし、毎年巡る繰り返しも永遠ではない。このような発想そのものが独自であろう。

五　おわりに—梅に関連して

桜詠の時間認識は、〈春〉に於ける直進、〈雑春〉に於ける直進・循環の関連認識が特徴的である。

梅についてては序章で論じたが、〈春〉部一九首と〈賀〉部一首に配される。梅花詠も時間序列に従って配列される点は〈春〉の桜詠に同様である。しかし、空間認識に相違を見せる。実朝にとって梅は身近に親しい花であり、基本的に「我が宿」（13 14、29番歌）、「軒端」（16、30番歌）、少し離れても「故郷」（30、32番歌）という場から、近景が詠まれる。「38さりともと思ひしほどに梅の花散り過ぐるまで君が来まさぬ」のように、恋の歌に重なる詠もみられるのは、そのためであろう。

梅は目の前で観賞し、香が愛でられるという伝統があり、必然的に近景詠が多くなるのに対し、桜は絵画的・映像的風景が遠景になりやすい傾向があろう。実朝の場合、それに加えて住環境という要素も大きいように思われる。鎌倉は、たとえばその昔に

見渡せば柳桜をこきまぜて都ぞ春の錦なりける（古今・春56・素性法師）

と詠まれたような雅な都ではなかった。伝統を踏まえて詠もうとすれば、その眼差しは憧れの方向へ向かわざるを得ないのではなかろうか。

実朝は時代の趣向に学び、第三章第一節で述べるように、歌枕を縦横に駆使して歌を詠んだ。定家所伝本『金槐和歌集』では、桜花歌のほとんどが歌枕・屏風・作り物に触発された心中の形象を言語化したものであり、時の推移による変化に従って配列構成されている。桜詠は、梅花詠に比して、より虚構性が強いと言い得るだろう。

注

① 鎌田五郎『金槐和歌集全評釈』風間書房 1977
② 樋口芳麻呂『新潮日本古典集成　金槐和歌集』頭注　新潮社 1981
③ 井上宗雄「金槐和歌集雑部」『中世和歌集』新編日本古典文学全集49小学館 2000

第二節　鶯

一　はじめに―春の鳥

古来、鳥はしばしば歌材となる。『金槐和歌集』に於いても〈春〉の動物は、蛙を除けばすべて鳥である。まず鶯が春の訪れを告げ、呼子鳥・雉・帰雁、そして夏の近いことを告げる時鳥の順に登場する（序章〈表Ⅱ〉）。最も歌数の多いのは、鶯であるが、まずは、鶯以外の鳥の詠を概観しておこう。

《呼子鳥》一例

呼子鳥

41あをによし奈良の山なる呼子鳥いたくな鳴きそ君も来なくに（105）

既に序章で述べたように、梅花詠は三つの歌群に分断されて配列される。最後の梅花歌群が40番歌をもって終わった直後に呼子鳥詠が配列されている。歌の構造、発想とも「我が宿の花にな鳴きそ呼子鳥呼ぶ甲斐ありて君も来なくに（後撰・春中79・春道列樹）」に似る。

《雉》二例

呼子鳥詠の次に「菫」と題する詠「42浅茅原ゆくゑも知らぬ野辺に出て故郷人は菫摘みけり（108）」を挟んで雉詠が二首配列される。

雉

43高円の尾上の雉朝な朝な妻に恋ひつつ鳴く音悲しも（106）

44己が妻恋ひ侘びにけり春の野にあさる雉の朝な朝な鳴く（107）

同表現を用いながら歌の構造を変えて妻恋の雉を詠む二首である。

43番歌の「尾上の」の語に続く語としては、風・雲・雪などの天象、桜・松などの植物、動物では妻恋の鹿が類型化している。「高円の尾上の雉」という表現は勅撰集にはない。

44番歌の「あさる」は、本来は、餌を探す、餌を求めるの意である。実朝歌についても、そのように解釈されてきた。しかし、「春の野にあさる雉の妻恋におのがあたりを人に知れつつ（万葉・巻八1450・大伴家持）」同様、妻を「捜す」「探し求める」意でなければ、一首の趣は損なわれよう。

《帰雁》二例

第一節で述べたが、帰雁は桜歌群を分断する。

花散れる所に雁の飛ぶを

56雁金の帰る翼に香るなり花を恨むる春の山風（104）

如月の廿日あまりのほどにやありけむ、北向きの縁に立ち出て夕暮の空を眺め一人居るに、雁の鳴くを聞きて詠める

57眺めつつ思ふも悲し帰る雁行くらむ方の夕暮の空（103）

56番歌が第一桜歌群最終歌、57番歌を挟んで、再び桜歌群が始まる配列である。

《時鳥》一例

本来夏の鳥である時鳥だが、〈春〉の終りに次の歌がある。

正月ふたつありし年三月に時鳥鳴くを聞きて詠める

111聞かざりき三月の山の時鳥春加はれる年はありしかど(131)

詞書の「正月ふたつありし年」は、一月が閏月であった年で、建暦元(一二一一)年、実朝は数え年二〇歳。和歌の「春加はれる年」は、実朝は数え年九歳の正治二(一二〇〇)年の閏二月のあった年をさす。まだ春が終らないのに、夏の鳥が早くも鳴いた面白さを詠んだ一首である。

以上、〈春〉部の鳥詠はそれぞれ一首または二首収められているに過ぎない。鶯詠七首は群を抜いて多いということになる。〈雑春〉には二首。他の部立には例がない。

定家所伝本『金槐和歌集』〈春〉と〈雑春〉の鶯詠の配列と詠法の特質を考えてみたい。

二　勅撰集の鶯詠

Ⅰ　八代集にみる鶯と景物

八代集で鶯に取り合わされる天象は雪が最も多い。雨は『二度本金葉集』に一例みるのみである。定家所伝本『金槐和歌集』〈春〉には、雪(4)と雨(28)の取り合わせがあり、景物は「楸」(6)一例、「梅」(13 14、28、37)四例を見出せる。

実朝が学んだと考えられる八代集は、鶯に取り合わされる景物が多様である。

	梅	桜	柳	竹	松	若菜
古今集	5	9	0	0	0	0
後撰集	5	1	3	1	0	0
拾遺集	1	0	1	0	1	1
後拾遺集	0	0	0	0	0	0
二度本金葉集	1	0	0	0	0	0
詞花集	0	0	0	0	0	0
千載集	4	0	0	0	0	0
新古今集	0	2	0	0	0	0
八代集計	16	12	4	1	1	1

『詞花集』の鶯詠には、植物との取り合わせはない。柳・竹・松・若菜との組み合わせは『拾遺集』まで見出せるが梅と桜の数には到底数が及ばない。

とりわけ注目されるのは、『金槐和歌集』にはみられない桜と鶯の取り合わせである。『古今集』では、梅よりも桜の組み合わせの方が多い（因みに、『古今集仮名序』の「花に鳴く鶯」の「花」は、梅とも桜ともとれよう）。これが『後撰集』で逆転する。『拾遺集』『二度本金葉集』『千載集』では梅のみであるが、『新古今集』が桜のみであるのも看過できない。

八代集における梅との取り合せは16例、桜12例、4対3で梅が多い。

Ⅱ　八代集以降の変遷

実朝の時代以降、どう変わるか。

	梅	桜	柳	竹	松	若菜	山吹
新勅撰集	3	1	0	0	0	0	0
続後撰集	2	0	1	0	0	0	0
続古今集	3	1	0	0	0	0	0
続拾遺集	1	0	0	0	0	0	0
新後撰集	1	1	0	1	0	0	0
玉葉集	4	4	2	3	0	0	0
続千載集	5	1	0	0	0	0	0
続後拾遺集	1	1	0	0	0	0	0
風雅集	5	1	1	2	0	0	1
新千載集	1	0	0	2	0	0	0
新拾遺集	0	1	0	0	0	0	0
新後拾遺集	3	0	0	1	0	0	0
新続古今集	0	2	0	0	0	0	0
十三代集計	29	13	4	9	0	0	1
二十一代集計	45	25	8	10	1	1	1

柳と竹が逆転し、山吹が加わる。『新勅撰集』から『新続古今集』までの、梅対桜の比率は約2対1になり、梅の割合が多くなっていく傾向がある。二十一代集全体をみれば、梅は桜の一・八倍になる。

以上のように、時を経て、梅・桜と鶯の取り合せは、数の上からは梅が桜を圧していく。しかし、桜がまったく後退してしまうわけではない。

Ⅲ　勅撰集における鶯のいる時間

取り合わされる景物の多様性は、春の部立に鶯が登場する時間に関連しよう。

梅の花の終りとともに鶯が姿を消す定家所伝本『金槐和歌集』に比して、勅撰集の春の部立に鶯の留まる期間は長い傾向がある。とりわけ、実朝の時代以降、鶯は春告鳥としてばかりではなく、惜春の鳥としても捉えられていくようになる。

・春の暮に、鶯は桜の落花を惜しむ。

　鳴くとても花やは止まるはかなくも暮れ行く春の鶯の声（続後撰149・凡河内躬恒）

・鶯と人は惜春の情を共有する。

　春を慕ふ心のともぞあはれなる弥生の暮の鶯の声（玉葉284・章義門院）

・春の暮には鶯の声も早春とは変わってくる。

　枝に散る花こそあらめ鶯の音さへ嗄れ行く春の暮かな（玉葉285・二条院讃岐）

・春の終焉と同時に鶯は谷に戻る。

　春霞たなびく谷へ帰るなり雪より出でし鶯の声（新千載171・後二条院）

　鳴き止むる花かとぞ思ふ鶯の帰る古巣の谷の白雲（新続古今167・藤原家隆）

因みに『続後拾遺集』春歌の部立の最終歌が次の鶯詠であるのは注目されよう。

今日のみと思ふか春の故郷に花の跡訪ふ鶯の声（続後拾遺154・藤原信実）

鶯は、谷の竹で鳴き、野山に出て様々な花で鳴き、散るのを惜しみ、谷に帰るのである。このように、後代の勅撰集では、春告鳥は惜春の鳥でもある。春に鶯が活躍する時期は、後代ほど長くなり、春の終りまで留まるのである。

三　定家所伝本『金槐和歌集』〈春〉の鶯詠の配列

一方、定家所伝本『金槐和歌集』の鶯が春に彩りを添えた時間は、勅撰集に比してきわめて短い。桜の季節を待たず、梅の散るのを惜しむのを最後に退場する。

現実には、鶯は初夏になっても鳴き、時鳥と合唱しているような光景は珍しくない。定家所伝本『金槐和歌集』における鶯の居る時間の短さは、撰者・実朝の意図であり作品世界の造型であると言えよう。

また、定家所伝本『金槐和歌集』において、鶯と取り合わされる植物は、梅のみである。はじめの三首（4、6、7）を除けば、必ず、梅と取り合わせられる。鶯を□で囲み、三つに分断される梅花群の通し番号を付し、背景（波線）・天象（点線）・取り合わされる景物（二重傍線）を示して表にすると、次のようになる。

	背景	天象	景物
〈春〉			
春のはじめに雪の降るをよめる 4かきくらし猶降る雪の寒ければ春とも知らぬ谷の鶯（5）	谷	雪	
春のはじめの歌			

6うちなびき春さり来れば楸生ふる片山かげに鶯ぞ鳴く（4）	山		楸
7山里に家居はすべし鶯の鳴く初声の聞かまほしさに（3）	山		
《第一梅歌群》（12～18）			
梅の花咲ける所をよめる			
13我が宿の梅の初花咲きにけり先づ鶯はなどか来鳴かぬ（38）	家		梅
花（の）間の鶯といふことを			
14春来れば先づ咲く宿の梅の花香をなつかしみ鶯ぞ鳴く（15）	家		梅
《第二梅歌群》（27～32）			
雨後（の）鶯といふことを			
28春雨の露もまだ乾ぬ梅が枝に上毛しをれて鶯ぞ鳴く（16）		春雨	梅
《第三梅歌群》（36～40）			
37鶯はいたくな侘びそ梅の花今年のみ散るならひならねば（29）			梅

因みに13番歌の第四句が、従来の解釈のように「待つ鶯は」ではなく、「先づ鶯は」と捉え得ることは序章で論じた。

〈春〉部の鶯詠は、時間序列に沿って配列され、登場と退場が明確である。鶯詠は、梅や桜のようにまとまりのある歌群を形成するのではなく、分散している。しかし、第一梅花群に二首、第二、第三梅花群に各一首ずつ配される、という時間の流れに沿う法則性を見出せる。序章で、桜と山吹が前後する勅撰集の例に比べ、定家所伝本『金槐和歌集』の時間序列の徹底をみたが、同様のことが鶯詠の配列にも言い得る。

定家所伝本『金槐和歌集』における鶯の登場から退場までのプロセスは次のようになる。（　）内に和歌の通し番号を示す。

ⅰ激しく降る春の雪のため季節を知らぬ鶯は、まだ谷に居る（4）。

ⅱ谷を出た鶯は、人気のない山で鳴く（6）。初声を聞きたければ、山里に住まいすることだ（7）。

ⅲ梅の咲き初める候になると、鶯は人里に移り、いよいよ我が庭にやって来る（13 14）。

ⅳ梅の花は馥郁と薫り、見頃を迎え、春雨が降る。雨後には梅の枝で鶯が鳴く（28）。

ⅴ時が経ち、梅は散り始める。惜しむように鶯が鳴く（37）。


以上のように、定家所伝本『金槐和歌集』〈春〉では、雪のため春の到来も知らず谷に居た鶯が、山で鳴くというプロセスを経て、人里に移り、梅の枝で鳴き、落花を惜しむのを最後に退場する。その後、冒頭で示したように、呼子鳥、雉、帰雁が順に登場する。括弧内の国歌大観番号が示すように、貞享本の配列ではこのような時間序列にはならない。

夏の時鳥に比べれば、鶯は人家、梅の咲く庭にやって来る身近な鳥である。定家所伝本『金槐和歌集』〈春〉においては、梅の季節の終りは鶯の季節の終りでもある。これは当然のことのようで、決してそうではないことは、勅撰集の様相にみた通りである。「梅に鶯」が取り合せの良いものの表象として定着したのは、実朝の時代よりかなり後代の事である。実朝が、鶯と梅の取り合わせに徹したのは、配列構成の切れ味に配慮した自身の美的好尚であろう。

四　懐旧の心象―〈雑春〉の鶯

〈雑春〉の鶯詠は表現連鎖をみせる二首。その時空は、自然の推移に位置づけて詠む〈春〉の配列、詠法と全く異なる。

鶯

539　深草の谷の鶯春ごとに　あはれ昔とねをのみぞ鳴く（13）
540　草深き霞の谷にはぐくもる　鶯のみや昔恋ふらし（14）

第一章第三節で触れたように、二首とも　深草の御陵に埋葬されて「深草の帝」と称された仁明天皇の故事を踏まえる。

「深草の帝の御国忌の日詠める」という詞書のある次の歌の影響は紛れもない。

草深き霞の谷に影隠し照る日の暮れし今日にやはあらぬ（古今・哀傷歌846・文屋康秀）

この康秀の歌に因み、御陵の多い地・深草は「霞谷」と呼ばれるようになる。崩御を昇霞ということに関連していよう。

539番歌と表現の重なる先行歌には、「山里も憂き世の中を離れねば谷の鶯音をのみぞ鳴く（金葉二517・藤原忠通）」「道辺の朽木の柳春来ればあはれ昔としのばれぞする（新古今1449・菅原道真）」が見出せる。また、540番歌は、「武庫の浦の入り江の洲鳥はぐくもる君を離れて恋に死ぬべし（万葉3600・作者未詳）」「降る雪に色惑はせる梅の花鶯のみやわきてしのばむ（新古今1442・菅原道真）」に表現が重なる。「はぐくもる」の用例は、右に挙げた万葉歌と実朝詠の他には用例を見出せない。先行歌の内容は、「憂世を嘆く鶯」「帰り来ぬ昔」「同じ場所で大切にされる」「鶯だけが真実を知る」という断片的な重なりがみられるが、実朝詠のように空想的ではない。

もう戻ってはこない、慕わしい仁明天皇の御代を恋しいと鳴く鶯。この鶯は、いったいどのくらいの時間を御陵に過ごしたのだろうか。霞の谷に棲みつき、昔を懐旧して鳴く鶯に現実性はない。春を告げ、梅に鳴く鶯とは、時空の異なる存在である。外界の時間とは無縁の、時間が静止したような特殊な空間で鳴く鶯には、幻想性が強い。

五　おわりに

〈春〉部の鶯詠も、他の景物同様、時間序列と空間移動を軸に配列される。取り合わされる景物が梅に集中し、登場時間が短いのは、実朝自身の美意識による選択であろう。

そして、〈春〉とは対照的に、〈雑春〉の鶯詠は、あたかも時間がとまったような不思議な幻想空間を紡ぎ出している。〈春〉と〈雑春〉の配列意図の相違は明らかであろう。

第三節　時鳥・撫子・瓜

一　はじめに

夏は歓迎される季節ではない。勅撰集では夏歌は歌数が最も少ない。定家所伝本『金槐和歌集』においても同様であり〈夏〉の所収歌は〈春〉〈秋〉に比べれば、三分の一に満たない。

〈夏〉冒頭歌は〈春〉最終歌

116惜しむとも今宵明けなば明日よりは花の袂を脱ぎや替へてむ

を受け、更衣と人の心を詠む一首

117惜しみこし花の袂も脱ぎ替へつ人の心ぞ夏にはありける

に始まる。一夜明ければ新しい季節・夏が始まり、更衣によって気分も変る。〈春〉最終歌と〈夏〉冒頭歌は、「花の袂」という同語を繰り返し、同語句を変化させて時の経過（「惜しむとも」→「惜しみこし」、「脱ぎや替へてむ」→「脱ぎ替へつ」）を示し、部立と部立を滑らかに連繋させている。

序章の〈表Ⅱ〉にみるごとく、〈夏〉の景物は、動物を、時鳥、蛙、蛍、蝉の順に、植物を、藤、菖蒲、橘、杜若、花の順に配列させている。勅撰集に配されるのが常套的な卯の花詠はない（〈恋〉部400番歌に一首みられる）。歌集の統合性を保つ時間序列に従い、景物が重ならず、前後しない点は〈春〉と同様である。

〈夏〉はまた、〈春〉同様に、朝に始まり、次にあげる末尾歌のごとく、夜に終るという構成と捉え得る。

154夏はただ今宵ばかりと思（ひ）寝の夢路に涼し秋の初風

次の季節を先取りする夢路の風で〈夏〉は終わる。

〈雑夏〉は、〈夏〉部にみられた「風」にも「時鳥」にも縁がない。〈雑夏〉は全歌五首のみ。きわめて独自の歌と配列である。本節では作品全体を見渡しながら、夏の景物の配列と詠法、その特徴を考えてみたい。

二　時鳥―夏の主役

Ⅰ　〈夏〉部の歌材としての時鳥

時鳥の初出は、前節で触れたように、既に〈春〉部の終りに見出せる。

正月ふたつありし年三月に時鳥鳴くを聞きて詠める

111聞かざりき三月の山の時鳥春加はれる年はありしかど

鶯の項で触れたごとく、閏月のあった年、春のうちに夏の鳥である時鳥が鳴いた珍しさの詠である。時鳥は伝統的に夏の景物の代表である。ただし、〈雑夏〉に、時鳥詠は皆無、動物を詠み込む歌はない。〈夏〉部には時鳥詠が多く、景物としての動物は蛙、蛍、蝉が一首ずつ登場する。

まず、蛙は次のように詠まれる。

夏歌

131五月待つ小田の益荒男暇なみ堰き入るる水に蛙鳴くなり（138）

「雨降れば小田の益荒男暇あれや苗代水を空にまかせて（新古今・春歌上67・勝命法師）」は、降る雨にまかせて仕事が一休みの農夫を詠むが、実朝詠に表出されるのは多忙な状況である。人の目が届かないので、農夫の引き入れた水田で蛙がのどかに鳴いている光景である。

蛍と蝉は続けて配列される。

「蛍火乱飛秋已近」といふ事を

148杜若生ふる沢辺に飛ぶ蛍数こそまされ秋や近けむ（169）

149夏山に鳴くなる蝉の木隠れて秋近しとや声も惜しまぬ（170）

秋の近さを感得する二首である。

148番歌の蛍の数が増すという表現は「五月闇鵜川に灯すかがり火の数増すものは蛍なりけり（詞花・夏74・よみ人しらず）」にみられるが、実朝詠の歌意は詞書にある元稹の詩に触発され沢辺の蛍を詠む。149番歌は詞書にそぐわぬ歌意、脱落したかと思われる。藤原定家詠「嵐吹く梢遥かに鳴く蝉の秋を近しと空に告ぐなり（拾遺愚草825）」に学んでいようと思われる。

以上の景物に比して、時鳥詠の数は群を抜いて多く、〈夏〉部に二一首みられる。また、〈雑夏〉には皆無。〈恋〉に五首、〈雑〉に一首を収める。

Ⅱ　八代集との比較

時鳥は南方から渡来し、森林で鳴き、夏が終わると帰る。この意味では、庭に来る鶯のようには身近ではない。しかし、季節の景物の少ない夏の主役と言っても過言ではない。

まず、八代集・夏の部立の時鳥詠の数とその変遷を、定家所伝本『金槐和歌集』に比較しておこう。

歌集	部立	夏全歌数	時鳥詠数	（%）
古今集	夏歌	34首中	28首	82
後撰集	夏	70	29	41
拾遺集	夏	58	27	47
後拾遺集	夏	70	28	40
金葉集二度本	夏部	62	23	37
金葉集三度本	夏	51	16	31
詞花集	夏部	31	8	26
千載集	夏歌	90	27	30
新古今集	夏歌	110	36	33
金槐和歌集	夏	38	21	55

『古今集』の割合が八二%と群を抜いて多いのは注目されよう。『詞花集』の二六%が最も少ないが、三〇～四〇%台が平均的である。定家所伝本『金槐和歌集』の場合、時鳥詠は三八首中二一首、夏の歌の五五%を占め、『古今集』に次いで多い割合になる。

Ⅲ　〈夏〉部時鳥詠の配列

時鳥詠すべてを掲げ表にする（時鳥を□で囲み、背景に波線、天象に破線、景物に二重傍線を付す）。

歌	背景	天象	景物	時間	
夏のはじめの歌					
118 夏衣龍田の山の時鳥いつしか鳴かむ声を聞かばや (134)	山(龍田)			時鳥を待つ	
《藤》					
時鳥を待つといふことを詠める					
120 夏衣たちし時よりあしひきの山時鳥待たぬ日ぞなき (142)	山				
121 時鳥聞くとはなしに武隈のまつにぞ夏の日数経ぬべき (140)	(武隈)				
122 初声を聞くとはなしに今日もまた山時鳥待たずしもあらず (141)	家				
山家時鳥					
123 時鳥かならず待つとなけれども夜な夜な目をも覚ましつるかな (139)	家				夜
124 山近く家居しせれば時鳥鳴く初声は我のみぞ聞く (143)	山・家			初声を聞く	
時鳥歌					
125 あしひきの山時鳥木隠れて目にこそ見えね音のさやけさ (149)	木			盛んに鳴く	
126 葛城や高間の山の時鳥雲居のよそに鳴きわたるなり (155)	山(高間)	雲			
127 あしひきの山時鳥深山出て夜深き月の影に鳴くなり (150)	山	月			夜
128 有明の月は入りぬる木の間より山時鳥鳴きて出づなり (151)	木	月			夜
129 みな人の名をしも呼ぶか時鳥鳴くなる声の里を響むか (158)	里				
夕時鳥					
130 夕闇のたづたづしきに時鳥声うら悲し道や惑へる (144)				声の調子が変る	夕
《蛙、菖蒲、五月雨》					
五月雨降れるに菖蒲草をみて詠める					
135 五月雨に夜の更けゆけば時鳥ひとり山辺を鳴きて過ぐなり (152)	山	雨		五月雨の中で鳴く	夜
136 五月雨の露もまだひぬ奥山の真木の葉隠れ鳴く時鳥 (153)	山・木	雨			

137 五月雨の雲のかかれる巻目の檜原が峰に鳴く時鳥（154）	山（巻目）	雨・雲			
138 五月山小高き峰の時鳥たそがれ時の空に鳴くなり（157）	空・山				夕
《橘》					
時鳥をよめる					
141 時鳥聞けども飽かず橘の花散る里の五月雨のころ（159）	里	雨	橘		
社頭時鳥					
142 五月雨を幣に手向けて三熊野の山時鳥鳴き響むなり（638）	山（三熊野）	雨			
雨いたく降れる夜、ひとり時鳥を聞きて詠める					
143 時鳥鳴く声あやな五月闇聞く人なしみ雨は降りつつ（148）		雨			夜
深夜郭公					
144 五月闇おぼつかなきに時鳥深き峰より鳴きて出づなり（145）	山				夜
145 五月闇神南備山の時鳥妻恋ひすらし鳴く音悲しも（146）	山（神南備）			妻恋に鳴く	

時鳥詠は間に他の景物詠（《　》に示す）を挟みながら、118番歌を皮切りに、第一歌群（120～130）、第二歌群（135～138）、第三歌群（141～145）に分断されて配列されている。

Ⅳ　構成と詠法

〈夏〉の時鳥は季節の風物としてその声を待ち、聴くプロセスに従う時間序列で配列されている。

○初出の時鳥詠

〈夏〉部初出の時鳥詠は、〈春〉末尾歌「116惜しむとも今宵明けなば明日よりは花の袂を脱ぎや替へてむ」に響き合う夏の冒頭歌「117惜しみこし花の袂も脱ぎ替へつ人の心ぞ夏にはありける」に続けて、「衣」に関連させた歌である。

118夏衣龍田の山の時鳥いつしか鳴かむ声を聞かばや（134）

「夏衣」と「たつ（裁つ）」は縁語。「裁つ」「立つ」「龍」は懸詞。夏の気分になって待たれるのは時鳥の一声である。

○第一歌群

藤を詠む一首「119春過ぎて幾日もあらねど我が宿の池の藤波うつろひにけり」を挟み、120番歌から第一歌群が始まる。

120夏衣たちし時よりあしひきの山時鳥待たぬ日ぞなき（142）

同語の「夏衣」、「裁ちし」「立つ」の懸詞が118番歌より連鎖する。夏衣に関連した修辞のある先行歌「夏衣たちかへてける今日よりは山時鳥ひとへにぞ待つ（新勅撰・夏歌138・二条皇太后大弐）」に類似する心境。

123番歌まで、引き続き時鳥を待つ歌が並ぶ。

121時鳥聞くとはなしに武隈のまつにぞ夏の日数経ぬべき（140）

122初声を聞くとはなしに今日もまた山時鳥待たずしもあらず（141）

123時鳥かならず待つとなけれども夜な夜な目をも覚ましつるかな（139）

「聞くとはなしに」の繰り返し、「待たずしもあらず」「かならず待つとなけれども」に気もそぞろの心境が表出される三首。「二声と聞くとはなしに時鳥夜深く目をも覚ましつるかな（後撰・夏172／拾遺・夏105・伊勢）」が念頭にあろう。

そして初声を聞く。

124山近く家居しせれば時鳥鳴く初声は我のみぞ聞く（143）

同表現の見える先行歌に「時鳥まだうちとけぬ忍び音は来ぬ人を待つ我のみぞ聞く（新古今・夏歌198・白河院）」があるが、「山賤と人は言へども時鳥まづ初声は我のみぞ聞く（拾遺・夏103・坂上是則）」に歌意は近い。以降、時鳥は盛んに鳴く。

125あしひきの山時鳥木隠れて目にこそ見えね音のさやけさ（149）

「木隠れて五月待つとも時鳥羽ならはしに枝移りせよ（後撰・夏159・伊勢）」「秋萩をしがらみふせて鳴く鹿の目には見えずて声のさやけさ（古今・秋歌上217・よみ人しらず）」に表現が重なる。

126葛城や高間の山の時鳥雲居のよそに鳴きわたるなり（155）

「夜を重ね待兼山の時鳥雲居のよそに一声ぞ聞く（新古今・夏歌205・周防内侍）」に通う。

127あしひきの山時鳥深山出て夜深き月の影に鳴くなり（150）

「時鳥夜深き声は月待つと起きていを寝ぬ人ぞ聞きける（続古今・夏歌207・凡河内躬恒）」の「夜深き声」を「夜深き月」に変える実朝詠は、山も深く、夜も深いという趣である。

128有明の月は入りぬる木の間より山時鳥鳴きて出づなり

この歌は、待っている時鳥より先に有明の月が出てしまったという藤原良経歌「有明のつれなく見えし月は出でぬ山時鳥待つ夜ながらに（新古今・夏歌209）」に詠まれる時間から、さらに時を経て、有明の月が沈んでから、時鳥が飛び立つという趣である。続いて次の歌が配される。

129みな人の名をしも呼ぶか時鳥鳴くなる声の里を響むか

「幾ばくの田を作ればか時鳥死出の田長を朝な朝な呼ぶ（古今・雑体1013・藤原敏行）」に学んでいようか。死出の田長という時鳥の異名を踏まえた詠歌と思われる。「里を響む」は、時鳥の声にどよめく人々の声とする見解①もあるが、「恋ひ死なば恋も死ねとや時鳥もの思ふ時に来鳴き響むる（万葉・巻十五3802・中臣宅守）」と同じ用法とみるなら、時鳥の声ととるのが自然であろう。

第一歌群最後の歌は、悲しげな声の時鳥である。

130夕闇のたづたづしきに時鳥声うら悲し道や惑へる（144）

第五句に同表現をみる先行歌に「夜や暗き道や惑へる時鳥我が宿をしも過ぎがてに鳴く（古今・夏歌154・紀友則）」がある。「たづたづし」の先行例に「夕闇は道たづたづし月待ちていませ我が背子その間にも見む（万葉・巻四712・大宅女）」があるが、勅撰集には見当たらない。詠歌内容は重ならないが表現を「たそがれのたづたづしさに藤の花折り迷ふ袖に春雨の空（後鳥羽院御集1526）」に学んでいようかと思われる。

○第二歌群

五月雨と時鳥の取り合わせが並ぶ。

135五月雨に夜の更けゆけば時鳥ひとり山辺を鳴きて過ぐなり（152）

「五月雨の晴れ間も見えぬ雲路より山時鳥鳴きて過ぐなり（山家集198・西行）」に表現が重なる。

136五月雨の露もまだひぬ奥山の真木の葉隠れ鳴く時鳥（153）

「村雨の露もまだひぬ真木の葉に霧立ち上る秋の夕暮（新古今・秋歌下491・寂蓮）」が念頭にあろうかと思われるが、「五月雨の露もまだひぬ」という表現は独特。

137五月雨の雲のかかれる巻目の檜原が峰に鳴く時鳥（154）

「五月雨」「雲」に「時鳥」を取り合せる例に、「五月雨の雲の晴れ間に月冴えて山時鳥空に鳴くなり（千載・夏歌188・賀茂成保）」「時鳥聞きつとや思ふ五月雨の雲のほかなる空の一声（新勅撰・夏歌173・慈円）」がある。「巻目の檜原」に、「雲」「五月雨」を取り合せるのは常套的であるが、時鳥を組み合わせた例は珍しい。

138五月山小高き峰の時鳥たそがれ時の空に鳴くなり（157）

「空に鳴くなり」は137番歌の参考詠に掲げた『千載集』夏歌188に見出せる。

○第三歌群

橘詠を二首挟み、橘に表現を連鎖させて、第三歌群が始まる。

141時鳥聞けども飽かず橘の花散る里の五月雨のころ（159）

「五月山卯の花月夜時鳥聞けども飽かずまた鳴かむかも（万葉・巻十1956・作者未詳）」「橘の花散る里の時鳥片恋しつつ鳴く日しぞ多き（万葉・巻八1477・大伴旅人）」に表現が重なる。しかし、歌の表現、構造とも次に挙げる後鳥羽院詠の影響が強いと思われる。

時鳥心して鳴け橘の花散る里の五月雨の空（後鳥羽院御集423）

「心して鳴け」が「聞けども飽かず」に、「空」が「ころ」に置き換えられているのである。

142五月雨を幣に手向けて三熊野の山時鳥鳴き響むなり（638）

自然の景物を幣として手向けると詠む場合、「紅葉」の例は、「道知らば訪ねも行かむ紅葉葉を幣と手向けて秋は往にけり（古今・秋歌下313・凡河内躬恒）」他、『後撰集』1338、『小六帖』202等に、「雪」の例は「降る雪を空に幣とぞ手向けつる春のさかひに年のこゆれば（新勅撰・冬歌442・紀貫之）」他、寂然詠が『新続古今集』1794に見出せるが、実朝詠のように、「五月雨」を「幣」と手向ける表現は珍しい。

143時鳥鳴く声あやな五月闇聞く人なしみ雨は降りつつ（148）

雨音の聞える暗い夜、独り時鳥を聞く詩情。

144五月闇おぼつかなきに時鳥深き峰より鳴きて出づなり（145）

深夜の闇に鳴く時鳥の先行例には「五月闇くらはし山の時鳥おぼつかなくも鳴きわたるかな（拾遺・夏124・藤原実方）」があるが、「五月闇おぼつかなきに時鳥鳴くなる声のいとどはるけさ（和漢朗詠・夏183・明日香王子）」に上の句が同じ。下の句は「時鳥深き峰より出でにけり外山の裾に声の落ち来る（新古今・夏歌194・西行）」の上の句に借りていようか。

145五月闇神南備山の時鳥妻恋ひすらし鳴く音悲しも（146）

「己が妻恋ひつつ鳴くや五月闇神南備山の山時鳥（新古今・夏歌194・よみ人しらず）」の語を入れ替えたような詠であるが、実朝歌は「鳴く音悲しも」が効果的である。

〈夏〉部の時鳥は、山を背景にひとり鳴くのが、前提になっている。組み合わせられる花は橘一首のみ（141番歌）。梅とともにいる鶯のように花の変化と並行することはない。声を待ち侘び、ついに鳴いた喜び、飽かず声を聞く過程が配される。寂寥感や恋の物思いという詠者の心情移入は稀薄である。過ぎゆく時間の中で、季節の景物として、その声を鑑賞する対象として詠まれる。妻恋の鳴き声のみが聞こえ、闇に消えるように時鳥が退場した後は、風が立ち、蛍や蝉が現れ、秋が近くなる、という配列である。

〈夏〉の時鳥詠は、その声を待ち、聞くというプロセスが時間序列に沿って配列され、心情表現、心情投影がないのが特徴的である。

三　〈恋〉〈雑〉の時鳥

〈恋〉〈雑〉に収められる時鳥詠をみよう。

Ⅰ　配列

〈恋〉部・〈雑〉部の時鳥詠をすべて掲げ、背景と取り合わせられる景物を示す。（傍線は二―Ⅲに同じ。）

	背景	天象	景物	時間
〈恋〉				
雨に寄する恋				
398 時鳥鳴くや五月の五月雨の晴れずもの思（ふ）頃にもあるかな（528）		雨		
399 時鳥待つ夜ながらの五月雨にしげきあやめのねにぞ泣きぬる（530）		雨	あやめ	夜
400 時鳥来鳴く五月の卯の花の憂き言の葉のしげき頃かな（529）			卯の花	
夏の恋といふことを				
401 五月山木の下闇の暗ければおのれ惑ひて鳴く時鳥（509）	山			
（恋の歌）				
493 思ひのみ深き深山の時鳥人こそ知らね音をのみぞなく（409）	山			
〈雑〉				
五月の頃陸奥へまかれりし人のもとに、扇などあまたつかはし侍し中に、時鳥描きたる扇に書きつけ侍（り）し歌				

629 たち別れ因幡の山の時鳥待つと告げこせ帰る来るがに（603）	山（因幡）

〈恋〉〈雑〉に詠まれる時鳥は、〈夏〉とは異なり、声を味わう対象ではない。いずれも恋心が時鳥に託して表出され、物思い、寂寥感、孤独感が濃厚である。時刻は特定されない。399番歌は、時鳥に重ね、恋しい人を待つ夜である。

Ⅱ　〈恋〉部の時鳥

詞書「雨に寄する恋」（398〜400）、「夏の恋といふことを」（401）、「恋の歌」（493）の五首が〈恋〉部の時鳥詠である。

《雨に寄する恋》

398 時鳥鳴くや五月の五月雨の晴れずもの思（ふ）頃にもあるかな（528）

「時鳥鳴くや五月の菖蒲草あやめも知らぬ恋もするかな（古今・恋歌一469・よみ人しらず）」を本歌とする「うちしめり菖蒲ぞ薫る時鳥鳴くや五月の雨の夕暮（新古今・夏歌220・藤原良経）」と「かきくらし雲間も見えぬ五月雨は晴れず物思ふ我が身なりけり（長能集53・藤原長能）」に学び、五月雨に心の晴れぬ物思いを託している。

399 時鳥待つ夜ながらの五月雨にしげきあやめのねにぞ泣きぬる（530）

「菖蒲」と「文目」、「根」と「音」をかける。時鳥を待つ夜に五月雨が降る、それに誘われ、物思いに乱れ、声を立てて泣いてしまったという恋心を詠む。先に挙げた「有明のつれなく見えし月は出でぬ山時鳥待つ夜ながらに（新古今・夏歌209・藤原良経）」及び「時鳥待つ夜ながらのうたた寝に夢ともわかぬ明け方の空（後鳥羽院御集1236）」は当然念頭にあろうが、〈恋〉の部の実朝詠は、時鳥を待つことを恋人を待つ辛さに重ねる。因みに「菖蒲」は〈夏〉の部に二首みられる②が、ことさらの心情移入はない叙景歌である。

400時鳥来鳴く五月の卯の花の憂き言の葉のしげき頃かな（529）

「卯の花」は定家所伝本『金槐和歌集』〈夏〉部には見られぬ歌材である。右の恋歌は、先行歌「時鳥鳴く峰（を）の上の卯の花の憂きことあれや君が来まさぬ（万葉・巻八1505・小治田広耳）」にみる伝統を踏まえ、「卯」を「憂」にかけ、辛い心情が投影されている。下の句は「木枯らしの風にも散らで人知れず憂き言の葉の積もる頃かな（小町集52）」に似る。

以上三首は、時鳥に五月雨・菖蒲・卯の花と組み合わせ、時鳥の鳴く季節に鬱々とした恋情を抱えている状況を表象する。

《夏の恋といふことを》

401五月山木の下闇の暗ければおのれ惑ひて鳴く時鳥（509）

貫之歌二首（「五月山木の下闇に灯す火は鹿の立ち処の標なりけり（拾遺・夏127）」「五月山梢を高み時鳥鳴く音空なる恋もするかな（古今・恋歌二579）」）に表現を借りていようか。『古今集』所収の貫之詠は、時鳥が高い空で鳴いていて、実朝歌とは状況が異なるのだが、恋に惑う己が身を時鳥に投影している点で共通する。「おのれ惑ひて」の用例は実朝歌以外に見当たらない。

〈恋〉部もまた、物語的なプロセスで進行していると考え得る。恋の始まりから片恋、つれない思いなどさまざまな心理、現象が展開していく。[3] 以上に述べてきた398～401は、思いは相手に伝わっているが、辛い待つ恋の段階である。

《恋の歌》

493思ひのみ深き深山の時鳥人こそ知らね音をのみぞなく（409）

この歌は、「年を経て深山隠れの時鳥人こそ知らね音をのみぞなく（拾遺・雑春1073・藤原実方）」に、歌の構造も内容も類似する。時鳥に心情投影しているのである。諦めつつも思いは深まる恋の段階に位置する詠である。

Ⅲ　〈雑〉の時鳥

〈雑〉の時鳥詠は、別れた人に贈る恋歌である。

五月の頃陸奥へまかれりし人のもとに、扇などあまたつかはし侍し中に、時鳥描きたる扇に書きつけ侍（り）し歌

629たち別れ因幡の山の時鳥待つと告げこせ帰る来るがに（603）

表現は「たち別れ因幡の山の峰に生ふるまつとし聞かば今帰り来む（古今・離別歌365・在原行平）」「泣く涙雨と降らなむ渡川水増さりなば帰り来るがに（古今・哀傷歌829・小野篁）」に重なるが、実朝詠は時鳥に伝達を託すという趣向である。

〈恋〉部も同様であるが、贈答歌に返歌はない。『金槐和歌集』に他者の歌が収められることは皆無である。

四　撫子・瓜・水無月祓―〈雑夏〉

Ⅰ　配列

〈雑夏〉は、〈夏〉とは趣向の異なる世界である。まず、全歌五首の配列をみよう。

屏風に春の絵描きたる所を、夏見てよめる

550見てのみぞ驚かれぬるぬばたまの夢かと思（ひ）し春の残れる（132）

撫子

551ゆかしくは行きても見ませゆきしまの巌に生ふる撫子の花（166）

552我が宿の籬の果てに這ふ瓜の成りも成らずもふたり寝まほし（414）

祓歌

553我が国のやまとしまねの神たちを今日の禊に手向けつるかな（178）

554あだ人のあだにある身のあだごとを今日みな月の祓へ捨てつといふ（179）

以上の五首には、表現の連鎖がみられず配列の意味連関が見出せない。収められる和歌は一首一首が独立している観がある。背景が特定し難いのも特徴的である。

Ⅱ〈雑夏〉冒頭歌

屏風に春の絵描きたる所を、夏見てよめる

550見てのみぞ驚かれぬるぬばたまの夢かと思（ひ）し春の残れる（132）

時間の経過の早さを詠む先行歌「一年ははかなき夢の心地して暮れぬる今日ぞ驚かれぬる（千載・冬474・俊宗）」に、使用語句は重なるが、発想も内容も異なる詠である。現実の時間は流れているのに、絵画の時間は止まっている。当然のことながらの不思議さに着眼する。視覚に残る過去を再現する手段―写真もビデオもない時代の時間感覚は、現代の我々とは異なっていよう。

定家所伝本『金槐和歌集』の特質として、部立と部立を連鎖させる配慮のあることについては先に触れたが、〈雑春〉と〈雑夏〉も連携する。「夢」の語が重なる〈雑春〉最終歌「549うつせみの世は夢なれや桜花咲きては散りぬあはれいつまで（708）」は、第二章第一節に論じたように、直進と循環の時間認識を内包している。〈雑夏〉冒頭は、それを受けて、止まった時間を配する。直進する時間の変化を自然の推移にみる四季部に対して、雑四季は、言わば時間の断面に切り込む観がある。

Ⅲ　撫子

〈雑夏〉の撫子詠は、現代の我々にとっては、にわかには、理解し難い歌ではないだろうか。

撫子

551ゆかしくは行きても見ませゆきしまの巌に生ふる撫子の花（166）

撫子詠は、〈夏〉にはないが、〈恋〉に次の歌がある。比較しておこう。

草に寄せて忍ぶる恋④

413撫子の花に置きゐる朝露のたまさかにだに心隔つな（535）

撫子の上に置くはかない露のような恋だけれど、たまにしか会えなくとも心まで隔てないでください、の意。草花に寄せて思いを表出する四首のうちの一首である。可憐で平易な歌と言えよう。一方、〈雑夏〉551番歌の撫子は、まったく趣を異にしている。

まず、「ゆきしま」とは何か。『万葉集』巻十五に次の挽歌がある。

新羅へか家にか帰る壱岐島ゆかむたどきも思ひかねつも（3718・六鯖）

「壱岐島」は万葉仮名で、「由吉能之麻（ゆきのしま）」と表記されている。壱岐島は、九州と朝鮮半島の間に位置し、新羅と中国大陸の隋・唐を結ぶ交通の要所であった。壱岐島は砂浜が白く雪のようでもあるとも言われ、浦海海岸に「雪の島」と呼ばれる白い岩があり、現代の観光名所になっている。このような風光が「雪島」「雪の島」に結びついたのであろうか。

「ゆきのしま」と「撫子」を取り合せた歌は少ない。『万葉集』巻十九に、正月三日の宴の一連・六首が載る。その二首目と三首目をみよう。

時に、積もれる雪もちて、重なる巌の起てるを彫り成し、奇巧（たくみ）に草樹の花を綵（いろど）り發（ひら）く。これにつきて掾久米朝臣広縄の作れる歌一首

撫子は秋咲くものを君が家の雪の巌に咲けりけるかも（4255）

遊行女婦蒲生娘子の歌一首

ゆきのしま巌に植ゑたる撫子は千代に咲かぬか君が挿頭に（4256）

雪の降りつもる新年の宴会で、雪に巌を彫刻し、花を添えた作りものを詠んだ二首である。広縄が、雪の巌に咲く季節はずれの撫子の意外さを詠んだのに対し、遊行女婦蒲生娘子は、「ゆきのしま（雪の島）」の巌に咲かせた撫子がずっと咲いていてほしいものと寿ぐ。実在はするが、遥か彼方の未知の島・壱岐島の消えない雪を重ねた祝歌であろう。この歌を本歌としたと思われる新古今時代の詠

恋しくはなどかは訪はぬゆきしまの巌に咲ける大和撫子（壬二集673・藤原家隆）

がある。⑤ 語法、内容とも実朝詠に通じよう。

同じく新古今時代の歌人の歌に

ゆきしまの巌に立てるそなれ松待つ甲斐もなき世にもふるかな（夫木・第二十九13770・藤原行能）

がある。「松」に「待つ」を懸け、訪れる者もない磯浜に根を張り、傾いて立つ古木を詠む。白い巌と老松には神々しさも感じ取れよう。

また、『梁塵秘抄』に、名称と実体の矛盾するもの尽くしが見える。

常に消えせぬ雪の島　蛍こそ消えせぬ燈火は灯せ　坐鳥（ししとと）と言へど濡れぬ鳥かな　一声なれど千鳥とか（巻第二）

雪の消えない「雪の島」は、白い島「壱岐島」に重なり、「壱岐島」は歌枕として、雪が降ったような白い巌のイメージが、新古今時代には定着していたのであろう。

『梁塵秘抄』のもつ表現の軽快さは実朝詠にも通じよう。第三句まで「ゆ」の頭韻を踏むことで、一首に軽快なリズムが生じる。さらに「常夏」の異名をもつ撫子（『万葉集』では「秋咲くもの」と詠んでいるが）に万年雪の島を組合わせる面白さ、言葉遊びの要素は充分であろう。遠くに在って、到底訪ねることの出来ぬ、雪が消えぬ風情の白い巌、そこに咲く撫子は、永遠の象徴である。時間は止まっている。

Ⅳ　瓜

552我が宿の籬の果てに這ふ瓜の成りも成らずもふたり寝まほし（414）

この歌には、詞書が脱落していると思われる。先行歌

おふの浦に片枝さしおほひなる梨の成りも成らずも寝て語らはむ（古今・東歌1099）

の「梨」が「瓜」になる。一首の構造も歌意も重なる。

瓜が夏の景物として詠まれることは珍しい。ただし、実朝歌の「瓜」は鑑賞する景物ではない。深刻さのない「瓜

に寄する恋」とでもいうべき夏の恋歌である。

V　水無月祓―〈雑夏〉末尾部

551の撫子、552の瓜にしても景物そのものを鑑賞する歌ではない。〈雑夏〉は、自然の推移に終るのではなく、神事に幕を閉じる。

　　祓歌

553我が国のやまとしまねの神たちを今日の禊に手向けつるかな（178）
554あだ人のあだにある身のあだごとを今日みな月の祓へ捨てつといふ（179）

〈雑夏〉末尾の二首である。

553は、「敷島ややまとしまねも神代より君がためとやかためおきけむ（新古今・賀歌736・藤原良経）」に語句は学んでいようが、意味内容は異なる。今日の禊を機に神々に手向けをする敬神の歌である。

554の「あだ人」「あだごと」を詠み込んだ先行歌には次の例がある。

木綿襷かけても言ふなあだ人のあふひてふ名は禊にぞせし（後撰・夏162・よみ人しらず）
あだごとの葉に置く露の消えにしをあるものとてや人のとふらむ（新古今・恋歌五1345・藤原長能）

実朝歌554は、初句から第三句まで「あだ」を繰り返す軽快な詠。「水無月」に「皆尽き」をかけ、不実な行いも、今日の祓ですっかり無になる――不実な恋もきっぱり終わると詠む。深刻さのない、むしろユーモラスな歌であろう。「あだにある身」は実朝歌以外にはみられぬ表現である。

因みに、〈夏〉部は次のように終わる。

夏の暮によめる

152昨日まで花の散るをぞ惜しみこし夢か現か夏も暮れにけり（175）

153禊する川瀬に暮れぬ夏の日の入相の鐘のその声により（176）

154夏はただ今宵ばかりと思（ひ）寝の夢路に涼し秋の初風（174）

152は、春の終りから、夏の終りへ跳躍し、移り変わる速さを「夢か現か」と表現している。153は、水無月祓の禊の詠であるが、〈雑夏〉の二首と異なるのは、促すような入相の鐘とともに暮れる夏を詠む点である。154では、衣替えに始まった夏が、夢の中の秋風に終るのである。〈夏〉部末尾三首に共通するのは、時の推移である。人は自然の流れの中に在る

対して、〈雑夏〉の末尾二首は、神に手向け、過去の苦い恋を捨てるという、水無月祓に対する人の営みが詠まれているのである。

五　おわりに

第一章第一節で論じたように、夏の風の詠は、〈夏〉部の終りに秋を体感させる涼しさが詠まれ、勅撰集にみられるような多様性、重層性はない。

夏の歌材として圧倒的に多いのは時鳥である。時鳥は、〈夏〉では時間序列に沿って声を鑑賞する対象として配列されるが、〈恋〉〈雑〉では、心情投影が色濃い。時鳥詠もまた、配される部立によって趣向・役割が異なって当然であろう。

春秋に比して景物の少ない、歓迎されぬ季節・夏であるが、〈夏〉は、時間序列に沿って自然が変化していく配列である。一方、〈雑夏〉では、風も時鳥も歌材ではない。自然の景物の変化が時の推移を表象するのでもなく、〈雑春〉にみられた叙景歌もない。春の絵の屏風に時間が停止している驚きに始まり、撫子・瓜は、眼前で鑑賞する対象としてではなく、比喩・象徴として詠まれ、水無月祓で人の心中に触れて終わる。このような構成が、詠法と相俟って、歌集というひとつの世界を生み出すと言えよう。

注

① 鎌田五郎は、129番歌の意を「里人みんなの名をでも呼んでいるのだろうか、時鳥は。その鳴き立てる声が里人をめで騒がせているよ。」（『金槐和歌集全評釈』風間書房1977）と解している。

② （夏歌）

132五月雨に水まさるらし菖蒲草末葉隠れて刈る人のなき（163）

五月雨降れるに菖蒲草をみて詠める

133袖濡れて今日葺く宿の菖蒲草いづれの沼に誰か引きけむ（162）

③ 今関敏子『金槐和歌集の時空―定家所伝本の配列構成』第一章第二節「憧憬の時空―恋歌の配列構成」和泉書院2000

④ この詞書は次に並ぶ

撫子に寄する恋

414我が恋は夏野の薄しげけれど穂にしあらねば問ふ人もなし（499）

と入れ替わった誤記であろう。

⑤ 西行歌に

　くれ舟よ朝妻渡りけさなせそ伊吹の嶽に雪島めぐり（山家集1006）

があるが、趣向を異にしていよう。

第四節　雁

一　はじめに

雁は渡り鳥で、秋に日本にやって来て越冬し、春には帰る。秋の到来を告げる鳥である。秋冬の景物であることはもとより、春の帰雁も歌材となる。

〈春〉の桜歌群に帰雁が詠み込まれる。

　　花散れる所に雁の飛ぶを

56雁金の帰る翼に香るなり花を恨むる春の山風（104）

桜に取り合せて詠まれる鳥は、雁一首のみ。その役割は梅に親しむ鳥として散るまでを見届ける梅花群の鶯とはまったく異なる。この歌の解釈は決して難解ではない。既に第一章第一節で述べたように、「帰雁の羽風に誘われて翼に香っている――そんな花を恨めしく思って吹く春の山風よ」の意になろう。

56番歌は、桜の咲き始めから満開までの時間上に配列されている。桜歌群は二つに分けられるが、第一桜歌群の最終歌に、帰雁と桜の歌が配されている。未だ花が盛んに散る時期ではない。「春霞立つを見捨てて行く雁は花なき里に住みやならへる（古今・春歌上31・伊勢）」と詠まれたように、雁は花の季節を堪能することなく帰るのである。やがて落花の時季になり、花は春風に吹かれて散る。この一首は、まだその時期ではないのに、雁の羽風で早くも散った桜を、春の山風が恨んでいるという趣向である。[1]

56番歌が、屏風歌であることに注意したい。屏風の絵をどのように解するか、どこに焦点を当てるか、想像力を如何に膨らませるか、それをどのように詠むかは、歌人の趣向の見せ所である。そこには、詠者の資質、個性、生活環境が自ずと反映される。花が散っているところに雁が飛んでいる絵を見て、実朝は右のように詠じたのである。静止した絵画から、雁の翼の動きと桜を散らす羽風を想像する。雁の羽風の力強さを知っていればこその詠と言えよう。雁は、実朝にとって身近な鳥であろうと思われる。

定家所伝本『金槐和歌集』には、雁詠は〈春〉二例、〈秋〉一八例、〈恋〉七例、〈雑〉四例をみる。それぞれの配列と詠法を考えてみたい。

二　帰雁――〈春〉と〈雑春〉

Ⅰ　配列

〈春〉二首及び〈雑春〉一首の帰雁詠は次のように並ぶ（雁を示す語を□で囲み、背景に波線、天象に破線、景物に二重傍線を付す）。

	背景	天象	景物
〈春〉 花散れる所に雁の飛ぶを 56 雁金の帰る翼に香るなり花を恨むる春の山風（104）	山	風	桜

如月の廿日あまりのほどにやありけむ、北向きの縁に立ち出て夕暮の空を眺めて一人居るに、雁の鳴くを聞きて詠める 57眺めつつ思ふも悲し帰る雁行くらむ方の夕暮の空（103）	空		
〈雑春〉 海辺春望 543難波潟漕ぎ出づる舟の目も遥に霞に消えて帰る雁金（102）	空・海（難波潟）	霞	舟

〈春〉では、帰雁は桜歌群を分断する位置に配列されている。〈雑春〉の帰雁は六首並ぶ桜詠の直前に配されている。

Ⅱ 〈春〉部の帰雁

冒頭で述べた56番歌の「雁」に連鎖して、57番歌の雁詠が配される。桜花群の花盛りに帰雁二首を置いて歌群を分断させている周到な配列意図が窺える。

如月の廿日あまりのほどにやありけむ、北向きの縁に立ち出て夕暮の空を眺めて一人居るに、雁の鳴くを聞きて詠める

57眺めつつ思ふも悲し帰る雁行くらむ方の夕暮の空（103）

歌の構造は「眺めつつ思ふもさびしひさかたの月の都の明け方の空（新古今・秋歌上392・藤原家隆）」に重なり、語・語句も共通する。発想の近い歌としては、「眺むれば思ひやるべき方ぞなき春の限りの夕暮の空（千載・春歌下124・式子内親王）」「聞く人ぞ涙は落つる帰る雁鳴きて行くなる曙の空（新古今・春歌上59・藤原俊成）」が挙げられよう。

57番歌は、現代に生きる人々にも、実朝の内面の表象として、深い感興を呼び起こす一首である。

○このとき実朝の抱いていた悲しみの何であったかはしかとわからぬが、かえる雁に寄せる彼の孤独だけはまぎれず読む者の心に伝わってくる。（上田三四二②）

○暮れかかる空に寄せられた心情は、雁が消えた後も実朝をとらえているようだが、それはつまり、この歌が自らの心象を雁に集約して、一点の景としてうたっているからではないだろうか。（三木麻子③）

○仮に別人が実朝の歌を集めて詞書を付しているなら、もっと簡潔な、味も素気もないものになったであろう。夕空に消えてゆく雁を独りでいつまでも眺めている後ろ姿の描写には、本人の筆致ならではの言い知れぬ寂しさ、孤独感が漂っているように思われる。（樋口芳麻呂④）

「鳴く」という表現は詞書にあって一首の中にはない。この歌は、詞書と和歌が一体になり、聴覚と視覚で雁を捉える効果を生み出していよう。花の季節を後にして、寒い北国へ帰る雁を独り眺める。「一人居る」という詞書「思ふも悲し」という心情表現から、詠者の後ろ姿が影絵のように髣髴される詠である。実朝自身の内面の投影と鑑賞されるのも頷けよう。孤愁漂う雁詠である。

Ⅲ〈雑春〉の帰雁

一方、〈雑春〉に一首みえる帰雁の詠は、〈春〉部と全く異なる趣である。

海辺春望

543難波潟漕ぎ出づる舟の目も遥に霞に消えて帰る雁金（102）

視界を越える遠い海の上に広がる空、霞の彼方へ雁は帰って行くのである。

霞の中の帰雁の先行歌には、「薄墨に書く玉章と見ゆるかな霞める空に帰る雁金（後拾遺・春歌上71・津守国基）」があり、下の句に類似をみる。舟が霞む光景を詠む例に、「須磨の浦のなぎたる朝は目も遥に霞にまがふ海人の釣り舟（新古今・雑歌中1598・藤原孝善）」があるが、実朝詠は海と空を捉えて広大である。

〈春〉57番歌の帰雁詠に比べ、〈雑春〉543番歌の何と屈託のないことであろう。57番歌がいかにも内面を投影した実詠と捉え得るのに対し、543番歌は歌枕・難波潟を背景に、伸びやかに空想される。〈春〉には、「海」の歌は皆無。〈雑春〉に配された所以であろう。

三　〈秋〉の雁詠―季節の景物

Ⅰ　配列

〈秋〉の雁詠をすべて掲げる（□及び傍線は二―Ⅰに同じ）。

	背景	天象	景物
（秋の歌）			
204 雁鳴きて秋風寒くなりにけりひとりや寝なむ夜の衣薄し（231）	家	風	
《第一歌群》			
月前雁			
217 天の原ふりさけ見ればますかがみ清き月夜に雁鳴きわたる（229）	空	月	
218 むばたまの夜は更けぬらし雁金の聞こゆる空に月傾きぬ（230）	空	月	
219 鳴きわたる雁の羽風に雲消えて夜深き空に澄める月影（227）	空	月・雲	

220	九重の雲居をわけてひさかたの月の都に雁ぞ鳴くなる（226）	空	月・雲	
221	天の戸を明け方の空に鳴く雁の翼の露に宿る月影（228）	空	月	
	海の辺を過ぐとて詠める			
222	海の原八重の潮路に飛ぶ雁の翼の波に秋風ぞ吹く（225）	海	風	
	《第二歌群》			
	雁を			
224	秋風に山飛び越ゆる初雁の翼に分くる峰の白雲（232）	山	風・雲	
225	あしひきの山飛び越ゆる秋の雁幾重の霧をしのぎ来ぬらむ（233）	山	霧	
226	雁金は友惑はせり信楽や真木の杣山霧立たるらし（234）	山	霧	
	夕雁			
227	夕されば稲葉のなびく秋風に空飛ぶ雁の声も悲しや（223）	空・田	風	稲葉
	田家夕雁			
228	雁の居る門田の稲葉うちそよぎたそがれ時に秋風ぞ吹く（224）	田	風	稲葉
	野辺露			
229	ひさかたの天飛ぶ雁の涙かもおほあらき野の笹が上の露（222）	空・野	露	笹
	《第三歌群》			
	秋の末に詠める			
260	雁鳴きて吹く風寒み高円の野辺の浅茅は色づきにけり（301）	山（高円）・野	風	浅茅
261	雁鳴きて寒き朝明の露霜に矢野の神山色づきにけり（302）	山（矢野の神山）	露霜	紅葉
	名所紅葉			
262	初雁の羽風の寒くなるままに佐保の山辺は色づきにけり（298）	山（佐保）		紅葉
263	雁鳴きて寒き嵐の吹くなへに龍田の山は色づきにけり（299）	山（龍田）	嵐	紅葉
	雁の鳴くを聞きて詠める			

264今朝来鳴く雁金寒み唐衣龍田の山は紅葉しぬらむ（300）	山		紅葉

一八首の雁詠は、分散せず歌群をなして配列される。204番歌一首の後、217〜222までの第一歌群、一首挟んで224〜229までの第二歌群、三〇首挟んで260〜264までの第三歌群に分類し得る。

Ⅱ　秋の雁詠の初出

（秋の歌）

204雁鳴きて秋風寒くなりにけりひとりや寝なむ夜の衣薄し（231）

「独り寝」に恋心を匂わせるこの歌は、男を待って砧を打つ女に仮託した先行歌「雁鳴きて吹く風寒み唐衣君待ちがてに打たぬ日ぞなき（新古今・秋歌下482・紀貫之）」に学んでいよう。雁の鳴く頃になると、孤愁が一入強くなる。しかし、このような心情移入は、この後の〈秋〉部の歌にはない。

Ⅲ　第一歌群（217〜222）

次は、月を背景に鳴く雁の詠。表現の連鎖を見せて五首配される。いずれも月夜に雁が鳴く光景である。

月前雁

217天の原ふりさけ見ればますかがみ清き月夜に雁鳴きわたる（229）

「天の原ふりさけ見れば」の用例は『万葉集』292にあり、また、安倍仲麻呂詠「天の原ふりさけ見れば春日なる三笠の山に出でし月かも（古今・羇旅歌406）」は著名であろう。第三句以下は「七夕の舟乗りすらしますかがみ清き月夜に雲立ち渡る（万葉・巻十七3922・大伴家持）」に学んでいよう。

218むばたまの夜は更けぬらし雁金の聞こゆる空に月傾きぬ（230）

「さ夜中と夜は更けぬらし雁金の聞こゆる空に月わたる見ゆ（古今・秋歌上192・よみ人しらず）」に語法を学ぶ。

219鳴きわたる雁の羽風に雲消えて夜深き空に澄める月影（227）

「鳴きわたる雁」の先行例に、「鳴きわたる雁の涙や落ちつらむもの思ふ宿の萩の上の露（古今・秋歌上221／近代秀歌41・よみ人しらず）」があり、後述する229番歌にも関連する。「雁の羽風」は、「雲居飛ぶ雁の羽風に月冴えて鳥羽田の里に衣打つなり（後鳥羽院御集1433）」の例があり、影響は紛れもないが、光景は「村雲や雁の羽風に晴れぬらむ声聞く空に澄める月影（新古今・秋歌下504・朝恵法師）」に近い。

220九重の雲居をわけてひさかたの月の都に雁ぞ鳴くなる（226）

「ひさかたの天橋立霞みつつ雲居をわたる雁ぞ鳴くなる（後鳥羽院御集1430）」に同語がみられ、第五句が重なる。後鳥羽院歌は春の帰雁を詠むのに対して、実朝は秋にやって来た雁を詠む。「雲居を分けて」という表現は実朝独自。

221天の戸を明け方の空に鳴く雁の翼の露に宿る月影（228）

「天の戸をおし明け方の雲間より神代の月の影ぞ残れる（新古今・雑歌上1547・藤原良経）」と詠まれる光景に雁を配した趣。「翼の露」という表現は独特。

以上五首は、先行歌に触発されつつ実朝独自の表現を加え、月と取り合わせて、鳴く雁を詠む。時刻は夜から明け方である。

続けて、詞書を改め、飛ぶ雁が詠まれる。

海の辺を過ぐとて詠める

222海の原八重の潮路に飛ぶ雁の翼の波に秋風ぞ吹く（225）

背景は海。時刻は昼間に移る。221番歌「翼の露」が「翼の風」に変り、広大無辺な秋の海に雁を配する。同じ光景の先行歌を見出し難いが、「和歌の浦や潮路をさして行く鶴の翼の波に宿る月影（夫木・雑部12606・源通光）」「松浦潟明くる霞に行く雁の翼の波に春風ぞ吹く（夫木・春部五1656・円快）」に表現の類似をみる。これらの先行歌の優雅さ、のどやかさに対して、実朝歌はおおらかさが特徴であろう。海辺の光景が日常と無縁ではなかった実朝ならではの詠ではあるまいか。

Ⅳ　第二歌群（224～229）

《山と雁》

一首おいて海から転じて山を飛ぶ雁が三首、表現の連鎖を見せつつ配される。

雁を

224秋風に山飛び越ゆる初雁の翼に分くる峰の白雲（232）

山を越える雁を雲と取り合わせ、雁のいる高さを詠む。「秋風に山飛び越ゆる雁金はいや遠ざかる雲隠れつつ（万葉・巻十2132・作者未詳）」「横雲の峰に分るるしののめに山飛び越ゆる初雁の声（新古今・秋歌下501・西行）」に、類似表現をみるものの、雁の翼が雲を分けて飛ぶ、という発想は注目される。この一首もまた雁の羽風の強さを知る人の歌である。

225あしひきの山飛び越ゆる秋の雁幾重の霧をしのぎ来ぬらむ（233）

雁と霧の取り合わせ。上の句は「あしひきの山飛び越ゆる雁金は都に行かば妹に逢ひて来ね（万葉・巻十五3709・作者未詳）」に重なる。発想が白雲を詠む「白雲の幾重の峰を越えぬらむ慣れぬ嵐を袖にまかせて（新古今・羇旅歌955・藤原雅経）」に近いことは、第一章第三節で述べたが、遠路を飛ぶ雁の旅に思いを馳せる歌は珍しいと言えよう。

226雁金は友惑はせり信楽や真木の杣山霧立たるらし（234）

霧に迷う雁。「友惑はす」の用例はそう多くはない。「夕されば佐保の川原の川霧に友惑はせる千鳥鳴くなり（拾遺・冬238・紀友則）」のように、仲間にはぐれるのは、千鳥、鹿、虫、箱鳥、鴛鴦等である。実朝の前代・同時代を通じて雁の例は見当たらない。この歌が『万代集』（907番歌）、『夫木和歌抄』（4962番歌）に所収されたのは、そのような独自性ゆえであろうか。

《田の面の雁》

山から地上に眼を転ずる。まず、稲葉に吹く風に雁を取り合せる二首。

夕雁

227夕されば稲葉のなびく秋風に空飛ぶ雁の声も悲しや（223）

田家夕雁

228雁の居る門田の稲葉うちそよぎたそがれ時に秋風ぞ吹く（224）

雁は配されないが、稲葉と秋風を取り合せる先行例に「夕されば門田の稲葉おとづれて葦の丸屋に秋風ぞ吹く（金葉二・秋部173／近代秀歌45・源経信）」「昨日こそ早苗とりしかいつの間に稲葉そよぎて秋風の吹く（古今・秋歌上172・よみ人しらず）」が挙げられる。

227番歌では稲葉のそよぐ上空に雁が飛び鳴き声が聞こえるのであるが、続く228番歌の雁は地上の田に降りている。雁はしばしば野や田に降りて来る。田の面にいる雁の例は、まず、『伊勢物語』第一〇段（続後拾遺・恋歌三800、801）に

みよし野のたのむの雁もひたぶるに君が方によると鳴くなる

我が方によると鳴くなるみよし野のたのむの雁をいつか忘れむ

の例がある。娘の婿にと望む母親と、男の贈答である。「田の面」に「頼む」をかける。「雁」は娘の比喩である。

実朝詠に「たのむ（田の面）の雁」という表現はないが、用例は、実朝同時代に見出せる。

春来ればたのむの雁も今はとて帰る雲路に思ひ立つなり（千載・春歌上36・源俊頼）

今はとてたのむの雁もうちわびぬ朧月夜の曙の空（新古今・春歌上58・寂蓮）

時しもあれたのむの雁の別れさへ花散る頃のみよし野の里（新古今・春歌下121・源具親）

さらに後代には雁が田に降りる光景を詠む歌が見出せる。

夕日影さびしく見ゆる山本の田の面にくだる雁のひとつら（風雅・秋歌中533・後伏見院中納言典侍）

主や誰田の面に落つる雁金の稲葉に結ぶ露の玉章（新続古今・秋歌下523・源頼之）

ただし、これらの歌では、田を目指して下降して飛ぶ雁は遠景に在る。田に降りている雁を近くで見ているわけではない。

『金槐和歌集』〈恋〉部にも田の面に居る雁詠がみえる。

（ある人のもとにつかはし侍し）

383雁の居る羽風に騒ぐ秋の田の思ひ乱れて穂にぞ出でぬる（562）

「羽風に騒ぐ」の先行例は、管見では「水鳥の羽風に騒ぐさざ波のあやしきまでも濡るる袖かな（金葉二・恋部上364・源師俊）」「鶬の羽風に騒ぐ鶍（かやくき）のとり乱れたる秋の野辺かな（為忠後度百首750・藤原為忠）」の二首のほか探せず、いずれも水鳥、鶬である。雁の羽風の例は見当たらない。

この一首は、恋の歌であって叙景歌ではない。しかし、不安定な恋心の比喩になっているのが、「羽風に騒ぐ秋の田」という、雁の羽風で稲穂が騒ぐ近景であることを見逃せまい。

伝統的に、雁は空を飛ぶ鳥、鳴く鳥として詠まれ、田に降りている状態、羽を休めている状態が注目されることはほとんどない。京の王朝歌人たちがそのような光景に出会うことは稀であろう。田の面の雁詠には、雁を間近にみる実朝の生活圏が窺われる。

《雁の涙》

続く歌は、野辺の露を雁の涙とみる趣向。

野辺露

229ひさかたの天飛ぶ雁の涙かもおほあらき野の笹が上の露（222）

露を詠ずるこの一首に雁そのものの姿はない。「鳴きわたる雁の涙や落ちつらむもの思ふ宿の萩の上の露（古今・秋歌上221／近代秀歌41・よみ人しらず）」「秋の夜の露をば露と置きながら雁の涙や野辺を染むらむ（古今・秋歌下258・壬生忠岑）」に触発されていよう。

V　第三歌群（260～264）

《紅葉と雁》

時は移り、紅葉の候となる。表現の連鎖を見せながら五首が配される。

秋の末に詠める

260雁鳴きて吹く風寒み高円の野辺の浅茅は色づきにけり（301）

261雁鳴きて寒き朝明の露霜に矢野の神山色づきにけり（302）

名所紅葉

262初雁の羽風の寒くなるままに佐保の山辺は色づきにけり（298）
263雁鳴きて寒き嵐の吹くなへに龍田の山は色づきにけり（299）

雁の鳴くを聞きて詠める

264今朝来鳴く雁金寒み唐衣龍田の山は紅葉しぬらむ（300）

語句が共通する一連である。261～263までの四首の第五句は「色づきにけり」、260 261、263は「雁鳴きて」に始まる。すべてに歌枕が詠み込まれる。

260番歌は、「雁鳴きて吹く風寒み唐衣君待ちがてに打たぬ日ぞなき（新古今・秋歌下482・紀貫之）」「初霜も置きにけらしな今朝見れば野辺の浅茅も色づきにけり（詞花・秋138・大中臣能宣）」に同表現をみるが、「雁金の寒く鳴きしゆ春日なる三笠の山は色づきにけり（万葉・巻十2216・作者未詳）」に触発された発想であろう。

262 263の「ままに」「なへに」は同義語である。上の句は「初雁の羽風涼しくなるなへに誰か旅寝の衣返さぬ（新古今・秋歌下499・凡河内躬恒）」に似る。

262～264の発想は「雁金の鳴きつるなへに唐衣龍田の山は紅葉しにけり（後撰・秋歌下359・よみ人しらず）」に重なろう。

《「矢野の神山」と雁》

とりわけ注目されるのは261番歌である。この一首は『新勅撰集』秋歌下に「題しらず」で載る。先行歌「雁鳴きて寒き朝の露ならし龍田の山をもみ出すものは（後撰・秋歌下377／古今六帖585では第二句が「寒き朝明の」・よみ人しらず）」に発想が似る。

「矢野の神山」の用例は少なく、『万葉集』に一首。

妻隠す矢野の神山露霜に匂ひ初めたり散らまく惜しも（万葉・巻十2182／玉葉・秋下793・柿本人麻呂）

この歌は「妻籠」「露霜」に「紅葉」を関連させるが、平安期には好まれぬ趣向であったようである。『新勅撰集』にも載る右の実朝歌、及び『玉葉集』793にも載る右の人麻呂歌を含め、二十一代集に「矢野の神山」は、五例しか用例をみない。残る三例をみよう。

鎌倉期以降、「矢野の神山」と「霞」を取り合せる春歌二例がみられる。

梓弓矢野の神山春かけて霞は空にたなびきにけり（続拾遺・春歌上27・藤原行能）

梓弓春立つらしもののふの矢野の神山霞たなびく（玉葉・春歌上４・藤原公守）

また、秋歌に、「露」を詠み込んだ一例がある。

秋と言へば鳴くや牡鹿の妻隠す矢野の神山露ぞ染むらし（新千載・秋歌下469・西園寺実氏）

勅撰集の他には、次のような例がある

妻隠す矢野の神山立ち迷ひ夕の霧に鹿ぞ鳴くなる（壬生集・秋部2395・藤原家隆）

牡鹿鳴く夕の霧に妻隠す矢野の神山色づきぬらむ（正徹千首356）

夏果つる矢野の神山立ちしのびまた妻隠す鹿や鳴くらむ（夫木・夏部三3728・　藤原基家）

草も木も涙に染めて妻隠す矢野の神山鹿ぞ鳴くなる（夫木・秋部三4822・藤原為家）

露霜や矢野の神山紅に匂ひ初めたり峰の紅葉葉（夫木・秋部六6163・藤原為家）

すなわち、「矢野の神山」は、平安末期以降、再び詠まれるようになる歌枕である。季節は秋、「鹿」「霧」が詠み込まれ、また「妻籠」「露霜」「紅葉」を連携させる傾向が定着していく。

実朝歌に通う後代の詠に

秋深き矢野の神山露霜の色とも見えず紅葉してけり（草庵集・秋歌下640・頓阿）

が挙げられる。

実朝が紅葉に「矢野の神山」を詠み込んだのには先駆的と言えよう。雁を取り合せたのも珍しい。

四　〈恋〉部の雁詠

Ⅰ　配列

	背景	天象
（恋歌） 378 雲隠れ鳴きて行くなる初雁のはつかに見てぞ人は恋しき（540）	空	雲
（ある人のもとにつかはし侍し） 383 雁の居る羽風に騒ぐ秋の田の思ひ乱れて穂にぞ出でぬる（562）	田	
恋の心をよめる 384 小夜更けて雁の翼に置く露の消えてもものは思ふかぎりを（417）		露
（秋頃言ひなれにし人の、ものへ罷れりしに、便りにつけて文など遣はすとて） 424 逢ふことを雲居のよそに行く雁の遠ざかればや声も聞こえぬ（418）	空	
遠き国へ罷れりし人、八月ばかりに帰り参るべきよしを申して、九月まで見えざりしかば、かの人のもとに遣はし侍し歌 425 来むとしも頼めぬ上の空にだに秋風吹けば雁は来にけり（605）	空	風

426いま来むと頼めし人は見えなくに秋風寒み雁は来にけり（606）　風

雁に寄する恋

427忍びあまり恋しき時は天の原空飛ぶ雁の音に鳴きぬべし（539）　空

〈恋〉部の雁詠は雁そのものではなく、序詞的用法または、比喩である。恋の心情表出は「雁」に絞られ、景物の取り合せはない。383384が並び、424〜427が一連となる。贈答歌には返歌がない。そもそも他者の歌が入らないのは、定家所伝本の特徴のひとつである。

Ⅱ　恋の始め

378雲隠れ鳴きて行くなる初雁のはつかに見てぞ人は恋しき（540）

〈恋〉部八首目、恋は始まって間がない。「はつかに」は、直前に配される「377月影のそれかあらぬか陽炎のほのかに見えて雲隠れにき（428）」の「ほのかに」と対になり、同語「雲隠れ」を繰り返し、表現を連鎖させている。第三句「初雁の」までは、「はつかに」を導く序詞的用法。「春の波の入り江に迷ふ初草のはつかに見えし人ぞ恋しき（新勅撰・恋歌二773・藤原家隆）」に同じ修辞法。次に配される「383雁の居る羽風に騒ぐ秋の田の思ひ乱れて穂にぞ出でぬる」については、〈秋〉の雁の項で触れたが、思い乱れる状態を雁の羽風でざわざわ騒ぐ秋の田の稲穂に譬える。

恋の心をよめる

384小夜更けて雁の翼に置く露の消えてもものは思ふかぎりを（417）

雁の翼に置く露を、激しくも不安定な恋心に譬えている。「消えてもの思ふ」は、たとえば、「冬の池の鴨の上毛に置く露の消えてもの思ふ頃にもあるかな（後撰・冬460・よみ人しらず）」のように詠まれる常套句ではあるが、384の「消えてものは思ふかぎりを」という言い回し、「鴨の上毛」ではなく「雁の翼」に置く「露」に譬える恋心の表象は独特。

Ⅲ　別れ

遠くへ去った人に贈る歌が四首、表現を連鎖させて配列される。

（秋頃言ひなれにし人の、ものへ罷れりしに、便りにつけて文など遣はすとて）

424逢ふことを雲居のよそに行く雁の遠ざかればや声も聞こえぬ（418）

『万代和歌集』恋歌五に「寄鳥恋」の詞書で載る。遠ざかる恋人を雁に譬える先行歌に「蘆辺より雲居をさしてゆく雁のいや遠ざかる我が身かなしも（古今・恋五819・よみ人しらず）」、音沙汰のなさを鳥の声が聞こえないことに譬える先行歌には「飛ぶ鳥の声も聞こえぬ奥山の深き心を人は知らなむ（古今・恋歌一535・よみ人しらず）」が見出せる。

遠くへ去った人を雁に譬える歌は〈雑〉部にも一首見出せる。

近う召し使ふ女房、遠き国に罷らんといとま申侍（り）しかば

630山遠み雲居に雁の越えて去なば我のみひとり音にやなきなむ（604）

この歌は『玉葉集』旅歌1107に「とほき国にまかりける人につかはしける」の詞書で載る。

424に続けて詞書を改めた次の二首が配される。

遠き国へ罷れりし人、八月ばかりに帰り参るべきよしを申して、九月まで見えざりしかば、かの人のもとに遣はし侍し歌

425来むとしも頼めぬ上の空にだに秋風吹けば雁は来にけり（605）

426いま来むと頼めし人は見えなくに秋風寒み雁は来にけり（606）

雁は来た、あなたは来ないけれども、の意の二首である。

425の「来むとしも（底本「こむとしも」）」は、貞享本では「こむ年も⑤」と表記されている。そうなると、「来む年も来べき春とは知りながら今日の暮るるは惜しくぞありける（風雅・春歌下300・紀貫之）」と同じ用法になり、実朝歌は「来年も、とはあてにしなかったのに」の意になる。しかし、『金槐和歌集』〈恋〉部の「419待てとしも頼めぬ山も月は出でぬ言ひしばかりの夕暮の空」の「待てとしも頼めぬ」は「来むとしも頼めぬ」に同じ用法であろう。さらに、続く426の「いま来むと頼めし人」に表現が連鎖する配列上も「来む年も」とは考えにくい。「しも」は助詞とみる。

426の「見えなくに」は、「秋の野の草は糸とも見えなくに置く白露を玉と抜くらむ（後撰・秋中307・紀貫之）」のように、「とも見えなくに」で、表面はそうは見えないのに、の意で使われることが通常であるが、実朝の用法は微妙に異なる。待つ人が来ないのは明白な現実である。

さらに詞書を改めて次の一首。

雁に寄する恋

427忍びあまり恋しき時は天の原空飛ぶ雁の音になきぬべし（539）

恋する身を雁に重ねる。鳥の鳴き声に恋心を投影する例には「我が園の梅の初枝に鶯の音になきぬべき恋もするかな（古今・恋歌一498・よみ人しらず）」があり、雁の詠まれる類似表現に「思ひ出でて恋しきときは初雁の鳴きてわたると人知るらめや（古今・恋歌四735・大伴黒主）」がある。

以上、別離の恋の心情を表象するにふさわしい景物として雁が選ばれているのである。

五　雁の心象――〈雑〉の雁詠

Ⅰ　配列

〈雑〉部の配列は次の通りである。

	背景	天象
海辺春望 543 難波潟漕ぎ出づる舟の目も遥に霞に消えて帰る雁金（102）	海（難波潟）	霞
まな板といふものの上に、雁をあらぬさまにして置きたるを見てよめる 565 あはれなり雲居のよそに行く雁もかかる姿になりぬと思へば（704）	（雲居↓）まな板	
黒 近う召し使ふ女房、遠き国に罷らんといとま申侍（り）しかば 621 うばたまや闇の暗きに天雲の八重雲隠れ雁ぞ鳴くなる（705）	空	雲
630 山遠み雲居に雁の越えて去なば我のみひとり音にやなきなむ（604）	山・空	

〈雑〉の雁詠は、歌群をなしてはいない。雑春（543）・雑秋（565）・雑雑（621）・離別（630）に分類し得る。詠歌内容も多様であり、特殊である。春の叙景歌543については二―Ⅲで、離別歌630については四―Ⅲで既に触れた。ここでは565、621について論じたい。

Ⅱ　飛ぶ雁―その果て

〈雑秋〉に載る雁の歌。

まな板といふものの上に、雁をあらぬさまにして置きたるを見てよめる

565あはれなり雲居のよそに行く雁もかかる姿になりぬと思へば（704）

562～564まで、月を詠む歌が並ぶ。⑥ その直後に唐突にまったく趣の異なる詠として配される。不変の月と、生き物の命の果てという、対照を示す配列と捉え得よう。雁は空を飛び、鳴き、田に降りるものとして『金槐和歌集』には詠まれてきた。565番歌は、「雲居のよそに行く」―天翔る自由な存在であることが強調され、その終末を表現する。

生き物としての雁は力強い。第一章第一節及び本節冒頭で述べた〈春〉の帰雁詠「56雁金の帰る翼に香るなり花を恨むる春の山風」は飛ぶ雁の羽風の強さに着目している。〈秋〉部には、飛ぶ雁の逞しさ、生命力の強さ（「雁の羽風に雲消えて」219、「雲居を分けて」220、「八重の潮路に飛ぶ」222、「翼に分くる峰の白雲」224、「幾重の霧をしのぎ来ぬらむ」225）が繰り返し表現される。〈恋〉（424～427）〈雑〉（630）では遠くへ行って手の届かぬ存在になった人を、空を自由に飛んでいく雁に譬える。

その雁の終末の姿が565番歌に詠まれる。「まな板」という珍しい詞書に実朝の生活の一端が窺える詠でもある。歌の構造は、「あはれなり我が身の果てや浅緑つひには野辺の霞と思へば（新古今・哀傷歌758・小野小町）」に類似する。実朝は眼前の対象を、技巧を凝らすことなく素直に詠んでいるのだが、生き物の死、雁の亡骸という素材はきわめて特殊である。生命には必ず果てがあるという、動かし難い現実を雁に託して凝視する詠は類を見ないであろう。しかも、この雁は自然に命を全うしたのではなく、人の手にかかった可能性が高い。後代の読者にとっては、実朝自身の終末が重なろう。

Ⅲ　鳴く雁―その心象

〈雑雑〉に収められる「黒」「白」と題した一対の和歌をみよう。

黒

621うばたまや闇の暗きに天雲の八重雲隠れ雁ぞ鳴くなる（705）

白

622かもめゐる沖の白洲に降る雪の晴れ行く空の月のさやけさ（378）

対比的な世界を表象する二首である。

《かもめの表象》

まず、「白」の622番歌。同語句があり、歌の構造が似る歌に「かもめゐる藤江の浦の沖つ洲に夜舟いさよふ月のさやけさ（新古今・雑歌上1554・藤原顕仲）」がある。

622番歌には「かもめ」「白洲」「雪」「月」という白い景物、天象が取り合わされる。因みに、月の射す雪の白浜を詠んだ歌「573月のすむ磯の松風冴え冴えて白くぞ見ゆる雪の白浜」が『金槐和歌集』〈雑冬〉にみえる。573番歌の主眼は澄み冴えた「白」に調和する「松風」の音である。一方、622番歌は音のない、静寂な白い世界である。

「かもめゐる」は〈恋〉の一首「510かもめゐる荒磯の洲崎潮満ちて隠ろひゆけばまさる我が恋」にも見出せる語句である。

『金槐和歌集』の「かもめ」は、その鳴き声が聴覚で捉えられることはない。「鳴く」のではなく「居る」のである。白い姿が視覚で捉えられる、明るさ、光、憧憬の表象である。

《雁の表象》

雁の詠み込まれる621番歌「うばたまや闇の暗きに天雲の八重雲隠れ雁ぞ鳴くなる」をみよう。語句が重なる先行歌に「天雲の八重雲隠れ鳴る神の音にのみやは聞きわたるべき（万葉・巻十一2666・作者未詳／拾遺・恋一628・柿本人麻呂）」があるが、言うまでもなく詠まれる世界はまったく異なる。五―Ⅱで述べた565番歌のまな板の上の雁詠は「雲居のよそに行く」存在の果てへの着目であったが、621番歌の雁は、声が対象化される。雲居にいる雁は姿の見えぬことも多く、声だけが聞こえるという状況もある。鳴く雁、雁の声は、〈秋〉一八首中一一首、〈恋〉七首中一首、〈雑〉四首中一首に詠み込まれ、鳴く存在として捉えられる比重は大きい。実朝には、動物の声への関心が高い。⑦〈秋〉に収められている次の一首をみよう。

（山家晩望といふことを）

201声高み林に叫ぶ猿よりも我ぞもの思ふ秋の夕は（258）

「猿」は実に珍しい歌材であり、「叫ぶ」は、動物の鳴き声にはあまり使われぬ表現である。歌語は「ましら」であるが、実朝詠は底本に「さる」と表記されている。「猿（さる）」「叫ぶ」の語例は漢詩にはある。⑧触発されていよう。和歌に詠まれる「ましら」は、二十一代集には三例みるに過ぎない。

わびしらにましらな鳴きそあしひきの山のかひある今日にやはあらぬ（古今集・雑体1067・凡河内躬恒）

空清く有明の月は影澄みて木高き杉にましら鳴くなり（風雅集・雑歌上1567・儀子内親王）

旅衣いとど乾がたき夜の雨に山の端遠くましら鳴くなり（新続古今集・羇旅歌930・藤原師継）

いずれも、「鳴く」存在としての「猿（ましら）」を詠む。

古来、秋に声高く鳴く歌材として圧倒的に多いのは妻恋の鹿である。『金槐和歌集』も例外ではない。「さ牡鹿」「牡鹿」を含む鹿の用例一九例中、一六例が鳴く鹿を詠む。ただし、「声高み」「叫ぶ」と表現されるのは猿の鳴き声一例のみである。さらに、「我ぞもの思ふ」は、「猿（さる）」が、詠歌者の心情に迫る対象であることを示していよう。歌語「ましら」を排して声高く叫ぶように鳴く「猿（さる）」を詠出しているのである。

猿の声同様、雁の声も決して音楽的に美しいわけではない。鶯や時鳥とは全く異質である。のどやかさは稀薄で、人の叫びに近い痛切さ、悲痛さを感じさせよう。猿と雁の声に対する関心には通うものがあろう。621番歌で、光のない天空に響き渡るのは叫びのような雁の声でしかない。視覚の閉ざされた闇を聴覚で捉える詠である。三木麻子は、詠者の心象を読み取って次のように述べている。

> 暗い闇に、今まで実朝の歌の世界を閉ざしてきた「天雲―八重雲」と重ねて、一体これは、どれだけの暗黒であろう。光を遮られた闇をさらに圧迫する雲は厚いのだが、そこには確かに実朝の心象が存在する空間が在って、その暗黒の空間に雁の声だけが響く。ここにはもう歌枕は介入しようがないし、雁の音も実朝の心に感興をおこすものではなく、実朝の心の叫びそのもののように思われるのである。（傍線部は原文では傍点）[9]

「黒」「闇」「雲」「雁」「聴覚」と、「白」「光」「雪」「かもめ」「視覚」を対比させた621 622の二首は、詠者の内面世界を投影する「雁」と「かもめ」と捉え得よう。鳴く雁の究極の心象は、「黒」と題して、対照的な「白」の世界に並べて〈雑雑〉に配列されたのである。

六　おわりに

歌材の鳥の中で『金槐和歌集』に最も多く詠まれるのが、雁である。先行歌に学びつつ、工夫を凝らし、実朝ならではの詠となり得ていると言えるであろう。雁に向ける実朝の眼差しには特別な思い入れがあるようである。

奥山陽子は〈雑春〉543番歌「難波潟漕ぎ出づる舟の目も遥に霞に消えて帰る雁金」について、難波と雁の組み合わせが少ないことを指摘し、『四天王院障子和歌』の慈円詠「難波潟霞に消えて行く雁の名残を残す海士の釣舟」から表現を摂取していることに言及している。[⑩] このような影響関係の前提には実朝の環境があろう。歌枕・難波潟に飛ぶ雁と舟は、海が近しく、雁が身近な生き物である実朝には容易に想像出来る美しい光景ではなかったか。

住空間の異なる京の歌壇の貴族たちの雁と、実朝の雁は同じではあり得まい。実朝にとって、間近に雁の居る光景は、秋から春にかけての日常であった。雁は、鳴きながら勇壮に自在に空を飛ぶだけではない。地上に降り、また飛び立つ。その羽風は、稲葉を波立たせ、花を散らすほど強い。しかし、逞しさと、自由に動く姿態、翼の形の美しさにも終わりが来る。まな板の上の変わり果てた姿を目にすることもあった。そのような終末を予兆させるような、叫びに似た鳴き声は心に響いた。

実朝は生き物の光と影を雁の中に見たのではあるまいか。雁ほど、その存在と死を内面化させる生き物はなかったのかも知れない。さればこそ、その雁詠は重層的なのである。本節冒頭で触れた「56雁金の帰る翼に香るなり花を恨むる春の山風」には、「219鳴きわたる雁の羽風に雲消えて夜深き空に澄める月影」のように「雁の羽風」の語がない。この一首が難解に映るのは、キーワードを隠したイメージの飛躍に、立場の違う鑑賞者がついていけないからであろう。

注

① 第一章第一節・第二章第一節で述べたように、先行研究の解釈は釈然としない。私見を記す。

② 「実朝」短歌 1966

③ 「実朝詠歌、方法と内実―歌枕表現を中心として―」女子大文学第33号 1982・3

④ 『金槐和歌集』(新潮日本古典集成) の解説 新潮社 1981

⑤ 小島吉雄校注の「金槐和歌集」(『山家集・金槐和歌集』日本古典文学大系29 岩波書店 1961) は「来む年」と表記。

⑥ 月をよめる

561 思(ひ)出て昔をしのぶ袖の上にありしにもあらぬ月ぞ宿れる (273)

故郷月

562 行き廻りまたも来て見む故郷の宿もる月は我を忘るな (276)

563 大原や朧の清水里遠み人こそ汲まね月はすみけり (277)

水辺月

564 わくらばに行きても見しか醒が井の古き清水に宿る月影 (278・夫木12469)

⑦ 今関敏子『金槐和歌集の時空―定家所伝本の配列構成』第一章第四節「〝叫び〟と〝崩壊〟」で論じた。

⑧ 『和漢朗詠集』の例を挙げる。

瑤臺霜満 一声玄鶴唳天 巴峡秋深 五夜之猿叫月 (454)

暁峡蘿深猿一叫 暮林花落鳥先啼 (459)

⑨ ③に同じ。

⑩ 奥山陽子「源実朝と『最勝四天王院障子和歌』」和歌文学研究 1997・6

第五節　千鳥

一　はじめに

千鳥は海辺や川辺にみられる冬の景物である。しかし、鶯、時鳥、雁ほどに多くは詠まれない。八代集と『金槐和歌集』の千鳥詠の数を示すと次のようになる。①

	秋	冬	雑	恋	賀	羇旅	計
古今集			1		2		3
後撰集			1	4			5
拾遺集	1	2	3		1		7
後拾遺集		3					3
金葉集二度本		1		1			2
詞花集							0
千載集		5	1	1		1	8
新古今集		11	1	1			13
金槐集	1	8	2	1			12

『古今集』『後撰集』の秋冬の部立に千鳥詠はない。季節の部立に千鳥が登場するのは『拾遺集』からであるが、季

節の部立、その他の部立を含め、その後の数の増減はさほど顕著ではない。実朝の時代に近い『千載集』『新古今集』で俄かに増える歌材である。

八代集に比較すると、定家所伝本『金槐和歌集』の全歌数に対する千鳥詠の比率は群を抜いて多いのである。本節では、その配列と詠法の特徴を考えてみたい。

二　八代集の千鳥詠の特質

Ⅰ　冬の景物としての千鳥

季節の景物としては、『拾遺集』の秋の部立の屏風歌、186番歌に千鳥詠がみえる。晩秋の千鳥である。これは、『古今集』賀の部立にある361番歌に同歌。この歌を含め、まず、八代集・冬の部立の千鳥詠を概観する。背景（波線）、天象（点線）、景物（二重傍線）、特定できる時刻を表にすると次のようになる。

	背景	天象	景物	時刻
〈八代集・秋の部立〉				
拾遺集				
千鳥鳴く佐保の川霧立ちぬらし山の木の葉も色変りゆく（秋186・壬生忠岑）	川（佐保）・山	霧	木	
〈八代集・冬の部立〉				
拾遺集				
思ひかね妹がり行けば冬の夜の川風寒み千鳥鳴くなり（冬224・紀貫之）	川	風		夜
夕されば佐保の川原の川霧に友惑はせる千鳥鳴くなり（冬238・紀友則）	川（佐保）	霧		夕

後拾遺集				
霧晴れぬ綾の河原に鳴く千鳥声にや友の行く方を知る　（冬387・藤原孝善）	川	霧		
佐保川の霧のあなたに鳴く千鳥声は隔てぬものにぞありける　（冬388・藤原頼宗）	川（佐保）	霧		
難波潟朝満つ潮にたつ千鳥浦伝ひする声聞こゆなり　（冬389・相模）	海（難波潟）	満潮		朝
金葉集二				
淡路島通ふ千鳥の鳴く声に幾夜寝覚めぬ須磨の関守　（冬部270・源兼昌）	海（淡路・須磨）			夜
千載集				
いもがりと佐保の川原に我行けば小夜か更けぬる千鳥鳴くなり　（冬歌424・藤原長能）	川（佐保）			夜
須磨の関有明の空に鳴く千鳥傾く月はなれも悲しき　（冬歌425・藤原俊成）	海（須磨）・空	月		夜明
岩越ゆる荒磯波に立つ千鳥心ならでや浦伝ふらむ　（冬歌426・道因法師）	海	波		
霜冴えて小夜も長居の浦寒み明けやらずとや千鳥鳴くらむ　（冬歌427・法印静賢）	海	霜		夜
霜枯れの難波の葦のほのぼのと明くる湊に千鳥鳴くなり　（冬歌428・賀茂成保）	海（難波）	霜	葦	朝
新古今集				
うばたまの夜の更け行けば楸生ふる清き川原に千鳥鳴くなり　（冬歌641・山部赤人）	川		楸	夜
行く先は小夜更けぬれど千鳥鳴く佐保の川原は過ぎうかりけり　（冬歌642・伊勢大輔）	川（佐保）			夜
夕されば潮風越して陸奥の野田の玉川千鳥鳴くなり　（冬歌643・能因法師）	川（玉川）	風		夕
白波に羽うち交し浜千鳥悲しきものは夜半の一声　（冬歌644・源重之）	海	波		夜
夕凪にと渡る千鳥浪間より見ゆる小島の雲に消えぬる　（冬歌645・藤原実定）	海	夕凪・雲		夕

浦風に吹上の浜の浜千鳥波立ち来らし夜半に鳴くなり（冬歌646・祐子内親王家紀伊）	海（吹上）	風・波		夜
月ぞすむ誰かはここにきのくにや吹上の千鳥ひとり鳴くなり（冬歌647・藤原良経）	海（吹上）	月		
小夜千鳥声こそ近くなるみがたかたぶく月に潮や満つらむ（冬歌648・藤原季能）	海（鳴海潟）	月・潮		夜
風吹けばよそになるみのかた思ひ思はぬ波に鳴く千鳥かな（冬歌649・藤原秀能）	海（鳴海潟）	風・波		
浦人のひもゆふぐれになるみがたかへる袖より千鳥鳴くなり（冬歌650・源通光）	海（鳴海潟）	（風）		夕
風さゆる雄島が磯の群千鳥立居は波の心なりけり（冬歌651・藤原季経）	海（雄島）	風・波		

八代集の冬の景物としての千鳥詠には次のような特徴を指摘できよう。

i 『千載集』『新古今集』では、千鳥詠の数が増すばかりではなく、配列上分散せず、歌群をなしている。

ii 「千鳥」は〝鳴く〟景物として詠まれることが圧倒的に多い。『千載集』426、『新古今集』645、651を除けば、鳴いている状景及び鳴く声が詠まれる。また、「浦伝ひ」が『後拾遺集』389（声も詠まれる）、『千載集』426（鳴く声は詠まれない）に収められる。『新古今集』645のように、鳴く声の表出がなく、空を渡り雲に消える千鳥の詠は珍しい。

iii 背景は川か海である。川の背景六首のうち、五首に歌枕が詠み込まれ、うち四首は「佐保」、一首が「玉川」である。海を背景とする一四首には、九首に歌枕―「難波潟」五首、「須磨」二首、「吹上」一首、「雄島」一首―が詠み込まれる。

iv 『拾遺集』186の「木の葉」、『千載集』428の「葦」、『新古今集』641の「楸」の他には取り合わせの景物はない。

v　天象は、川が背景の場合、「霧」（『拾遺集』186、238『後拾遺集』388）と「風」（『拾遺集』224、『新古今集』643）である。海が背景の場合、「霧」は皆無、「風」は、『新古今集』の歌四首（643、646、649、651）にのみ見出せる。その他に多いのが「波」（『千載集』426『新古今集』644、646、649、651）であるが、「波」は川が背景の歌にはない。川波と千鳥の取り合わせは見られない。「月」（『千載集』425『新古今集』648）二首は、海を背景の歌に詠み込まれる。

vi　時刻は特定出来ない歌もあるが、夜九首、夕方四首、朝二首、明方一首である。

Ⅱ　心情投影・比喩の千鳥

以上の季節の景物としての千鳥詠は叙景歌であると言える。次に八代集の、秋冬以外の部立の千鳥詠を概観する。

《賀歌》三首

塩の山指出の磯に棲む千鳥君が御代をば八千代とぞ鳴く（古今・賀歌345・よみ人しらず）

千鳥鳴く佐保の川霧立ちぬらし山の木の葉も色まさり行く（古今・賀歌361・壬生忠岑）

誰が年の数とかは見む往き帰り千鳥鳴くなる浜の真砂を（拾遺・賀296・紀貫之）

『古今集』361番歌は、既に触れたごとく、『拾遺集』秋の部立186番歌に同歌である。屏風を見ての叙景歌であるが、賀歌として鑑賞するならば、千鳥は背景の景物であり、「色まさり行く」木の葉に主眼があろう。『拾遺集』296番歌もまた、「浜の真砂」の数に祝意がある。

《羇旅歌》一首

旅寝する須磨の浦路の小夜千鳥声こそ袖の波はかけけれ（千載・羇旅歌536・藤原家隆）

侘しい旅寝の表象である。

《恋》七首

跡みれば心なぐさの浜千鳥今は声こそ聞かまほしけれ（後撰・恋二635・よみ人しらず）

かげろふに見しばかりにや浜千鳥行方も知らぬ恋に惑はむ（後撰・恋二654・源等）

浜千鳥頼むを知れと踏みそむる跡うちつけな我を越す波（後撰・恋二695・平定文）

白波の打ち出づる浜の浜千鳥跡やたづぬるしるべなるらむ（後撰・恋828・藤原朝忠）

逢ふことはいつとなぎさの浜千鳥波の立居に音をのみぞ鳴く（金葉二・恋部上361・藤原雅定）

契りしにあらずなるとの浜千鳥跡だに見せぬうらみをぞする（千載・恋950・藤原経家）

霜の上に跡踏みつくる浜千鳥行方もなしと音をのみぞ鳴く（新古今・恋歌一1024・藤原興風）

恋の歌では千鳥は〝恋する身〟の比喩である。いずれも「浜千鳥」。浜に残す跡（足跡）に因んで譬えられることが多い。

《雑》七首

忘られむ時しのべとぞ浜千鳥行方も知らぬ跡をとどむる（古今・雑歌下995・よみ人しらず）

浜千鳥かひなかりけりつれもなき人のあたりは鳴きわたれども（後撰・雑一1091・よみ人しらず）

暁の寝覚めの千鳥誰がためか佐保の川原に復ち返り鳴く（拾遺・雑上484・大中臣能宣）

いつしかとあけて見たれば浜千鳥跡あるごとに跡のなきかな（拾遺・雑下553・藤原実頼）

とどめても何にかはせむ浜千鳥旧りぬる跡は波に消えつつ（拾遺・雑下554・馬内侍）

小夜千鳥吹飯の浦に訪れて絵島が磯に月かたぶきぬ（千載・雑歌上990・藤原家基）

浜千鳥踏みおく跡の積りなばかひある浦にあはざらめやは（新古今・雑歌下1726・後白河院）

『拾遺集』484『千載集』990は叙景歌と言い得るが、他はすべて人事が関わってくる。『拾遺集』484も「誰がためか」にかすかに心情投影を読み取ることが出来よう。

『後撰集』1091には、「あひ知りて侍りける女、心にも入れぬさまに侍りければ、こと人の心ざしあるにつき侍りにけるを、なほしもあらずもの言はむと申しつかはしたりけれど、返事もせず侍りければ」という詞書がある。「浜千鳥」は、つれない相手に言い寄る、恋する身の比喩である。

『拾遺集』553には、「内侍馬が家に右大将実資が童に侍りける時、碁打ちにまかりたりければ、もの書かぬ草子を掛物にして侍りけるを見侍りて」という詞書があり、「早く見たいとわくわくして開けると、浜千鳥の足跡もない―何も書かれてはいないことよ」の意。554は「返し」で「とどめておいても何になりましょう、浜千鳥の跡は繰り返し波に消えるもの」と切り返す。筆の跡を千鳥の跡に譬えた心憎い贈答である。

『新古今集』1726は「書き留めた歌が多くなっていけばいつか認められるでしょう」という励ましの歌。

以上のように、部立により、八代集の千鳥詠の趣向は異なるのである。

三　『金槐和歌集』・千鳥詠の配列の特徴

まず、八代集を概観したのと同じ方法で、定家所伝本『金槐和歌集』の千鳥詠すべてを掲げ、配列をみておく。

	背景	天象	時刻
〈秋〉 秋歌			

〈冬〉			
244 月清み秋の夜いたく更けにけり佐保の川原に千鳥しば鳴く（270）	川（佐保）	月	夜
冬歌			
291 夕月夜佐保の川風身にしみて袖より過ぐる千鳥鳴くなり（351）	川（佐保）	月・風	夕
河辺冬月			
292 千鳥鳴く佐保の川原の月清み衣手寒し夜や更けにけむ（341）	川（佐保）	月	夜
海の辺の千鳥といふことを人々あまたつかうまつりしついでに			
294 夜を寒み浦の松風吹きむせび虫明の波に千鳥鳴くなり（354）	海（虫明）	風・波	夜
295 夕月夜満つ潮合の潟をなみ涙しほれて鳴く千鳥かな（353）	海	月・干満	夕
296 月清み小夜更けゆけば伊勢島や一志の浦に千鳥鳴くなり（355）	海（一志）	月	夜
名所千鳥			
297 衣手に浦の松風冴えわびて吹上の月に千鳥鳴くなり（357）	海（吹上）	月・風	夜
寒夜千鳥			
298 風寒み夜の更けゆけば妹が島形見の浦に千鳥鳴くなり（356）	海（形見浦）	風	夜
冬歌			
316 降りつもる雪踏む磯の浜千鳥波にしをれて夜半に鳴くなり（352）	海	雪・波	夜
〈恋〉			
（恋の歌）			
507 我が恋は百島めぐる浜千鳥行方も知らぬかたに鳴くなり（429）	海		
〈雑冬〉			
月前千鳥			
567 玉津島和歌の松原夢にだにまだ見ぬ月に千鳥鳴くなり（633）	海（玉津島和歌松原）	月	夜
〈雑雑〉			

千鳥			
605朝ぼらけ跡なき波に鳴く千鳥あなことごとしあはれいつまで（707）	海	波	朝

八代集に比較すれば多いと言い得る、定家所伝本『金槐和歌集』の千鳥詠の、配列から導き出される特徴は次の通りである。

i　〈冬〉部は、全歌一一首中七首（291～292、294～298）は、歌群をなしている。

ii　八代集でも〝鳴く千鳥〟詠が圧倒的に多いが、定家所伝本『金槐和歌集』では例外なく〝鳴く千鳥〟が詠まれる。

iii　背景は川か海であり、海が多いのは、八代集に重なる。『金槐和歌集』では、九首の背景が海である。うち五首は歌枕（虫明・一志・吹上・形見浦・玉津島和歌の松原）が詠み込まれる。『新古今集』645のように、視点が海から空へ移る、という例はない。

川は〈秋〉を含めて三首、いずれも歌枕・佐保が詠み込まれる。

iv　他の景物と組み合わされることはない。

v　天象は、月との取り合わせが七首、風と波が各二首、雪が一首。八代集にみられた霧は皆無。八代集に比して月の多さが注目される。

vi　時刻は夜八首、夕二首、朝一首。八代集の割合にほぼ同じである。

四　季節の景物としての千鳥

Ⅰ　月夜の川原に鳴く千鳥

〈恋〉部507番歌は、例外的に千鳥への心情投影だが、千鳥は季節の景物として鳴く声が詠まれることが圧倒的に多い。定家所伝本では、〈秋〉部、月夜に歌枕「佐保の川原」に鳴く情景を詠んだ千鳥詠が初出である。

秋歌

244月清み秋の夜いたく更けにけり佐保の川原に千鳥しば鳴く（270）

秋の部立に千鳥が配列される例は、八代集では『拾遺集』のみである。『金槐和歌集』〈春〉冒頭部の歌の配列、詠法を、『拾遺集』に学んでいるであろうことは、第一章第三節で述べたが、〈秋〉に千鳥詠が所収されるのも、あるいは季節感の共通性かも知れない。244番歌の詠法は「ぬばたまの夜の更け行けば楸生ふる清き川原に千鳥しば鳴く（万葉・巻六930・山部赤人）」に学んでいよう。

〈冬〉部は、244番歌に背景は同じく、月夜に佐保の川原で鳴く千鳥に始まる。

冬歌

291夕月夜佐保の川風身にしみて袖より過ぐる千鳥鳴くなり（351）

河辺冬月

292千鳥鳴く佐保の川原の月清み衣手寒し夜や更けにけむ（341）

まず291番歌をみよう。先行歌人の作「夕されば野辺の秋風身にしみて鶉鳴くなり深草の里（千載・秋歌上259・藤原俊成）」「千鳥鳴く曽我の川風身にしみて真菅片敷き明かす夜半かな（続古今・羇旅歌908・二条院讃岐）」に類似表現をみる。

ところで、291番歌第四句「袖より過ぐる」ものを「千鳥」とする解釈がある。鎌田五郎は「千鳥が鳴いて袖のあたりを飛びすぎるよ」[2]、志村士郎は「千鳥が袖の下をすれすれにくぐりぬけて飛んで行った。瞬間的な出来事である。実際にそんなことが起こったかどうかわからない。かりに起こらなかったとしても素敵である。」[3]述べている。「袖より過ぐる」の用例は、勅撰集には「野辺の露は色もなくてや零れつる袖より過ぐる荻の上風（新古今・恋歌五1338・慈円）」一例のみ。この場合、袖を過ぎるのは風である。

291番歌を三句切れと捉えると、「袖より過ぐる」ものが「千鳥」になろうが、野生の鳥が人の側まで飛び交うのはいささか不自然ではないだろうか。和歌では、動物も鳥も遠景の対象として詠まれることが圧倒的に多い。遠い空を飛ぶ姿や鳴き声を詠み、また、鳴き声に触発されて姿は見えぬ動物や鳥の行動を想像し、また、己が心情を投影する。庭の梅に鳴く鶯のように、距離は近くとも、身体的に接触することはない。

291番歌は、四句まで一気に詠み、ここで一旦切れるのではないか。袖を過ぎるものは川風であろう。「夕月夜に袖を通して吹く佐保の川風が身にこたえる、そんな中で千鳥が鳴いている」と解する。

続いて292番歌は、袖（衣手）に寒さを感じている詠。千鳥の声の聞こえる、月の冴えて美しい佐保の川原、ふと寒くなったなと気づく。だいぶ夜が更けたらしい。時が経るのを忘れて月に見入っていた状況を詠む。

両歌とも、月の冴え渡る河原の寒さに情趣を添える千鳥詠である。

Ⅱ　夜の海に鳴く千鳥

一首おいて294～298番歌まで、表現を連関させながら、海辺の千鳥詠が五首続く。295番歌を除けば、歌枕が詠み込まれ、すべて第五句が「千鳥鳴くなり」で共通する。詞書ごとにみていく。

海の辺の千鳥といふことを人々あまたつかうまつりしついでに

294夜を寒み浦の松風吹きむせび虫明の波に千鳥鳴くなり（354）

295夕月夜満つ潮合の潟をなみ涙しほれて鳴く千鳥かな（353）

296月清み小夜更けゆけば伊勢島や一志の浦に千鳥鳴くなり（355）

まず、一首ごとにみていく。

294番歌は、『夫木和歌抄』冬部二6819に「河辺千鳥といふことを人々あまた詠みけるついでに」の詞書で、藤原定家歌（詞書は「百首　千鳥」）「虫明けの松吹く風や寒からむ冬の夜深く千鳥鳴くなり（夫木6818／拾遺愚草員外732）」に並んで載る。第五句は同じ、語句の選択、寒い海辺に聞こえる千鳥の声という光景も通うが、両歌を比較すると、定家詠の方がやや穏やかで千鳥の声が際立つ。実朝歌は、寒気の中、泣きむせぶような松風の音と虫明の荒波に鳴く千鳥の声が重なる。荒涼とした冬の海辺の詠である。

295番歌は、『夫木和歌抄』6820に294番歌に続けて同じ詞書で載る。「涙しほれて」（涙に濡れて）の用例は実朝歌以外に見当たらない。『夫木和歌抄』には、「涙しほれて」と採録されるが、後述する316番歌同様「波にしをれて」の誤記の可能性が高い。歌意の関連はないが、「波にしをれて」の用例に「幾夜我波にしをれて貴船川袖に玉散るもの思ふらむ（新古今・恋歌二1141・藤原良経）」がある。実朝は、満ち潮で干潟がなく、波に濡れそぼちて頼りなく鳴く千鳥を詠む。

296番歌の表現と歌の構造は「うばたまの夜の更け行けば楸生ふる清き川原に千鳥鳴くなり（新古今・冬歌641・山部赤人）」に似る。「伊勢島や一志の浦」の先行例には「伊勢島や一志の浦の海人だにもかづかぬ袖は濡るるものかは（千載・恋四893・道因法師）」「今日とてや磯菜摘むらむ伊勢島や一志の浦海人のをとめご（新古今・雑歌中1612・藤原俊成）」があるが、いずれも千鳥には無縁であり、歌意は実朝詠にまったく重ならない。

この歌は、後代の勅撰集・私撰集複数に所収される一首である。『玉葉集』冬歌921に「海辺千鳥といふことを」、『万代和歌集』冬部1432に「海辺千鳥といふことを」、『夫木和歌抄』雑部七11407に「一志の浦、伊勢／海辺千鳥といふことを人々あまた詠みけるついでに」の詞書で載る。

実朝の「伊勢島や一志の浦に千鳥鳴くなり」は、新鮮な表現として後代に受け入れられたのであろう。先に進もう。

名所千鳥

297 衣手に浦の松風冴えわびて吹上の月に千鳥鳴くなり（357）

この歌の構造は「衣手に余呉の浦風冴え冴えて己高山に雪降りにけり（金葉二・冬部278・源頼綱）」に似る。ただし、歌意は重ならない。月を、吹上と千鳥に組み合わせる先行歌に「月ぞすむ誰かはここに紀の国や吹上の千鳥ひとり鳴くなり（新古今・冬歌647・藤原良経）」がある。

寒夜千鳥

298 風寒み夜の更けゆけば妹が島形見の浦に千鳥鳴くなり（356）

『新勅撰集』冬歌408に「題しらず」の詞書で載る。

「妹が島形見の浦」は、先行歌の用例に「藻刈舟沖漕ぎ来らし妹が島形見の浦に鶴翔る見ゆ（万葉・巻七1218・作者未詳）」が見え、実朝同時代以降の歌人の用例に「有明の空に別れし妹が島形見の浦に月ぞ残れる（続古今・雑歌中1665・後嵯峨院）」「面影ぞ猶残りける妹が島形見の浦の有明の月（続千載・雑歌上1769・藤原忠能）」「妹が島形見の浦の藻刈舟よるべも見えず波のまにまに（宝治百首3519・道助法親王）」「妹が島形見の浦に舟とめてなほなつかしみ一夜明かしつ（宝治百首3865・祝部成茂）」があり、中でも千鳥を詠み込んだ「妹が島形見の浦の小夜千鳥面影そへて妻や恋ふらむ（新続古今・雑歌上1780・よみ人しらず）」が注目されるが、「妹が島形見の浦」には、月、舟を取り合わせることが多い。そして、「妹が島」という名称に因み、淡い恋心を匂わせる詠が多いが、実朝詠は叙景歌である。

Ⅲ　雪踏む千鳥

海辺の雪景色を詠む「冬歌」と題する四首④の初めの歌に千鳥が詠み込まれる。

冬歌

316降りつもる雪踏む磯の浜千鳥波にしをれて夜半に鳴くなり（352）

この歌の直前315は、「海辺の鶴」と題する雪の難波潟に立つ鶴の詠、そして千鳥（316）に続き、鷗（317）、雪の降る小島（318）、煙たつ雪の朝の塩釜（319）が配列される。鳥のいる光景から無人の雪景色へと配される過程で千鳥が詠まれている。

寒気の中で鳴く浜千鳥詠に「霜の上に跡踏みつくる浜千鳥行方もなしと音をのみぞなく（新古今・恋歌一1024・藤原興風）」があり、類似表現をみる歌に「浦風に吹上の浜の浜千鳥波立ち来らし夜半に鳴くなり（新古今・冬歌646・祐子内親王家紀伊）」がある。

雪の磯に波がかかって濡れそぼつ千鳥の心細さを想定するのが実朝詠の主眼であろう。千鳥を雪に取り合せる例は見当たらない。

五　幻想と現実―〈雑〉部の千鳥

以上にみてきた〈冬〉部には季節の叙景歌として寒気の中で鳴く千鳥が配列されるが、〈雑〉部には、異なる趣向が見出せる。

Ⅰ　幻想の千鳥

〈雑冬〉は冒頭が千鳥詠である。

月前千鳥

567玉津島和歌の松原夢にだにまだ見ぬ月に千鳥鳴くなり（633）

〈冬〉部が「山」に始まるのに対して、〈雑冬〉は海に始まる。

この一首は、まず、「玉津島和歌の松原」がわかりにくい。「玉津島」は紀伊国の歌枕、「和歌の松原」は、伊勢の国の歌枕である。「玉津島の松原と誤解して詠んだ」（樋口芳麻呂⑤）、「玉津島、和歌の浦の連想から和歌の浦の松原として詠んだのであろう」（井上宗雄⑥）、「作者は、古歌に基づいて、玉津島、和歌の浦一帯の景勝を想像してその月夜の景を描き、そこに千鳥の声をきいているのであろう」（鎌田五郎⑦）という先学の指摘の通り、実朝は、「玉津島」と「和歌の松原」が別の歌枕とは捉えていなかったのであろう。「玉津島」は、紀伊国の歌枕「和歌の浦」の中に在る小島なので、「和歌の浦にある玉津島の松原」の意で詠んでいると考え得る。

「夢にだにまだ見ぬ月」は、「夢にさえ見たことのない月」と解されるが、それでもいささか解かり難い。「夢にだにまだ見ぬ」は、恋歌に「夢にだにまだ見えなくに恋しきはいつにならへる心なるらむ（後撰・恋三740・在原元方）」

があり、この場合、未知であることの強調である。逢ったこともない人が恋しいなんて、いったいいつからこうなってしまったのかしら、の意である。月のように日常的に見ている天象に対しての表現ではない。

567番歌はこの世のものとは思えぬ美しい月が、歌枕・玉津島の松原に射している、その下で千鳥が鳴いている光景を想像し、表象しているのであろう。この一首からは、寒気・冷気という身体感覚の稀薄な、光に満ちた美しさが伝わってこよう。『金槐和歌集』〈秋〉〈冬〉の叙景歌に圧倒的に多い月夜の千鳥を、〈雑冬〉では、象徴的に捉え直した幻想的な一首と言えよう。

Ⅱ　跡なき波と千鳥

対して、〈雑雑〉には、身近な存在としての千鳥詠が見出せる。

千鳥

605朝ぼらけ跡なき波に鳴く千鳥あなことごとしあはれいつまで（707）

千鳥を詠む時刻が朝であるのは珍しい。八代集では「難波潟朝満潮にたつ千鳥補伝ひする声聞こゆなり（後拾遺・冬389・相模）」「霜枯れの難波の葦のほのぼのと明くる湊に千鳥鳴くなり（千載・冬歌428・賀茂成保）」があるが、いずれも実朝歌とは全く異なる趣である。

605番歌は、「跡なき波」を看過できない。これまでの注釈では、「航跡のない波」とする解釈が大勢を占めるが、果たしてそれでよいのか。「夜がほのぼのと明けるころには、舟の残した航跡はすでにあとかたもない。それをはかなんで大げさに鳴きたてている千鳥よ。お前たちこそああ、いつまでの命だと思っているのか。」（樋口芳麻呂[8]）、「夜明け、航跡もない淼々たる浪に鳴きさわぐ千鳥よ、まあ、仰々しいことだ。あわれいつまでそんなに鳴いていられようか。」（鎌田五郎⑨）、「夜がほのぼのと明けるころ、船の航跡もない波に鳴いている千鳥よ、まあ、仰々しいことだ、ああ、いったい何時までそんなに鳴いていられるのか。」（井上宗雄⑩）と現代語訳される。そして、この一首には無常が読み取られてきた。井上宗雄⑪は「いつかは命も絶えるのに、という余韻がある。前に続く無常への詠嘆である」と注記している。

確かに先行歌に「世の中を何に譬へむ朝ぼらけ漕ぎ行く舟の跡の白波（拾遺・哀傷1327・沙弥満誓）」「しるべせよ跡なき波に漕ぐ舟の行方も知らぬ八重の潮風（新古今・恋歌一1074・式子内親王）」の例があり、舟の航跡が消え去ることを、無常に譬え、また恋の行く先の見えぬことに譬えているのである。しかし、605番歌ではどうか。舟の航跡が消えたことをなぜ千鳥が嘆くのか。不自然であろう。

「跡」は千鳥の「足跡」をさし、「跡なき波」とは「千鳥の足跡をかき消す波」ではないのか。志村士郎は、「千鳥の習性によって、とくにその足跡のことを題材にしたのである。千鳥と言えば、おのずから足跡という語が出てくるからである⑫。」と述べている。志村の根拠をいささか補足したい。

「千鳥（浜千鳥）」と「跡」を詠み込んだ歌が、八代集の恋部と雑部に見出せることは既に本節二―Ⅱにみた通りである。興味深いことに、八代集・四季の部の千鳥詠には「跡」の用例はない。

そして、「千鳥」と「跡なき波」の取り合わせは、実朝より後代の歌にみえる。

友千鳥何をかたみの浦づたひ跡なき波に鳴きて行くらむ（新後拾遺・冬歌503・藤原為定）

「かたみ」は「形見」「難み」「潟見」をかける。足跡をかき消す波の上を、千鳥の群はいったい何を目印に浜辺を伝い歩いて鳴いていくのであろうか、の意。この歌の場合、「跡」は、千鳥の足跡でしかあり得ない。

605番歌は「夜明け方、足跡をかき消す波に鳴く千鳥の何ておおげさなこと、ああ、いつまでそうしていられるやら」の意になろう。波打ち際に群れ居る千鳥、その足跡を波がかき消す。再び波打際を千鳥が歩き足跡が残る。それをまた波がかき消す。鳴き声はそれを惜しむかのように聞える。寄せては返す波と千鳥の鳴く声、その繰り返しに向ける眼差しは新鮮である。浜辺の千鳥の動きを目の当たりにし、途切れることのないその鳴き声に耳馴れている、実朝ならではの歌とは言えまいか。

「あはれいつまで」は、既に第二章第一節で論じた549番歌「うつせみの世は夢なれや桜花咲きては散りぬあはれいつまで」にもみえる表現である。無常を観ずる眼差は、同じことの繰り返しの限界に向けられる。

六　おわりに

定家所伝本『金槐和歌集』の千鳥詠の多さは、まずは、海辺に近い詠者の住環境の影響であろう。海辺の鳥・千鳥は、地上に降りて来る雁同様、実朝にとって身近な、親しみを覚える鳥であったと思われる。様々な先行歌に触発されて詠法を学び、配列に工夫を凝らして実朝らしさが表出されるのである。

〈秋〉〈冬〉では、季節の景物として、川と海を背景に千鳥を配列する。時刻は夜が圧倒的に多く、月と千鳥の取り合わせが特徴的である。月夜に鳴く千鳥は、〈雑〉部に至ると、象徴性の高い幻想的光景（567番歌）を造型する。さらに、それとは対極的な親近性のある詠（605番歌）が、無常の表象として配列されるのである。

注

① 『新編国歌大観』（角川書店）に拠る。なお、異本歌に次の千鳥詠がある。『二度本金葉集』686番歌には詞書のみに「千鳥」がみえる。

（関路千鳥といへる事を詠める）

風はやみ豊島が崎を漕ぎ行けば夕波千鳥立居鳴くなり（金葉二・694・源顕仲）

千鳥を詠める

なかなかに霜の上がき重ねても鴛の毛衣冴えまさるらむ（金葉二・686・前斎院六条）

暁になりやしぬらむ月影の清き河原に千鳥鳴くなり（千載・1289・藤原実定）

遠くなり近くなるみの浜千鳥鳴く音に潮の満ち干をぞ知る（新古今・2004・よみ人しらず）

② 鎌田五郎『金槐和歌集全評釈』風間書房1977

③ 志村士郎「源実朝の世界　三風土を享受する様式」『実朝・仙覚　鎌倉歌壇の研究』新典社1999

④ 冬歌

316 降りつもる雪踏む磯の浜千鳥波にしをれて夜半に鳴くなり（352）

317 鶚居る磯辺に立てる室の木の枝もとををに雪ぞつもれる（360・夫木12802）

318 夕されば潮風寒し波間より見ゆる小島に雪は降りつつ（364・続後撰520）

319 立ち昇る煙は猶ぞつれもなき雪の朝の塩釜の浦（381）

⑤ 樋口芳麻呂『金槐和歌集』新潮古典集成　新潮社1981　頭注

⑥ 井上宗雄「金槐和歌集　雑部」『中世和歌集』新編日本古典文学全集49小学館2000

⑦ ②に同じ。

⑧ ⑤に同じ。

⑨ ②に同じ。

⑩　⑥に同じ。
⑪　⑥に同じ。
⑫　③に同じ。

第三章　東国の歌人たる実朝

第一節　空間認識の東国性 ―歌枕と実朝―

一　はじめに

昨日まで丘があったのに、砂嵐で一晩のうちに平地に変わってしまう砂漠や、どこまで行っても地平線の見える同じ風景の続く広大な大陸では、歌枕はまず生まれない。歌枕は、まさしく風光明媚で起伏に富んだ日本の風土ならではの文化であろう。

歌枕とは、伝説性を帯びて特定された場所であり、その属性は共通概念として都という場で醸成されていく、と言えよう。都はあくまでも中心である。中心との比較、中心からの距離の遠近もまた、土地を特定化する要素であり、想像作用に影響し、心象風景を造型する。歌枕という共通理解がある限り、実際に訪ねたことがなくとも、また、住んだ経験がなくとも、地名を織り込んだ和歌は詠める。和歌という文学形態もフィクションである。歌枕は和歌の空間造型に重要な役割を果たしてきた。

当然ながら、心象風景と実景・実像はかなり近いこともあれば重ならないこともある。旅をすればそのような事実を発見する。たとえば、『更級日記』には、「八橋」は名ばかりで橋もなく見所がないと描写される。さらに時代が下り、『十六夜日記』に書かれる「宇津山」では、知己の山伏に会い都への文を託す場面が『伊勢物語』を髣髴とさせるのだが、『とはずがたり』には知らぬ間に「宇津山」を通り過ぎていたと記されている。

現実の土地が変容していることもある。しかし、伝説性が残る限り、時代による流行はあっても歌枕という文化そのものは消えない。特別な場所は和歌に詠まれることを繰り返して、さらに伝説性が助長されよう。歌枕に纏わる心象は都の歌壇という場で培われていく。

未知の異空間への関心と心象は絵画からも触発される。歌枕の進展に絵画が果たした役割も大きいであろう。

定家所伝本『金槐和歌集』には屏風詠も少なからず所収されている。実朝もまた、歌枕に関連する絵画への関心は強かったと思われる。東国の覇者たる政治家として、京の情報は必要であったに相違ないが、また一方、美術・音楽・文学という文化芸術を積極的に取り入れ、『九相詩絵巻』も所蔵していたことを『吾妻鏡』は伝える。絵画のほとんどは、異文化に触れるべく、京から持ち込まれたものであったろう。

定家所伝本『金槐和歌集』における実朝の詠歌姿勢は「後鳥羽院廷臣」であった①。これは一首一首の歌のみならず、配列構成にも徹底性を見出せる。歌を詠む実朝の位置はほとんどが京に想定されている。〈雑〉に至ると、地域性・東国性がみられるものの、家集全体に「東国に在る将軍」という自己把握は稀薄である。

しかし、現実の身は鎌倉に在って、実朝は終生東国を離れることはなかったのである。周縁の人間にとって、朝廷のある都は、常に文化の規範である。しかし、距離は障害である。実朝が歌枕を学ぶのは容易なことではなかったであろう。鎌倉を中心にした東国と京では地形も風土も異なる。たとえば、海をいかに思い描くか、にしても、盆地に生活する京の貴族たちと、眼前に海をみる環境に在った実朝では、おおいに異なるであろう。自然条件・地理条件ばかりではない。中央と周縁では、文化・習俗にも差異がある。都の貴族たちと実朝の歌枕把握が同じはずはない。

現代のように動く映像で見知らぬ土地を疑似体験することの出来ない時代に在ってはなおのこと、歌枕の心象風景は、意識的にせよ無意識的にせよ、体験を基にした原風景を下敷きに生み出されるものであろう。歌枕から想像される世界、その広がりには地域性が反映されるに相違ない。

本節では、「東国に在る廷臣」という特殊な存在性に注目して、中心と周縁という観点から、歌枕把握を基軸に、定家所伝本『金槐和歌集』の空間認識・空間把握を考えてみたい。

二　空間造型と歌枕

Ⅰ　場所の特定と空間造型

定家所伝本『金槐和歌集』は次のように始まる。

正月一日よめる

1今朝見れば山も霞みてひさかたの天の原より春は来にけり

立春の心をよめる

2九重の雲居に春ぞ立ちぬらし大内山に霞たなびく

故郷立春

3朝霞立てるを見ればみづのえの吉野の宮に春は来にけり

〈春〉冒頭三首は、霞に表象される春の到来を、自己の居る場所（1番歌）、宮中（2番歌）、古代の離宮（3番歌）へと視点を移して配列する。「後鳥羽院廷臣」という自己把握は、和歌に詠まれる場所の選択をも規定するのである。九重の雲居（2番歌）にも吉野の宮（3番歌）にも実朝は現実に身を置いたことはない。しかし、廷臣である都人の視点で歌を詠み配列する。従って、1番歌の自己の居る場所は、実朝の居所・鎌倉に限定されない。都に居る視座を示唆しながら特定されぬ場所である。

作品世界には作者の現実とは別の次元の空間造型がある。

Ⅱ　歌枕把握

空間造型に歌枕の果たす役割は大きい。

定家所伝本には多くの歌枕、地名が詠み込まれる。多い地名順に挙げれば、吉野山一四例、逢坂七例、難波潟六例、五例が住吉・龍田山、四例が、葛城・佐保川・塩釜・住之江・三熊野、以下一～三例の地名は実に多い[2]。

実朝は、伝統を踏まえて歌枕を学んだ。たとえば、最も多く詠み込まれる「吉野」をみると、まずは「45音に聞く吉野の桜咲きにけり山の麓にかかる白雲」（以下、歌枕を□で囲んで論じる）を含め春の桜の背景としての吉野が八例（45、58、59、60、75、76、77、93）。冬の雪が降り積る吉野は、「327我が庵は吉野の奥の冬籠り雪降りつみて訪ふ人もなし」を含め四例（327、331、332、447）所収される。桜と雪は歌枕「吉野」を特定する代表的景物である。さらに、「吉野」に積もる雪は、恋の心情の比喩（447雲の居る吉野の岳に降る雪の積り積りて春に逢ひにけり）となる。また、冷たい山風を背景に擣衣を聞く（249み吉野の山下風の寒き夜を誰故郷に衣打つらむ）夜もある。その山奥は隠遁場所でもある（601嘆き侘び世をそむくべき方知らず吉野の奥も住み憂しといへり）。このように「吉野」という歌枕の共通概念は押さえられている。

「吉野」に限らず、実朝の歌枕把握には真摯に和歌の伝統を学んだ正統性が認められるのである。しかし、それでも現実の住環境・生活様式は反映すると思われる。

三　歌枕と旅

Ⅰ　旅の枠組

平安鎌倉期の旅には必ず「目的」と「コース」があり、現代のような観光旅行はなかった。この点を以て旅は流浪と一線を画するのである。その文学表現には「歌枕訪問」と「都回帰」という欠かせぬ要素がある。散文の紀行にも必ず和歌が織り込まれ、都への望郷の念と歌枕を詠み込む旅情が表出される。都人であることが、まずは旅人の条件であった、と言っても過言ではない。[③]

もとより東国の住人には、都を出て都に帰るという、都回帰の方向性は無縁である。ただし、実朝の父・源頼朝や家臣であった信生法師（俗名・塩谷朝業）のように都と東国間を旅すれば、旅と歌枕は自ずと結びつくのである。ほんの一例を挙げれば、『続古今集』に「都に上るとて二村山を越えけるに詠める　前右大将頼朝」の詞書で頼朝歌「872よそに見し小笹が上の白露を袂にかくる二村の山」が載る。また、『信生法師集』の旅の記には、訪ねた場所として歌枕がふんだんに取り入れられている。

しかし、実朝にはそのような上洛の経験はなかった。詞書に示される外出先は、勝長寿院（83、174）、砥上原（181）、三崎（586）、前川（634）、相模川（635）、二所詣（366、534、535）、二所詣のついでに立ち寄る箱根（638）、伊豆（639）、いずれも東国内であり、生活圏からさほど離れてはいない。東国内の遠出が、実朝にとっての旅であったと言ってよい。歌枕を訪ねる機会はなかったのである。

Ⅱ　旅の造型と歌枕

定家所伝本『金槐和歌集』には〈旅〉の部立が設けられている。所収歌は二四首。最終二首が二所詣下向（534、535）で締め括られるが、〈旅〉に東国の地名はない。

歌枕を詠み込んだ歌は五首。羇旅歌には伝統的に歌枕の面目躍如の観があるが、定家所伝本〈旅〉全体の約五分の一強は、比較的少ない比率ではないだろうか。

まず、表現を連鎖させながら続けて配列される三首。

旅宿霜

523袖枕霜置く床の苔の上に明かすばかりの小夜の中山

524しながどり猪名野の原の笹枕枕の霜や宿る月影

旅歌

525旅寝する伊勢の浜荻露ながら結ぶ枕に宿る月影

いずれも野宿。実朝にとって全く縁のない旅寝である。山（523）→野（524）→海（525）という配列も意図的であろう。

後の二首は、やはり表現を連鎖させながら、雪の山路を詠む。

532逢坂の関の山道越えわびぬ昨日も今日も雪し積もれば

533雪降りて跡ははかなく絶えぬとも越の山道やまず通はむ

「羇中雪」と題して「531旅衣夜半の片敷き冴え冴えて野中の庵に雪降りにけり」に続けて配列される二首。恋心をも匂わせる難儀な雪の山中の旅の表象である。

先に挙げた525番歌は、歌枕「伊勢」を詠み込みながら海の叙景歌ではなく、「神風や伊勢の浜荻折り伏せて旅寝やすらむ荒き浜辺に（新古今・羇旅歌911・よみ人しらず）」を踏まえた旅寝の歌である。作品全体に海の叙景歌は多い。例えば代表作のひとつに数えられる近景詠（641大海の磯もとどろに寄する波破れて砕けて裂けて散るかも）はさまざまに鑑賞される独自の歌である。しかし、〈旅〉部に海の詠はない。

また、序章及び第一章第二節で触れたように、定家所伝本は、海と山の配分に特徴のある家集である。夙に笹川伸一は四季の〈春〉が「山」に始まるのに対し〈雑春〉は「海」、〈秋〉が「海」に始まるのに対し〈雑秋〉が「山」、〈冬〉が「山」であるの対し〈雑冬〉が「海」で始まることを指摘している。[4] さらに、〈恋〉部も山（371春霞龍田の山の桜花おぼつかなきを知る人のなさ）に始まり、海（511武庫の浦の入江の洲鳥朝な朝なつねに見まくのほしき君かも）に終る。さらに、〈雑〉最終歌、すなわち作品の最終歌は海と山を包括する（663山は裂け海は浅せなむ世なりとも君にふた心我があらめやも）。ところが、〈旅〉の部立には、海と山で構成される空間把握はない。

東国の地名は皆無、歌枕詠も少ない〈旅〉部では、場所を特定しない山や野に身を置く旅人が主体である。実朝の現実の生活様式を離れた、まさしく心象の旅が造型される。そうなると海は消えるのである。

四　井手と山吹

Ⅰ　詞書の法則性

定家所伝本『金槐和歌集』の詞書には次のような法則性が認められる。

○歌枕詠の詞書は簡潔である。既に引用した〈旅〉部の詞書の通りであり、また、「吉野」を例に挙げれば、「名所桜」「名所（の）散る花」「名所（の）散る花」等である。

○「寄する」「寄せて」は、〈賀〉（「月に寄する祝」等）と〈恋〉（「寄鹿恋」等）にのみみられる心の方向の表現である。
○屏風詠・作り物詠は詞書に屏風詠・作り物詠であることが明記され、「所（を詠める）」という記述で実景詠と区別される。⑤
○実景詠の詞書は、例えば255詞書「雨の降れる夜、庭の菊を見て詠める」、258詞書「長月の夜蟋蟀の鳴くを聞きて詠める」、175詞書「曙に庭の荻を見て」639詞書「…と答へ侍（り）しを聞きて」のように、「見て（詠める）」「聞きて（詠める）」をはじめ、「〜て詠める」と表現されることが圧倒的に多いのである。そして、〈夏〉〈冬〉〈旅〉〈恋〉の部立にはこの類型は皆無である。

従って、詠歌姿勢・詠歌状況が、詞書によりおおよそ判断出来る。このような詞書の法則性に注目して歌枕を検討したい。

Ⅱ　山吹歌群

〈春〉の終り近くに一連の山吹詠が位置する。

河辺款冬

96山吹の花の雫に袖濡れて昔覚ゆる玉川の里（112）

97山吹の花のさかりになりぬれば井手のわたりにゆかぬ日ぞなき（114）

款冬を見て詠める

98わが宿の八重の山吹露を重みうち払ふ袖のそぼちぬるかな（120）

雨の降れる日山吹を詠める
99春雨の露の宿りを吹く風にこぼれて匂ふ山吹の花（121）
山吹を折りて詠める
100いま幾日春しなければ春雨に濡るとも折らむ山吹の花（119）
山吹に風の吹くを見て
101我が心いかにせよとか山吹のうつろふ花に嵐立つらむ（122）
102立ち返り見れども飽かず山吹の花散る岸の春の川波（118）
山吹の花を折りて人のもとに遣はすとて詠める
103自づからあはれとも見よ春深み散りゐる岸の山吹の花（123）
104散り残る岸の山吹春深みこの一枚をあはれといはなむ（124）
山吹の散るを見て
105玉藻刈る井手の川風吹きにけり水泡に浮ぶ山吹の花（116）
106玉藻刈る井手のしがらみ春かけて咲くや川瀬の山吹の花（115）

花盛りから移ろい始め、散るまでが時間序列に沿って配列される。詠み込まれる歌枕は「玉川」（96）と「井手」（97、105、106）である。他は詞書と詠歌内容から近景の実詠として配列していると判断される。96番歌97番歌は、「河辺款冬」という題があり、山吹の名所「井手の玉川」を詠み込んだ典型的な歌枕詠ととれよう。

山吹歌群最後の105番歌106番歌の二首に注目したい。106番歌は「立田山風のしがらみ秋かけてせくや川瀬の嶺の紅葉（壬二集1844／最勝四天王院障子和歌37・藤原家隆）」に歌の構造、語感を学んでいようが、両歌に詠み込まれる「井手」

は歌枕であろうか。定家所伝本の詞書「見て」は実景詠であることが圧倒的に多いのである。検討を試みたい。

《山吹と歌枕・井手》

井手が山吹の名所として詠まれる先行歌に「かはづ鳴く井手の山吹散りにけり花の盛りにあはましものを（古今・春歌下125・よみ人しらず）」があるが、「井手の山吹」の語例は八代集中この歌にしかない。「井手の玉川」の語例も「駒とめてなほ水かはむ山吹の花の露そふ井手の玉川（新古今・春歌下159・藤原俊成）」にあるが、これもまた、八代集唯一の例である。

《玉藻刈る井手》

「玉藻刈る」は、海や水辺に関係の深い井堰、井堤、舟、池などにかかる枕詞である。105、106両歌に共通する「玉藻刈る井手のしがらみ」の用例は『万葉集』「玉藻刈る井堤（ゐで）の柵薄みかも恋のよどめる我が心かも（巻十一2721・作者未詳）」に見えるが、言うまでもなく、「井堤」は歌枕ではなく、この一首は恋の歌であり、山吹詠ではない。

歌枕としての「井手」と山吹を詠む後代の例には「玉藻刈る井手の山吹咲きにけり水底清く影移るまで（延文百首2718源義詮）」があるのだが、八代集及び実朝同時代には「玉藻刈る井手」の用例は見当たらない。

《井手のしがらみ》

106番歌「井手のしがらみ」は、先に挙げた『万葉集』歌「玉藻刈る…」に語例が見出せるが、同様の恋心の表出は、実朝同時代の私家集にもみられ、「もろ神を頼みしかひぞなかりける井手のしがらみ手には汲まねど（後鳥羽院御集1089）」「恋の渕涙の底も尋ねみよ井手のしがらみ薄くやは思ふ（壬二集669）」「道の辺の井手のしがらみ引き結び忘れば つらし初草の露（拾遺愚草1573）」などがある。歌枕と認識して詠まれた八代集中唯一の例として「もらさばや思ふ心をさてのみはえぞ山城の井手のしがらみ（新古今・恋歌二1089・殷富門院大輔）」がある。

山吹と「井手のしがらみ」を取り合せる用例は、私家集に「散らすなよ井手のしがらみ堰き返しいはぬ色なる山吹の花（拾遺愚草419）」、後代になると『草庵集』に「行く春を堰くかとぞみる山吹の花の影なる井手のしがらみ（229）」があるが、用例は少ない。

《玉藻刈る井手と山吹》

以上のように、井手と山吹を詠む例そのものが、先行歌にも実朝同時代前後にも案外少ないのである。「玉藻刈る井手」に始まり、「山吹の花」で結ぶ105番歌106番歌二首は、特殊な詠と言い得る。このような状況と詞書「見て」を併せ考えると、二首の「井手」は歌枕ではなく、近辺の「井堰」に咲く実景詠ととれる。両歌は、鎌倉右大臣詠として、各々『続拾遺』春歌下138、『新勅撰』春歌下128に載る。歌枕詠と捉えて所収されたのか否か。

五　歌枕と海

I　海と山―泊瀬の山

〈冬〉部に「冬歌」と題されて九首の歌が並ぶ箇所がある。その第一首が次の歌である。

321夕されば浦風寒し海人小舟とませの山にみ雪降るらし

一首の構造・リズムは「夕されば衣手寒しみ吉野の吉野の山にみ雪降るらし（古今・冬歌317・よみ人しらず）」に学んでいよう。

この歌に続けて次の二首が配列される

322巻向の檜原の嵐冴え冴えて弓月が岳に雪降りにけり

323深山には白雪降れり信楽の真木の杣人道辿るらし

321～323は、歌枕を詠み込み、ある場所の天候から離れた土地の天象を類推する、という共通性をもつ配列である。

323番歌は「都だに雪降りぬれば信楽の真木の杣山跡絶えぬらむ（金葉二・冬部291・隆源法師）」に通じる発想であろう。

321番歌の「とませ」は初瀬。泊瀬とも表記し、「とませ」と訓じられていた。一首は歌枕「初瀬山」の雪景色を想像する詠である。問題は「浦風」である。言うまでもなく、浦風は海岸に吹く風であり、新潮日本古典集成『金槐和歌集』（樋口芳麻呂校注）の頭注には、実朝が泊瀬を「海岸近くの山と誤解している」とある。あるいは、海辺からは遥か遠い山に思いを巡らす雄大な発想ともとれるのだが、確かに初瀬山は地理的に海から離れ過ぎている。

「浦風」は「海人小舟」から引き出されたと思われる。「海人小舟」は「はつ（泊）」「はつか（僅・二十日）」にかかる枕詞で、「海人小舟とませの山に降る雪のけながく恋ひし君が音ぞする（万葉・巻十2351・作者未詳）」の先行歌がある。実朝が「海人小舟」を枕詞として正確に捉えていたか否か。ともあれ、眼前の海の光景から初瀬山の天候を想像している設定で詠まれた一首である。

このような詠作を実朝の知識の不足、学びの浅さに帰結してしまうのは容易である。しかし、詠歌者の住環境は看過できない。定家所伝本〈雑〉にある次の歌は、高台から海を鳥瞰出来る東国の地形の特徴を物語っていよう。

箱根の山をうち出でてみれば波の寄る小島あり。供の者、「この海の名は知るや」と尋ねしかば、「伊豆の海となむ申（す）」と答へ侍（り）しを聞きて

639箱根路を我越え来れば伊豆の海や沖の小島に波の寄る見ゆ

箱根山を越えると眼下に伊豆の海が広がる。鎌倉・伊豆・箱根という、海と山を抱く土地に在っては、眼前の海の気象から山の天象を想像することは、決して不自然ではなかったのである。

Ⅱ　海と島―和歌の松原と玉津島

「和歌の松原」と「玉津島」が詠み込まれる〈雑〉部二首に注目したい。

月前千鳥

567 玉津島和歌の松原夢にだにまだ見ぬ月に千鳥鳴くなり

「玉津島」は紀伊国、「和歌の松原（若の松原）」は伊勢国の歌枕である。既に第二章第五節で触れたが、「玉津島和歌の松原」の意が取りにくい。「玉津島」は「和歌の浦」（紀伊国の歌枕）にある小島なので、「玉津島の松原と誤解⑥」、「玉津島、和歌の浦の連想から和歌の浦の松原として詠んだ⑦」「玉津島和歌の浦一帯の景勝を想像⑧」と解釈されている。次に挙げる572番歌に照らしても「和歌の浦」と「和歌の松原」を混同していたか、「和歌の松原」を「和歌の浦の松原」と理解していたか、いずれかであろう。

（松間雪）

572 ゆきつもる和歌の松原ふりにけり幾世経ぬらむ玉津島守

「玉津島守」は「玉津島神」「玉津島姫」に同意で、島を守る女神である。「年経れど老いもせずして和歌の浦に幾世になりぬ玉津島姫（国基集153）」「和歌の浦に君が言ひおく言の葉をいかにききけむ玉津島姫（基俊集178）」の先行歌があり、いずれも「和歌の浦」にある「玉津島」を守る女神を詠む。

因みに、572番歌の歌意は、「時が過ぎ、雪の降り積る和歌（若）の松原はその名に反してすっかり古くなった。老いもせずここを守ってどれほどの月日を経たのだろう、玉津島の女神は」となろう。実朝の歌枕把握がいかにあれ、「和歌」に「若」をかけた技法は、「年を取らぬ島の女神」と「古びた松」の対照を導いて効果的である。

Ⅲ　塩釜

次の歌は「舟」と題され、実朝の代表歌のひとつとして親しまれている。

604世（の）中は常にもがもな渚漕ぐ海人の小舟の綱手かなしも

この歌の背後には東国の海の実景と歌枕「塩釜」の心象風景が重なっていよう。先行歌「陸奥はいづくはあれど塩釜の浦漕ぐ舟の綱手かなしも（古今・東歌1088）」を当然知っての上の詠であろう。また第三章第三節で触れるようにこの東歌は、実朝没後、隠岐に流謫の後鳥羽院が『詠五百首和歌』として詠んだとされる「塩釜の浦漕ぐ舟の綱手縄苦しきものは憂き世なりけり（後鳥羽院御集1010）」にも影響していることは紛れもない。さらに定家所伝本604番歌にも触発されていようかと考えるのは穿ち過ぎであろうか。

海の歌枕「難波潟」（六首）「住吉」（五首）に数は及ばないが、「塩釜」を詠み込んだ歌は定家所伝本に四首、夏を除く春秋冬の季節に渡る。詠歌内容をみても実朝にとってイメージの定着した歌枕ではないかと推察される。配列・表現の連関に注意を払いながら塩釜詠を所収順にみていく。

216塩釜の浦吹く風に秋たけて籬の島に月傾きぬ

〈秋〉部に「海辺月」の題で、表現を連鎖させて次の三首に続く四首目である。

213たまさかに見るものにもが伊勢の海の清き渚の秋の夜の月
214伊勢の海や波にたけたる秋の夜の有明の月に松風ぞ吹く
215須磨の海人の袖吹き返す秋風にうらみて更くる秋の夜の月

海上の美しい秋の月の配列。まず、歌枕「伊勢」を詠み込んだ詠が二首（213 214）。波とともに夜は更けていく。次に「須磨」を詠み込んだ歌が一首（215）。惜しまれるが夜は更けていく。

そして、時間序列で塩釜は最後。さらに夜が更け、月は傾いた。一連の風景が塩釜で締め括られる。「塩釜の浦吹く風に霧晴れて八十島かけて澄める月影（千載・秋歌上285・藤原清輔）」に上の句の語感と月夜の海を、また、秋風が時間を先導する発想を「浅茅生の月吹く風に秋たけて故郷人は衣打つなり（後鳥羽院御集1533）」に学んでいる趣である。

319立ち昇る煙は猶ぞつれもなき雪の朝の塩釜の浦

〈冬〉部に「冬歌」の題の四首の歌群の最後に配列される。

316降りつもる雪踏む磯の浜千鳥波にしをれて夜半に鳴くなり
317鶚居る磯辺に立てる室の木の枝もとををに雪ぞつもれる
318夕されば潮風寒し波間より見ゆる小島に雪は降りつつ

表現を連鎖させながら雪の海辺が配列されるはじめの三首には歌枕がなく、時間は夕刻か夜。「塩釜」は一転して雪の朝に煙の立つ光景である。すばらしい雪の朝が訪れたというのに、いつもと同じように立ち上る煙を「つれもなき」と詠む面白さ。「煙」は続く320番歌「ながむればさびしくもあるか煙立つ室の八島の雪の下燃え」に連鎖する。

536塩釜の浦の松風霞むなり八十島かけて春や立つらむ

〈雑春〉冒頭歌。「海辺立春といふ事を詠める」という詞書である。

先に掲げた『千載集』285番歌・藤原清輔詠「塩釜の浦吹く風に…」にみる海の風と島のある地形、及び「見渡せば霞のうちも霞みけり煙たなびく塩釜の浦（新古今・雑歌中1611・藤原家隆）」に詠まれる濃い霞の塩釜を、実朝は、松風の音の微妙な変化を鋭敏に感知して詠む。視覚で捉えた〈春〉冒頭の山の立春「1今朝見れば山も霞みてひさかたの天の原より春は来にけり」に対して聴覚で捉えた海の立春である。

637陸奥国ここにや何処塩釜の浦とはなしに煙立見ゆ

〈雑雑〉に配列される。最も独創的な塩釜観であろう。この一首の前後は、東国の生活圏を題材にした歌が配列されている。詞書は国見を思わせる「民の竈より煙の立つを見て詠める」。東国の為政者・実朝ならではの詠である。歌意は「陸奥国が、我が治めるこの国の一体どこにあるというのだろう、塩釜の浦でもないのに煙の立つのが見える」。先に挙げた『古今集』東歌1088の「陸奥はいづくはあれど」の表現を捩り、脚下に見渡せる民の竈の煙を塩釜の煙になぞらえた興趣、治世者としての安堵の歌である。作品全体には稀薄な東国の治者の立場が表出されたおおらかな歌風であり、鎌倉の地に塩釜のイメージが重ねられているのである。

都人の詠歌姿勢をとりつつも鎌倉から別の土地を把握するのが実朝の現実であった。「塩釜」は、そのような実朝の、独自の場所把握が内面化された歌枕と言えよう。

六　おわりに―動物詠に触れて

以上、述べてきたように、実朝には、都の貴族ならまずあり得ないと思われる歌枕解釈が見出せる。このようなところに東国に在って歌を学んだ特殊性が窺われよう。伊豆・箱根の山、その前に広がる海、海に浮かぶ島は、実朝にとって近しい風景であった。慣れ親しんだ風光と日常の環境こそが、実朝の原風景であり、そこから想像をめぐらせ、歌枕の心象世界が紡ぎ出されるのである。

原風景をしのばせる心象世界はたとえば屏風詠にもみることが出来る。〈春〉部に載る屏風詠をみよう。

花散れる所に雁の飛ぶを

56雁金の帰る翼に香るなり花を恨むる春の山風

散る桜と雁を配した絵画を観ての詠。静止した絵から引き出された動のイメージが実に個性的である。既に論じたように（第一章第一節・第二章第一節）、自らが誘う前に早くも雁の羽風で散った花を、山風が恨んでいる、という歌意である。雁の羽風の力強さを知っていればこその詠である。その雁の死をまな板の上に見て「565あはれなり雲居のよそに行く雁もかかる姿になりぬと思へば」の一首が生み出された。

因みに第二章第四節で触れたが〈秋〉部に「山家晩望といふことを」の詞書で、「201声高み林に叫ぶ猿よりも我ぞもの思ふ秋の夕は」がある。鳴く猿は漢詩には詠まれるが、珍しい歌材である。[9] 八代集には「わびしらにましらな鳴きそあしひきの山のかひある今日にやはあらぬ（古今・雑体1067・凡河内躬恒）」一例のみ。ただし、実朝詠は歌語「マシラ」ではなく「サル」である。

また、〈雑雑〉には「千鳥」の題で「605朝ぼらけ跡なき波に鳴く千鳥あなことごとしあはれいつまで」がある。第二章第五節で論じたように、「跡なき波」の「跡」は船の航跡と解されてきたが、千鳥の足跡に他なるまい。寄せては返す波が、千鳥の足跡を消し、それを惜しむかのように千鳥が鳴いている。そのような海辺の光景を眼前に見た人の無常観を感じさせる詠と言えよう。

地形のみならず動物詠にも実朝の住環境は反映される。生き物の生死を身近に見ている人の豊かな想像力が表出されていると言えよう。東国という原風景と実朝の詠作は切り離し難い。京より遠隔の地で修得した歌学びの方法も相俟って、京の歌人にはない、実朝ならではの歌風を生み出すのである。

注

① 今関敏子『『金槐和歌集』の時空』第一章第五節 和泉書院 2000

② 五十音順に歌番号を挙げる。

あ 赤城647 朝の原10 葦の屋394 化野380 淡路島391 逢坂303、442、532、544、545、546、547 阿武隈川438 嵐の山82

い 生駒336 伊豆366、642、643 伊勢（の海）213、214、525 伊勢島296、390 石上440、593、594 一志296、390 糸鹿73 因幡629 稲荷310 妹が島298 石田の杜411

う 浮田496 宇治300、452 宇津628

お 大荒木229、385、496 大井川107 大沢289 小倉山235、236 音羽439、442 音羽山303 大原339、563 朧の清水563

か 籠の渡り486 春日野9 春日山8 形見浦（古名）298 葛飾592 葛城（山）20、46、126、345 神山433、494 賀茂85、498、653 唐崎305 神南備山145、279

き 企救392、590

く 熊野312 位山356

こ 越533 越の白山579 昆陽476

さ 佐野の渡り499 佐保（の川原）163、244、291、292 佐保（山）262、266 醒が井564 小夜の中山523 更級241、242

し 志賀61、88、89 志賀の唐崎243 飾磨川502 信楽226、323 塩釜216、319、536、637 信夫山436、437、438 白河435 白浜573 白山（古名）446

す 須磨215、393、503 住の江478、566、588、589 住吉357、358、359、477、541

せ 勢多647 瀬見の小川369

た 高砂193、571 高師の山237 高円43、162、260 高間山46、126 武隈121、430 多古の浦108 田子の浦509 龍田（川）147、283 龍田（山）118、263、264、371、405 玉川96 玉津島567、572 田蓑の島428

つ 筑波嶺22 鶴の岡313

と　常磐の森23　泊瀬321　十市304　飛火野9
な　長柄の浜360　長等の山74　灘394　那智574、651　難波潟308、315、382、429、543、603　奈良山41、281
に　鳰の湖305
の　能登瀬川501　野中の清水479
は　箱根638、639　初瀬山274、321、330　柞原282、600
ひ　姫島361　比良243、305　広瀬川441
ふ　深草539　吹上（の浜）156、297、568　富士334、492　伏見の里248　布留386、440、464
ま　巻向137、322　真野の萱原457　真野の萩原177　真間の継橋592
み　三熊野142、312、506、651　三島江397　三船（山）72、284　三室山283　御裳濯川656　三輪311、652
　三輪の崎499　宮城野461
む　武庫の浦511　虫明294　陸奥山486　室の八島320
や　矢野の神山261　山城23、411、412　八幡山314、355
ゆ　壱岐島551　弓月が岳322　由良の御崎157
よ　吉野（川）71、284　吉野の宮3、34　吉野（山）45、58、59、60、75、76、77、93、249、327、331、332、447、601
わ　和歌の松原567、572
ゐ　井手97、(105)、(106)　猪名524
を　雄島389　男山354　小野253　姥捨（山）241、242

③　今関敏子『旅する女たち』笠間書院2004
④　笹川伸一「定家本金槐和歌集の編纂意識の一面―雑部四季構成を中心として―」文芸と批評第6巻第2号1985・8
⑤　屏風詠・作り物詠の詞書をすべて挙げておく。（　）内は歌番号。

屏風詠

「屏風の絵に春日の山に雪降れる所を詠める」（8）「若菜摘む所」（9）「屏風に梅の木に雪降りかかれる」（12）「屏風絵に

旅人あまた花の下に臥せる所」（51～54）「山家見花所」（55）「花散れる所に雁の飛ぶを」（56）「屏風に吉野山描きたる所」（60）「屏風に山中に桜咲きたる所」（69）「屏風の絵に」（71、72）「屏風絵に多古の浦に旅人の藤の花を折りたる所」（108）「屏風に三輪の山に雪の降れる所」（311）「屏風の絵に山家に松描ける所に旅人数多あるを詠める」（527、528）「雪降れる山の中に旅人（臥）したる所」（529、530）「屏風に賀茂へ詣でたる所」（542）「屏風に春の絵描きたる所を、夏見て詠める」（550）「屏風に那智の深山描きたる所」（574）「屏風歌」（588～590）「屏風絵に野の中に松三本生ひたる所を衣被れる女一人通りたる」（591）「徒人の橋渡りたる所」（592）

作り物詠

「弓遊びをせしに吉野山のかたを作りて山人の花見たる所を詠める」（58、59）「的弓の風流に大井川を作りて松に藤かかる所」（107）

⑥　樋口芳麻呂『金槐和歌集』（新潮日本古典集成）頭注　1983

⑦　井上宗雄「金槐和歌集　雑部」（『中世和歌集』新編日本古典文学全集49頭注　小学館　2000

⑧　鎌田五郎『金槐和歌集全評釈』風間書房　1977

⑨　今関敏子『『金槐和歌集』の時空』第一章第四節「〝叫び〟と〝崩壊〟―最終歌への道程」和泉書院　2000

第二節　羈旅歌　―伝統の踏襲と独自性―

一　はじめに

陸奥にまかりける時、勿来の関にて、花の散りければ詠める　　源義家朝臣

103吹く風をなこそのせきと思へども道もせに散る山桜かな①

『千載集』春歌下に収められる実朝の曾曾祖父・源義家の歌である。先行歌「東路はなこその関もあるものをいかでか春の越えて来つらむ（後拾遺・春上3・源師賢人）」が念頭にあろうが、義家が陸奥に赴き、歌枕・勿来の関に到った時の、実詠の羈旅歌である。吹く風を「な来そ（来るな）」と止める関だと思うのに、風は吹き、道も狭しと山桜が散り敷いていることよ、の意の叙景歌である。

義家の勅撰集入集歌はこの一首のみ。曽祖父・為義、祖父・義朝の歌は残されてはいない。父・頼朝の歌は勅撰集に一〇首入集している。また、慈円の家集『拾玉集』には慈円との贈答歌群七七首が見え、三六首は頼朝詠である。勅撰集入集歌一〇首のうち、七首が慈円との贈答歌に重なる。興味深いことに『拾玉集』にない勅撰集入集歌三首はいずれも羈旅の部に収められる。

○新古今集　羈旅歌

題知らず　　前右大将頼朝

975道すがら富士の煙もわかざりき晴るる間もなき空の景色に

旅の途上、通り過ぎる富士の煙と区別のつかない、雲に覆われた空模様を詠む叙景歌。

○続古今集　羇旅歌

都に上るとて二村山を越えけるに詠める　　前右大将頼朝

872よそに見し小笹が上の白露を袂にかくる二村の山

遠いものと見ていた小笹原を今現実にかき分け、葉に置く白露を袂にかけて超える二村山を詠む。「二村山」は尾張国の歌枕。因みに同歌は『六華和歌集』羇旅1548には鎌倉右大臣詠として載るが、実詠ならば、実朝詠の可能性は低い。

○続後拾遺集　羇旅歌

都より東へ帰り下りて後、前大僧正慈鎮のもとへ詠みて遣はしける歌の中に　　前右大将頼朝

575かへる波君にとのみぞことづてし浜名の橋の夕暮の空

既に触れたように、上洛の際、頼朝は慈円と歌を親しく交わしている。『拾玉集』にある二人の贈答には、政治的背景の故とも考えられるが、難解なところがある。それに比べると、この歌は平易と言えよう。「都へ帰る波にあなたにだけ言づけました、浜名の橋から西に日が沈む夕暮の空に向いて」という趣旨の詠を、東国に帰ってから贈ったというのである。都で交流のあった人への挨拶という趣である。

以上の頼朝詠三首は、「富士」「二村山」「浜名の橋」という歌枕を織り込み、義家詠同様、歌意をとりやすい羇旅歌である。

頼朝の行動半径は、その息・実朝には比較にならぬほど広い。平治の乱で伊豆に配流され、機を窺って挙兵、石橋山の合戦では敗れるも、苦難を乗り越え、鎌倉殿として東国を統治した。鎌倉を拠点として後、二度上洛している。実詠の羇旅歌が詠まれるのに不思議はない。

一方、三代将軍実朝は、終生東国に在った。旅は、そのような人間にとっては実に縁のない世界であるように思われるのだが、定家所伝本『金槐和歌集』には〈旅〉の部立があり、二四首の和歌が収められる。本節では、その特質を考えてみたい。

二　旅の表現

Ⅰ　羇旅歌の伝統――二十一代集の概観

旅は和歌にどのように詠まれてきたか。まず、二十一代集の旅の歌を概観しておきたい。部立と歌数を表に示すと次のようになる。

	別	国歌大観番号	歌数	旅	国歌大観番号	歌数
1　古今集	離別歌	365〜405	41	羇旅歌	406〜421	16
2　後撰集	離別羇旅	1304〜1349	46	羇旅歌	1350〜1367	18
3　拾遺集	別	301〜353	53	―		
拾遺抄	別	194〜227	34	―		
4　後拾遺集	別	461〜499	39	羇旅	500〜535	36
5　金葉集	別部	334〜349	16	―		

	三奏本	別離	337〜361	25	―		
6	詞花集	別	172〜186	15	―		
7	千載集	離別歌	476〜497	22	羇旅歌	498〜544	47
8	新古今集	離別歌	857〜895	39	羇旅歌	896〜989	94
9	新勅撰集	―			羇旅歌	494〜539	46
10	続後撰集	―			羇旅歌	1275〜1329	55
11	続古今集	離別歌	819〜856	38	羇旅歌	857〜943	87
12	続拾遺集	―			羇旅歌	662〜724	63
13	新後撰集	離別歌	532〜552	21	羇旅歌	553〜607	55
14	玉葉集	―			旅歌	1104〜1246	143
15	続千載集	―			羇旅歌	757〜858	102
16	続後拾遺集	離別	528〜556	29	羇旅歌	557〜600	44
17	風雅集	―			旅歌	899〜959	61
18	新千載集	離別歌	735〜761	27	羇旅歌	762〜819	58
19	新拾遺集	離別歌	736〜757	22	羇旅歌	758〜843	86
20	新後拾遺集	離別歌	844〜865	22	羇旅歌	866〜926	61
21	新続古今集	離別歌	881〜913	33	羇旅歌	914〜1005	92

「離別」「別」は、旅の別れとして、羇旅歌の直前にあり、『古今集』から『新古今集』までの八代集には必ず収められる部立である。『拾遺集』『金葉集』『詞花集』には、「別」の部立はあるが、羇旅歌の部立がない。両方の部立があっても『古今集』『後撰集』『後拾遺集』は、「離別」「別」の歌数が「羇旅」よりも多い。これが『千載集』以降、逆転する。

そして、『新勅撰集』『続後撰集』『続拾遺集』『玉葉集』『続千載集』『風雅集』には、「離別」「別」の部立がない。（このうち『玉葉集』『風雅集』の部立は「羇旅歌」ではなく「旅歌」である。）留意すべきは『千載集』以降、羇旅歌（旅歌）が勅撰集に欠かせぬ部立として定着したことである。

勅撰集の羇旅歌・旅歌の詠歌傾向については、安田徳子に先行研究がある。[2] 安田は羇旅歌において『拾遺集』から見出すことの出来る題詠が、『千載集』以降、主流をなし、「自己の体験の代わりにしばしば古物語や故事あるいは古歌の世界を利用した[3]」こと、「実詠の減少とともに、羇旅歌は全く形骸化してしまった[4]」ことを指摘している。

鎌倉期には前時代に増して散文の旅の表現・紀行が多く書かれるようになるのだが、そのような時代の到来を見通すような平安末期の勅撰集『千載集』である。旅の歌の変遷史上、『千載集』は重要な位置にあると言えよう。『千載集』が成立した数年後に実朝は誕生している。

Ⅱ　旅の表現類型――歌枕と都回帰

散文も視野に入れて、平安鎌倉期の旅の表現の特質をみておきたい。

旅の表現は伝統的に虚構と切り離せない。それは、表現類型の踏襲に関わってくる。[5]

平安鎌倉期の紀行の特色は、旅の記ではあっても記録そのものではない点にある。西欧や古代中国の紀行は、旅のガイドブックになり得るほど正確に、土地の特徴や、宿賃、船賃などが書かれ、実用的でもある。これに対し、平安鎌倉期の紀行は、現実の旅ガイドにはなり得ない。また、険しく厳しい自然と闘い、開拓していく探検記・冒険記にもなり得ない。なぜなら、この時代の旅の行程には枠組があり、紀行は、必ず和歌が詠み込まれる旅の情趣の表象だからである。その類型に歌枕訪問と都回帰の姿勢がある。

歌枕は起伏が穏やかに富む風光明媚な地形と、比較的温暖な気候ならでこそ育まれた文化であろう。どこまでも同じ風景の続く険阻な岩山や広大な草原や砂漠、さらに一年中炎暑であったり、氷雪に閉ざされているような過酷な気候では、まずそのような発想は生まれない。ある土地ある場所の特徴、独特の味わいに関わる共通概念・共通理解が歌枕である。従って、実際に旅をして訪れなくとも、歌枕さえ踏まえれば旅の歌は詠める。題詠が成立する。すなわち、旅の世界とその情趣、旅人の心情は造型され得る。この意味で虚構である。

都回帰も平安鎌倉期の旅の表現には欠かせぬものである。旅の出発点と帰着点は都であった。都は政治・文化すべての中心であり、規範であった。絶対的価値観の基準と言っても過言ではない。旅先の珍しさ、面白さに心を動かされることはあっても、都中心の価値観は揺るがない。都を離れることは辛い。都から遠く旅の空にある間は侘しい。旅愁が詩的に表現されるのは、旅の歌も紀行も同様である。

ここで和歌表現に都への郷愁の例を見ておこう。実朝の時代に近い勅撰集、『千載集』『新古今集』各々の羇旅歌に、「都」の語例をみよう。題詠とみなし得る和歌を太字で示す。

○千載集　羇旅歌（四七首中七首）

（百首歌召しける時、旅歌とて詠ませ給うける）

512 さらしなや姨捨山に月見ると都に誰か我を知るらん（藤原季通）

513 道すがら心もそらに眺めやる都の山の雲がくれぬる（待賢門院堀河）

世を背きて後、修行し侍りけるに、海路に月を見て詠める

516 わたの原はるかに波をへだてきて都に出でし月を見るかな（円位法師）

東の方にまかりける時、行く先はるかにおぼえ侍りければ詠める

519日を経つつ行くにはるけき道なれど末を都と思はばしかば（藤原修範）
尾張国に知るよしありてしばしば侍りける頃、人のもとより、都の事は忘れぬるかと言ひて侍りければ、遣はしける
521月見ればまづ都こそ恋しけれ待つらんと思ふ人はなけれど（道因法師）
（旅の歌とて詠み侍りける）
534草枕仮寝の夢にいくたびか馴れし都に行きかへるらん（**藤原隆房**）
心のほかなることありて、知らぬ国に侍りける時詠める
541かくばかり憂き身のほども忘られて猶恋しきは都なりけり（平康頼）

○新古今集　羇旅歌（九〇首中九例）
関戸の院といふ所にて、羇中見月といふ事を
931草枕ほどぞ経にける都出て幾夜か旅の月に寝ぬらむ（大江嘉言）
旅の歌とて詠める
936もろともに出でし空こそ忘られね都の山の有明けの月（**藤原良経**）
題しらず
937都にて月にあはれを思ひしは数にもあらぬすさびなりけり（西行法師）
旅歌とて詠み侍りける
942東路の夜半の眺めを語らなん都の山にかかる月影（**慈円**）
（和歌所歌合に、羇中暮といふことを）

959都をば天津空とも聞かざりき何眺むらん雲のはたてを（宜秋門院丹後）

歌合しはべりける時、旅の心を詠める

971日を経つつ都しのぶの浦さびて波よりほかの訪れもなし（藤原兼実）

（述懐百首歌詠み侍りける旅の歌）

977おぼつかな都に住まぬ都鳥言問ふ人にいかが答へし（宜秋門院丹後）

詩を歌に合はせ侍りしに、山路秋行といへることを

982都にも今や衣をうつの山夕霜払ふ蔦の下道（藤原定家）

熊野に参り侍りしに、旅の心を

989見るままに山風荒くしぐるめり都も今は夜寒なるらん（後鳥羽院）

「都」の語例を拾っただけでも『新古今集』の題詠が『千載集』に比べ、増えているのに気づかされる。ただし、このように、題詠が増えていくことは、必ずしも旅の歌の形骸化⑥とばかりは言えないように思われる。確かに自身は動かずに想像し空想するばかりでは空疎な観念の遊戯に陥る危険性はある。しかし、一方、歌枕という都で醸成された共通概念・共通理解を基軸にそれを変容させていくのは、それだけにとどまらぬ創造の豊かさがあるように思われる。さらに作品相互が連関し、影響し合って心象世界を広げていく旅の表象は、日本文化の伝統の特質ではないだろうか。この傾向は文学のみならず、絵画にも共通する要素⑦とは言えまいか。少々横道に逸れた。羇旅歌の都回帰に戻ろう。

紀行同様、羇旅歌にも心躍る旅の気分が詠まれることはない。都に待つ人がいてもいなくても、心細さ、孤独、物寂しさの表出がほとんどである。そこには明らかに都から離れた時間と距離を測って嘆くという類型がある。二十一

代の『新続古今集』になると、旅は辛いものという捉え方がやや稀薄になるのだが、旅の情趣は、都回帰を基調とした寂寥と望郷を中心に詠まれてきた。和歌表現における都回帰は歌枕訪問に並んで、まさしく散文の紀行の類型に重なる。これらは、共感性・共有性をもって都で醸成される旅の表出の伝統である。

しかし、実朝は都にいたのではない。伊豆・箱根に赴くことはあっても、終生東国を出たことはなかった。そのような歌人の旅歌にはいかなる特徴が見出せようか。

三　『金槐和歌集』〈旅〉部の構成

Ⅰ　和歌の連鎖

旅歌に限らず、定家所伝本『金槐和歌集』の特色は、その配列にある。⑧序章で述べたように実朝自撰としか考えられないような配列意図は、時間の整合性（これは四季の歌にとりわけ顕著である）、背景の移り変わりと配分、語句の連鎖に明瞭である。和歌は一首でも充分鑑賞され得るが、配列によって家集全体の調和が生まれ、一首一首の和歌にはさらに命が吹き込まれる。

〈旅〉部全歌を挙げ、前後を見渡して、同語・同語句に［網掛け］を、類似表現、対比表現に傍線を付す。（　）内に貞享本の国歌大観番号を挙げ、配列の相違がわかるようにすると次のようになる。

512玉鉾の道は遠くもあらなくに旅とし思へば侘しかりけり（564）
513草枕旅にしあれば刈菰の思（ひ）乱れていこそ寝られね（566）
514旅衣袂片敷き今宵もや草の枕に我がひとり寝む（567）

羇中夕露

515 露しげみならはぬ野辺の狩衣頃しも悲し秋の夕暮（573）

516 野辺分けぬ袖だに露は置くものをただこの頃の秋の夕暮（574）

517 旅衣うら悲しかる夕暮の裾野の露に秋風ぞ吹く（575）

羇中鹿

518 旅衣裾野の露にうらぶれてひもゆふ風に鹿ぞ鳴くなる（576）

519 秋もはや末の原野に鳴く鹿の声聞く時ぞ旅は悲しき（577）

520 ひとり臥す草の枕の夜の露は友なき鹿の涙なりけり（578）

旅宿月

521 ひとり臥す草の枕の露の上に知らぬ野原の月を見るかな（579）

522 岩根の苔の枕に露置きて幾夜深山の月に寝ぬらむ（580）

旅宿霜

523 袖枕霜置く床の苔の上に明かすばかりの小夜の中山（582）

524 しながどり猪名野の原の笹枕枕の霜や宿る月影（583）

旅歌

525 旅寝する伊勢の浜荻露ながら結ぶ枕に宿る月影（568）

旅宿時雨

526 旅の空なれぬ埴生の夜の戸に佗しきまでに漏る時雨かな（581）

屏風の絵に山家に松描ける所に旅人数多あるをよめる

527まれに来て聞くだに悲し山賎の苔の庵の庭の松風（589）

528まれに来てまれに宿借る人もあらじあはれと思へ庭の松風（590）

雪降れる山の中に旅人（臥）したる所

529片敷きの衣手いたく冴え侘びぬ雪深き夜の峰の松風（587）

530暁の夢の枕に雪積もり我が寝覚め訪ふ峰の松風（588）

羇中雪

531旅衣夜半の片敷き冴え冴えて野中の庵に雪降りにけり（584）

532逢坂の関の山道越えわびぬ昨日も今日も雪し積もれば（585）

533雪降りて跡ははかなく絶えぬとも越の山道やまず通はむ（586）

二所へ詣でたりし下向に春雨いたく降れりしかばよめる

534春雨はいたくな降りそ旅人の道行衣濡れもこそすれ（595）

535春雨にうちそぼちつつあしひきの山路行くらむ山人や誰（594）

同語・同語句のくり返し、類似表現・対比表現への変化で和歌と和歌が滑らかに連鎖していく配列である。

Ⅱ　配列構成

背景の季節は、定家所伝本『金槐和歌集』〈旅〉部の特質に大きく関連する。

勅撰集をはじめとした羈旅歌の季節に夏は少ないが、定家所伝本『金槐和歌集』〈旅〉部にも夏は皆無である。詞書のない冒頭512～514は季節が特定し難いが、後述するように秋と捉えられる。515～522の八首を加えると秋一一首、冬一一首（523～533）、春二首（534、535）。伝統的な旅愁の表現にふさわしい季節の配分と言えよう。ただし、季節の順序は、春秋冬ではなく秋冬春である。

季節ごとに〈旅〉部の配列の流れを辿っておきたい。

《秋》

まず、詞書のない初めの三首をみよう。

512玉鉾の道は遠くもあらなくに旅とし思へば侘しかりけり
513草枕旅にしあれば刈菰の思（ひ）乱れていこそ寝られね
514旅衣袂片敷き今宵もや草の枕に我がひとり寝む

旅の始まりである。512番歌は、いよいよ出発の趣である。当時は他所で寝床を取ることは旅であった。これから行く道が遠いわけではないのだが、旅だと思うと心細いことだという寂寥感が表出される。「玉鉾の道ははるかにあらねどもうたて雲居に惑ふ頃かな（新古今・恋四1248・朱雀院）」に上の句が類似する詠である。歌の構造は「里離れ遠からなくに草枕旅とし思へばなほ恋ひにけり（万葉・巻十二3148・作者未詳）」に通じる。

513番歌は有馬皇子の悲痛な詠「家にあれば笥に盛る飯を草枕旅にしあれば椎の葉に盛る（万葉・巻二142）」がまずは想起されるが、「野辺ごとに秋まつ虫の鳴く時は草の枕にいこそ寝られね（千穎集25）」に通じる旅寝の辛さを詠む。また、「刈菰の思ひ乱れて我恋ふと妹知るらめや人し告げずは（古今・恋歌一485・よみ人知らず）」に重なる恋の心情を見逃せない。

514番歌は、『玉葉集』旅歌1192に「題しらず」で載る。「さ筵に衣片敷き今宵もや我を待つらむ宇治の橋姫（古今・恋歌四689／近代秀歌87・よみ人しらず）」「あしひきの山下風の寒けきに今宵もまたや我がひとり寝む（拾遺・恋三777）」を想起させ、513同様、恋心を匂わせる。

以上、旅の冒頭三首の季節を示す景物はないものの、恋の情趣に重なる愁思が読み取れるのである。

羇中夕露

515露しげみならはぬ野辺の狩衣頃しも悲し秋の夕暮

516野辺分けぬ袖だに露は置くものをただこの頃の秋の夕暮

517旅衣うら悲しかる夕暮の裾野の露に秋風ぞ吹く

515番歌は、「露しげみ野辺を分けつつ唐衣濡れてぞ返る花の雫に（新古今・秋歌下446・藤原頼宗）」「草枕結びさだめむ方知らずならはぬ野辺の夢の通ひ路（新古今・恋歌四1315・藤原雅経）」の先行歌に同語句・類似語句をみるが、歌意は実朝独自。

516番歌は上の句の歌意を「秋の野の草も分けぬを我が袖のもの思ふなへに露けかるらむ（後撰・秋中316・紀貫之）」に学んでいるかと思われる。「ただこの頃の秋の夕暮」の用例は、「しをりしてつらき山とは知らざりきただこの頃の秋の夕暮（夫木・秋部四5513・如願法師）」以外には見られない。

517番歌の「うら悲しかる」の用例には、「浅茅原玉まく葛のうら風のうら悲しかる秋は来にけり（後拾遺・秋歌上236・恵慶法師）」がある。実朝詠の「うら」「衣」「裾」は縁語。

秋の夕暮時はさびしいものだが、旅にあってはなおのことである。野辺の露で衣が濡れる心細さ。さらに風まで吹いて心が揺れる。

羇中鹿

518旅衣裾野の露にうらぶれてひもゆふ風に鹿ぞ鳴くなる
519秋もはや末の原野に鳴く鹿の声聞く時ぞ旅は悲しき
520ひとり臥す草の枕の夜の露は友なき鹿の涙なりけり

518番歌は、前歌の「旅衣」「裾野の露」を受け、「裾」「うら」「ひもゆふ」は縁語。「ひもゆふ」は「紐結ふ」と「日も夕」をかける。「唐衣ひもゆふ暮になる時は返す返すも人は恋しき（古今・恋歌一515・よみ人しらず）」に歌意は通じようが鹿を配して旅愁を表現している。

「鹿ぞ鳴くなる」（518）「鳴く鹿の声」（519）「友亡き鹿の涙」（520）と、鹿を身近に捉える表現である。

519番歌は、『夫木和歌抄』秋部三4739に「御集、羈中鹿」の詞書で載る。「奥山に紅葉踏み分け鳴く鹿の声聞く時ぞ秋は悲しき（古今・秋歌上215／近代秀歌47・よみ人しらず）」を踏まえた詠。三句以下を、「秋」から「旅」に変えただけの大胆さに、これを本歌取りというべきか否か躊躇されるが、風情は全く異なる詠となっている。

520番歌の構造は「夜もすがら草の枕に置く露は故郷恋ふる涙なりけり（金葉・恋部上385・藤原長実）」に重なる。旅の途上で聞く鹿の声にうら悲しさはいっそう募る。そして、夜の帳が降りる。露の置く旅寝は、自身も仲間のいない鹿のように感じられ、涙を誘う。

旅宿月

521ひとり臥す草の枕の露の上に知らぬ野原の月を見るかな
522岩根の苔の枕に露置きて幾夜深山の月に寝ぬらむ

やがて月が出る。521番歌は「今日はまた知らぬ野原に行き暮れぬいづれの山か月は出づらむ（新古今・羈旅歌956・源家長）」詠から時間が経った風情の歌意である。また「あしひきの山路の苔の露の上に寝覚め夜深き月を見るかな（新古今・秋歌上398藤原秀能）」に、歌の構造、それに伴うリズムが類似する。方角もわからぬ野原では月の出る方向もわからなかったが、ひとり臥して眺めることになる。

野辺ばかりではない。旅の空で深山の月の下にもどれほど寝たことか。522番歌は「草枕ほどぞ経にける都出でて幾夜か旅の月に寝ぬらむ（新古今・羇旅歌931・大江嘉言）」に学んでいようが、都回帰は捨象されている。

本節二―Ⅱで例に挙げた『千載集』『新古今集』にみるような都回帰の姿勢は実朝の旅歌には皆無である。月を見て望郷する類型（千載集「512さらしなや姨捨山に月見ると都に誰か我を知るらん」「516わたの原はるかに波をへだてきて都に出でし月を見るかな」「521月見ればまづ都こそ恋しけれ待つらんと思ふ人はなけれど」新古今集「931草枕ほどぞ経にける都出でて幾夜か旅の月に寝ぬらむ」「936もろともに出でし空こそ忘られね都の山の有明けの月」「937都にて月にあはれを思ひしは数にもあらぬすさびなりけり」「942東路の夜半の眺めを語らなん都の山にかかる月影」）も、実朝詠には無縁である。

ここで秋の旅を終わる。時間序列は実に正確である。旅の始まりから、夕暮の旅愁、鹿に催される寂寥感、そして月を友として過ごした夜へと配列されている。

《冬》

旅宿霜

523袖枕霜置く床の苔の上に明かすばかりの小夜の中山

524しながどり猪名野の原の笹枕枕の霜や宿る月影

季節は冬に移る。冬の旅寝に冷たい霜が降りる。523番歌は『夫木和歌抄』雑部二8781に、「御集、旅宿霜」の詞書で載る。歌枕「小夜の中山」は東海道の難所である。寒い難所の旅寝を詠んだ歌には「夜な夜なの旅寝の床に風冴えて初雪降れる小夜の中山（千載・羇旅歌502・藤原実行）」「岩が根の床に嵐を片敷きてひとりや寝なむ小夜の中山（新古今・

羇旅歌962・藤原業清）」などがあるが、実朝の表現「明かすばかり」は新鮮。

続けて524番歌には歌枕「猪名野」（笹原で有名）が詠み込まれる。「猪名野」と霜を詠んだ先行歌には、「初霜は降りにけらしなしながどり猪名の笹原色変るまで（新後拾遺・冬歌483・藤原俊成）」がある。勅撰集の「笹枕」の例は『続後撰集』以降に八例をみるのみ。「笹枕」に「月」が取り合せられる歌に「露結ぶ野原の庵の笹枕幾夜か月の影になるらむ（続拾遺・羇旅歌682・平時村）」があり、さらに「猪名」が詠みこまれる歌に「笹枕猪名の夜半に仮寝して故郷遠き月を見るかな（新後拾遺・羇旅歌906・道成法師）」がある。

旅歌

525旅寝する伊勢の浜荻露ながら結ぶ枕に宿る月影

『続古今集』羇旅歌892に「旅歌中に」の詞書で載る。霜の笹枕に月が宿る前歌に並べて、露の枕に月が宿るという趣向。浜辺の旅寝を詠んだ例には「神風や伊勢の浜荻折伏せて旅寝やすらむ荒き浜辺に（新古今・羇旅歌911・よみ人しらず）」がある。

旅宿時雨

526旅の空なれぬ埴生の夜の戸に侘びしきまでに漏る時雨かな

「夜の戸」は貞享本では「夜の床」と表記。定家所伝本を底本にした新潮日本古典集成の『金槐和歌集』⑨も「夜の床」と表記、誤記とみたか。『夫木和歌抄』雑部十八16935に「御集」の詞書で、第三句を「夜の床」と表記して載る。埴生の宿の寝床が雨に濡れる状況を詠む先行歌に「彼方の埴生の小屋に小雨降り床さへ濡れぬ身に添へ吾妹（万葉・巻十一2691・作者未詳）」があるが、526番歌は、原態通り、「夜の戸」ととる。勝手のわからぬ粗末な狭い小屋の戸から冬の雨が漏れてくる旅寝も楽ではない。

屏風の絵に山家に松描ける所に旅人数多あるを詠める

527まれに来て聞くだに悲し山賤の苔の庵の庭の松風

528まれに来てまれに宿借る人もあらじあはれと思へ庭の松風

冬は旅寝の詠が続いたが、屏風を見ての詠に転じる。「まれに来て」「庭の松風⑩」を繰り返す対の歌。屏風に描かれるわびしい山家に想像をめぐらす。

527番歌と歌意は異なるが、類似表現は「まれに来る夜半も悲しき松風を絶えずや苔の下に聞くらむ（新古今・哀傷796・藤原俊成）」にみえる。528番歌は「まれに」を反復して頭韻を踏む。下の句は「幾歳の春に心を尽くし来ぬあはれと思へみ吉野の花（新古今・春歌下100・藤原俊成）」と同じ構造。

雪降れる山の中に旅人（臥）したる所

529片敷きの衣手いたく冴え侘びぬ雪深き夜の峰の松風

530暁の夢の枕に雪積もり我が寝覚め訪ふ峰の松風

屏風歌は、再び旅寝。前歌二首の「庭の松風」を受け、「峰の松風⑪」で結ぶ対の二首。

529番歌は、澄み冴えた寒気と松風が「琴の音を雪に調ぶと聞こゆなり月冴ゆる夜の峰の松風（千載・雑歌上1002・道性法親王）」「冴え行けば谷の下水音絶えてひとり氷らぬ峰の松風（続拾遺・冬歌425・藤原忠良）」に通じよう。

530番歌は、定家所伝本『金槐和歌集』〈春部〉15番歌「梅が香を夢の枕にさそひきて覚むる待ちける春の山風」に似通う手法だが、雪が積る夜に旅寝をして峰の松風を聞く状況の先行歌は見当たらない。後代の歌に「おのづから都に通ふ夢をさへまた驚かす峰の松風（続拾遺・雑歌上1137・藤原基平）」がある。ただし、実朝歌の夢は都へ通ふ夢ではなかろう。

続けて、冬も深まり、雪が降る山中に在る旅人の心境を詠む。

羇中雪

531旅衣夜半の片敷き冴え冴えて野中の庵に雪降りにけり
532逢坂の関の山道越えわびぬ昨日も今日も雪し積もれば
533雪降りて跡ははかなく絶えぬとも越の山道やまず通はむ

531番歌の類似表現に「さ筵に夜半の衣手冴え冴えて初雪白し岡の辺の松（新古今・冬歌662・式子内親王）」がみえる。「野中の庵」には「何となく見るよりものの悲しきは野中の庵の夕暮の空（拾遺愚草588・藤原定家）」のように、人里離れたさびしい情景を想起させる。実朝歌は、寒い冬、雪降る庵にいる孤愁を詠む。

532番歌は、「山の峡そことも見えずおとつひも昨日も今日も雪の降れれば（万葉・巻十七3946・紀男梶）」に下の句の構造が似る。

533番歌は「君が行く越の白山知らねども雪のまにまに跡は訪ねむ」（古今・離別歌391・藤原兼輔）に類似する。

冬の旅歌は、527 528の屏風歌を除けば、531番歌までがすべて旅寝を詠む。旅の歌でありながら動きがなく、冬籠りの感が強い。532番歌では逢坂の雪の山道を越えわび、533番歌は越の山道の地名にちなんで越えようとする意思が詠まれている。これから動きが出ようかというところで冬の旅が終わる。

《春》

二所へ詣でたりし下向に春雨いたく降れりしかばよめる

534春雨はいたくな降りそ旅人の道行衣濡れもこそすれ
535春雨にうちそぼちつつあしひきの山路行くらむ山人や誰

露霜、時雨、風、雪に難儀する冬から一転して春。何と暖かく、明るく感じられることか。題詠と屏風歌で構成されていた秋冬の旅から、春の東国の旅は実詠に転じる。

534番歌は『夫木和歌抄』雑部十五15576に「二所へ詣でたりし下向に春雨のいたく降りけるに」の詞書で載る。同語句は先行歌「春雨はいたくな降りそ桜花まだ見ぬ人に散らまくも惜し（新古今・春歌下110・山部赤人）」「音に聞く高師の浦のあだ波はかけじや袖の濡れもこそすれ（金葉二・恋部下469・一宮紀伊）」にみえるが、歌意は実朝独自。

535番歌は「あしひきの山に行きけむ山人の心も知らず山人や誰（万葉・巻二十4294・舎人皇子）」に学んでいよう。

歌人としての実朝の姿勢は、基本的に鎌倉の将軍ではなく、後鳥羽院廷臣であった。京を中心とした詠歌姿勢で定家所伝本『金槐和歌集』は構成される。ただし、地域性が皆無なわけではない。〈春〉部にも勝長寿院などの実朝の生活圏が垣間見られるが、東国という地域性が詠まれるのは、〈雑〉部であり、実朝の面目躍如とした伸びやかな和歌が豊富である。このような傾向を考え併せると、〈旅〉部を締め括る旅に、実朝の生活圏を選んでいるのは象徴的である。

二所詣の折に降りだした春雨。534番歌は、ひどく降るなよ、道中着が濡れてしまうではないか、と詠み、535番歌は春雨に濡れながら山中を行く人物に焦点を当てる。この歌には「春雨の中を濡れそぼちながら歩み行く山人を仙人に見立て私は仙人を見たのではないかと、侘しい旅路で気持ちを明るく引きたてようとして興じた歌[12]」、「万葉の句法を借りているが、一首は箱根山中を旅する者の弾んだ気持が、前歌よりももっと端的にうたわれている。四、五句の問いかけは、万葉の本歌の場合以上に疑問法の効果を発揮している。この歌の「山人」も、無論、作者自身（併せて、伴の者達）を指している。「私は誰でしょう」というあの心理である。[13]」等、様々な解釈を許容する。侘しい旅路というよりは、春雨の旅の光景そのものを楽しんでいる風情であり、「山人」は、実朝自身というより、遠景の人物ともとれる。春雨に濡れることを厭う実朝一行と、そのようなことには頓着せず山を行く人の対照ともとれよう。想像を楽しませる一首である。

Ⅲ　季節の配分と部立の連鎖

〈旅〉部が、春に始まるのではなく、秋に始まり春に終るのは偶然ではない。

定家所伝本『金槐和歌集』は和歌と和歌を連鎖しつつ配列されているが、そればかりではない。部立と部立の連鎖にも配慮されていると考え得る。

冒頭三首がとりわけ恋の情趣を漂わせているのを看過できない。〈旅〉部の直前に位置するのは〈恋〉部である。いきなり異質の詠を配するのではなく、冒頭部には旅愁に恋の情趣も漂わせて、滑らかに連結させているのではあるまいか。

さらに、〈旅〉部末尾の春の季節は、次に位置する〈雑〉部に連結するのである。〈雑春〉には冒頭歌

海辺立春といふ事をよめる

536塩釜の浦の松風霞むなり　八十島かけて春や立つらむ

に始まる明るい春の世界が展開する。

Ⅳ　定家所伝本『金槐和歌集』〈旅〉部の特徴

以上に述べてきたように定家所伝本『金槐和歌集』〈旅〉部は、周到に季節が配分され、和歌と和歌が連鎖して配列され、〈恋〉部から〈旅〉部へ、〈旅〉部から〈雑〉部へと、前後の部立にも関連付けて構成されている。

曾曾祖父・義家、父・頼朝の羈旅歌に必ず詠み込まれた歌枕だが、〈旅〉の実朝歌には多くはない。二四首中、「小夜の中山」（523）「猪名野」（524）「伊勢」（525）「逢坂」（532）「越」（533）の五例にとどまる。定家所伝本『金槐和歌集』では、歌枕がむしろ旅歌以外で縦横に詠み込まれる傾向がある。

勅撰集の離別・別に相当する、旅人と残る者との別れの場面、その心情はなく、もっぱら旅人の内面に終始する。旅が辛いものであるという捉え方は踏襲され、とりわけ529番歌531番歌に顕著なように、全体としてひとりであることが強調される。孤愁・寂寥・愁思・旅愁という旅の情趣を表現する伝統は充分に咀嚼され、自在に表現されている。旅が内面で造型された心象として表出される点は、中央歌壇の歌人たちに共通するが、実朝には都回帰の姿勢はない。先行の羈旅歌を学びつつ都回帰は受容されなかった。

秋に始まり、冬を経て春に終る構成には歌数も配慮され、秋の旅と冬の旅の配分は同数の一一首、春の旅二首。春の旅にいたるまでは題詠と屏風歌で構成される。東国を舞台にして詠歌内容が一転する実詠の春の旅の配置は実に効果的な末尾である。

四　おわりに

京の歌壇から遠くに在って、独学で和歌を学んだ実朝は、羈旅歌が部立として定着した『千載集』、続く『新古今集』の時代の息吹を受けて育った。しかし、東国に在ることには学びの限界がある。また一方、東国に在ればこその新しさを生む可能性もある。以上に論じたように、それは〈旅〉部にも見出せる。

旅とは、王朝人にとっては、都を出て都に帰ることであった。中央から周辺へ、周辺から中央へという旅の行程ゆえ、歌枕が生きてくる。実詠であろうと題詠であろうと、勅撰集をはじめとした和歌や、京の中央歌壇にある歌人たちの旅の詠に、それは自明の理として潜在している。旅の心象には共通するものがある。

しかし、そのような共通項は、東国しか知らぬ実朝にはない。東国は都からみれば「旅先」である。歌人としての実朝の姿勢は、将軍ではなく、後鳥羽院廷臣であり、京の視点から詠ずることが多いのだが、実朝の空間認識は京の歌人と同じではない。東国から出ることのなかった実朝には旅の出発点も帰着点もない。歌枕訪問の姿勢が稀薄であり、都回帰が皆無なのは当然であろう。

〈旅〉末尾歌二首の実景歌は、それまでとは別世界を見せて明るく開ける詠みぶりである。東国を舞台にした地域性と言い、謎めいた最終歌と言い、実朝ならではの安定した個性あふれる伸びやかさを感じさせる春雨の詠である。

本節冒頭に掲げた曾曾祖父・義家、父・頼朝の羈旅歌に比するとき、実朝の独自性はさらに浮き彫りになろう。

注

① 勅撰集の和歌の引用は、『新編国歌大観』（角川書店）に拠り、私に表記する。
② 安田徳子『中世和歌研究』（和泉書院1998）
③ ②の著書第一章第一節旅歌の変遷一「実詠から題詠へ」
④ ②の著書第一章第一節旅歌の変遷二「旅人のいる風景」
⑤ 今関敏子『旅する女たち―超越と逸脱の王朝文学―』（笠間書院2004）の序および跋
今関敏子『仮名日記文学論―王朝女性たちの時空と自我・その表象―』（笠間書院2013）第2章第1節および第2節
⑥ ④に同じ。

⑦　たとえば、江戸中期の琳派の系譜を生んだ画家、尾形光琳の『燕子花図屛風』が『伊勢物語』以来、杜若の咲く沢として歌枕になった八橋に触発されていることなどがあげられる。
⑧　今関敏子『金槐和歌集の時空―定家所伝本の配列構成』和泉書院 2000
⑨　樋口芳麻呂『金槐和歌集』（新潮日本古典集成）1981
⑩　「庭の松風」という表現については第一章第二節で述べた。
⑪　「峰の松風」という表現については第一章第二節で述べた。
⑫　⑨の頭注。
⑬　鎌田五郎『金槐和歌集全評釈』風間書房 1977

第三節　後鳥羽院と実朝　―周縁から中心を学ぶ―

一　はじめに

後鳥羽院より「実朝」の名を賜り、数え年十二歳の三代将軍は歩み始めた。不穏な政治背景から生涯逃れることのなかった東国の覇者は、こよなく和歌を愛したのである。二十二歳にして自撰と考えられる家集・定家所伝本『金槐和歌集』が成立。没後、「鎌倉右大臣」として勅撰歌人に名を連ねることになる。

実朝は、終生、鎌倉とその周辺という関東の地を離れることはなかった。定家所伝本『金槐和歌集』〈雑〉部には、地域性が詠み込まれ、実朝の面目躍如たる個性的な和歌が見出せる。今日、実朝の名歌として知られるものの多くは〈雑〉部の歌である。しかし、定家所伝本における実朝の歌人としての姿勢は基本的に、「周縁にある者」ではなく「都人」であり、「将軍」ではなく「廷臣」であり、集全体を見渡せば、地方性は希薄である。①

実朝は、古歌は言うまでもなく、同時代の先行歌にも多くを学んだ。夙に斎藤茂吉は、後鳥羽院詠の実朝への影響を指摘しており、②原田正彦は実朝と新古今成立期との関連を精査し、後鳥羽院歌壇の影響の深さを論じている。③さらに安保如子は、実朝の『露色随詠集』享受の可能性を指摘している。④

当時、京と鎌倉の交通はきわめて盛んであった。中央の情報はそれほどの日数を経ずに鎌倉に伝わっていることが『吾妻鏡』からも知られる。政治上の必要性に付随して人も文化も豊かに往来した。西行が頼朝に、鴨長明が実朝に面会しているのは周知のことであろう。実朝に教えを乞われた藤原定家は『近代秀歌』を贈り、歌の道を説いた。具体的な詳細は摑み難いのだが、京の歌壇の情報は、かなり広範囲に豊富に実朝に伝わっているとみてよい。

建保三年に催された『院四十五番歌合』が実朝に贈られていることについては、後鳥羽院の実朝懐柔策とみる見解[5]が出されている。両者は政治的に、互いにその存在を意識せざるを得ない位置にあった。

本節では、和歌の創造の上で後鳥羽院詠がいかに影響しているかについて、定家所伝本『金槐和歌集』をめぐって考えたい。

二　冒頭部にみる後鳥羽院敬慕—終結部との照応

《冒頭にみる先行作品の影響》

冒頭歌を、語・語句・発想・構成の類似する先行歌と比較してみよう。

1　今朝見れば山も霞みてひさかたの天の原より春は来にけり（1）

春立つといふばかりにやみ吉野の山も霞みて今朝は見ゆらん（拾遺・春1・壬生忠岑）

今朝見れば霞の衣おりかけて賤機山《しづはたやま》に春は来にけり（続古今・春歌上3・藤原兼実）

み吉野は山も霞みて白雪の降りにし里に春は来にけり（新古今・春歌上1・藤原良経）

2　九重の雲居に春ぞ立ちぬらし大内山に霞たなびく（2）

ほのぼのと春こそ空に来にけらし天の香具山霞たなびく（新古今・春歌上2／後鳥羽院御集・元久二年三月日吉三十首御会1320）

ひさかたの雲居に春の立ちぬれば空にぞ霞む天の香具山（続後撰・春歌上6・藤原良経）

3 朝霞立てるを見ればみづのえの吉野の宮に春は来にけり（7）

春霞立てるを見ればあらたまの年は山より越ゆるなりけり（拾遺・春2・紀文幹）

「霞」「霞む」「山」の語を含む立春を先行歌に広く学んでいることが看取されよう。

まず、壬生忠岑「春立つと…」は、『近代秀歌』の秀歌例（国歌大観番号28）に載る一首である。この歌は1番歌に表現が重なるだけではない。「立春」「吉野」「山」「霞む」「今朝」という定家所伝本冒頭三首のキーワードが凝縮されている。この忠岑詠と、3番歌に表現の重なる紀文幹詠が、『拾遺集』春の冒頭部を構成すること、「山」と「霞」に表象される春の到来という共通性が見出せること、実朝が『拾遺集』に触発された可能性の高いことは第一章第三節で述べた。

《後鳥羽院敬慕》

2番歌をみよう。

宮中へ思いを馳せる2番歌「九重の雲居に春ぞ立ちぬらし大内山に霞たなびく」は、後鳥羽院詠「ほのぼのと春こそ空に来にけらし天の香具山霞たなびく」の構造に学び、第五句をそのまま借り、良経歌なども参考にしつつ「九重」「雲居」「大内山」の語を用いて、宮中の春の詠に仕立てたのである。恰も、大君の詠歌に共感して、御座所の雲居の春をこんな風に詠みました、いかがでしょうか、と言わんばかりの作ではあるまいか。

この2番歌について樋口芳麻呂は、「後鳥羽院に対する敬意を詠んだ六六二と見事に照応[6]」する、と指摘している。後鳥羽院詠の「春こそ空に来にけらし」は、2番歌のみならず1番歌「天の原より春は来にけり」にも通じる。さらに、3番歌の旧都への思いを併せ考えると、冒頭三首には、後鳥羽院と宮廷への尊重と敬意の表明をみることが出来よう。従って、2番歌と663番歌のみにとどまらず、冒頭歌三首は、最終歌三首に照応する。

661大君の勅をかしこみちちわくに心は別くとも人に言はめやも（679）
662東の国に我が居れば朝日射す藐姑射やの山の影（かげ）となりにき（681）
663山は裂け海は浅せなむ世なりとも君にふた心我があらめやも（680・新勅撰1204）

定家所伝本『金槐和歌集』は、後鳥羽院敬慕に始まり、廷臣としての絶唱をもって閉じられると言ってよい。

三　後鳥羽院詠摂取の様相

冒頭から終結に至るまでの詠歌過程に、後鳥羽院詠の反映をみていく。⑦影響の質と濃度を的確に摑むのはなかなか困難な作業である。二首の歌を比較する場合、よく使われる語や言い回しが、偶然の一致なのか、意図的な踏襲なのか判断し難いことがある。数首の影響が重なっていて、一人の歌人にのみ触発されたとは言えぬ場合も多い。

斎藤茂吉はこのような例をも含めて、影響関係が考えられる後鳥羽院歌と実朝歌を列挙しているが、重要なのは、「後鳥羽院と実朝と心の集め方にどこか類似の点を見出すことが出来るのである」「本歌取りする傾向が何となく似てゐるやうにおもはれるのである」と述べている点である。

以下、類似性・共通性のみられる実朝詠と後鳥羽院詠を比較しつつ検討していくことを試みたい。茂吉も拾っている和歌には＊印を付す。

《影響関係の判断し難い場合》

後鳥羽院詠と表記が重なっていても、よく使われる表現であったり、またそうではなくとも後鳥羽院の影響が濃いとは言えぬ例を挙げる。

【例1】

28春雨の露もまだ乾ぬ梅が枝に上毛しをれて鶯ぞ鳴く（16）

秋暮れて露もまだ乾ぬ楢の葉におしして時雨のあめそそぐなり（夫木・巻十六6340／後鳥羽院御集・建仁元年六月千五百番御歌合457）

「露もまだ乾ぬ」の用例には「いつしかと降り添ふ今朝の時雨かな露もまだ乾ぬ秋の名残に（続古今・冬歌542・藤原俊成）」もある。また、「村雨の露もまだ乾ぬ槙の葉に霧たちのぼる秋の夕暮（新古今・秋歌下491・寂蓮）」は、上の句の構造が同じ。先行歌はいずれも秋歌である。実朝は「時雨」「村雨」を「春雨」に換え、鶯を配して春歌に仕立てている。

【例2】

117惜しみこし花の袂も脱ぎ替へつ人の心ぞ夏にはありける（133）

惜しみこし花や紅葉の名残さへさらにおぼゆる年の暮かな（風雅・冬歌893／後鳥羽院御集・建仁元年三月内宮御百首270）

実朝詠の発想は「夏衣花の袂に脱ぎかへて春の形見もとまらざりけり（千載・夏歌136・大江匡房）」「折節も移ればかへつ世の中の人の心の花染めの袖（新古今・夏歌179・俊成女）」「いつしかと今日脱ぐ袖よ花の色のうつれば変る心なりけり（拾遺愚草216・藤原定家）」に重なり、後鳥羽院詠の歌意との関連は薄い。「惜しみこし」は実朝同時代より使われる新しい表現。『後鳥羽院御集』にはもう一例「惜しみこし」の例「1645いつまでか跡をも雪に惜しみこし春にまかする柴の庵かな（建仁元年十一月釈阿九十賀御会）」「惜しみこし同じ名残のゆかりとて花の道より春や行くらむ（後鳥羽院御集・建保四年二月御百首520）」があるが、建保四年は定家所伝本成立後である。むしろ小侍従「惜しみこし花の袂はそれながら憂き身を替ふる今日とならばや（太皇太后小侍従集28）」に近く、さらに実朝詠は屈託がないと言えようか。

【例3】
159住む人もなき宿なれど荻の葉の露を尋ねて秋は来にけり（186）
野原より露のゆかりを尋ね来て我が衣手に秋風ぞ吹く（新古今・秋歌下471／後鳥羽院御集・元久元年十二月賀茂上社三十首御会1243）

「しきたへの枕の上を過ぎぬなり露を尋ぬる秋の初風（新古今・秋歌上295・源具親）」により強く触発された可能性が考えられる。

【例4】
208浅茅原露しげき庭の蟋蟀秋深き夜の月に鳴くなり（252）
秋更けぬ鳴けや霜夜の蟋蟀やや影寒し蓬生の月（新古今・秋歌下517／後鳥羽院御集・建仁元年九月五十首御会1183）

蟋蟀と月の取り合わせ、深まる秋の夜という共通項はあるのだが、院の詠に深く影響されているという決定的な根拠とはなり得ないであろう。

【例5】
219鳴きわたる雁の羽風に雲消えて夜深き空に澄める月影（227）
雲居飛ぶ雁の羽風に月さえて鳥羽田の里に衣打つなり（後鳥羽院御集・承元元年十一月最勝四天王院御障子1433）

上の句は院の詠に構造が似るが、詠まれる光景は「村雲や雁の羽風に晴れぬらむ声聞く空に澄める月影（新古今・秋歌下504・朝恵法師）」にはるかに近い。

【例6】

309小夜更けて雲間の月の影見れば袖に知られぬ霜ぞ置きける（342）

いつしかと荻の上葉もおとづれて袖に知らるる秋の初風

（続拾遺・秋歌上219／夫木・秋歌上782／後鳥羽院御集・正治二年八月御百首36）

「桜散る木の下風は寒からで空に知られぬ雪ぞ降りける（古今・春64・紀貫之）」に下の句の構造は学んだであろう。

「袖に知られぬ」の用例には「窓の雪池の氷も消えずして袖に知られぬ春の初風（秋篠月清集401・藤原良経）」「吉野山花は匂ひにこぼれ落ちて袖に知られぬ峰の春風（壬二集2125・藤原家隆）」がみられるが、同時代詠の「袖」に感知されるのは「風」である。実朝は「霜」に換えて冬の夜の光景に転じている。「草結ぶ小野の篠原月冴えてまだしき霜の袖に知らるる（夫木・雑部十八16881・如願法師）」の影響もあろうか。

【例7】

344白雪のふるの山なる杉叢の過ぐるほどなき年の暮かな（401）

我が身世にふるの山辺の山桜うつりにけりなながめせしまに

（風雅・春歌下237／後鳥羽院御集・元久元年十二月住吉三十首御会1294）

「ふるの山なる杉叢の」が序詞的に使われる例は万葉歌「石上ふるの山なる杉叢の思ひ過ぐべき君にあらなくに（万葉・巻三425、422・丹生王）」にみられる。後鳥羽院詠は、小町歌「花の色はうつりにけりないたづらに我が身よにふるながめせしまに」の本歌取り。影響は薄いように思われる。

《語・語句の踏襲》

一方、歌意は重ならなくとも、後鳥羽院詠に使用される語・語句の頻度が当時の状況の中で低い場合には、実朝が踏襲した可能性は高い。

【例1】
271はかなくて暮れぬと思（ふ）をおのづから有明の月に秋ぞ残れる（303）
冬の来て紅葉吹き降ろす三室山嵐の末に秋ぞ残れる
（続拾遺・冬歌378／後鳥羽院御集・建仁元年三月外宮御百首357）
365岩にむす苔の緑の深き色を幾千代までと誰か染めけむ（668）
岩にむす苔踏みならすみ熊野の山のかひある行く末もがな（新古今・神祇歌1907）
403奥山の苔踏みならす小牡鹿も深き心のほどは知らなむ（419）
岩にむす苔踏みならすみ熊野の山のかひある行く末もがな（新古今・神祇歌1907）

271「秋ぞ残れる」365「岩にむす苔」403「苔踏みならす」は実朝同時代までには後鳥羽院詠以外に見当たらぬ表現である。影響関係は疑い得ない。

【例2】
＊8松の葉の白きを見れば春日山木の芽も春の雪ぞ降りける（19）
＊310小夜更けて稲荷の宮の杉の葉に白くも霜の置きにけるかな（629）
311冬籠りそれとも見えず三輪の山杉の葉白く雪の降れれば（380）
春の来てなほ降る雪は消えもあへず杉の葉白き曙の空（後鳥羽院御集・建仁元年三月外宮御百首303）
鶯の鳴けどもいまだ降る雪に杉の葉白き逢坂の山
（新古今・春歌上18／後鳥羽院御集・建仁二年二月十日影供御歌合1571）

雪や霜のために白く染まる針葉樹詠三首。8番歌は構造の似る「霞立ち木の芽も春の雪降れば花なき里も花ぞ散りける（古今・春上9・紀貫之）」の影響が大きいに相違なく、また、「松の葉白き」の用例は「吉野山今年も雪の故郷に松の葉白き春の曙（新後拾遺・春歌上8・藤原良経）」に見える。310、311の「杉の葉」「杉の葉白き」は勅撰集・私撰集・私家集を通じ後鳥羽院歌以外に用例がない。詠まれる光景は多少異なるものの、杉に積もる雪に着目した院の美意識への共感があろう。

【例3】　42浅茅原ゆくゑも知らぬ野辺に出て故郷人は菫摘みけり（108）

浅茅生の月吹く風に秋たけて故郷人は衣打つなり（後鳥羽院御集・建仁元年八月十五夜撰歌合1553）

216塩釜の浦吹く風に秋たけて籬の島に月傾きぬ（282）

浅茅生の月吹く風に秋たけて故郷人は衣打つなり（後鳥羽院御集・建仁元年八月十五夜撰歌合1553）

同じ和歌の別の語・語句を摂取した例。後述する245番歌には、さらに内容的な摂取がみられる。

【例4】＊130夕闇のたづたづしきに時鳥声うら悲し道や惑へる（144）

たそがれのたづたづしさに藤の花折り迷ふ袖に春雨の空（後鳥羽院御集・建仁元年三月十八日影供御歌合1526）

「たづたづし」には万葉の用例「夕闇は道たづたづし月待ちていませ我が背子その間にも見む（万葉・巻四712・大宅女）」があり、実朝は学んでいよう。しかし、勅撰集には見当たらない。詠まれる光景は異なるが、「夕闇」「たそがれ」、「惑へる」「迷ふ」の類似表現に院の詠の摂取がみてとれよう。

【例5】　489今日もまたひとり眺めて暮れにけり頼めぬ宿の庭の白雪（384）

よしやさは頼めぬ宿の庭に生ふるまつと告げこせ秋の初風（後鳥羽院御集・建仁元年九月二十九日恋十五首撰歌合1597）

都人頼めぬ宿の槙の戸に何のならひの庭の松風（後鳥羽院御集・建仁元年三月外宮御百首382）

うらみよとなれる夕べの景色かな頼めぬ宿の荻の上風（続古今・秋歌上302／後鳥羽院御集・建仁元年六月千五百番歌合483）

院の詠はいずれも風を詠み込んでいる。「うらみよと…」は『続古今集』に載り、勅撰集中「頼めぬ宿」唯一の語例である。後鳥羽院が好んで用いた「頼めぬ宿」を実朝も踏襲し、「風」を「雪」景色に転じたのであろう。

【例6】　499涙こそ行方も知らね三輪の崎佐野の渡りの雨の夕暮（473）

思ふことそなたの雲となけれども生駒の山の雨の夕暮（後鳥羽院御集・建仁元年九月二十九日恋十五首撰歌合1608）

「雨の夕暮」の語例は勅撰集中に1例「うちしめりあやめぞ薫る時鳥鳴くや五月の雨の夕暮（新古今・夏歌220・藤原良経）」にみるのみ。後鳥羽院の用いた新しい表現と「駒とめて袖うち払ふ影もなし佐野の渡りの雪の夕暮（新古今・冬歌671・藤原定家）」を応用して、実朝は恋の歌に仕立てたのであろう。

《**語句と詠歌内容の踏襲**》

表現のみならず、詠まれる季節、光景、状況も類似する例をみよう。

【例1】　50風騒ぐ彼方の外山に空晴れて桜に曇る春の夜の月（97）

あたら夜の真屋のあまりに眺むれば桜に曇る有明の月（続後撰・春歌中104／三百六十番歌合111／後鳥羽院御集・建仁元年二月老若五十首御歌合1106）

「桜に曇る」という表現は、実朝以前に例がなく同時代には後鳥羽院詠の他は「み吉野の花の白雪猶分けて桜に曇る春の山人（夫木・春部四1185・最勝四天王院和歌14・俊成女）」「薄氷清き鏡と見しものを桜に曇る花の下水（自讃歌・異本歌172・源通光）」をみるに過ぎない。新しい表現である。桜に曇る対象が月であると表現したのは後鳥羽院のみ。実朝は「有明の」を「春の夜の」として踏襲したのであろう。

【例2】　51木の下の花の下臥夜頃経て我が衣手に月ぞ馴れぬる（62）

花の影旅寝の嵐夜頃経て月ぞ馴れゆく袖の手枕

（夫木・雑部十四15390／後鳥羽院御集・建仁元年九月五十首御会1166）

「月ぞ馴れぬる」「月ぞ馴れゆく」の用例は先行歌及び実朝同時代には見当たらない。同時代の類似表現には、「秋はまた濡れこし袖のあひにあひて雄島の海人ぞ月に馴れける（拾遺愚草1132・藤原定家）」「隈もなき衛士の焚く火の影そひて月に馴れたる秋の宮人（拾遺愚草722・藤原定家）」「難波潟聞くべきものは有明の月に馴れたる葦鶴の声（拾玉集2872・慈円）」にみられ、人や動物が月に馴染んでいくという表現が後代に定着していく。後鳥羽院詠は月が人の袖に馴れる、という発想の面白さが身上である。なお、「夜頃経て」の用例は『後鳥羽院御集』に三例（942、1166、1566）見出せるが、歌語として定着するのは『新千載集』『風雅集』の時代であり、新しい表現である。実朝はこれらの点に着目し、踏襲したのであろう。

【例3】　＊58み吉野の山の山守花をよみながながし日を飽かずもあるかな（48）

桜咲く遠山鳥のしだり尾のながながし日も飽かぬ色かな

（新古今・春歌下99／近代秀歌30／後鳥羽院御集・建仁元年十一月同時屏風御歌1632）

「我が心春の山辺にあくがれてながながし日をけふも暮らしつ（新古今・春歌上81・紀貫之）」も視野に入っていよう。花に暮れるのどかな春の光景に共感した詠である。

【例4】　61里は荒れぬ志賀の花園そのかみの昔の春や恋ひしかるらむ（64）

里は荒れぬ志賀の桜の木のもとに昔語りの春風ぞ吹く

（後鳥羽院御集・元久元年十二月賀茂上社三十首御会1232）

「さざ浪や志賀の都は荒れにしを昔ながらの山桜かな（千載・春歌上66・よみ人しらず）」「里は荒れぬ庭の桜も旧りはててたそがれ時を訪ふ人もなし（拾遺愚草1515・藤原定家）」は、まず念頭にあろう。後鳥羽院詠から学んだのは単に語法だけではない。院の歌の「昔語り」を受けて「恋ひしかるらむ」と唱和しているようにとれまいか。

【例5】＊141時鳥聞けども飽かず橘の花散る里の五月雨の頃（159）

時鳥心して鳴け橘の花散る里の五月雨の空（後鳥羽院御集・建仁元年六月千五百番歌合423）

万葉歌「五月山卯の花月夜時鳥聞けども飽かずまた鳴かむかも（万葉・巻十1956・作者未詳）」「橘の花散る里の時鳥片恋しつつ鳴く日しぞ多き（万葉・巻八1477・大伴旅人）」は当然視野に入っていよう。後鳥羽院詠の「心して鳴け」は、「聞けども飽かず」に響き合う。

【例6】151夏深み思（ひ）もかけぬうたたねの夜の衣に秋風ぞ吹く（172）

水無月や竹うちそそぐうたたねのさむる枕に秋風ぞ吹く（後鳥羽院御集・建仁元年外宮御百首335）

類歌に「夏衣まだ単なるうたたねに心して吹け秋の初風（拾遺・秋137・安法法師）」があるが、歌の構造は後鳥羽院詠に重なる。影響はまぎれもない。

【例7】＊158吹く風の涼しくもあるかおのづから山の蟬鳴きて秋は来にけり（189）

山の蟬鳴きて秋こそ更けにけれ木木の梢の色まさりゆく（後鳥羽院御集・建仁元年十一月同時屛風御歌1638）

「山の蟬」の語例は勅撰集には見当たらないが、私撰集に「波風に秋を待つらの山の蟬染めぬ梢の露に鳴くなり（夫木・夏部三3574・俊成女）」「村雨の跡こそ見えね山の蟬鳴けどもいまだ紅葉せぬ頃（夫木・夏部三3580・藤原良経）」の例がある。山の蟬に秋を感知する発想は共通する。

【例8】245秋たけて夜深き月の影見れば荒れたる宿に衣打つなる（287）

浅茅生の月吹く風に秋たけて故郷人は衣打つなり（後鳥羽院御集・建仁元年八月十五夜撰歌合1553）

「深草の霧の籬に誰住みて荒れにし里に衣打つらん（続千載・秋歌下545・藤原雅経）」も影響していようが、状況と表現は後鳥羽院詠により近い。

【例9】 300片敷きの袖こそ霜に結びけれ待つ夜更けぬる宇治の橋姫（332）

橋姫の片敷き衣狭筵に待つ夜むなしき宇治の曙（新古今・冬歌636／後鳥羽院御集・承元元年十一月最勝四天王院御障子1431）

451狭筵にひとりむなしく年も経ぬ夜の衣の裾あはずして（514）

橋姫の片敷き衣狭筵に待つ夜むなしき宇治の曙（新古今・冬歌636／後鳥羽院御集・承元元年十一月最勝四天王院御障子1431）

宇治の橋姫を詠み込む恋の歌は多いが、語彙が重なること、300番歌の下の句の構造が類似する点で、後鳥羽院詠の影響は見逃しがたい。

【例10】 ＊331故郷はうらさびしともなきものを吉野の奥の（雪の夕暮）（383）

冬籠り春に知られぬ花なれや吉野の奥の雪の夕暮（後鳥羽院御集・正治二年十一月八日影供歌合1510）

定家所伝本は第五句が欠字。貞享本によって補う。類似表現に「さびしさはその色としもなかりけり槙立つ山の秋の夕暮（新古今・秋歌上361・寂蓮）」「厭ひてもなほ厭はしき世なりけり吉野の奥の秋の夕暮（新古今・雑歌中1620・藤原家衡）」「さびしさを何に譬えむ世を捨つる吉野の奥の冬の夕暮（拾玉集365・慈円）」がある。「雪の夕暮」であるとすれば、後鳥羽院詠に表現を借りたのである。

【例11】 335笹の葉は深山もそよに霰降り寒き霜夜をひとりかも寝む（349）

宿貸さん人も交野の笹の葉に深山もさやと霰降る夜を（後鳥羽院御集・承元元年十一月最勝四天王院御障子1421）

「笹の葉は深山もさやにさやげども我は妹思ふ別れ来ぬれば（万葉・巻二133・柿本人麻呂）」「笹の葉は深山もさやにうちそよぎ氷れる霜を吹く嵐かな（新古今・冬歌615・藤原良経）」に語句の類似をみるが、実朝の詠歌内容は「君来ずはひとりや寝なむ笹の葉の深山もそよにさやぐ霜夜を（新古今・冬歌616／近代秀歌16、51・藤原清輔）」に近い。さらに霰降る光景が後鳥羽院詠に重なり、恰も歌の内容に唱和しているような趣である。

【例12】＊336雲深き深山の嵐冴え冴えて生駒の岳に霰降るらし（347）

冬深み外山の嵐冴え冴えて裾野の正木霰降るなり（後鳥羽院御集・建仁元年二月老若五十首御歌合1137）

＊586磯の松幾久さにかなりぬらむいたく木高き風の音かな（694）

引きて植ゑし人の行方は知らねども木高き松の風の音かな（後鳥羽院御集・建仁元年三月内宮御百首281）

＊635夕月夜さすや川瀬の水馴れ棹馴れても疎き波の音かな（591）

熊野川下す早瀬の水馴れ棹さすがみなれぬ波の通ひ路（新古今・神祇歌1908）

654旧りにける朱の玉垣神さびて破れたる御簾に松風ぞ吹く（645）

ちはやぶる朱の玉垣神さびて榊葉ごとになびく夕風（後鳥羽院御集正治二年十一月十一日新宮歌合1502）

以上は、語句の摂取だけではなく、嵐と霰の冬山の寒さ（336）、丈の高い老松に吹く独特の風の音（586）、水馴れ棹に因む川の風情（635）、神々しい玉垣に風の吹く光景（654）という詠歌内容も踏襲されていると言えよう。

【例13】356位山木高くならむ松にのみ八百万代と春風ぞ吹く（662）

八幡山跡垂れ初めし標の内に猶万代と松風ぞ吹く

（新続古今・神祇歌2092・後鳥羽院御集・建仁元年十二月二十八日石清水社歌合1564）

下の句の構造は同じ。「八百万代」は「猶万代」に響きが通じ、「松風」が「春風」に変る。源氏の氏神を称える後鳥羽院詠に応えているような一首。

【例14】 366ちはやぶる伊豆のお山の玉椿八百万代も色は変らじ（644）

我が頼む神路の山の松の風幾代の春も色は変らじ

（新続古今・賀歌745／後鳥羽院御集・承元元年正月二十二日御会1689）

「ちはやぶる賀茂の社の姫小松万代経とも色は変らじ（古今・東歌1100・藤原敏行）」「とやかへる鷹のお山の玉椿霜をば経とも色は変らじ（新古今・賀歌350・大江匡房）」など、歌の構造の似る先行歌は見出せるので、とりわけ院の影響が強いとは言い難いが、実朝は伊豆という地方性を敢えて出して唱和している趣である。

【例15】 ＊385時雨降る大荒木野の小笹原濡れは漬づとも色に出でめや（502）

我が恋は真木の下葉に漏る時雨濡るとも袖の色に出でめや

（新古今・恋歌一1029／後鳥羽院御集・元久元年十月当座歌合1663）

「濡れは漬づとも」の用例は、「雨降らば着むと思へる笠の山人にな着せそ濡れは漬づとも（万葉・巻三377・石上乙麻呂）」の他は、勅撰集にも私家集にも見当たらない。「色に出でめや」は「〜とも色に出でめや」の語法で「笹の葉に置く初霜の夜を寒みしみはつくとも色に出でめや（古今・恋歌三663・凡河内躬恒）」「秋萩の枝もとををに置く露の今朝消えぬとも色に出でめや（新古今・恋歌一1025・大伴家持）」に見える。「時雨」に濡れる状況の重なる院の恋歌の影響は疑い得ない。

【例16】 433神山の山下水の湧き返り言はでもの思（ふ）我ぞ悲しき（463）

あしひきの山下水の湧き返り色には出でじ木隠れてのみ（新続古今・恋歌一1059／後鳥羽院御集・建仁元年六月千五百番御歌合476）

「人知れず思ふ心はあしひきの山下水の湧きや返らむ（新古今・恋一1015・大江匡衡）」という先行歌はあるものの、「山下水の湧き返り」の語例は勅撰集では後鳥羽院の用例のみ。定家所伝本成立までの用例は後鳥羽院と実朝のみ。どちらも秘めた恋。院の詠に触発されたに相違ない。

【例17】　463花により人の心は初霜の置きあへず色の変るなりけり（536）

白菊に人の心ぞ知られけるうつろひにけり霜も置きあへず（後鳥羽院御集75）

後鳥羽院詠は「植ゑ置きし人の心は白菊の花より先にうつろひにけり（後拾遺・秋356・藤原経衡）」を踏まえていよう。

《詠歌内容の変容》

表現は重なるが、季節・光景・状況、内容が微妙に、あるいは顕著に変容している例をみよう。

【例1】　77風吹けば花は雪とぞ散りまがふ吉野の山は春やなからむ（83）

風吹けば花は波とぞ越えまがふ分け来し旅も末の松山（後鳥羽院御集・建仁元年三月尽新宮撰歌合1529）

落花を雪に見立てる歌「駒並めていざ見に行かむ故郷は雪とのみこそ花は散るらめ（古今・春歌下111・よみ人しらず）」「散りまがふ花のよそめは吉野山嵐に騒ぐ嶺の白雲（新古今・春歌下132・藤原頼輔）」が視野にあろう。後鳥羽院独特の語句「風吹けば花は波とぞ越えまがふ」の「波」を「雪」に、「越え」を「散り」に換え、似通ったリズムの異なる歌意に仕立てられている。

【例2】　91今年さへ訪はれで暮れぬ桜花春もむなしき名にこそありけれ（88）
　　　　今年さへ志賀の弥生の花盛り訪はれで暮れぬ春の故郷（後鳥羽院御集・建仁元年三月二十三日当座御会1579）

「訪はれで」の「れ」は助動詞「る」の未然形。受身・可能のどちらにとるかによって、歌意は違ってくる。後鳥羽院詠は可能、自身が訪ねることが出来なかった、の意であろう。実朝詠は受身。後鳥羽院詠の意を受け、花の立場で詠む。大君にお訪ねいただかなかった花はさぞ残念でしょうよ、と唱和しているようにとれる。

【例3】　156霧立ちて秋こそ空に来にけらし吹上の浜の浦の潮風（183）
　　　　ほのぼのと春こそ空に来にけらし天の香具山霞たなびく（新古今・春歌上2／後鳥羽院御集・元久二年三月日吉三十首御会1320）

冒頭歌2にも反映している後鳥羽院詠の第二句三句を「春」から「秋」に変えて摂取。「山」から「海」へ背景も変えている。霞の春だけではない。秋も霧とともに空にやってくる。

【例4】　197白露のあだにも置くか葛の葉にたまれば消えぬ風立たぬまに（218）
　　　　234鳴く鹿の声より袖に置くか露物思（ふ）頃の秋の夕暮（245）
　　　　ならはずよ秋なればとて置くか露片敷く袖のうちしめるまで（後鳥羽院御集・建仁元年八月三影供御歌合1549）

「置くか露」の用例は後鳥羽院詠と実朝詠以外に見当たらない。独り寝の袖が涙で湿ることを暗示する後鳥羽院詠の「置くか露」を借りて、197は「夕されば野面にみがく白露のたまればかてに秋風ぞ吹く（万代・秋歌上934・藤原有家）」の世界に近い秋の光景に、234は鹿の声への共感に転じている。

【例5】　213たまさかに見るものにもが伊勢の海の清き渚の秋の夜の月（279）
　　　　二見潟月をもみがけ伊勢の海の清き渚の春の名残に（後鳥羽院御集・承元元年十一月最勝四天王院御障子1440）

春から秋へ季節を転じている。

【例６】　214伊勢の海や波にたけたる秋の夜の有明の月に松風ぞ吹く（280）

しをれこし袂乾す間も長月の有明の月に秋風ぞ吹く（後鳥羽院御集・建仁元年三月二十二日三体和歌1575）

「有明の月」に「風」が吹く光景は後鳥羽院詠以外に見出し難い。実朝によって「秋風」が「松風」に置き換えられたことにより、院の歌に漂う恋の情趣は、伊勢の海辺の叙景歌となる。

【例７】　220九重の雲居をわけてひさかたの月の都に雁ぞ鳴くなる（226）

ひさかたの天橋立霞みつつ雲居を渡る雁ぞ鳴くなる（後鳥羽院御集・承元元年十一月最勝四天王院御障子1430）

語を重ねながら異なるのは、後鳥羽院詠は春近く帰る頃の雁であるのに対し、実朝詠は秋にやって来た雁。

【例８】　259虫の音もほのかになりぬ花薄秋の末葉に霜や置くらむ（306）

長月や秋の末葉に霜置けば野原の小萩枯れまくも惜し（後鳥羽院御集・建仁元年二月老若五十首歌合1127）

実朝歌は『続古今集』485番歌に所収される。「秋の末葉」の語例は勅撰集には「花薄秋の末葉になりぬればことぞともなく露ぞこぼるる（新古今・雑歌上1572・源行宗）」しか見当たらない。

また、「世の中も厭ふ心も軒に生ふる草の葉深く霜や置くらむ（拾遺愚草員外・述懐十首490・藤原定家）」のような類歌はあっても「秋の末葉」に「霜」が置く例はない。霜が置くと小萩が枯れるのが残念だという院の詠に対し、実朝詠は虫の音がほのかになったことから末葉の霜を知るという趣。

【例９】　＊290月影の白きを見れば鵲の渡せる橋に霜ぞ置きにける（343）

秋の霜白きを見れば鵲の渡せる橋に月の冴えける（後鳥羽院御集・建仁元年十一月同時屏風御歌1637）

歌の構造の似る両歌。後鳥羽院詠は「鵲の渡せる橋に置く霜の白きを見れば夜ぞ更けにける（新古今・冬歌620・大伴家持）」の本歌取り。実朝詠ではさらに、霜を詠んだ後鳥羽院詠の上の句（霜）と下の句（月）が反転する興趣である。

【例10】　304更けにけり外山の嵐冴え冴えて十市の里に澄める月影（346）

冬深み外山の嵐冴え冴えて裾野のまさき霰降るなり（後鳥羽院御集・建仁元年二月老若五十首御歌合1137）

語句の重なり、構造の類似から「更けにけり山の端近く月冴えて十市の里に衣打つ声（新古今・秋歌下485・式子内親王）」に実朝が学んでいることは疑い得ない。ただし、「外山の嵐冴え冴えて」は後鳥羽院独特の表現。勅撰集・私撰集・私家集のいずれも後鳥羽院の他に用例がない。動的な嵐と霰を組み合わせた詠む院の詠から、嵐によって澄み冴えた冬の月の射す十市の里へと転じた実朝の受容は意図的であろう。この後鳥羽院詠は既にみたように、336（《語句と詠歌内容の踏襲》例12）にも反映されている。

【例11】　305比良の山山風寒み唐崎や鳰の湖に月ぞ氷れる（340）

唐崎や鳰の湖の水の面に照る月なみを秋風ぞ吹く（後鳥羽院御集・建仁元年八月十五夜撰歌合1554）

実朝詠は「雲払ふ比良山風に月冴えて氷り重ぬる真野の浦波（続古今・冬歌618・源経信）」「志賀の浦や遠ざかり行く波間より氷りて出づる有明の月（新古今・冬歌639・藤原家隆）」に光景が通じる。後鳥羽院詠との関連は、同じ場所に時が移り、季節が秋から冬に変わったおもしろさであろう。

【例12】　308難波潟葦の葉白く置く霜の冴えたる夜半に鶴ぞ鳴くなる（326）

難波江や葦の葉白く明くる夜の霞の沖に雁も鳴くなり（後鳥羽院御集・承元元年十一月最勝四天王院御障子1414）

原田正彦が「葦の葉白く」について、「後鳥羽院のこの歌以前には例を見ないものであり、実朝は一首の姿も、雁から鶴に詠みかえた形で、後鳥羽院歌をほとんど踏襲しているといってよい。[8]」と指摘している通り、新しい表現である。「葦の葉白し」は、勅撰集では、後代に「難波潟入り江の波に風冴えて葦の葉白き夜半の初霜（続後撰・冬歌443・平貞時）」がみえる。春のはじめの院の詠は霞の沖に間もなく帰る雁を配するが、霜で葦の葉が白い実朝詠には鶴が配され白さと寒さが強調される。

【例13】　327我が庵は吉野の奥の冬籠り雪降りつみて訪ふ人もなし（374）

冬籠り春に知られぬ花なれや吉野の奥の雪の夕暮（後鳥羽院御集・正治二年十一月八日影供歌合1510）

院の詠は331番歌（《語句と詠歌内容の踏襲》例10）にも反映されている。実朝詠の歌意は「我が宿は雪降りしきて道もなし踏み分けて訪ふ人しなければ（古今・冬歌322・よみ人しらず）」により近いが、院の詠に語彙が重なることは看過し難い。

【例14】　＊334見わたせば雲居はるかに雪白し富士の高嶺のあけぼのの空（366）

八重霞煙も見えずなりぬなり富士の高嶺の夕暮の空（後鳥羽院御集・元久元年十二月住吉三十首御会1293）

「天の原富士の煙の春の色の霞に靡くあけぼのの空（新古今・春歌上33・慈円）」も目にしていようか。後鳥羽院詠の季節と時間を置き換えた富士と空。

【例15】　386時雨のみふるの神杉ふりぬれどいかにせよとか色のつれなき（558）

深緑争ひかねていかならむ間なく時雨のふるの神杉（新古今・冬歌581／後鳥羽院御集・元久二年三月日吉三十首御会1338）

歌意の近い「いその神ふるの神杉ふりぬれど色には出でず露も時雨も（新古今・恋歌一1028・藤原良経）」「唐錦惜しき我が名はたちはてていかにせよとか秋風に靡く浅茅の色異になる（古今・恋歌四725・よみ人しらず）」「思ふよりいかにせよとか今はつれなき（後撰・恋二685・よみ人しらず）」の影響は当然あろう。実朝詠は、院の冬歌を恋歌に転じる。

「間なく時雨のふるの神杉」に想を得た「時雨のみふるの神杉」であろう。

【例16】 399時鳥待つ夜ながらの五月雨にしげきあやめのねにぞ泣きぬる（530）

時鳥待つ夜ながらのうたたねに夢ともわかぬ明け方の声

（後鳥羽院御集・元久元年十二月賀茂上社三十首御会1236）

類歌に「有明のつれなく見えし月は出でぬ山時鳥待つ夜ながらに（新古今・夏歌209・藤原良経）」がある。院の詠は夏歌。実朝詠は時鳥を待つことが恋人を待つ辛さに重なる。

【例17】 409秋の野の花の千種にものぞ思（ふ）露よりしげき色は見えねど（423）

亡き人の形見の雲やしをるらむ夕の雨に色は見えねど

（新古今・哀傷歌803／後鳥羽院御集・建永元年七月二十五日御歌合1683）

「色は見えねど」の用例は、勅撰集では後鳥羽院詠の他、後代の「置く露に色は見えねど菊の花濃紫にもなりにけるかな（玉葉・冬歌896・町尻子）」のみ。私家集では「五月闇色は見えねど橘の香こそはまづは人に知らるれ（大弐三位集54）」をみるのみ。詠歌内容は全く異なるのだが、後鳥羽院詠に語句を借りている可能性は高い。

【例18】 ＊536塩釜の浦の松風霞むなり八十島かけて春や立つらむ（8）

海の原遠の霞の春の色に八十島かけて帰る雁がね（後鳥羽院御集1102・建仁元年二月老若五十首歌合1102）

実朝は「見渡せば霞のうちも霞みけり煙たなびく塩釜の浦（新古今・雑歌中1611・藤原家隆）」「塩釜の浦吹く風に霧晴れて八十島かけて澄める月影（千載・秋歌上285・藤原清輔）」にも学んでいよう。

【例19】 541住吉の松の木隠れゆく月のおぼろに霞む春の夜の空（101）

三輪の山杉の木隠れゆく月にすずしく名乗る時鳥かな

実朝詠は、「浅緑花もひとつに霞みつつおぼろに見ゆる春の夜の月（新古今・春歌上56・菅原孝標女）」に通じる光景。院の詠の三輪の杉に木隠れる月と時鳥、という夏の詠が、住吉の松に木隠れる朧月夜へ転じる。

（後鳥羽院御集・承元二年十一月最勝四天王院御障子1411）

以上、後鳥羽院詠は多様に反映されているのである。院は進取の気象に溢れた帝王であった。古歌にはない詞を積極的に歌に織り込み、時代に先駆けて新たな視点で新しい表現を生み出した。実朝はその姿勢に魅了され、共感してなぞらえ、また趣向を変え、恰も唱和するように響き合う歌を詠んだ。実朝は「詞」も「心」も院に学んだと言えるだろう。

四　後鳥羽院詠の実朝歌反映の可能性

最後に、後鳥羽院詠に実朝歌が反映されている可能性に触れておきたい。

333山高み明け離れゆく横雲の絶え間に見ゆる峰の白雪（365）

朝日出でて空より晴るる川霧の絶え間に見ゆる遠の山本（続後撰・秋歌中317／後鳥羽院御集・建保四年二月御百首591）

実朝歌は『新勅撰集』（423）所収歌。院の歌の詠まれた建保四年には定家所伝本は既に成立している。実朝詠の歌意は「鐘の音に今や明けぬと眺むれば猶雲深し峰の白雪（壬二集2619・藤原家隆）」に近いのだが、「絶え間に見ゆる」は実朝同時代以降に定着する新しい表現である。詠まれている光景は異なるものの、後鳥羽院が実朝詠を摂取してはいないだろうか。

とりわけ注目されるのは、承久の乱後、隠岐に流された院が流謫の地で詠んだと考え得る⑨『詠五百首和歌』に実朝歌に通じるものがみえることである。

【例1】157うちはへて秋は来にけり紀の国や由良の御崎の海人の浮子縄（184）
浦人の難波の春の朝凪に霞を結ぶ網の浮子縄（後鳥羽院御集・詠五百首和歌667）

実朝の念頭には「咲き初めし時より後はうちはへて世は春なれや色の常なる（古今・雑歌上・紀貫之）」があろうし、歌意は異なるが歌の構造は「うちはへて苦しきものは人目のみしのぶの浦の海人のたく縄（新古今・恋歌二1096・二条院讃岐）」に似る。院の詠は季節が秋から春に変る。「海人の浮子縄」も「網の浮子縄」も後代に定着する表現。

【例2】343武士の八十宇治川を行く水の流れて早き年の暮かな（400）
山吹の花の露添ふ玉川の流れて早き春の暮かな（後鳥羽院御集・詠五百首和歌691）

実朝歌は『新勅撰集』（437）所収歌。「武士の八十宇治川」という表現を万葉に借りて詠む。「流れて早き」の用例には「昨日といひ今日と暮らして明日香川流れて早き月日なりけり（古今・冬歌341・春道列樹）」「ゐせきにもとまる紅葉やなかるらん流れて早き秋の暮には（千五百番歌合1647・宜秋門院丹後）」があり、影響が考えられるが、歌の構造は実朝詠に似る。院の詠は、川に象徴される時の流れの早さを「年の暮」から「春の暮」へ転じる。

【例3】601嘆き侘び世をそむくべき方知らず吉野の奥も住み憂しといへり（688）
時雨とてここにも月は曇るめり吉野の奥も憂き世なりけり（後鳥羽院御集・詠五百首和歌855）

両歌とも「み吉野の山のあなたに宿もがな世の憂き時の隠れ家にせむ（古今・雑歌下950・よみ人しらず）」「いづくにか身を隠さまし厭ひ出でて憂き世に深き山なかりせば（千載・雑歌中1150・円位法師）」を踏まえていよう。後代には「思ひ入る吉野の奥もいかならむ憂き世のほかの山路ならねば（新後撰・雑歌中1373・九条左大臣女）」「いかにせむつらきところの数そへて吉野の奥も住みよからずは（続千載・雑歌下2010・藤原実経）」と詠み継がれる。後鳥羽院には「月は曇るめり」「花は散るなり」の照応から「いづくにて風をも世をも恨みまし吉野の奥も花は散るなり（千載・雑歌中1073・藤原定家）」の影響があろう。実朝歌に触発されている可能性も消し難い。

【例4】604世（の）中は常にもがもな渚漕ぐ海人の小舟の綱手かなしも（572）

塩釜の浦漕ぐ舟の綱手縄苦しきものはうき世なりけり（後鳥羽院御集・詠五百首和歌1010）

実朝歌は『新勅撰集』（525）、『百人一首』93に採取。両歌とも「陸奥はいづくはあれど塩竈の浦漕ぐ舟の綱手かなしも（古今・東歌1088）」に学んでいよう。「綱手」「綱手縄」の用例は「川舟の上りわずらふ綱手縄苦しくてのみ世を渡るかな（新古今・雑歌下1775・藤原頼輔）」「綱手引く千賀の塩釜繰り返しかなしき世をぞうらみはてつる（定家名号七十首49）」「難波潟行き交ふ舟の綱手縄くるとも見えず葦の間もなみ（玉葉・旅歌1223・壬生忠見）」「うけひかぬ海人の小舟の綱手縄絶ゆとてなにか苦しかるべき（続後撰・恋歌一709・京極前関白家肥後）」などがある。院の歌意は川舟を詠む頼輔詠に近いが、海を漕ぐ舟の詠である。実朝詠にも触発されている可能性はあろう。

【例5】659神風や朝日の宮の宮遷し影のどかなる世にこそありけれ（616）

神風や豊栄昇る朝日影曇りはてぬる身を嘆きつつ（後鳥羽院御集・詠五百首和歌1091）

院の詠は「曇りなく豊栄昇る朝日には君ぞ仕へん万代までに（金葉二・賀333・源俊頼）」を本歌とする。実朝詠は『玉葉集』神祇歌に「伊勢遷宮の年よみ侍りける歌」、『夫木和歌抄』雑部十六に「家集、神祇歌中」の詞書で載る。実朝には「秋の月影のどかにも見ゆるかなこや長き世のためしなるらん（玉葉・賀歌1067・藤原公任）」が念頭にあったと思われる。語は重なりながら、おおらかに世の平和を詠む実朝歌とは対照的な院の詠である。影響関係の確証はないが、「神風」と「朝日」が入る詠は珍しい。

以上のように、院の歌にも実朝の影が仄見える。隠岐に流謫の身の後鳥羽院の胸に、亡き実朝が、その残された歌が、去来することがなかったとは言えまい。

五　おわりに

実朝にとって歌を詠むことは、直接には面会叶わぬ後鳥羽院との伝達手段でもあり得た。実朝の敬慕、表現の踏襲を楽しんでいるような歌の学び、唱和的な詠みぶりは、定家所伝本を目にすれば、誰よりも後鳥羽院自身に最もよく理解できるはずである。

後鳥羽院の廷臣たる帰属意識の強い実朝であったが、臣下として、きわめて特殊な立場にあった。賀歌の一首「369君が代も我が代も尽きじ石川や瀬見の小川の絶えじと思へば」は、「君が代」と「我が代」が並ぶ、東国の覇者・実朝ならではの歌であろう。両者は、人の上に立つ王者という点で共通する。王たる者はすべてを統括する。人民を守護し、統治し、群臣を配下に置く。直接手を下さずとも人を誅することはある。ひとたびクーデターが起れば、自身が罪人となり、また命を落とすことになる。その責務の重さと孤独は王者にしかわからない。甥・公暁の刃に倒れた実朝と、失意のまま隠岐で生涯を終えた後鳥羽院は、奇しくも悲劇的な運命も重なるのである。

この世で相見ることのなかった覇者たる歌人の間には、精神のあり方と感性に共鳴し合うものがあるように思われる。

注

①　今関敏子『『金槐和歌集』の時空―定家所伝本の配列構成―』和泉書院2000
②　斉藤茂吉「後鳥羽院と実朝と」『源実朝』岩波書店1943　本節中の斉藤茂吉の言及は同書に拠る。
③　原田正彦「源実朝と後鳥羽院歌壇―金槐集と新古今集成立期の和歌との関連を中心に―」実践研究2 1998・6
④　安保如子「源実朝の『露色随詠集』享受の可能性」国文90 1999・1
⑤　谷山茂著作集第四巻『新古今時代の歌合と歌壇』第四章（角川書店1983）、樋口芳麻呂『後鳥羽院』（王朝の歌人10・集英社1985）、目崎徳衛『史伝後鳥羽院』（吉川弘文館2001）、吉野朋美「後鳥羽院の実朝懐柔策と和歌―建保三年『院四十五番歌合』について―」（『古代中世文学論考第十二集』新典社2004）
⑥　樋口芳麻呂『金槐和歌集』（新潮日本古典集成）1981頭注。
⑦　後鳥羽院詠は『新編国歌大観』（角川書店）に拠り、比較しやすいよう私に表記する。また、寺島恒世『後鳥羽院御集』（和歌文学大系24・明治書院1977）を参照する。
⑧　③に同じ。
⑨　『詠五百首和歌』は、樋口芳麻呂「後鳥羽院」（『中世の歌人Ⅰ』日本歌人講座3・弘文堂1968）が隠岐で成立したことを指摘して以来、その捉え方、後世への影響については、寺島恒世「後鳥羽院「詠五百首和歌」考―雑の歌を中心に―」（国語と国文学1981・5）、小原幹雄「『隠岐五百首和歌』について」（島大国文18・1989）、伊藤敬「隠岐の後鳥羽院抄」（藤女子大学・藤女子短期大学紀要第1部33 1996・2）、寺島恒世「後鳥羽院「詠五百首和歌」の表現―作成のねらいとの関わりから―」（『王朝和歌と史的展開』笠間書院1997）、田渕句美子「流謫の後鳥羽院―『続後撰集』以降の受容―」（国文95 2001・8）等の論考が出されている。

第四節　君臣の交流 ―実朝と信生法師―

一　はじめに

Ⅰ　実朝像の多様性

覇者たる存在は孤独である。その孤独は誰とも分かち合うことが出来ない。その責務、背負っているものの重さは覇者にしかわからない。人民を統治し、守護し、群臣を配下に置く。権力で人を動かし、直接手を下さずとも人を誅することはある。そうしなければ、危機は自身に迫る。ひとたびクーデターが起れば、自身が罪人となり、命を落とすことになる。

内訌する鎌倉幕府を背負い、朝廷との関係に苦慮する政治家としての実朝に、命の危険は常にあった。廷臣として後鳥羽院への帰属意識は強く、右大臣にまで登りつめ、その拝賀の鶴岡八幡宮で甥の公暁に討たれ、二十八歳（満二十六歳）の生涯に幕を閉じた。

この世の最後の日、鶴岡八幡宮に赴く前に

　出でて去なば主なき宿となりぬとも軒端の梅よ春を忘るな

という辞世の歌を残したと『吾妻鏡』は伝えている。

実朝の死後、多くの家臣が出家した。その一人、藤原景倫（出家後は願性上人）の出家が、『葛山願生書状案』（鎌倉遺文）『鷲峰山開山法燈円明国師行実年譜』（群書類従）に記されている。出家の事情は、後者に詳しいが、実朝に影のように付き従う景倫は、密かに宋に渡る命を受け、船に乗るべく九州に下り、そこで訃報を聞き、即座に剃髪、高野山へ入ったという。また、宇都宮（塩谷）朝業（出家後は信生法師）も一年後に出家している。

『吾妻鏡』にはしばしば、実朝が夢想を重んじていたことが記される。中でも注目されるのは、陳和卿との出会いである。将軍に面会した陳和卿は感激の涙を流して、医王山の長老であったという実朝の前世を語る。既に前世の夢想を得ていた実朝は、この話に確信を得て、宋に行くことを決意、船の建設を実行に移すが、完成したはずの船は海に浮かばず、海浜に朽ちていった。暗殺される二年前のことであった。

『鷲峰山開山法燈円明国師行実年譜』には、鎌倉五山僧・栄西が実朝は玄奘三蔵の生まれ変わりという夢想を得たことも記されている。また、『紀伊続風土記』「興国寺鷲峰山」（群書類従）には、興国寺が願性上人の建立であること、出家譚、実朝が玄奘三蔵の再誕であるという栄西の夢、さらに、前世は雁蕩山の修行僧であった夙因で、将軍になったという実朝自身の夢想が記されている。夢から覚めた実朝は次の歌を詠んだ、という。

　世も知らじ我もえ知らず唐国のいはくら山に薪樵りしを

恰も己の死を予兆していたかのような伝承、忠臣の存在を語る伝承、前世に纏わる夢想の伝承は悲劇の将軍実朝を神秘化する。このように語り継がれ、実朝像は形成されてきたと言い得よう。

一方、近年の実朝研究は史的事実を重んじ、権力を拡大した有能な政治家としての実朝像を強調する。しかし、伝承をまったく意味のないものとして無視することは出来ない。歴史評価がいかに有能な覇者であれ、内面の孤独と他者への情愛、その間の矛盾と葛藤を抱えていよう。歌人としての実朝と和歌を置き去りにしては実朝を語れまい。

Ⅱ　定家所伝本『金槐和歌集』と君臣の交流

先に触れた家臣、藤原景倫も宇都宮朝業も定家所伝本『金槐和歌集』には登場しない。定家所伝本には他者詠が皆無である。君臣の具体的な交流を自撰の家集に探ることは不可能に近い。

実朝が家臣と歌を交す場がしばしばあったことは、定家所伝本の詞書から窺える。

「梅の花風に匂ふといふことを人びとに詠ませ侍しついでに（15、16）」「山家見花といふことを、人びとあまたつかうまつりしついでに（68）」「秋の野に置く白露は玉なるやといふことを人々に仰せてつかうまつらせし時詠める（176）」「佐保山の柞の紅葉時雨に濡るといふことを、人びとに詠ませしついでに詠める（266）」「九月尽の心を、人びとに仰せてつかうまつらせしついでに詠める（274）」「海の辺の千鳥といふことを、人々あまたつかうまつりしついでに（294 295 296）」「年を経て待つ恋といふことを、人々に仰せてつかうまつらせしついでに（470）」「声うち添ふる沖つ白波といふことを、人々あまたつかうまつりしついでに（566）」「相州の土屋といふ所に、齢九十に余れる朽法師あり。おのづから来たる。昔語りなどせしついでに、身の立ち居に堪へずなむなりぬることを泣く泣く申（し）て出でぬ時に、といふことを、人々に仰せてつかうまつらせしついでに詠み侍（る）歌（595～599）」という詞書からは、臣下と和歌を詠み合う場のあったことが知られる。ただし、家臣の歌は一首も掲載されない。

また、人に歌を贈ってもいることは、詞書「人のもとに詠みて遣はし侍し（67）」「山吹の花を折りて人のもとに遣はすとて詠める（103 104）」「秋頃言ひなれにし人の、ものへ罷れりしに、便りにつけて文など遣はすとて（423 424）」「遠き国へ罷れりし人、八月ばかりに帰り参るべきよしを申して、九月まで見えざりしかば、かの人のもとに遣はし侍し歌（425 426）」「ある僧に衣を賜ふとて（257）」「鶴岡別当僧都（の）許に雪の降れりし朝よみてつかはす歌（313 314）」「足に患ふことありて、入り籠れりし人のもとに、雪降りし日詠みて遣はす歌（576）」「世（の）中常ならずといふことを、人のもとに詠みて遣はし侍し（613）」「ある人都の方へ上り侍（り）しに、便りにつけて詠みて遣はす歌（623〜628）」「五月の頃陸奥へ罷れりし人のもとに、扇などあまた遣はし侍（り）し中に、時鳥描きたる扇に書きつけ侍（り）し歌（629）」「近う召し使ふ女房、遠き国に罷らむといとま申侍（り）しかば（630）」「遠き国へ罷れりし人のもとより、見せばや袖のなど申（し）おこせたりし返り事に（631）」「しのびて言ひわたる人ありき。遥かなる方へ行かむと言ひ侍りしかば（632）」から知られるが、相手の返歌は載らない。詳しい間柄・人柄はわからない。

一方、貞享本は定家所伝本に比すれば具体的と言い得る。家臣との贈答が二例見出せる。まず冬部に収められる例。

建暦二年十二月雪の降り侍りける日、山家の景気を見侍らむとて民部大夫行光が家に罷り侍りけるに、山城判官行村などあまた侍りて和歌管絃の遊びありて、夜更けて帰り侍りしに、行光、黒馬を賜びけるを、またの日見けるに、鬣に紙を結び侍るを見れば

386この雪を分けて心の君にあれば主知る駒のためしをぞ引く

返し

387主知れと引きける駒の雪を分けばかしこき跡に返れとぞ思ふ

みづから書きて好士を選び侍りしに内藤馬允知親を使として遣はし侍りし。

行光の家に将軍が赴き、臣下が集い、山里の雪景色を眺めて和歌管絃を楽しむという一齣である。翌日、気づけば和歌をしたためた紙が馬の鬣にある。君臣の交流の風流な余韻である。この記事は『吾妻鏡』建保元年十二月十九日二十日の条に載る。

もう一例は雑部に載る。

素暹法師ものへ罷り侍りけるに遣はしける

607沖つ波八十島かけて住む千鳥心ひとつをいかが頼まむ

返し　　　　　　　　　　　　　　　　素暹法師

608浜千鳥八十島かけて通ふとも住みこし浦をいかが忘れむ

これもまた息の合う贈答と言えよう。素暹法師は、側近・東胤行の法名である。この歌の交された当時は出家以前だったと思われる。

貞享本には以上のように、固有名詞が記され、他者の歌も載る。定家所伝本で固有名詞が示される唯一の人物は法眼定忍であるが、那智の修行の話を聞いたことが詠まれる一連（648～651）に、法眼定忍の歌はない。定家所伝本からは、将軍としての生活がどのようなものであったのか、どのように他者と交流していたのかという具体像が見えにくいのである。

本節では、実朝の忠臣の残した家集をとりあげ、和歌をめぐる君臣の交流を考えてみたい。

二　実朝と信生法師

Ⅰ　『信生法師集』

信生法師（一一七一?～一二二七?）――俗名・塩谷朝業は、同母兄・蓮生（俗名・頼綱）、次男・時朝とともに東国の歌人としても名を残している。出自は藤原道兼の血を引く宇都宮氏。朝業は塩谷を号した。信生は実朝の死の翌年得度し、兄・蓮生とともに、法然の高弟・証空上人の弟子となった。

信生の歌は、勅撰集に一二首、私撰集に四六首入集しており、家集に『信生法師集』がある。この作品は孤本、伝本は江戸初期書写の宮内庁書陵部本のみ。書名『信生法師集』は、霊元天皇筆と伝えられる外題である。前半の1〜47番歌までは和歌が二字下げ、後半の48〜209番歌は詞書が二字下げの書写形態をとる。

前半部には、僧形の信生が京を出発して東国に赴く道程が記される。散文（詞書）と和歌を連ねて時間が進行していく形式は紀行にジャンル分けし得る。『信生法師日記』という別名のある所以であろう。

後半部は和歌が主体の歌集の体裁をとる。部立はないが、詠歌内容から、春・夏・秋・冬・賀・恋・雑に分類出来る。春〜賀は題詠が多いのが特徴的であるが、恋と雑では、詞書が長くなる傾向がある。雑には、妻に先立たれた身で、幼い子どもたちを残して出家する辛さが叙述されている。

Ⅱ　理想の覇者・実朝

紀行部にはとりわけ実朝追慕が色濃い。鎌倉では、亡き実朝が一入偲ばれ、主君の死は次のように語られている。①

薪尽きにし暁の空、形見の煙だに行方も知らず、霞める空はたどたどしきを、笹分けし暁にあらねども、帰さは、袖の露も数まさりし折なんど、ただ昨日今日と移り行く夢を数ふれば、早七年になりにければ、おどろかるるは悲しとも愚かなり。すべて消滅のことわり、惜しむべきならず、悲しむべきならねど、釈尊入滅の如月十五夜の空、鶴林の煙にかきくれにしは、六道覚悟の聖者より始めて、憂へざる者なく、「我師入滅、我即入滅」と悲しび、心なき草木のよすがまで、憂への色を含みき。いはんや、濁世末代の愚かなる凡夫、いかでか涙の色袖に出でず、悲しびの声外に聞こえざらん。昔に変らぬ有明の空の気色はつれなく覚えて

22眺め侘びぬ煙となりし面影も霞める月も明け方の空

七年を経た今も、悲しみは消えない。釈尊入滅に重ねられる不在の重さの中に信生は在る。

続けて、敬慕する主君の人となりに触れる。この部分は、忠臣として生前の実朝を語った紀行部唯一の箇所と言える。

抑、かたじけなく天枝帝葉の塵より出でて、兵馬甲の道を伝へ給ふ事は、思ふに、生まれて世々になりぬる中に、広く唐土の文を習ひ、その道を見給へかし。有難かるべきぞかし。彼の張良は兵法の文を習ひて、謀を帷帳のうちにめぐらしき。まことに、漢才をもて、和才を和らぐる理をも知り給へるなるべし。中にも大和言の葉は、そのみちさかりと興りき。君となり、臣となる契り、世々に深しと言ひながら、殊に忘れがたきは、花・時鳥・月・雪の折々の御情なり。あまねき交り、冬の雪よりも積もりにしものをや。

23言の葉の情をしのぶ露までもいづれの草の陰に見るらむ

信生にとっての主君・実朝は、皇統の血を引く武人、和魂漢才の治者であった。そればかりではない、みやびの世界の住人でもあった。中でも大和言の葉―和歌は、君臣の絆を強める役割を果たした。これは、歌人としての実朝の自己認識が、将軍ではなく鎌倉に在る後鳥羽院廷臣であったことに重なろう。②

引用部傍線部は『古今集仮名序』③の次の部分を想起させる。

いにしへの世々の帝、春の花の朝、秋の月の夜毎に、さぶらふ人々を召して、事につけつつ、歌をたてまつらしめ給ふ。あるは花をそふとて便りなき所に惑ひ、あるは月を思ふとてしるべなき闇にたどれる心ごころを見給ひて、賢し、愚かなりと知ろしめしけむ。

和歌を通して臣下の器量を見抜く帝の政道は、実朝にも通じるものであろうが、信生が寵臣の視点で強調するのは、信頼の深さと温情ある待遇である。紀行部には、共に実朝に仕え、今は姥捨山近くに蟄居している伊賀式部光宗を訪ね、旧交をあたためる叙述があるが、光宗は「君に仕へし昔は、和歌の浦波同じ身に立ち交じり、かく世を遁れぬる今は、朝倉山の雲となりぬる人」と表現されている。和歌を媒介にした臣下同士の結びつきは強い。和歌を介した政はまさしく、「みやびをもってする王道」であり、信生にとって実朝は理想の覇者であったと言えよう。

Ⅲ　君臣の贈答

忠臣・信生の筆による実朝像は神格化に近いとも言える。家集の執筆意図は、理想の覇者の像を不動のものにすることにあったと思われる④。それゆえ、実朝在りし日の印象に残る場面や出来事が臨場感豊かに回想されることはない。暗殺という非業の死とその前後の状況に触れられることもない。従って、定家所伝本『金槐和歌集』同様、『信生法師集』から、和歌をめぐる交流の場がいかなるものであったのかを具体的に知ることは出来ないのである。

しかし、例外はある。『信生法師集』後半の歌集部には、一首だけ君臣の触れ合いの垣間見られる歌が記載されている。

右大臣殿、梅花を折りて賜ぶとて「君ならで誰にか見せむ」と仰せられて侍りしに

58うれしさも匂ひも袖にあまりけり我がため折れる梅の初花

この歌については『吾妻鏡』建暦二年二月一日⑤の条に次のように記されている。

将軍家以㆓和田新兵衛尉朝盛㆒為㆓御使㆒。被㆑送㆓遣梅花一枝於塩谷兵衛尉朝業㆒。此間仰云。不㆓名謁㆒。たれにか見せんと許云て。不㆑聞㆓御返事㆒可㆓帰参㆒云々。朝盛不㆑違㆓御旨㆒。即走参。朝業追奉㆓一首和歌㆒。

実朝は「名乗らず誰にか見せんとだけ言って返事を聞かずに帰って来るように」と申しつけて、和田朝盛を使者に立て朝業（信生）に梅の花を贈った。使者は仰せに従ったのだが、状況を察知した朝業が即刻奉ったのが右の和歌と

いうことになる。

同歌は私撰集『新和歌集』⑥に次のような贈答歌として掲載される。

鎌倉右大臣より梅を折りて賜ふとて

17君ならで誰にか見せむ我が宿の軒端に匂ふ梅の初枝

御返事　　　　　　　　　　　　　　信生法師

18うれしさも匂ひも袖にあまりけり我がため折れる梅の初花

また右の18番歌は、『玉葉集』（1855番歌）に、「鎌倉右大臣梅の枝を折りて誰にか見せむと遣はして侍りける返事に」という詞書で載る。

実朝歌「君ならで誰にか見せむ」は、言うまでもなく「君ならで誰にか見せむ梅の花色をも香をも知る人ぞ知る」（古今・春上38・紀友則）の上の句の踏襲である。下の句「知る人ぞ知る」は自ずと意に含まれ、梅の色香の素晴らしさを共感できる人物として選ばれた光栄を、臣下に感じさせずにはおくまい。息の合った応答である。

実朝が歌会をしばしば催していたこと、こよなく梅を愛したことは『吾妻鏡』や『金槐和歌集』に載る歌の数々から知られる。しかし、梅を媒介にした具体的な臣下との交流が窺われるのは、『信生法師集』『新和歌集』『玉葉集』に載る同じエピソード、和歌の役割を語る印象的な場面である。

三　定家所伝本『金槐和歌集』と『信生法師集』

I　和歌表現の類似性・共通性

ここで視点を変えて、残された家集の影響関係を手がかりに実朝と信生の間柄を探ってみたい。

定家所伝本『金槐和歌集』と『信生法師集』歌集部には共通する和歌表現が見出せる。実朝歌と信生歌を並べ、同語・同語句に　を、類似表現、対照表現に傍線を付して比較する。

まず、影響関係を疑い得ない次の例を見よう。

【例1】

［実朝］　夏の暮によめる

154夏はただ今宵ばかりと思（ひ）寝の夢路に涼し秋の初風

［信生］　立秋

75夏はただ今宵ばかりと思ひ寝の覚むればやがて秋の初風

第四句を除き、すべてが一致する。

このような例は他にはないが、語・語句の選択、語法、構造、詠歌姿勢に共通性、類似性のみられる例は少なくない。以下、列挙する。

【例2】

［実朝］　立春の心をよめる

2九重の雲居に春ぞ立ちぬらし大内山に霞たなびく

［信生］　立春

48梓弓春来にけらし高円の尾上の宮に霞たなびく

「霞たなびく」は珍しい表現ではないが、両歌とも「ほのぼのと春こそ空に来にけらし天の香具山霞たなびく」（新古今・春歌上2・後鳥羽院御集1320）の影響があろう。

【例3】

［実朝］　故郷の春の月といふことをよめる

34誰住みて誰眺むらむ故郷の吉野の宮の春の夜の月

寺辺夕雪

331故郷はうらさびしともなきものを吉野の奥の（雪の夕暮）

［信生］　故郷雪

109誰住みて幾代ふりぬと眺むらむ吉野の宮の雪の夕暮

実朝歌331第五句は欠字である。「冬籠り春に知られぬ花なれや吉野の奥の雪の夕暮」（後鳥羽院御集・正治二年十一月八日影供歌合1510）他、『新古今集』の影響に鑑み、「雪の夕暮」と考え得る。⑦信生歌もその証左となろう。

【例4】

［実朝］　人のもとに詠みて遣はし侍し

67春は来れど人もすさめぬ山桜風のたよりに我のみぞ訪ふ

故郷萩

182故郷のもとあらの小萩いたづらに見る人なしみ咲きか散りなむ

［信生］　深山花

64遠近の跡なき峰の桜花見る人なしに春や経るらむ

人知れず咲く花への着目。

【例5】

［実朝］　更衣をよめる

117惜しみこし花の袂も脱ぎかへつ人の心ぞ夏にはありける

［信生］　更衣

70心もや単に変る夏衣立ちても居ても風ぞ待たるる

衣替えで春から夏に変る人の気分。

【例6】

［実朝］　夏の暮によめる

153禊する川瀬に暮れぬ夏の日の入相の鐘のその声により

［信生］　山寺三月尽

69飽かなくに春の日数も初瀬山春も尽きぬる入相の鐘

季節の終わりを「入相の鐘」に象徴させる用法は意外に少ない。⑧

【例7】

［実朝］　夕秋風といふことを

184秋ならでただおほかたの風の音も夕はことに悲しきものを
　夕の心をよめる

［信生］　荻

185おほかたにもの思（ふ）としもなかりけりただ我がための秋の夕暮

78おほかたにもの思ふとしもなけれども夕は悲し荻の上風

孤愁の表現にみる同表現の選択。

【例８】

［実朝］　月をよめる

211我ながら覚えず置くか袖の露月にもの思（ふ）夜頃経ぬれば

［信生］　寄鹿恋

119我ながら覚えず濡るる袂かな鹿の音鳴かば的や契し⑨

「我ながら覚えず…」という表現は勅撰集にはない。

【例９】

［実朝］　秋歌

250昔思（ふ）秋の寝覚の床の上をほのかに通ふ峰の松風

［信生］　隠居の後、秋の末つ方、うちしぐれたる夜半に、鹿の鳴き侍りしを

94昔思ふ露もまだ乾ぬ床の上にしぐるる夜半の小牡鹿の声

頻繁に用いられる語句ではない「昔思ふ」「床の上」が一首の中に入る共通性。

【例10】
［実朝］　十月一日よめる
275秋は往ぬ風に木の葉は散りはてて山さびしかる冬は来にけり
［信生］　山里の住まゐ、人目もかき絶えて心細き夕暮に、木の葉の深く散りつもりて侍りしかば
97秋も去ぬ宿は木の葉に埋もれて頼めし人は訪れもせず
「秋」「去ぬ」「木の葉」が同順で詠み込まれる。

【例11】
［実朝］　松風時雨に似たり
276降らぬ夜も降る夜もまがふ時雨かな木の葉の後の峰の松風
277神無月木の葉降りにし山里は時雨にまがふ松の風かな
［信生］　水上落葉
102木の葉散る音は時雨に変はらぬは岩間の水を染むるなりけり
「木の葉」「時雨」を一首の中に用いる。

【例12】
［実朝］　月前嵐
304更けにけり外山の嵐冴え冴えて十市の里に澄める月影
［信生］　時雨
99かきくらし片岡山は時雨るれど十市の里は曇らざりけり

十市の里の澄んだ光景。

【例13】

［実朝］　屏風に三輪の山に雪の降れる所

311冬籠りそれとも見えず三輪の山杉の葉白く雪の降れれば

社頭雪

312み熊野の梛の葉しだり降る雪は神のかけたる垂にぞあるらし

［信生］　社頭雪

105降る雪は三輪の神杉結べども冬のしるしぞ隠れざりける

社頭雪

106降る雪にさす榊葉も埋もれてあらぬ梢に懸くる白木綿

語が重なるだけではなく雪に降りこめられた霊山の詠を二首並べる配列も共通する。二首目は、いずれも雪を幣に見立てる。一首目は、雪に覆われ、三輪山とは見えないと詠む実朝詠（311）と、雪に埋もれてもそれとわかるという信生詠（105）。詠歌内容は対照的。

【例14】

［実朝］　松に寄するといふことをよめる

356位山木高くならむ松にのみ八百万代と春風ぞ吹く

月に寄する祝

367万代に見るとも飽かじ長月の有明の月のあらむかぎりは

［信生］　寄月祝
112曇りなく光もやがて有明のつきせぬ御代の影ぞのどけき
　寄日祝
113位山高き峰より出づる日の影のどかなる雲の上かな

『信生法師集』中、賀歌はここに挙げた二首のみ。前後は入れ替るが、続けて二首並ぶ配列の共通性を考え併せても、語の重なりは偶然ではあるまい。

【例15】
［実朝］　頼めたる人のもとに
419待てとしも頼めぬ山も月は出でぬ言ひしばかりの夕暮の空
［信生］　寄雨恋
134今来むの契もいさや数ならぬ身を知る雨の夕暮の空
　心ならず遠き程へ立ち離れ侍りし女の事を思ひ侍りて
142思ひやる心の末ぞ知られける千里の雲の夕暮の空
恋歌。逢えぬ人を思って眺める夕暮の空。

【例16】
［実朝］　月に寄せて忍ぶる恋
449春やあらぬ月は見し夜の空ながら馴れし昔の影ぞ恋しき
［信生］　雨の後、月初めて晴れ侍る夜、宿に書きつけ侍る

21月影も春も昔の春ながら元の身ならで濡るる袖かな

秋恋

116いかにせむ月やあらぬの秋の空春だに堪えぬ夜半の眺めを

「月やあらぬ春は昔の春ならぬ我が身ひとつはもとの身にして（古今・恋歌五747・在原業平／伊勢物語四段）」を下敷きにしている。

【例17】

［実朝］暁の恋といふことを

456暁の鴫の羽掻き繁けれどなど逢ふことの間遠なるらむ

［信生］寄鳥恋

129暁の鴫の羽掻き数々に繁くもものを思ふ頃かな

「暁の鴫の羽掻き百羽掻き君が来ぬ夜は我ぞ数かく（古今・恋歌五761・よみ人しらず）」を踏まえ、数の多さを「繁し」と表現する共通性。

【例18】

［実朝］海辺立春といふ事をよめる

536塩釜の浦の松風霞むなり八十島かけて春や立つらむ

［信生］海辺霞

52塩釜の浦さびしくも見ゆるかな八十島霞む春の曙

和歌の構造は重ならないが、両歌とも「塩釜の浦」「八十島かけて」が入る先行歌「塩釜の浦吹く風に霧晴れて八十島かけて澄める月影（千載・秋歌上285・藤原清輔）」の季節を秋から春に変えた趣。

【例19】

［実朝］　海辺春望

543難波潟漕ぎ出づる舟の目も遥に霞に消えて帰る雁金

［信生］　海上帰雁

61海の原空もひとつの浪間より絶えみ絶えずみ帰る雁金

「帰る雁金」を第五句に置き、広大な海の彼方へ消えていく光景を詠む。

【例20】

［実朝］　屏風絵に野の中に松三本生ひたる所を衣被れる女一人通りたる

591おのづから我を尋ぬる人もあらば野中の松よみきと語るな

［信生］　寄松恋

125武隈の松にて年ぞ積もりぬるみきと思はで老いや果てなむ

詠歌内容は異なるが、「武隈の松は二木を都人いかがと問はばみきと答へむ（後拾遺・雑三1041・橘季通）」に通じる「見き」に「三木」をかける手法。

Ⅱ　表現の通うことの意味

以上、実朝と信生の家集の和歌の比較を試みた。表現の類似性・共通性については、影響関係の結果なのか、偶然の一致なのか、他の要素が介在しているのかという判断がなかなか困難である。見落しもあろうことを恐れる。さらに慎重な検討が必要であることは言うまでもない。

しかしながら、以上に挙げた例のすべてが全くの偶然とは考えにくい。実朝と信生の間には和歌を媒体に心を通わせる場が確かにあったという手応えを感じさせる。創造をめざす心の方向性と、その回路としての言葉――日常とは次元を異にする世界の共有が君臣の絆を強めたに相違ない。定家所伝本『金槐和歌集』が実朝数え年二十二歳で成立したこと、『信生法師集』歌数が209首のうちの類似例であることを考え併せれば、短い間の豊かな交流が深い信頼関係を育んだことは想像に難くない。

四　おわりに

定家所伝本『金槐和歌集』から、直接的具体的な君臣の交流は摑み難いが、残された和歌そのものが、実朝とひとりの忠臣・信生の間柄を物語る。詠作上の強い影響関係は、伝承的な実朝像と矛盾しない。和歌を媒介にした君臣の和やかな交流は、実朝に対する敬慕の念を深め、家臣同士の絆も強めたと推測される。実朝歌と信生歌の表現の類似性・共通性は、梅花のエピソードに象徴される精神の親和性と感性の共鳴を示唆していよう。

注

① 『信生法師集』の引用は、宮内省書陵部蔵『信生法師集』に拠り、私に表記する。参考：拙著『信生法師集新訳註』風間書房2002

② ・今関敏子『金槐和歌集の時空』（和泉書院2000）第一章「時空と表現」で述べた。
・実朝は没後、勅撰集に「鎌倉右大臣」として名を連ねる。『信生法師集』でも実朝を右大臣殿と称している。

③ 引用は『新編国歌大観第一巻』（角川書店）により、私に表記する。

④ ②の拙著、第二章第二節「『信生法師集』における実朝像」で論述した。

⑤ 本文中の『吾妻鏡』引用は、すべて国史大系『吾妻鏡』（吉川弘文館）に拠る。

⑥ 『新和歌集』の引用は、『新編国歌大観第六巻』（角川書店）に拠り、私に表記する。

⑦ 序章で触れたように、詞書、語の連鎖からも第五句は「雪の夕暮」と推測し得る。さらに第三章第三節で触れた後鳥羽院詠と本節の信生詠は有力な根拠となろう。

⑧ 「今日過ぎぬ命もしかとおどろかす入相の鐘の声ぞ悲しき（新古今・釈教1955・寂然）」のごとく、人生の悲哀を反映させる詠が多い。

⑨ 信生歌、下の句意味不明。

第五節　恋歌の東国性とジェンダー　―〈待つ女〉・〈待つ男〉―

一　はじめに

実朝と信生には、和歌を媒体にした君臣の交流があり、詠歌にも影響関係が見出せることを前節で論じた。しかし、一方で全く異なる詠歌傾向があるのを看過できない。それは恋歌に顕著なのである。

定家所伝本『金槐和歌集』〈恋〉部に特徴的なのは、一四一首の配列構成である。まず、〈四季〉と〈雑四季〉同様、恋歌の背景には、意図的な配慮があると思われる。[①]〈恋〉部の背景は、山に始まり海に終わるのである。冒頭歌と末尾歌は次の通りである。

[冒頭歌]　初恋の心をよめる

371春霞龍田の山の桜花おぼつかなきを知る人のなさ

[末尾歌]　（恋の歌）

511武庫の浦の入江の洲鳥朝な朝なつねに見まくのほしき君かも

冒頭歌から末尾歌に至る間に、空、野、水辺、田、森…と背景は移り、空間の移動と言葉の連鎖が相俟って様々な恋のプロセスが展開する構成であることは既に論じた。[②]

本節では視点を変えて、実朝と家臣・信生の歌風を比較考察して東国性とジェンダーに迫ってみたい。

二　定家所伝本『金槐和歌集』の恋歌――〈待つ女〉の伝統

Ⅰ　詞書の特徴

《題詠》

〈恋〉部には〈旅〉部に並び、実詠及び詠歌者の経験を下敷きにしたと考え得る歌がほとんどみられないという特徴がある。この特徴は、詠歌内容のみならず、詞書にも顕著である。定家所伝本『金槐和歌集』の詞書には類型が見出せるが、実景詠の場合は、255詞書「雨の降れる夜、庭の菊を見て詠める」、258詞書「長月の夜蟋蟀の鳴くを聞きて詠める」、175詞書「曙に庭の荻を見て」、639詞書「…と答へ侍（り）しを聞きて」のように、「見て（詠める）」「聞きて（詠める）」をはじめ、「〜て詠める」と表現されることが圧倒的に多いのである。ところが、〈旅〉〈恋〉にこの類型は皆無である。

〈恋〉部においては、詠歌状況を説明する詞書は、わずか六例（382、386、417〜419、423、424、425、426、470・これらについては後述する）にすぎない。他はきわめて短い題が設けられている。すべてを挙げると次のようになる（括弧内は歌番号）。

○恋・恋歌・恋の歌

恋（446〜448）・恋歌（373〜378）・恋の歌（387 388、392〜394、402〜404、411、428〜445、477〜481、483〜486、490〜511）

○〜の恋

海の辺の恋（389〜391）・水辺の恋（396 397）・月の前の恋（422）・暁の恋（454〜456）・故郷の恋（465〜469、475）・冬の恋（472〜474）

○～の心を詠める

初恋の心を詠める（371）・恋の心を詠める（384、407～409、459～461）・待つ恋の心を詠める（451～453）・人を待つ心を詠める（457 458）

○～に寄する恋

鹿寄恋（372）・風に寄する恋（380 381）・雨に寄する恋（398～400）・雲に寄する恋（405）・衣に寄する恋（406）・露に寄する恋（410）・撫子に寄する恋（414）・薄に寄する恋（416）・月に寄する恋（420 421）・雁に寄する恋（427）・菊に寄する恋（462 463）・物語に寄する恋（471）・簾に寄する恋（476）・七夕に寄する恋（482）・黄金に寄する恋（487 488）

○～に寄せて忍ぶる恋

草に寄せて忍ぶる恋（379、413）・沼に寄せて忍ぶる恋（395）・月に寄せて忍ぶる恋（449 450）

○～といふことを

夏の恋といふことを（401）・「年を経て待つ恋」といふことを（後略）（470）・雪中待つ人といふことを（489）

○その他

山家後の朝（412）・逢ひて逢はぬ恋（415）

すなわち、〈恋〉部に収められる歌はほとんどが題詠であり、しかも同じ題が繰り返される傾向がある。412番歌を除けば、題に「恋」の語が入るのも特徴的であろう。

《他者の不在》

以上のように、〈恋〉部には題詠が圧倒的に多いのだが、数少ない状況説明の詞書の詠歌にも、特徴が見出せる。まず、君臣の交流を窺わせる場面をみよう。

「年を経て待つ恋」といふことを、人びとに仰せてつかうまつらせしついでに

470 故郷の浅茅が露にむすぼほれひとり鳴く虫の人を恨むる

「年を経て待つ恋」の題で家臣たちに詠ませ、自らも詠作したとあるが、所収されるのは実朝詠のみ。「人々」の詠はない。作品全体を通じて他者の詠はない。

また、詞書に贈答歌であることを示した歌—「ある人のもとに遣はし侍（り）し（382 383）」「神無月の頃人のもとに（386）」「頼めたる人のもとに（417〜419）「秋頃言ひなれにし人の、ものへ罷れりしに、便りにつけて文など遣はすとて（423 424）」「遠き国へ罷れりし人、八月ばかりに帰り参るべきよしを申して、九月まで見えざりしかば、かの人のもとに遣はし侍し歌（425 426）」—にも相手の返歌はない。

恋歌のみならず、定家所伝本『金槐和歌集』全体が、実朝詠のみで構成されているのだが、人間同士の関係性を無視しては成り立たぬ恋歌に他者の歌が皆無であることは注目されよう。返歌はなかったのか、あっても載せなかったのか。ともあれ、恋歌に他者は不在である。

Ⅱ　表現の類型—「我が恋は…」

他者不在の〈恋〉部には、撰者の内面で組み立てられた仮構性の強い世界が展開する。繰り返す歌題、空間移動、言葉の連鎖、時間の進行という要素が融合し、流れと調和をもたらす世界が構築されている。この点については既に論じたが③、ここでは表現の特徴をみておきたい。

〈恋〉部には、「我が恋は」に始まる詠が七首ある。括弧内に詞書を記す。

374 我が恋は初山藍の摺り衣人こそ知らね乱れてぞ思（ふ）（恋歌）

414 我が恋は夏野の薄しげけれど穂にしあらねば問ふ人もなし（撫子に寄する恋）
431 我が恋は深山の松に這ふ蔦の繁きを人の問はずぞありける（恋の歌）
464 我が恋は逢はで布留野の小笹原幾夜までとか霜の置くらむ（久しき恋の心を）
483 我が恋は天の原飛ぶ葦鶴の雲居にのみや鳴きわたりなむ（恋の歌）
486 我が恋は籠の渡りの綱手縄たゆたふ心やむ時もなし（恋の歌）
507 我が恋は百島めぐる浜千鳥行方も知らぬかたに鳴くなり（恋の歌）

いずれも題詠歌であり、「我が恋は」に続けて、二句目から三句目にかけて名詞の比喩（波線部）あるいは、比喩の序詞的用法（二重傍線部）が続く表現法である。

「我が恋は」の語例は、八代集に二九例見出せる。実朝詠同様に、初句「我が恋は」に続けて二句三句に比喩・序詞的比喩が続く詠に注目し、用例数と比喩を表にすると次のようになる。

勅撰集	用例中比喩例	比喩・序詞的比喩	部立・国歌大観番号・作者
『古今集』	5例中1例	深山隠れの草なれや	恋歌二560・小野美材
『拾遺集』	1例中0		
『後撰集』	用例なし	天の原なる月なれや	恋二688・一宮紀伊
『後拾遺集』	3例2例	ますだの池の浮き沼縄	恋四803・小弁
『二度本金葉集』	3例中3例	烏羽に書く言の葉の	恋部上412・藤原顕季
		賤の絓糸	雑部上514・源顕国
		朧の清水	異本歌688・源俊頼

『詞花集』	3例中1例	吉野の山の奥なれや	恋上212・藤原顕季
『千載集』	3例中2（1）例	尾花吹き越す秋風の 乾く時なき波の下草	恋歌一671・源通能 恋歌三793・藤原俊忠＊
『新古今集』	9例中4（3）例	行方も知らぬ空の浮雲 槙の下葉に漏る時雨 千木の片削ぎ 庭の叢萩	恋歌二1135・源通具＊ 恋歌一1029・後鳥羽院 恋歌二1114・藤原公能 恋歌四1322・慈円

（注　＊印は第四・五句に詠まれる比喩）

『古今集』は、「我が恋は」に始まる用例五例のうちわずか一例が二句目から比喩を置く表現である。四例は、いずれも恋心の限りなさ・恋の行方の頼りなさ・迷いを直截的に詠む④。次の『後撰集』には用例がない。表にみるごとく、『古今集』『後拾遺集』までは、「我が恋は…」の比喩には「…なれや」という疑問形が用いられているが、『後拾遺集』には体言止もみられる。そして、次の『金葉集』には比喩と序詞的用法がみられ、すべての例がまさしく、実朝詠と同じ用法である。ここで一旦定着したかのようにみえるが、様々な用法が受容されていく。『新古今集』における表現はひとつの類型に定まることなく、重層性がある⑤。

「我が恋は」に始まる恋歌は私家集には比較的多い表現であり、表現法には多様性がある。たとえば、『江師集』（一一例）『拾玉集』（一一例）、『壬二集』（八例）、『後鳥羽院御集』（九例）、『伊勢集』『赤染衛門集』『祐子内親王家紀伊集』に一首ずつ。男性歌人に多い傾向を見せる。ただし、後述する『信生法師集』には皆無。その息、時朝の『前長門守時朝入京田舎打聞集』に三例見出せる。

228 242 我が恋はあはでの浦の海人小舟寄るべき方も潮や引くらむ

240我が恋は海人のまでがた暇もなく思ふも言ふもかひなかりけり
241我が恋は寝ても覚めても暇もなく思ふに寄らぬ海人の捨て舟

興味深いことに、時朝歌の「我が恋」は（241番歌は第五句に位置するが）、すべて名詞の比喩であり、実朝詠に通じる。「我が恋は…」に始まる歌は恋のありようを譬えるのである。実朝が「我が恋は」と詠み出す歌は、比喩と序詞的用法のみの類型である。内的な把握、仮構的な表象を窺わせる。

Ⅲ　恋の世界の造型──〈待つ女〉と〈行動する男〉

『金槐和歌集』詞書に贈答歌であるとされている歌に返歌のないことに触れたが、その詠歌内容も含め、さらに検討したい。

《去る人》

秋頃言ひなれにし人の、ものへ罷れりしに、便りにつけて文など遣はすとて

423上の空に見し面影を思ひ出て月になれにし秋ぞ恋しき

遠き国へ罷れりし人、八月ばかりに帰り参るべきよしを申して、九月まで見えざりしかば、かの人のもとに遣はし侍し歌

424逢ふことを雲居のよそに行く雁の遠ざかればや声も聞こえぬ
425来むとしも頼めぬ上の空にだに秋風吹けば雁は来にけり
426いま来むと頼めし人は見えなくに秋風寒み雁は来にけり

遠くへ去った人へ贈る四首である。

因みに〈雑〉部にも距離の離れた人へ贈る一連が見出せる。詞書を挙げると次のようになる（括弧内は歌番号）。

○ある人都の方へ上り侍（り）しに、便りにつけて詠みて遣はす歌（623〜628）

○五月の頃陸奥へ罷れりし人のもとに、扇などあまた遣はし侍（り）し中に、時鳥描きたる扇に書きつけ侍（り）し歌（629）

○近う召し使ふ女房、遠き国に罷らむといとま申侍（り）しかば（630）

○遠き国へ罷れりし人のもとより、「見せばや袖の」など申（し）おこせたりし返り事に（631）

○しのびて言ひわたる人ありき。「遥かなる方へ行かむ」と言ひ侍りしかば（632）

いずれも、詠歌内容は恋歌である。去っていく人の行き先が〈恋〉部では「もの」「遠き国」と朧化されるが、〈雑〉部で「都の方」「陸奥」と具体的に記される箇所がある。相手の和歌はないものの「見せばや袖の」「遥かなる方へ行かむ」という相手の言辞が示され、〈恋〉部に比すればやや具体的である。〈雑〉部は、東国という実朝の生活圏が最も色濃く表出される部立である。〈恋〉部と表現が異なるのは、全体の構成意図の反映であり、偶然ではあるまい。〈恋〉部には都を中心とした詠歌視点があると考えられる。⑥

「去っていく女性」という類型が見出せるのは東国的とは言えまいか。題詠ではなく詞書が説明的になると、地域性が覗かれるのである。

《待つ女》

返歌のない贈答歌を順に示す。

ある人のもとに遣はし侍（り）し

382　難波潟汀の葦のいつまでか穂に出でずしも秋をしのばむ

383雁の居る羽風に騒ぐ秋の田の思ひ乱れて穂にぞ出でぬる
神無月の頃人のもとに
386時雨のみふるの神杉ふりぬれどいかにせよとか色のつれなき
頼めたる人のもとに
417小笹原置く露寒み秋されればまつ虫の音になかぬ夜ぞなき
418待つ宵の更け行くだにもあるものを月さへあやな傾きにけり
419待てとしも頼めぬ山も月は出でぬ言ひしばかりの夕暮の空

右のうち、417～419の歌群は、詞書も詠歌内容も待つ身の立場で詠む女歌ととれよう。「頼めたる人」は女性の立場から恋の相手の男性をいう場合が圧倒的である。すなわち、贈答歌であるという詞書そのものに虚構があると判断し得る。因みに既に掲げた「去っていく人」に贈った歌群（423～426）にも虚構を想定し得よう。

題詠にもまた、〈待つ女〉の歌が多いのを看過できない。次の一連は、〈待つ女〉の心情を詠む。

待つ恋の心をよめる
451狭筵にひとりむなしく年も経ぬ夜の衣の裾あはずして
452狭筵に幾世の秋を忍び来ぬ今はた同じ宇治の橋姫
453来ぬ人をかならず待つとなけれども暁方になりやしぬらむ
暁の恋
454狭筵に露のはかなくおきて去なば暁ごとに消えやわたらむ
暁の恋といふことを

455暁の露やいかなる露ならむおきてし行けば侘しかりけり
456暁の鴫の羽掻き繁けれどなど逢ふことの間遠なるらむ
　　人を待つ心を詠める
457陸奥の真野の萱原かりにだに来ぬ人をのみ待つが苦しさ
458待てとしも頼めぬ人の葛の葉もあだなる風をうらみやはせぬ

さらに、「待つ」「来ぬ」「見えぬ」をキーワードに探れば、〈待つ女〉の立場で詠まれた歌を一〇首拾うことが出来る。⑦一方、明らかに男性の立場で詠んでいる歌もある。たとえば

485ひさかたの天飛ぶ雲の風をいたみ我はしか思（ふ）妹にし逢はねば（恋の歌）
491奥山の末のたつきもいさ知らず妹に逢はずて年の経ゆけば（恋の歌）

は、その例だが、女歌か否か判断のつかぬ歌は多い。

ほとんどが題詠で占められていること、同じ題が繰り返される傾向、及び贈答詠に他者詠がないこと、女歌の多さは、〈恋〉部が造型性の強い部立であることを示唆していよう。専ら恋する者の内面、思いの届かぬ苦しさ、逢えぬ苦悩が先行歌を踏まえて表出されるのである。その世界は後述する信生歌に比較すれば、虚構性が強く、憧憬の時空を紡ぎ出しているとも言えるのである。

実朝の恋歌は、伝統を重んじて詠まれ、配列され、物語性、男歌、女歌など、恋にみるジェンダーは都に学んでいる。「通う男」と「待つ女」という〈色好み〉の図式は保たれている。ただし「去る女」に垣間見られる東国性を考えれば、〈恋〉部は、都の貴族における色好みのジェンダーを辛うじて持ちこたえているとも言えよう。

三　『信生法師集』の恋歌――〈待つ男〉の登場

Ⅰ　『信生法師集』恋部の特質

以上に述べた定家所伝本『金槐和歌集』〈恋〉部の特徴は、『信生法師集』恋部と対照的と言ってよい。『信生法師集』歌集部のうち、春・夏・秋・冬・賀に相当する和歌は、圧倒的に題詠が多いのである。第四節に掲げた梅花のエピソードは春歌中、唯一の例外である。ところが恋部に至ると、題詠の割合が少なくなり、さらに雑部では、恰も紀行部の続きのように、詞書が長く散文が主体となる傾向を見せている。

恋部の歌数は七八首。まず題詠が二八首（114～141）配列される。定家所伝本『金槐和歌集』に比較すれば、題詠歌の割合が少ないのが特徴的である。

続く142番歌以降の五〇首⑧には、恋の状況が詞書に説明され、また贈答歌も多く、相手の女性の歌も所収されている。恋の相手も一人ではないようである。機知に富んだやりとりは時に劇的ですらある。様々な事情を反映する状況は、体験的な恋であることを匂わせる。大胆ともいえる伸びやかさ、闊達さ、生き生きとした人間模様の展開に、実朝の忠臣であり、子どもたちの父であった塩谷朝業の、まったく別の顔を見る思いがする。

Ⅱ　『信生法師集』と『新和歌集』

ほぼ同時代の私撰集『新和歌集』に載る信生歌を『信生法師集』に比較してみておきたい。『新和歌集』に次の贈答歌がある。

あひ知れる女のもとへきるべきものなどつかはしたりけるに、さらずともて返したれば

信生法師

604契りしを思ひ返すか小夜衣さてやうらみのつまとなるらむ

女返し

605せめてなほ飽かぬ名残に小夜衣夢に見ゆやと返すばかりぞ

この贈答は『信生法師集』の次の歌に関連があろう。

年来物申し侍る女の、「異人を見せむ」と申し侍りしを「さも」と申し侍りしかば、浅き心のほどを聞きて

146小夜衣隔てなくこそ契りしにいかで怨みのつまとなるらむ

和歌はまったく同じではなく『信生法師集』に女の返歌はないが、小夜衣に纏わる恋の怨みという点で共通する。着物を贈ったところ返してきた女と行き違う心理に恋の終わりを暗示する『新和歌集』の伝統を踏まえた贈答に比べ、『信生法師集』の何と素朴で伸びやかであることか。「いい人を紹介しようか」とからかったところ、「それでもいいわよ」と言われてがっかりする件、滑稽味もある。

また、『新和歌集』の

暮を頼めて来ざりける女のもとへ諌むる人ありと聞きて

信生法師

620天の原横切る雲や隔つらむそら頼めなる十六夜の月

は、『信生法師集』の次の贈答に通じる。

暮を頼めてむなしく侍りし女のもとへ諌むる人ありと聞きて

172山の端を横切る雲や隔つらむそら頼めなる十六夜の月

返事

173数ならぬ身を浮草の絶えせねば思ひぞ曇る十六夜の月

信生歌は第一句のみに異同があるが、歌意は基本的に変らない。夕暮時に約束したのに女性が来なかったのは、月を隔てる雲のように、どうも諫める人のせいらしい、と信生が詠みかければ、絶えせぬ物思いで心が塞ぐのです（あなたのせいよ）、と切り返す女性。『新和歌集』には女の返歌はなく、このやりとりの面白さは反映されない。

そして、この場合、男が女を待っているのである。

Ⅲ 「待つ男」の登場

『信生法師集』恋歌の顕著な独自性は、「待つ男」の登場である。172173番歌ばかりではない。「待つ男」を「訪う女」という関係性が明確な例は次の通りである。

未だ打ち解けず侍りし女、立ち出でて侍りし暇に詣で来寄りて帰り侍りしかば

148かりそめの契りだになき荻の葉をいかに頼めて結び置きけむ

宵の程物なんど申して帰り侍る女のもとより

154唐衣心は袖に留め置きて身の憂きことを思ふばかりぞ

待つにむなしく明けぬる朝、女のもとへ遣はし侍る

155知るらめや待つにて明くる春の夜もいま一入の思ひ添ふとは

秋の頃、女の、逢ひて立ち還り侍りし朝に遣はし侍る

156暮待たで消えなむものか帰るさの名残の露に秋風ぞ吹く
女が来るばかりではない。不可解な忘れ物をする。
145片枝挿す麻生の浦梨跡絶えば憂き身もいかにならむとすらむ
女のうらなしを留めて帰り侍りしを、追ひて遣はすとて
158夜もすがら辛さを結ぶ下紐の誰に解けてか今朝は見ゆらむ
逢ひながらうちも解け侍らぬ女の、帯を忘れて帰り侍りし、遣はすとて
履物（うらなし）を置いて帰ってしまうとはどういうことなのか。打ち解けない女がなぜ帯を忘れて帰るのか。どのような手段で女性が通うのか。物を置いて去ることに何らかの意味があるのか。疑問は残るが、女性が来なければあり得ない忘れ物である。

さらに次の歌はいわゆる老いらくの恋。
老いの頃、「今宵」と申して見えず侍りし女のもとへ
157冴え冴えて契はしもぞ結びける待つに更けぬる袖の片敷き
「今夜行きます」と言って約束を違えたのは女性、待ち兼ねて嘆くのは老いた男性である。因みに題詠歌にも老人の恋がある。
133老いにける身にし思ひは増鏡辛さも影に映るなりけり
老後恋
老いの身の物思いを詠む一首に「待つ男」の影はない。また、来ぬ人を待つ歌に
寄雨恋

134今来むの契もいさや数ならぬ身を知る雨の夕暮の空

があるが、待つ身に仮託した女歌とみてよい。

二八首の題詠歌に「待つ男」は無縁である。「待つ男」が頻繁に登場するのは、題詠歌ではない五〇首である。詞書に書かれずとも女性が訪れることが自明の理として詠まれていることはあろう。信生以前は言うまでもなく同時代にもこのような歌集は見当たらない。

Ⅳ　多様な恋

『新和歌集』には、例は少ないものの、当時の東国の男女のあり方を窺うことが出来る。

まず、「待つ男」の例は、先述した信生歌（620）以外には一首のみ。

久しく訪れざりける女のもとへ長月の末つ方につかはしける　　平時兼
651吹き過ぐる風をたよりの荻の葉の秋果てぬとや訪れもなき

女の訪れの途絶え。女が男のもとへ通うのは東国では決して珍しくはない慣習であったことを窺わせる。

ただし、常に必ず女がやって来るわけでもない。『新和歌集』には信生の恋の相手の歌が二首見える。

信生法師のおこせたる文のはしに書きて女の返しける
638浜千鳥通ふかたがたあまたあればふみ違へたる跡かとぞみる

久しくとはざりける女のもとより、信生法師に申しつかはしける
657さてもさはかき絶えぬるかささがにのいかになるべき心細さぞ

ここにみる信生はなかなか艶福家のようで、あちらこちらに通っていく女がいて、怨みを買っている様子である。

る例がある。

「待つ男」は「通う男」でもある。因みに『信生法師集』にも、心変わりした女に「通う男」があると聞いて歌を遣

物申し侍りし女のもとへ、通ふ人侍りけりと聞きて、次の年の春遣はし侍る

161春来ても猶滞る心かなうち出づる波の数にしあらねば

また、共住みの男女もいた。『新和歌集』には、長年共に暮らした二人の別れの贈答がみえる。

すみわたりける女、長月の末つ方にものへまかりて今は帰るまじきよし申したりけるに、移ろへる菊につけて遣りにける

浄意法師

653長月は明日を限りときくものを今日あきはつる人もありけり

女返し

654白菊のうつろふ色を見するにもあきはてけりと我ぞ知りぬる

さらに、信生の息・時朝の家集『前長門守時朝入京田舎打聞集』にある次の歌も看過できない。

思わづらふ

121行きやせむ来よとや言はむと思ふ間にやすくも月の更けにけるかな

この歌は前後の配列から判断して恋歌である。訪ねようかそれとも来るように言おうかと思い煩っているうちに月は傾いてしまった、の意である。時朝の恋歌は、伝統的な題詠がほとんどで、父のような傾向を見出し得ないのだが、右の例には、行くのも来るのも、そこに男女の制限はないという東国性が仄見えよう。

鎌倉期の東国では、男女の往来がおおらかで都に比べるとはるかに自由であり、さまざまな恋のあり方が許容されていたと推察出来る。

四　東国の恋歌

Ⅰ〈色好み〉の不在

すでに論じたように、王朝的「色好み」という美的理念は「通う（行動する）男」と「待つ女」という図式の上で成り立つのである。[9] 例外的に『源氏物語』の光源氏が夕顔を古びた別荘に伴い、『和泉式部日記』の女を帥宮が連れ出されることはあった。また、『建礼門院右京大夫集』では資盛が迎えの車を寄こしたこともあった。秘めたる恋では女の家ではない場所で逢瀬を持つこともあるが、基本的に女が男の居所を訪ねるということは、まずはあり得ぬことであった。和歌も自ずとこの基盤の上で詠まれた。

しかし、時が遷れば無論のこと、同時代でも遠隔地で文化体系が異なれば、「通う男」と「待つ女」の図式は成り立たなくなる。

実朝と信生の生きた時代、鎌倉と京の交通は、きわめて盛んであり、人も文化も物品も頻繁に往来したことが『吾妻鏡』より知られる。一方、政治、経済の中心である都と周縁は大きく異なっていた。時代は下るが、後深草院二条（一二五七～?）の手になる『とはずがたり』には、鎌倉という土地柄に馴染めぬ記述がある。

（上略）化粧坂といふ山を越えて、鎌倉の方を見れば、東山にて京を見るには引き違へて、階などのやうに重々に、袋の中に物を入れたるやうに住まひたる。あな物わびしとやうやう見えて、心とどまりぬべき心地もせず。（234頁）[10]

地形ばかりではなく都とは異なる風俗習慣にも戸惑う。折しも将軍惟康親王が排斥され上洛する様子の惨さを目の

当たりにし、

　さても将軍と申すも、夷などがおのれと世を打ち取りてかくなりたるなどにてもおはしまさず。（240頁）

と書き留められ、都の優越性が覗かれる。二条は、すべての文化の規範である都から来たみやびな尼として行く先々で優遇されてもいる。旅人の目に映った鎌倉は、京とは隔たる辺境であった。

先に触れた婚姻に関わる制度、形態、慣習にも差異があったであろう。共住みにしても、まずは男性が通う招婿婚と同じとは考えにくい。注目されるのは、実朝の父母の結婚である。頼朝と結婚に至るいきさつが北条政子（一一五七～一二二五）の言辞として『吾妻鏡』文治二年四月八日の条に記載されている。

　御台所被㆓報申㆒云。君為㆓流人㆒坐㆓豆州㆒給之比。於㆑吾雖㆑有㆓芳契㆒。北条殿怖㆓時宜㆒。潜被㆓引籠㆒之。而猶和㆓順君㆒。迷㆓暗夜㆒。凌㆓深雨㆒。到㆓君之所㆒。

「流人として伊豆にいらした頃のあなたと私は契を結びましたが、父の北条時政は時勢を恐れ、私を家に閉じ込めました。それでもなおあなたを慕い、暗い夜に迷いながら、激しい雨を凌いであなたの元に辿り着いたのです」という結婚の背景には、時代の情勢と東国という地域性があろう。先の見えぬ状況にあって親の意志に反して燃える若い女性の情熱が感じとれる。まさしく女性が男性のもとに走った恋の成就が頼朝と政子の結婚であった。

一方、実朝は京から坊門信清の息女を妻に迎えている。詳しい事情や背景、実朝の真意はわかりかねるが、三代将軍として父や兄をみてきた政治的な配慮や文化的志向もあったかと想像される。

鎌倉武家では一夫一婦制を守る方向性があり、京の貴族とは異なる、婚姻を重視した男女の男女間のモラルが生まれつつあった。北条重時（一一九八～一二六一）の『六波羅殿御家訓』について、田端泰子[11]は次のように触れている。

　婚姻前の武士の男性は、あからさまに女のもとに通うな、そこに泊まったりするな、呼ぶなら若党の家に呼ぶべきで、自分の屋敷に呼んだりするな、と軽率な行動をとって、大事な婚姻を汚さないように諫めている（『六波羅殿御家訓』十三）。／また妻については、よくその心を見きわめて一人だけとすべきであるとも述べている（『極楽寺殿御消息』五十）。

これがどこまで浸透していたのかは、武家の階層によっても変わってくるであろう。家臣であった信生の郷里は、鎌倉よりさらに草深い鄙である。和歌に表出されるおおらかさには、土俗的な風習が想像される。実朝の伝統の踏襲、信生の王朝和歌とは異質の恋歌には、以上のような背景が反映していよう。

Ⅱ　東国の恋歌

『金槐和歌集』同様、信生とほぼ同時代の私撰集、私家集の恋歌には題詠が圧倒的に多いのである。[12]『新和歌集』恋部は、ほとんどを題詠歌が占める。所収される信生法師の歌も五首中三首は題詠である。これは首肯出来る傾向である。異なる周縁の文化圏で中心の伝統を和歌表現に忠実に継承するならば、題詠という類型を踏襲せざるを得ないのではあるまいか。

そして、題詠の恋歌には「通う男」と「待つ女」の図式が潜在している。『信生法師集』恋歌においても題詠に関しては例外ではない。

その一方、「待つ男」と「訪う女」の関係が『新和歌集』『前長門守時朝入京田舎打聞集』の恋歌に仄見え、『信生法師集』で大胆に表出される。待つ辛さを託ち、約束を破られて落胆するのは、女だけではない。そのような状況の表現には、詞書が大きな役割を果たしているのである。

そこには東国の現状と実朝とは異なるひとりの臣下の生活環境が反映していよう。題詠の多い風潮にあって、『信生法師集』の恋歌は、詞書と和歌という伝統形式を踏まえつつ逸脱した例外と言い得よう。この意味で稀有の特質をもつ家集である。

五　おわりに

宮廷という場がなければ、色好みの図式は成り立たない。色好みも和歌も貴族社会で育まれた文化である。「通う（行動する）男」と「待つ女」という図式は、制度的なもので、個人の選択や趣向によるものではない。東国には、京とは異なる制度的構造がある。中心である京の文化を重んじ、遠隔の地で和歌を学ぶのには、それ相応の困難があろう。自己の置かれた環境と伝統的な慣習から抜け出すことは出来ない。恋には結婚制度、美意識、風習、モラルが反映する。それは文化圏、土地柄によって差異がある。

東国の帝王の品格の規範は貴族文化にあったと思われる。将軍として、常に京の朝廷と歌壇に目を向けていた実朝は、きわめて忠実に和歌の伝統を学んだ。都の貴族の恋のジェンダーが成り立ち難い現実に在って恋の歌を詠んだのである。従って類型的・形式的にならざるを得ないのだが、一方、異文化のジェンダーを外から「見る」とき、両性具有的視点を取りやすく、男歌も女歌も自在に造型出来た、とは言えまいか。

実朝と信生の恋歌の詠法の相違には、資性のみならず、生まれ育った環境、主君と臣下という置かれた立場の差異もおおいに反映していよう。『金槐和歌集』〈恋〉部には、題詠歌を配列構成して、王朝物語的情趣を紡ぎ出そうとする意図があろう。一方、「待つ男」の頻繁に登場する『信生法師集』に顕著なのは、東国の土俗をしのばせる躍動感ある恋の世界である。

恋の詠歌傾向は対照的とも言える二人の歌人だが、伝統の継承という問題に着目するならば、辺境にあって中央で醸成された伝統様式を学ぶ独自の達成と限界を、実朝にも信生にも見ることが出来るのではあるまいか。

注

① 序章　配列構成の特質―時空認識と表現の連鎖
② 今関敏子『金槐和歌集の時空』第一章第二節　憧憬の時空―恋歌の配列構成　和泉書院　2000
③ ②に同じ。
④ 我が恋は詠むとも尽きじ有磯海の浜の真砂は詠み尽くすとも（仮名序・たとへうた）
我が恋はむなしき空に満ちぬらし思ひやれども行く方もなし（恋歌一 488・よみ人しらず）
我が恋は知らぬ山路にあらなくに迷ふ心ぞわびしかりける（恋歌二 597・紀貫之）
我が恋は行方も知らず果てもなし逢ふを限りと思ふばかりぞ（恋歌三 611・凡河内躬恒）
⑤ 比喩・序詞的比喩以外の用例は、次のごとくである。
我が恋は松を時雨の染めかねて真葛が原に風騒ぐなり（恋歌一 1030・慈円）
我が恋は荒磯（ありそ）の海の風をいたみしきりに寄する波の間もなし（恋歌一 1064・伊勢）
我が恋は言はぬばかりぞ難波なる葦の篠屋の下にこそ焚け（恋歌一 1063・小弁）
我が恋は今を限りと夕間暮れ荻吹く風の音づれて行く（恋歌四 1308・俊恵）
我が恋は知る人もなし堰く床の涙漏らすな柘植のを枕（恋歌一 1036・式子内親王）
⑥ ②の拙著　第一章第五節
水辺の恋
⑦ 396 真薦生ふる淀の沢水水草ゐて影し見えねば訪ふ人もなし

397三島江や玉江の真薦みがくれて目にし見えねば刈る人もなし
　山家後の朝
412消えなまし今朝訪ねずは山城の人来ぬ宿の道芝の露
　薄に寄する恋
416待つ人は来ぬものゆゑに花薄穂に出でて妬き恋もするかな
　恋の歌
430人知れず思へば苦し武隈のまつとは待たじ待てばすべなし
　恋の心を詠める
461颪を待つ今はた同じ宮城野のもとあらの小萩の花の上の露
　恋の歌
477住吉のまつとせしまに年も経ぬ千木の片削行き逢はずして
478住の江のまつこと久になりにけり来むと頼めて年の経ぬれば
　七夕に寄する恋
482七夕にあらぬ我が身のなぞもかく年に稀なる人を待つらむ
　雪中待つ人といふことを
489今日も又ひとり眺めて暮れにけり頼めぬ宿の庭の白雪

⑧
142番歌以降の全歌を掲げる。
　心ならず遠き程へ立ち離れ侍りし女の事を思ひ侍りて
142思ひやる心の末ぞ知られける千里の雲の夕暮の空
　秋と頼めて春別れし女のもとへ
143秋待たで露の命は消えぬとも草の原訪ふ人もあらじを
　女のもとより形見にもとて、歌を書き集めて賜うて侍りし返事

144書きつくる人の心やいかならむ跡は変らぬ形見なりとも
　女のうらなしを留めて帰り侍りしを、追ひて遣はすとて
145片枝挿す麻生の浦梨跡絶えば憂き身もいかにならむとすらむ
　年来物申し侍る女の、「異人を見せむ」と申し侍りしを「さも」と申し侍りしかば、浅き心のほどを聞きて
146小夜衣隔てなくこそ契りしにいかで怨みのつまとなるらむ
　女に遠く立ち離るること侍りしに、道より申しける
147思ひやれ暮を待つだに堪へぬ身のやがて隔つる峰の白雲
　未だ打ち解けず侍りし女、立ち出でて侍りし暇に詣で来寄りて帰り侍りしかば
148かりそめの契りだになき荻の葉をいかに頼めて結び置きけむ
　思ひ放たぬやうに返事は申しながら、さすが強く侍りし女のもとへ
149言の葉はまだ秋果てぬ色ながら露の契のなどや絶えなむ
　忍びける女のもとより
150人目のみしげき軒端の忍草忍ぶものから露ぞこぼるる
　返事
151もらすなよ時雨降るやの忍草忍びもあへず露こぼるとも
　女のもとより、月明かき夜申しおこせて侍る
152物思ふ涙に濡るる袖の上にいかに契りて月宿るらむ
　返し
153思ひやる心の月や宿るらむありし名残の露を訪ねて
　宵の程物なんど申して帰り侍る女のもとより
154唐衣心は袖に留め置きて身の憂きことを思ふばかりぞ
　待つにむなしく明けぬる朝、女のもとへ遣はし侍る

155知るらめや待つにて明くる春の夜もいま一人の思ひ添ふとは
　秋の頃、女の、逢ひて立ち還り侍りし朝に遣はし侍る
156暮待たで消えなむものか帰るさの名残の露に秋風ぞ吹く
　老いの頃、「今宵」と申して見えず侍りし女のもとへ
157冴え冴えて契はしもぞ結びける待つに更けぬる袖の片敷き
　逢ひながらうちも解け侍らぬ女の、帯を忘れて帰り侍りし、遣はすとて
158夜もすがら辛さを結ぶ下紐の誰に解けてか今朝は見ゆらむ
　七月後朝に女に別れ侍るとて
159たなばたの絶えぬ契はさもあらで別ればかりを何譬ふらむ
　また物申し触れ侍るかたを嫉み申す女のもとへ、身に患ふ事侍りし頃、詠みて遣はし侍る
160露の身のかくて消えなば濡れ衣の乾かでやまむ名こそ惜しけれ
　物申し侍りし女のもとへ、通ふ人侍りけりと聞きて、次の年の春遣はし侍る
161春来ても猶滞る心かなうち出づる波の数にしあらねば
　物申し侍りし女の恨むる事侍りて、しばしかき絶えて、あらず侍りしかば、詠みて遣はし侍る
162忘れじの契は夢に成し果てて辛さばかりぞ現なりける
　返事
163忘れじの契も夢になり行けば夢かとぞげに驚かれぬる
　年の内に物申し初めたる女、春と契りながら、春も何となくむなしく過ぎ侍りしかば
164あらたまる春と頼めていかで猶辛さの去年に変らざるらむ
　世を慎む女、宵の程、「物なんどよしなし」と申し侍りしかば
165現ともまだ醒めやらぬ逢ふ事のやがて夢にもならむものかは
　女のもとより

166 思ひ侘び憂き世の外を訪ねても見し世の夢のいつか醒むべき
返事
167 後の世に醒めても我は忘れじな見果てぬ夢の残る面影
物申し侍りし女、仲絶えて、もとの男と春の頃返り逢ひにけりと聞きて
168 色見えぬ人の心は花のみぞいつしか春はねに返りける
忍びて逢ひ侍る女のもとより、帰り侍りし朝
169 花染めの返る習ひをいかにせむうつし心もなさばなき身を
春より通ひ侍りし女、水無月の末にかき絶え侍りしかば、おも□かとて遣はし侍る
170 吾妹子が心に秋や立ちぬらむ情も今はみなつきの空
返事
171 吾妹子が心にのみや秋も来む人の情もみなつきの空
暮を頼めてむなしく侍りし女のもとへ諫むる人ありと聞きて
172 山の端を横切る雲や隔つらむそら頼めなる十六夜の月
返事
173 数ならぬ身を浮草の絶えせねば思ひぞ曇る十六夜の月
女のもとより、稲の穂を文に包みて遣はして侍る、その穂につけて
174 穂に出でて何厭ふらむ逢うふ事を稲葉の風も秋は著きを
人目を慎みて、心にも詠ませ□を嘆きて、世を憂きことに思ひなりにし女のもとへ、念仏の事を書きて遣はす草子の奥に
175 思ひ出でよ山の端近き月見ても西に傾く類ありきと
暇もなくて、またも逢ひ侍らざりし女のもとへ
176 かきくらす心の闇の晴れやらで来む世にさへや闇に迷はむ

陸奥国へ立ち離るる女のもとへ申しさくしくなりて
177いたづらに君も齢や武隈のまつとせし間に年ぞ経にける
物申し侍りし女、親はらからに諫められて、心ならず遠き所へ立ち離れ侍りしに、思ふ心やありけむ、さ見え侍る気色の見え侍りしかば
178めぐり逢はむしばし憂き世に影とめよ誰も思ひは有明の月
かの女、道より髪を切りて遣はすとて
179一筋に思ひ切れども黒髪の乱れて物ぞ悲しかりける
返事
180大方は思ひ切るとも黒髪の元結ひ置きし契違ふな
様変へて後遣はし侍りける
181よしさらば苦しき海に舟出して我をも渡せ須磨のあま人
返事
182あま人と身はなりぬれど舟出して渡すばかりは法も習はず
深く長き世までと頼めて侍る女、「この暮には必ず物申さむ」なんど申しながら、人目しげくて叶うふまじきよしを申しおこせて侍りければ
183めぐり逢はむ契もいさやかねてより曇ると見ゆる山の端の月
□なんど申して後、仲絶えて侍る女のもとより
184絶えぬかな岩間隠れの忘れ水浮き名ばかりを世には流して
返事
185思ひ出でぬ契ならばぞ忘れ水さて山の井の絶えも果つべき
七月七日、女のもとより
186さらぬだに別れを惜しむ織女に濡るる衣をまたや貸さまし

返事

187織女に濡るる衣を貸すなゆめ重ねむ夜半もたぐひもぞする

心にまかせて物なんど申すことのなきにつけても、世を厭はしきことに思ひなり侍りける女のもとより

188契あらば同じ蓮を願ひてむよしやこの世を思ひ絶えねよ

返事

189この世にて露も契も堪へてこそ頼みもあらめ蓮葉の上

物申し侍りし女、心ならず立ち離るる事侍りしに、いかなる人に心移らむと疑ひ、申し侍りし

190わが心もしも浅間にさもあらばくゆる煙とともに消えなむ

程経て後、この返事侍るに、「様変へてと申すなむ」と聞き侍りしかば

200めぐり逢はで憂き世背かば月影に違ひし雲の覆ふと思はむ

⑨ 今関敏子『〈色好み〉の系譜―女たちのゆくえ』世界思想社1996

⑩ 『とはずがたり』の引用は、新潮日本古典集成（福田秀一校注）に拠る。

⑪ 田端泰子・細川涼一『女人、老人、子ども』日本の中世4　中央公論社2002

⑫ 恋歌のみならず『新和歌集』『東撰和歌六帖』全体を見渡すと、題詠が圧倒的に多い。とりわけ『東撰和歌六帖』は題詠で整理されていると言ってもよい。

終章　歌学びの達成と実朝的世界

一　はじめに

言語は文化の基盤である。異文化を理解するのに、言語の修得は不可欠な要素であろう。伝達手段のみにとどまらない詩的言語は、文化的に最も洗練された言語形態である。王朝時代、その正統性はまさしく和歌が担った。和歌は高度な文化を反映する言語芸術であった。その中心はあらゆる文化の規範である都にあり、制度的な歌壇が存在した。

和歌は王道・政道に通ずる。『古今集仮名序』に

> いにしへの世々の帝、春の花の朝、秋の月の夜毎に、候ふ人々を召して、事につけつつ歌を奉らしめ給ふ。あるは花をそふとて便りなき所に惑ひ、あるは月を思ふとてしるべなき闇に辿れる心ごころを見給ひて、賢し、愚かなりと知ろしめしけむ。

と示される箇所は、民を治める立場にある者にこそ、ふさわしい伝統であろう。東国の覇者にとって和歌を学ぶことは、権威ある中央の洗練を身につける必然であったと言えよう。父頼朝・実朝、そして兄頼家も和歌に無縁であったはずはない(1)。

周縁にある覇者という特殊な立場の実朝は、和歌をいかに学び、実朝独自の世界を確立したのか。その一端に触れて本書を閉じたい。

二　歌人としての父・頼朝

I　頼朝と和歌

実朝の父・頼朝は、政治的手腕はもとより、歌人としても、優れた資質を持ち合わせていた。『吾妻鏡』には梶原一族との固い結びつきに和歌が貢献しているのがみてとれる。②父・頼朝の歌は勅撰集に一〇首入集している。また、慈円の家集『拾玉集』には慈円との贈答歌群七七首が見え、うち三六首は頼朝詠である。贈答歌群の始まりの、5441、5442番歌に慈円の詞書がある。

建久六年に前右大将頼朝卿、東大寺供養にあはんとて、三月四日入洛の後、地頭なにかの沙汰して、五月まで在京の間、内裏にて対面したりき、又六波羅の家にてもあひつつ、契なども浅からず、その後又遣はしたりしかば、「ことにもののたとへに、人の心の我が身ならねばと歌にも申したり、又かかる手にて御返事こそ、なにはのことどもおぼゆれ」など申したりしかば、返事に消息の中に何となきやうに書き交ぜて申し遣りたりし

東大寺の大仏供養の結縁のため、上洛した頼朝と親しく歌を交したいきさつが書かれる。『吾妻鏡』によれば、頼朝は、御台所（政子）と、二人の子（頼家と大姫）とともに、二月十四日に鎌倉を出発し、三月四日、京に到着した。そして、三月二十七日、三十日、四月十日、五月二十二日、六月二十四日に参内し、滞在した六波羅亭でも要人たちに面会している（因みに頼家は六月三日に、二十四日には父とともに参内している）。そして、二十五日に下向、七月八日に鎌倉に到着した。頼朝二度目の上洛であった。

この間に、慈円と頼朝の間に和歌が交わされ『拾玉集』に収められた、ということになる。頼朝の勅撰集入集歌一〇首（新古今2・続後撰1・続古今1・続拾遺1・新後撰1・玉葉1・続千載1・続後拾遺1・新千載1）のうち、七首が『拾玉集』に収められた慈円との贈答歌に重なる。以下、その七首に、頼朝の詠みぶりをみていきたい。

Ⅱ　勅撰集に載る頼朝と慈円の贈答歌

勅撰集の年代順に検討する。

ⅰ新古今集・雑歌下

前大僧正慈円、文にては思ふほどの事も申し尽くし難き由、申し遣はして侍りける返事に

前右大将頼朝

1786 陸奥のいはでしのぶはえぞ知らぬ書き尽くしてよ壺の碑（拾玉集5446）

この一首は、『拾玉集』の慈円歌

5445 思ふこといな陸奥のえぞ言はぬ壺の碑書き尽くさねば

の返歌。「心に思うことを、とても言うことができません、陸奥の壺の碑同様、すべてを書き尽くせないので」という慈円の歌に、頼朝は「言わずに忍ぶなんてまるでわかりませんよ、全部おっしゃってくださいな、陸奥の壺の碑ならぬお手紙に。」と答えている。「えぞ」に「みちのく（陸奥）」ゆかりの「蝦夷」をかける。「壺の碑」は蝦夷征伐に際して坂上田村麻呂が建てたと伝えられる古碑。東北の歌枕を駆使した贈答である。

ⅱ続後撰集・神祇歌

題知らず

前右近大将頼朝

544石清水頼みをかくる人は皆久しき世にもすむとこそきけ（拾玉集5509）

『拾玉集』では第四句が「久しく世にも」であり、慈円詠

5505三笠山さして頼まば石清水今行く末ぞ遥かなりける

の返歌として所収される。

慈円詠にある「さして」は「笠」に因む「三笠山」の縁語。「三笠山さしてきにけりいそのかみふるきみゆきのあとをたづねて（千載・神祇歌1256・上東門院）」「あめのしたのどけかれとやさかきばを三笠の山にさしはじめけん（同1260・藤原清輔）」「神がきや三笠の山にさしそへてきみがときはにいはふ榊ば（続後拾遺・神祇歌1327・津守国助）」「そのかみを思へば我も三笠山さして頼みをかけざらめやも（風雅・神祇歌2130・藤原長通）」等の例がある。

この慈円歌について久保田淳は「慈円の「みかさ山」の歌意は必ずしも明瞭とは言い難いが、藤原氏の氏神である春日明神に帰依することによって、清和源氏である頼朝の子孫の繁栄を祈るように勧めたものとは解されないであろうか。③」と述べている。

三笠山は、一方では、天皇の御蓋として近侍する、近衛の大・中・少将の異称でもある。この意味で詠まれた例は勅撰集に見出せる。

少将さねただ、かよひ侍りけるところを去りて異女につきて、それより春日の使に出でたちてまかりければ

もとの女

715そらしらぬ雨にも濡るる我が身かな三笠の山をよそに聞きつつ（後撰集・恋三）

同じ少将通ひ侍りける所に、兵部卿致平の御子まかりて、少将の君おはしたりといはせ侍りけるを、後に聞き侍りて、かの御子のもとにつかはしける

藤原義孝

1191あやしくも我が濡れ衣を着たるかな三笠の山を人にかられて（拾遺集・雑賀）

いずれも少将を三笠山になぞらえた恋歌である。先にみた『新古今集』入集例も含め、『拾玉集』における慈円と頼朝の贈答は恰も恋歌のごとき趣で展開されていく。この点に照らせば、『拾玉集』5505の慈円歌は「右大将」頼朝を頼もし人になぞらえた一首であろう。すなわち、「三笠山をとりわけたのみにするなら（＝右大将であるあなたを信頼すれば）、石清水の行く末は前途洋洋でしょう（＝源氏は大いに栄えるでしょう）。」の意となろう。暗に三笠山に接する藤原氏の氏社・春日明神の意味もかけ、従属せよとほのめかしているともとれる。それに対して頼朝は、三笠山に表象される意味を逸らし、氏社・石清水八幡宮の神意を強調して「澄んだ石清水に頼みをかける人はすべて久しく世に住むと聞きますよ。」と返したのではなかったか。

iii続拾遺集・恋歌二

題知らず　　前右近大将頼朝

840まどろめば夢にもみえぬ現には忘れぬほどの束の間もなし（拾玉集5477）

第四句「忘れぬほど」は『拾玉集』では「忘るること」。「うとうとすると夢に見え、目が覚めている限りあなたを忘れることは一瞬たりともありません」の意。『拾玉集』に載る慈円の返歌は

5478束の間も通ふ心の離れねばあはれに夜半の夢に入りける

「一時も忘れない私の心があなたを離れないのでせつなくも夜の夢の中に入ったのですよ。」――これもまた、恋人同士のやりとりとみても違和感はない贈答である。

頼朝詠の類歌に「東路に刈るてふ萱の乱れつつ束の間もなく恋ひやわたらむ（新古今・恋歌三1214・醍醐天皇）」があるが、「束の間もなし」の用例は勅撰集中、頼朝詠一首のみ。因みに実朝詠「あしひきの山の岡辺に刈る萱の束の間も

なし乱れてぞ思（ふ）」（定家所伝本『金槐和歌集』〈恋〉373）には父の詠が念頭にあろう。

iv新後撰集・雑歌中

前大僧正慈鎮、まかりあひて後に、遣はしける　前右近大将頼朝

1396逢見てし後は伊香具（いかご）の海よりも深しや人を思ふ心は（拾玉集5443）

返し　前大僧正慈鎮

1397頼むこと深しと言はばわたつ海もかへりて浅くなりぬべきかな（拾玉集5444）

伊香具の海は琵琶湖の異称。頼朝歌は「音にのみ聞けばかひなし近江なる伊香具のいかであひ見てしがな（続後拾遺・恋歌二・凡河内躬恒）」を踏まえ、「あひ見」に「近江」を、「いかご」に「いかが」をかける。「かへりて」は海の縁語。「お会いしてからというもの、伊香具海よりもどれほど深いことでしょう、あなたを思う私の心は」という頼朝詠に対し、「あなたを信頼する私の心の深さと言ったら、（伊香具の海どころか）大海の方がかえって浅くなってしまうくらいなのですよ。」という慈円の返事。互いを思う気持の強さを競う恋歌の趣は否めない。

v玉葉集・雑歌三

前大僧正慈鎮、常に申し通はす事侍りける頃、申しつかはし侍りける　前右近大将頼朝

2272偽りの言の葉しげき世にしあれば思ふと言ふもまことならめや（拾玉5465）

「偽りの言葉の多い世におりますと疑ってしまいます、あなたを思っていますと言うのもほんとうでしょうか、と。」の意。これもまた、恋歌とみても違和感はない。

vi続千載集・羈旅歌

前右近大将頼朝、都に上りて侍りけるが、東へ下りなむしける頃遣はしける

前大僧正慈鎮

792東路のかたに勿来の関の名は君を都に住めとなりけり（拾玉集5447）

返し

前右近大将頼朝

793都には君に逢坂近ければ勿来の関は遠きとを知れ（拾玉集5448）

頼朝は早晩鎌倉へ帰る身である。792番歌は『拾玉集』には「鎌倉へ帰り下りなんとすと聞きて、京に住まはれんこそ世の為にもよからめなど申すついでに（鎌倉へ下ろうとすると聞いて、京にお住まいになられるのが世のため人のためにもよろしいでしょう、と言うついでに）」という詞書がある。慈円歌は「東路の方に勿来の関がありますが、な来そと言う名は、あなたに都にとどまって住めと言っているのですよ（鎌倉にはお帰りになりますな）。」という意である。頼朝は「おっしゃる通り、都では逢坂の関が近く、その名の通りあなたに逢えるのですから、勿来の関は遠いものとわかっておりますとも。」と返している。

vii新千載集・雑歌中

前大僧正慈鎮のもとよりおとづれて侍りけるに、かかる手にて返し申すこそ難波の事も覚ゆれなど申して侍りけるを立ち返り、「否びじと思ふあまりの印をばあしにはあらでよしとこそ見れ」と侍りける返事に

前右近大将頼朝

1953おぼつかなよしとはいかが難波潟ならはざりけるうらみをぞする（拾玉集5442）

ｉに掲げた『拾玉集』詞書に内容の重なる詞書である。詞書にある慈円歌「否びじ……」は、『拾玉集』5441番歌。5442の頼朝歌と対になる『拾玉集』における最初の贈答である。

「葦」を「あし」とも「よし」とも読むことを踏まえた贈答の面白さである。詞書にある「なにはのこと」は「何は」に「難波」をかけ、東国から上って、京の事情・事態がわからないことの表現である。詞書中にある慈円歌は、「あし」には「葦手」を、「否びじ」には「字」もかけていよう。

遣わした文に対して、こんな腕前で御返事するのも、という頼朝に慈円が「お断りはすまいとお思いになる余りにお書きになったのを好ましく存じます。ただし難波潟に生えているのは、〝悪し〟ではなく〝良し〟、拙いなんてとんでもないこと。」と贈る。頼朝は「おっしゃることがわかりかねます、おほめに与るとは（からかっておいでなのですか、お恨みしますよ）。慣れぬ難波潟で慣れぬ浦見をしている気分です。」と返した。これが慈円と頼朝の機知に富んだやり取りの始まりであった。

Ⅲ　政治と和歌

この年、頼朝四八歳、慈円四〇歳。「契なども浅からず」と慈円の書く二人の交流がどの程度に親密で、具体的にいかなるものであったのかは、さだかではない。『吾妻鏡』には頼朝が藤原兼実と対面したという記事はあるが、慈円の名はない。『拾玉集』の詞書によれば、頼朝参内の折に兄・兼実とともに慈円も対面し、また六波羅亭に赴いたこともあったというのである。

恰も恋心の応答のような男同士の贈答を虚心坦懐な友情とみるのは躊躇されよう。息の合った贈答の裏側は見えない。また、『拾玉集』に載る慈円と頼朝の贈答七七首の歌意すべてが明解なわけではない。難解さの要因は政治的な背景にもありそうである。

右に述べてきた勅撰集に載る七首は、慈円との贈答の一部にすぎないのだが、それでも、頼朝という人物の大きさが窺われよう。まさしく『古今集仮名序』の叙述のごとく、和歌は器量を測る手段にもなり得た。頼朝には、和歌に関する知識と教養が深く身についており、それを縦横に発揮出来る知性と感性に恵まれていた。相手と自分の距離を測りつつ、その意思を汲み、頃合いを正確に摑み、その上で押したり引いたり、理知的な駆け引きを楽しんでもいる様子である。当意即妙に言葉を操り、和歌を他者との洒脱な伝達手段にし得る才量が読み取れよう。

父と息子では、背景も才覚も異なる。頼朝には上洛の経験もあり、東国以外の空間の空気、文化の香りに触れてもいる。一方、実朝は終生、東国を出ることはなかった。人生経験の相違、資質の相違が、歌風、詠歌の方向性を決定づけることは言うまでもない。

慈円との贈答には、他者詠のない定家所伝本『金槐和歌集』の実朝詠には見えにくい頼朝の才覚が見出せる。実朝は勅撰集に入集するほどの父の和歌の腕前を認識していたであろう。帝王のたしなみとして和歌を身につけることの重要性を、父の足跡から学んだであろう。この点は後鳥羽院廷臣という自己認識に並んで重要なことと思われる。

しかし、誰を範としようとも、実朝は、政治家として歌人として、彼独自の道を歩むことになるのである。

三　古典から同時代までの学びの一面

Ⅰ　本歌取り

i『近代秀歌』の教え

定家は歌の心得を『近代秀歌』に説き、贈った。時に実朝一八歳。その中で古歌から言葉を借りる本歌取りについて次のように述べている。

古きをこひねがふにとりて、昔の歌の詞を改めずよみすゑたるを、即ち本歌ととすと申すなり。かの本歌を思ふに、たとへば、五七五の七五の字をさながら置き、七々の字を同じく続けつれば、新しき歌に聞きなされぬところぞ侍る。五七の句はやうによりて去るべきにや侍らむ。たとへば「いその神ふるきみやこ」「郭公なくやさ月」「ひさかたのあまのかぐ山」「たまぼこのみちゆき人」など申すことは、幾度もこれをよまでは歌出で来べからず。「年の内に春は来にけり」「そでひちてむすびし水」「月やあらぬはるやむかしの」「さくらちるこのしたかぜ」などはよむべからずとぞ教へ侍りし。次に、今の世に肩を並ぶるともがら、たとへば世になくとも、昨日今日といふばかり出で来たる歌は、一句もその人よみたりしと見えむことを必ず去らまほしく思う給へ侍るなり。④

定家所伝本『金槐和歌集』には、『近代秀歌』が挙げる例のうち、「いその神ふるきみやこ」（594いそのかみ古き都は神さびて祟るにしあれや人も通はぬ）、「郭公なくやさ月」（398時鳥鳴くや五月の五月雨の晴れずもの思（ふ）頃にもあるかな・400時鳥来鳴く五月の卯の花の憂き言の葉のしげき頃かな）が収められる。定家はまた次のように述べる。

このうちに「み山もそよにさやぐ霜夜」「すくもたく火の下こがれ」「しぢのはしがき」「伊勢の浜荻」、かやうの歌を本歌を取りて新しく聞ゆる姿に侍るなり。これより多く取れば、わがよみたる歌とは見えず。もとの人のままに見ゆるなり。

ここもまた、「み山もそよにさやぐ霜夜」（335笹の葉は深山もそよに霰降り寒き霜夜をひとりかも寝む）「伊勢の浜荻」（525旅寝する伊勢の浜荻露ながら結ぶ枕に宿る月影）が取り入れられている。

ii 実朝の本歌取り

以上の例はわかりやすいのだが、実朝歌の場合、本歌取りをどのように捉えるべきか、なかなか一筋縄ではいかない問題である。あまりに多くの先行歌の表現を取り入れているため、本歌取りではない歌の方が少ないということに

もなりかねない。語句の借用も一箇所ではない歌が多い。たとえば、〈旅〉部「羇中鹿」の題の歌に

519秋もはや末の原野に鳴く鹿の声聞く時ぞ旅は悲しき

がある。言うまでもなく「奥山に紅葉踏み分け鳴く鹿の声聞く時ぞ秋は悲しき（古今・秋歌上215・よみ人しらず）」を下敷きにする。第五句の「秋」が「旅」に置き換えられただけで、第三句以下はまったく同じである。異なるのは第二句までの一二文字のみ。何と大胆な摂取であろうか。このような歌を実朝詠と言ってしまってよいのかと、疑問をさしはさみたくなるような一首であろう。

『古今集』の「奥山に紅葉踏み分け」が鮮やかな紅葉を背景に鳴く鹿がもたらす寂寥感を詠むのに対し、実朝詠「秋もはや末の原野に」は晩秋の色彩の乏しい野であり、旅の侘しさを鹿の鳴き声が助長する詠である。この一首の情趣には配列が効果をもたらしていると言い得る。同じ題で519番歌を挟んで配列される二首「518旅衣裾野の露にうらぶれてひもゆふ風に鹿ぞ鳴くなる」「520ひとり臥す草の枕の夜の露は友なき鹿の涙なりけり」により、鹿が旅愁をもたらす動物として印象づけられるため、519番歌に重なる先行和歌の残像が薄くなるように思われる。序章でも述べた通り、定家所伝本『金槐和歌集』の配列構成は実朝的世界を構築する重要な要素である。

そもそも「本歌取り」とは何か。『近代秀歌』において定家は本歌取にふさわしい語句とそうでない語句を教示しているが、語句の借用の表現上の効果については詳述していない。

『広辞苑』は「和歌・連歌などで、意識的に先人の作の用語・語句などを取り入れて作ること。」と説明し、その例に「苦しくも降りくる雨か三輪が崎佐野のわたりに家もあらなくに（万葉・巻三）」を本歌とした「駒とめて袖打ち払ふ影もなし佐野のわたりの雪の夕暮（定家）」を挙げている。

本歌取りには、享受者も本歌を知っている、という前提があろう。それ故、語句の借用にとどまらず、詠まれる光

景が重層的に広がり、心情が深まる。『広辞苑』の挙げる定家歌に、人家もない光景を享受者は感じ取り、雨が雪に変る興趣を味わう。家もないが、人もいない無人の雪の光景が伝わってこよう。定家詠の「雨」を「雪」に置き換えただけの摂取方法は、「秋」を「旅」に変えた実朝詠519番歌に通じ、本歌は効果的に生かされる。

定家所伝本『金槐和歌集』〈恋〉に「恋の歌」と題する歌群の中に次の歌がある。

499涙こそ行方も知らね三輪の崎佐野の渡りの雨の夕暮

雨の降る佐野の渡に行き暮れた設定、先の見えぬ恋に止め処なく涙の流れる心細さは、本歌を知ればこそ浮き彫りになろう。三十一文字以上に表現の幅と奥行が広がるのである。

Ⅱ　杉詠をめぐる摂取と表現

i 古き詞・新しき心

『近代秀歌』は次のように始まる。

詞は古きを慕ひ、心は新しきを求め、及ばぬ高き姿をねがひて、寛平以往の歌にならはば、自からよろしきこともなどか侍らざらむ。

片野達郎は、この中の「寛平以往」を実朝がどのように理解していたかについて、定家が撰者であった『新勅撰集』の実朝詠入集歌二五首を精査し、⑤「実朝の場合は、「寛平以往」を幅広く解釈して、業平・小町の時期に限定されず、更に万葉の時代にまで深く広くさかのぼったのである。」と結論づけ、続けて「定家所伝本『金槐集』六六三首は、定家から『近代秀歌』を与えられ和歌を学んだ実朝の、師に提出した答案であると考えるならば、『新勅撰集』入集歌二五首は、定家が厳選した優秀答案であり、勅撰集入集という高い合格点を与えた権威あるものということが出来るのである。」⑥と述べている。

実朝は多くの先行歌人・同時代歌人の歌を学んだ。杉の詠を例として具体的な歌学びをみていこう。

ii白き杉の葉

〈冬〉部に表現を連鎖させて次の二首が並ぶ。

社頭霜

310小夜更けて稲荷の宮の杉の葉に白くも霜の置きにけるかな（629）

屏風に三輪の山に雪の降れる所

311冬籠りそれとも見えず三輪の山杉の葉白く雪の降れれば（380）

310番歌は霜により、311番歌は雪によって白い杉の葉である。

因みに、〈春〉部には、白い松の葉の歌がある。

屏風の絵に春日の山に雪降れる所をよめる

8松の葉の白きを見れば春日山木の芽も春の雪ぞ降りける（19）

屏風絵の松の葉に雪の積もる風景を詠ずる。そして、「松の葉白き」「松の葉白く」の勅撰集の用例は次のごとくで、多くはない。

見渡せば松の葉白き吉野山いくよ積もれる雪にかあるらむ（拾遺・冬250・平兼盛）

初雪は松の葉白く降りにけりこや小野山の冬のさびしさ（金葉三・冬284・源経信）

庭はただ霜かと見れば岡の辺の松の葉白き今朝の初雪（風雅・冬歌814・道命法師）

吉野山ことしも雪のふるさとに松の葉白き春の曙（新後拾遺・春歌上8・藤原良経）

実朝には松や杉など、冬の針葉樹の白さへの美的関心が窺える。310、311番歌は、いずれも杉の葉の白さを詠むが、「杉の葉白き」という表現は、勅撰集・私撰集・私家集を通じ、次に示す後鳥羽院詠の他に例を見ないのである。

　春の来てなほ降る雪は消えもあへず杉の葉白き曙の空（後鳥羽院御集303）

　鶯の鳴けどもいまだ降る雪に杉の葉白き逢坂の山（新古今・春歌上18・後鳥羽院）

後鳥羽院歌に詠まれるのは、いずれも降る雪のために白い杉の葉である。第三章第三節に述べたように、実朝は院の美意識に共感、触発されていると思われる。

iii　ふるの神杉

〈恋〉部に次の歌が載る。

　　神無月の頃人のもとに

386　時雨のみふるの神杉ふりぬれどいかにせよとか色のつれなき（558）

「降る」「布留」「旧る」の懸詞は344番歌「白雪のふるの山なる杉叢の過ぐるほどなき年の暮かな」に同じである。「いかにせよとか」を織り込んだ類似表現に「思ふよりいかにせよとか秋風に靡く浅茅の色異になる（古今・恋四725・よみ人しらず）」「唐錦惜しき我が名は立ち果てていかにせよとか今はつれなき（後撰・恋二685・よみ人しらず）」があるが、一首の発想は次の藤原良経歌に重なろう。

　いその神ふるの神杉ふりぬれど色には出でず露も時雨も（新古今・恋歌一1028）

さらに、

　深緑争ひかねていかならむ間なく時雨のふるの神杉（新古今・冬歌581／後鳥羽院御集1683）

の影響は看過出来ぬように思われる。実朝詠386番歌第一句第二句は、後鳥羽院詠「間なく時雨のふるの神杉」に想を得た「時雨のみふるの神杉」であろう。

iv三輪山の杉

さらに視点を転じて、Ⅱ-ⅱに挙げた311番歌

冬籠りそれとも見えず三輪の山杉の葉白く雪の降れれば

はどのような光景であるのかを考えたい。

この歌を、夙に、松野又五郎は、次のように解した。[7]

今は全く冬のために閉ぢ込められて、杉の葉には押しなべて真白に雪が降つてゐるので、三輪の山もそれとさだかにはわからない。

冬に閉じ込められた三輪山を詠み手が観ている詠、という見解である。その後、人が冬籠りをしているとする解釈が定説化していく。

まず、詠み手が冬籠りしているという解釈を挙げる。

○冬籠居していると、杉の葉に白く雪が降っているので三輪の山もそれとははっきり見えない（小島吉雄[8]）。

○三輪山に冬ごもりしていると、あたりの杉の葉には真白に雪が降り積っているのでそこが三輪山とはさだかに見分けがつかない（鎌田五郎[9]）。

次に、詠み手ではないが、人が冬籠りしている、という解釈を挙げる。

○三輪山の杉の木立に真白に雪がふつている、冬ごもりしている人の庵もあらう、それがさだかに見えない（斉藤茂吉[10]）。

○冬籠りをする家がどこなのか見当がつかない。三輪の山に、杉の葉も白く雪が降って、どれが目印の杉ともはっ

きりしないのだ（樋口芳麻呂[11]）。

以上は、詠み手か他者かという違いはあるが、「冬籠り」の主体を「人」と捉えているのである。

実朝の詠歌意図はどうであったのか。まず、「冬籠り」に関しては、次の貫之詠を看過出来ないと思われる。

雪降れば冬籠りせる草も木も春に知られぬ花ぞ咲きける（古今・冬323）

自然が停滞している上に降り積る雪が、まるで花が咲いたように見える光景。この場合「冬籠り」しているのは草木である。

実朝が影響を受け学んだ歌人は同時代も含めきわめて多いが、寛平以往に注目すれば、貫之への関心は強い。語句の摂取のみならず、一首全体の構築、発想の転換に貫之の方法にはおおいに触発された。拙著『実朝の歌[12]』に出来る限り影響歌を載せたが、紙幅には限りがある。貫之詠の影響は五〇首以上には及ぶ。少しく例を挙げれば次のごとくである（実朝詠と貫之詠を並べ、同語句に▒を、類似表現に傍線を付す）。

【例1】　8松の葉の白きを見れば春日山木の芽も春の雪ぞ降りける

霞立ち木の芽も春の雪降れば花なき里も花ぞ散りける（古今・春上9）

【例2】　76桜花うつろふ時はみ吉野の山下風に雪ぞ降りける

桜散る木の下風は寒からで空に知られぬ雪ぞ降りける（拾遺・春64）

白雪の降りしく時はみ吉野の山下風に花ぞ散りける（古今・賀歌363）

【例3】　78山深み尋ねて来つる木の下に雪と見るまで花ぞ散りける

春深くなりぬと思ふを桜花散る木の下はまだ雪ぞ降る（拾遺・春63）

冬籠り思ひかけぬを木の間より花と見るまで雪ぞ降りける（古今・冬歌331）

【例4】　309小夜更けて雲間の月の影見れば袖に知られぬ霜ぞ置きける
　　　　桜散る木の下風は寒からで空に知られぬ雪ぞ降りける（拾遺・春64）

僅かな例ではあるが、落花を雪と見、また雪を落花と見るなど、同語句・類似語句の摂取のみならず、一首の構造と発想も貫之から学んでいるのがみてとれよう。

311番歌「冬籠りそれとも見えず三輪の山杉の葉白く雪の降れれば」もその発想を、先に挙げた『古今集』323番歌の貫之詠に触発されていると思われる。実朝詠の「冬籠り」もまた、人の籠居ではなく、自然の動きの停滞の表現であろう。はじめに掲げた松野又五郎の解に従いたい。屏風に描かれた三輪山に雪の降る景色全体を実朝は望観しているのである。草も木も含め、三輪山そのものが冬籠りしている、山全体が眠っているとみる趣向。そのほうが歌としてはおもしろい。

以上、本歌取りの技法、例のきわめて少ない杉詠からも、古典から同時代までの歌人に学んだ詠歌姿勢の一端を知ることが出来よう。

四　配列構成と内的世界―老人と子ども

Ⅰ　老いの内面詠

『金槐和歌集』の特徴のひとつとして、歎老の歌の多さが挙げられる。〈雑〉部には次の一連が載る。

相州の土屋といふ所に、齢九十に余れる朽法師あり。おのづから来たる。昔語りなどせしついでに、身の立ち居に堪へずなむなりぬることを泣く泣く申（し）て出でぬ時に、といふことを、人々に仰せてつかう

まつらせしついでに詠み侍（る）歌

595我幾そ見し世のことを思（ひ）出でつ明くるほどなき夜の寝覚めに
596思（ひ）出でて夜はすがらに音をぞ泣くありし昔のよのふるごと
597なかなかに老いは耄れても忘れなでなどか昔をいとしのぶらむ
598道遠し腰は二重に屈まれり杖にすがりてぞここまでも来る
599さりともと思ふものから日を経てはしだいしだい弱る悲しさ

歴史学者の坂井孝一は、詞書にある「齢九十に余れる朽法師」が、老御家人・土屋三郎宗遠であろうという興味深い検証をしている⑬。元御家人で今は出家の身の老人が訪ねて来て、老いの身を嘆いて退出した。そのことを素材に家臣たちに歌を詠ませ、自らも詠んだ一連である。

実朝の歌は、自身が老いた身になって、その心情を詠んでいるのである。いかに珍しい光景でも詠者に関心のないものなら、素材にはしないであろう。文学研究者としては、未だ若い歌人が、なぜ、老いというものにこれほど注目するのかが気になる。

Ⅱ　直進時間と老い

〈雑〉部には、地域性・内面性の表出された実朝らしい歌が多いのだが、歎老の歌も〈雑〉部に集中し、一三首みられる。先に引用した一連の他、〈雑冬〉の末尾部は歎老の歌群となっている。

老人寒を厭ふといふ事を

577年経れば寒き霜夜ぞ冴えけらし頭は山の雪ならなくに

雪

578我のみぞ悲しとは思（ふ）波の寄る山の額に雪の降れれば
579年積もる越の白山知らずとも頭の雪をあはれとは見よ

老人憐歳暮

580老いぬれば年の暮れ行くたびごとに我が身ひとつと思ほゆるかな
581白髪といひ老いぬる故にや事しあれば年の早くも思ほゆるかな
582うち忘れはかなくてのみ過ぐしきぬあはれと思へ身に積もる年
583あしひきの山より奥に宿もがな年の来まじき隠れ家にせむ

年の果ての歌

584行く年の行方をとへば世の中の人こそひとつまうくべらなれ（407）

老いの身に寒さは厳しい（577）。毛髪は白く雪のようになる（577、578、579、581）。老いは孤独であり（578、580）、年の経つのが早く感じられる（581）。年は経ってほしくないものだ（583）。確実に年の行方を知らせるものは加齢である（584）。序章で述べたごとく、〈雑四季〉の時間は直進する。それは無常の時間であり〈雑冬〉は、人の老いの果ての終末を暗示して終わるのである。それを具体的に表象する存在として老人の感懐が配列されている。

Ⅲ　老人と嬰児の共存

〈雑四季〉の直進とは対極的に〈四季〉の時間認識は循環・円環であり、冬が終れば再び春が巡って来る。⑭〈冬〉部の最終歌群にも老人が登場する。

347老いらくの頭の雪を留め置きてはかなの年や暮れて行くらむ
348とりもあへずはかなく暮れて行く年をしばし留めむ関守もがな
349乳房吸ふまだいとけなき嬰児とともに泣きぬる年の暮かな
350塵をだに据ゑじとや思ふ行く年の跡なき庭を払ふ松風
351うばたまのこの夜な明けそしばしばもまだ旧年のうちぞと思はむ
352はかなくて今宵明けなば行く年の思ひ出もなき春にやあはなむ

347番歌は老いと歳暮を詠み、348番歌は暮れてゆく年を惜しむ。ところが、次に太字で示す349番歌は、前後の歌との連鎖が解かり難い歌であろう。まず、「乳房」「嬰児」が和歌には珍しい語であり、「ともに泣きぬる」ことについてはなぜ嬰児とともに泣くのか、誰が泣くのかが俄かにはわかりにくい。以上の点に注目して、語句の検討及び、配列構成から、349番歌で嬰児とともに泣くのは老人であると夙に結論付けた。⑮ 349番歌は、老人と嬰児の共存する個性的な一首である。時間の循環という観点でみるならば、老人は嬰児の未来、嬰児は老人の過去である。349番歌は、まさしく〈雑冬〉ではなく、〈冬〉に配されるにふさわしい一首である。

近年、小川靖彦が、349番歌には、柿本人麻呂「泣血哀慟歌」第二長歌と山上憶良の「老身重病の歌」を想起されると論じた。⑯ 拙論の証左として心強い。小川は、「泣血哀慟歌」第二長歌は、妻を失い乳を欲しがって泣く嬰児を抱いて途方に暮れて泣く歌で、「嬰児の　恋ひ泣くごとに」という表現がみえること、「老身重病の歌」には、幼子を目の前にして泣くしかない老人の悲しみが歌われている（「慰むる　心はなしに　雲隠れ　鳴きゆく鳥の　音のみし泣かゆ」「すべもなく　苦しくあれば　出で走り　去なと思へど　子らに障りぬ」を挙げている）ことに言及し、次のように論じている。

実朝以前に、このように幼子を目の前にして泣く老人の歌はこの「老身重病の歌」しか見当たりません。実朝はしばしば憶良の歌句や発想を利用して、人間の有限性をうたっています。実朝の歌の老人の〈私〉も「老身重病の歌」のように老いの苦しみと、幼子へのいつくしみの間で身動きがとれず、ただ声をあげて泣いているのです。実朝の歌は、母を失って乳を欲しがって泣く幼子をかかえ、どうすることも出来ずに、幼子と一緒に声をあげて泣きながらまた一つ年を重ねる老人の悲しみを詠んだものなのです。

349番歌に歌われる嬰児は、「泣血哀慟歌」に触発されているとみるならば、親のない子である。〈雑〉部では、実朝の眼は道辺で泣く孤児へ注がれる。

　道の辺に幼き童の母を尋ねていたく泣くを、そのあたりの人に尋ねしかば、父母なむ身まかりにし、と答へ侍（り）しを聞きて詠める

608いとほしや見るに涙もとどまらず親もなき子の母を尋ぬる（717）

この直前には「慈悲の心を」の詞書で「607もの言はぬ四方の獣すらだにもあはれなるかなや親の子を思（ふ）」が配列されている。獣すらも親は子を思う。それなのに、人の子は親を亡くして泣いているのである。「泣く孤児」への眼差しは、満二六歳で世を去った若い実朝の、老人への関心とともに看過出来ない。配列構成には詠歌者の内的世界が投影していよう。老人も嬰児も青年歌人の中に内在するのではあるまいか。

五　おわりに

『金槐和歌集』に載る子どもが孤児であることは、偶然ではあるまい。京で慈円と頼朝の間に歌が交わされた当時、

鎌倉に在った実朝は四歳（満年齢でわずか二歳）に過ぎなかった。実朝八歳（満年齢六歳）の年、頼朝は世を去った。

実朝にはどのくらい父の思い出があったろうか。覇者としての父・歌人としての父を知る手がかりは、自身の遠い記憶と周囲の教育、伝え聞く偉大なる頼朝像であったろう。残された才気溢れる和歌にはおおいに触発されたであろうが、父はない。実朝は独学に近い形で和歌を学び始める。

『吾妻鏡』によれば、京と鎌倉の交通・交易はかなり盛んであった。しかし、現代に比べれば速度は緩やかであり、情報が溢れていたわけではない。中央と周縁ではかなり文化に差異があり、風俗習慣も異なり、言語面でも方言の個性は強かったと想像される。中央の洗練を目ざす実朝は、歌集を手に入れ、また、定家を師と仰ぎ、言わば通信教育のような方法で和歌の言葉を徹底的に学んだ。言葉の学びばかりではない。〈雑〉部に、また動物詠に東国性を見せながら、実朝は習俗的な地域性を出さないことに慎重である。それは、たとえば、第三章第四節に述べたように、恋に纏わる土着的習慣の覗かれる信生詠と比較すれば明らかである。

いかに努力を重ねても、距離と文化の齟齬は埋められないところがある。異文化の学びは、表面的で浅薄な模倣に終ってしまう危険性もあった。しかし、一方で、新しさを創造し得る可能性も充分にあった。実朝二十一歳にして成った定家所伝本『金槐和歌集』は、並外れた詩才の開花であり、見事な学びの達成であると言えるだろう。

注

① 坂井孝一は、『源実朝「東国の王権」を夢見た将軍』（講談社 2014）で、『吾妻鏡』に実朝の蹴鞠の記事が頼家に比べて格段に少ないことに触れ、「『吾妻鏡』編纂者が、意図的に頼家は蹴鞠、実朝は和歌という記事の選別をした可能性もなくはない。」

（76頁）と述べている。

②　今関敏子『金槐和歌集の時空』（和泉書院2000）第二章第一節「背景と和歌」で述べた。

③　久保田淳「頼朝と和歌」文学56　1988・1

④　引用は、藤平春男校注・訳『近代秀歌』（『歌論集』新編日本古典文学全集87小学館2002）に拠る。

⑤　片野達郎「『金槐和歌集』評釈㈠～㈢―『新勅撰和歌集』入集歌の研究―」東北大学教養部紀要第33、36、39号（1981・2、1981・12、1983・12）

⑥　片野達郎「実朝における「寛平以往」の意味」国語と国文学1980・11

⑦　松野又五郎『金槐和歌集通釈』文祥堂1925

⑧　小島吉雄『山家集・金槐和歌集』（日本古典文学大系29）岩波書店1961

⑨　鎌田五郎『金槐和歌集全評釈』風間書房1977

⑩　斎藤茂吉『源実朝』岩波書店1943

⑪　樋口芳麻呂『金槐和歌集』（新潮日本古典集成）新潮社1981

⑫　今関敏子『実朝の歌　金槐和歌集訳注』青簡舎2013

⑬　①の著書、134～136頁。

⑭　このような時間認識の直進と循環については序章で述べた。

⑮　②の拙著、第一章第一節「老人と子ども―四季の時間」

⑯　小川靖彦『万葉集と日本人　読み継がれる千二百年の歴史』角川選書2014

あとがき

実朝は理想化、浪漫化されやすい歌人と言えましょう。なぜなら、謎に満ちているからです。たとえば、父母の存在はどのように影響したのか、なぜ実子がないのか、なぜ側室を置かなかったのか、源氏の血筋は己で終わりと、ほんとうにそう考えたとしても、その後の政治構想がいかなるものであったのか、実朝の心情に立ち入らなければわからず、しかもそれは不可能なのです。朝廷と鎌倉幕府・後鳥羽院と実朝の関係がいかなるものであったのかもまた確証がない。その死の様相・背景についても様々な説が立てられますが、なぜ満二六歳にして生涯を閉じなければならなかったのかという最も大きな謎は、やはり解けない。

定かでないことが多いからこそ、伝説が形成され、神格化・神秘化された像が伝承されていくのでしょう。たとえば、小林秀雄、吉本隆明、中野孝次らの評論や、太宰治の小説などは、あまりに主情的・主観的・感傷的と批判されつつもやはり説得性があり、広く共感を得ています。『吾妻鏡』以来、病弱で繊細で、芸術を愛し、心優しく、並外れた詩魂の持ち主である青年像が語り継がれてきたと言えるかも知れません。

一方、近年の歴史学方面からのアプローチは対極的に、そのような実朝像を一掃し、政治家として有能であった強さを押し出します。史料から炙り出される史実は実証性の高いものではありましょうが、実朝の心の奥底までを照らすことは出来ません。如何に優秀で実務に長けた政治家であろうとも、その精神が孤独に苛まれ、鋭敏な感性が研ぎ澄まされていて何の不思議があるでしょうか。いかなる人の生涯にもその内面にも光と影がある。光が柔和なら翳りも少ないでしょうが、光が強く当たれば影も濃く落ちる。とりわけ、誰とも孤独な立場を共有出来ぬ覇者の内面の影は濃いに相違ないと思われます。

遺された和歌を置き去りにして実朝を語ることは出来ないでしょう。実朝にとって定家所伝本はひとつの到達点であり、その世界の統合性は、自ずと成熟した精神、治世者としての有能さをも物語っているはずです。

とは言え、文学研究者の立場でいかに語るべきなのか。研究は印象批評であってはならない、実証でなければならない、と学生時代に叩き込まれたものでしたが、下手に文学作品を〝実証的〟に分析した結果、無味乾燥な意味のないものになってしまうことは多々あります。論証は単なる理屈ではない。優れた論理とは優れた感性に裏打ちされているものでしょう。

――等々、あれこれ愚考しつつも相変わらず試行錯誤を繰り返し、堂々巡りの手探り状態ですが、定家所伝本と実朝に関するこれまでの考察をひとまずまとめておくことに致します。依然として謎に包まれてはいますが、実朝にとって、歌を詠むことと自身の和歌を編集することは至上の喜びであり、至福の時間であった――これだけは確かなことに思えます。

二〇一六年一一月

今関敏子

索　　引

索引凡例

・一頁に一語以上あるものを挙げる。
・作品引用文の語は省く。
・『金槐和歌集』、及び、引用和歌の括弧内に記した作品名は省く。
・書名の副題は省く。
・人名のうち、源実朝、及び、引用和歌の括弧内に記した作者名は省く。

書名索引

あ行

か行

さ行

た行

な行

は行

ま行

や行

ら行

わ行

人名索引

あ行

か行

さ行

た行

な行

は行

ま行

や行

ら行

研究書・評論　書名索引

研究書・評論・論文著者索引

は行

ま行

や行

今関敏子（いまぜき　としこ）

日本文学研究者
川村学園女子大学名誉教授

［単著書］
『中世女流日記文学論考』（和泉書院 1987）
『校注弁内侍日記』（和泉書院 1989）
『〈色好み〉の系譜―女たちのゆくえ』（世界思想社 1996）
『『金槐和歌集』の時空―定家所伝本の配列構成』
（和泉書院 2000）
『信生法師集新訳註（風間書房 2002）
『旅する女たち―超越と逸脱の王朝文学』（笠間書院 2004）
『実朝の歌―金槐和歌集訳注』（青簡舎 2013）
『仮名日記文学論―王朝女性たちの時空と自我・その表象』
（笠間書院 2013）
［共著書］
『中世文学研究』（双文社出版 1997）
『成熟と老い』（世界思想社 1998）
［単編著書］
『中世日記・随筆（日本文学研究論文集成13）』
（若草書房 1999）
『涙の文化学―人はなぜ泣くのか』（青簡舎 2009）
［共編著書］
『はじめて学ぶ日本女性文学史［古典編］』
（ミネルヴァ書房 2003）
その他、共著書、論文多数

金槐和歌集論―定家所伝本と実朝―

二〇一六年一二月五日　初版第一刷発行

著　者　今関敏子
発行者　大貫祥子
発行所　株式会社青簡舎
〒一〇一-〇〇五一
東京都千代田区神田神保町二-一四
電話　〇三-五二一三-四八八一
振替　〇〇一七〇-九-四六五四五二
印刷・製本　藤原印刷株式会社

ISBN978-4-903996-96-7 C3092